현대시와 비평정신

이 형 권 시론집

국학자료원

이 형 권 시론집

현대시와 비평정신

책머리에

문화적 환경과 삶의 조건들이 급변하고 있다. 우리 시대의 문학은 과연 무엇을 할 수 있는가? 이 질문은 문학의 생산과 소통에 참여하는 모든 사람들의 공통적 관심사이다. 이에 대해 삶의 재창조, 인생의 고양, 현실의 반영, 아름다움의 발견 등 저마다 각양각색의 대답을 마련한다. 그러나 이들은 결국 타락한 시대와 현실에서 인간을 구원하는 문제로 수렴된다. 어느 시대를 막론하고 문학에 부여된 가장 중요한 임무는 인간 구원이었고, 이 신성한 임무를 성실히 수행해 나갈 때 문학은 화려한 부흥기를 이루곤 했었다. 더구나 오늘날과 같이 지적·정서적으로 타락한 첨단 테크놀로지 사회에서, 문학에 부여된 이 임무는 인간적 삶의 회복을 위해 무엇보다 시급한 과제로 대두된다. 문학의 인문학적 기능에 대한 새로운 인식이 절실한 것이다.

다시, 19세기 영국의 시인이자 비평가였던 메슈 아놀드(M. Arnold)를 기억하고 싶다. 그는 현대 사회가 도덕적 구원뿐 아니라 지적 구원이 절실히 필요한 시대라고 전제하고, 이를 위해 가장 적합한 인간의 지적 영역은 종교도 철학도 과학도 아닌 문학이라고 주장했다. 심지어 문학이 종교를 대신할 수 있다고 하여, 문학의 역할에 대한 과도한 의미 부여를 하기도 했으나, 타락한 인간의 지적 구원과 관련된 그의 낙관적 문학관은 지금 이 시대에도 여전히 주목된다. 시와 비평에 많은 관심을 기울인 그는 시를 현실에 대한 비판과 삶에 대한 명상의 형식으로 본다. '시는 인생 비평'이라는 그의 중심 명제는 현대 사회에서 수행해야 할 문학의 역할과 관련하여 매우 중요한 점을 시사해 준다. 인간적 삶을 더욱 고양시키고 구원하기 위해서는 인생에 대한 비평이 필수적으로 전제되어야 하기 때문이다.

시를 읽는 일은 바로 그러한 구원의 도정에 발을 들여놓는 것이리라. 최근 시의 위기에 관한 담론들이 끊임없이 생산되고 있지만, 그럴수록 시 읽기에 종사하는 이들은 시가 당대적 삶을 성찰하는 진솔한 거울임을 더욱 적극적으로 인식하여야 한다. 시는, 모든 것을 난잡한 시장 경제 원리에 맡겨 버리는 이 시대에, 그 경조성(輕燥性)을 비판하고 초탈할 수 있는 대표적인 문화 양식이라는 자긍심을 토대로, 시를 문화 현상의 무게 중심으로 부각시키려는 노력이 요구되는 것이다. 그렇다고 시에 대한 맹목적 집착을 외치는 것만이 능사는 아니다. 비평가이든 연구자이든 삶에 대한 준열한 비평 정신이 살아 있는 시를 발굴하여 당대인들에게 제공하는 일이 무엇보다 중요하다. 그럼으로써 천박한 표피 문화에 찌든 현대인들에게 지적·정서적 구원의 통로를 마련해 줄 수 있지 않을까? 이런 기대감으로 책의 표제를 '현대시와 비평 정신'이라고 정했다.

이 책은 4부로 구성되었다. 제1부는 현대시의 기점에 관한 논의를 출발점으로 삼았다. 현대시의 기점을 어느 시기로 잡을 것인가의 문제는 물론이려니와, 근대시/현대시라는 용어마저도 혼란스럽게 사용되고 있는 우리 문단의 사정을 염두에 두고 필자의 생각을 정리해 보았다. 또한 최근 우리시의 쟁점과 전위적 현상들에 대한 몇 편의 글을 포함하고 있다. 뿌리 깊은 연원을 갖고 있지만 얼마 전에 다시 표면화된 정신주의와 해체주의 논쟁, 오늘날 영상 문화의 거대한 거품 현상을 시적인 자양으로 변용해내고 있는 새로운 시 쓰기 현상, 오늘날 문화의 외형적 흐름을 장악하고 있는 대중 문화에 대한 시적 수용 양태, 그리고 최근의 당위적 담론 형식으로 부상하고 있는 생태시의 전개 양상 등에 관한 글들이 그것이다. 이들을 길항(拮抗)의 시학이라는 이름으로 묶은 것은 우리 문단의 배타적 문학관을 극복해 보고자 하는 의도가 깔려 있다. 바람직한 시란 적어도 내용과 형식, 현실과 예술, 전위와 전통 사이의 팽팽한 긴장감 사이에서 형상화될 수 있다는 생각의 반영이다.

제2부는 김춘수에 관한 글들을 모았다. 우연찮게도 최근에 김춘수에 관해 많은 생각을 했고, 그의 시 세계는 탐구할수록 더욱 다양한 시적 울림을 선사해 주었다. 그는 이 시대 최고의 전위 정신을 구가하는 실험적 모더니스트로 평가되어 왔다. 그렇지만, 이런 평가는 무의미시의 미시적 분석에 의지한 결과로서, 어떤 이유로 그런 평가가 나올 수 있었는지에 대한 종합적 정리와 분석은 아직 만족스럽게 이루어지지 못한 실정이다. 이 부분의 글들에서 그의 시를 지탱하고 있는 시의 원리나 창작 방법과 관련된 형식적 측면에 초점을 맞추어 논의를 진행한 것은 이런 까닭이다. 이와 관련, 그의 시가 갖는 역사 의식이라든가 현실 감각의 문제점에 대한 비판적 논의마저 곁들일 수 있다면 망외의 소득이 아닐 수 없다. 그리하여 전통 시학에서 시의 기본 원리로 강조되는 은유적 표현법에 충실한 초기 시편들, 시 세계의 다양성만큼이나 여러 형식으로 형상화되고 있는 자기 반영성의 시론시들, 그리고 현대 시사상 선구적인 패러디스트로서의 면모를 보여주는 여러 시편들에 주목했다.

제3부는 시집에 대한 평문들을 중심으로 엮었다. 여기서 다룬 시집은 필자가 관심을 갖고 있거나 필자에게 주어진 것들 중에서 다분히 자의적으로 선택되었다. 이 부분을 엮으면서, 갈수록 어려워지는 출판 환경 속에서 따사로운 시의 집을 마련하고자 하는 시인들의 노고가 아름답게 느껴질 뿐이다. 중요한 것은 그것이 시의 아름다움으로까지 이어지는 경우인데, 이때 한 독자로서 시 읽기의 잔잔한 즐거움을 누릴

수 있었다. 앞으로 이같은 즐거움을 더 크게 누릴 수 있도록 해 주기를
이 시대의 시인들에게 바라고 싶다. 특히 후반부에 실린 씨디롬
(CD-Rom) 시집에 대한 해설은, 지금까지 시집의 공기(公器)로서 관례화
된 종이책을 넘어서는 새롭고 의미 있는 시도에 동참한 결과로서 기억
에 오래 남을 일이다. 물론 독자와의 소통 방식이라든가 표현 형식에 있
어서 더욱 섬세한 프로그램의 개발이 요구되기는 하지만, 멀티미디어
시대의 문화 환경에 적극적인 응전을 했다는 사실만으로도 호평받을
만하다고 생각된다.

　제4부는 작품론으로 구성했다. 먼저 임화의 「우리오빠와 화로」를 노
동시의 전형적인 모습으로 간주하여 분석적 접근을 시도하고, 한용운의
「달」, 서정주의 「추천사」, 최원규의 「달」 등 ‘달’을 소재로 한 시편들의
맥락에 대해 정리했다. 그리고 이수익의 「죽은 자(者)의 노래」, 홍신선
의 「치매의 노래」, 김명인의 「장춘(長春)」, 채호기의 「몸」, 김언희의
「트렁크」, 박형준의 「방주」, 「열망」, 이정록의 「새우란」 등의 시편들에
대한 단평을 실었다. 이들은 대부분 월간 ≪현대시≫에 발표했던 월평
들을 그대로 전재했다. 시의 무용론마저 내세우는 이들이 있지만, 아직
창작의 현장에 지펴놓은 뮤즈의 모닥불은 여전히 따뜻하다는 것이 이
부분에 실린 글들의 정서적 밑그림이다.

　이 책에는 논문적 성격의 글과 평론적 성격의 글이 함께 실려 있다.
이 점은 전체적 일관성에 있어서는 만족스럽지 않지만, 굳이 논문과 평
론을 배타적으로 변별하고 싶지 않은 필자의 생각과 관련된다. 논문의
실증적 객관성과 평론의 창의적 주관성을 변증법적으로 통합하여, 시
읽기의 지혜롭고 총체적인 안목을 마련할 수 있다면 얼마나 바람직한
문학적 논의가 될 것인가를 생각했다. 또한 이 책은 몇 편을 제외하고
는 대부분 지난해와 지지난해의 각종 학술지와 문예지 등에 발표했던
글들로 구성되었으며, 일부 글은 전체적 체계에 맞추어 제목과 내용을

수정 보완했음을 밝혀 둔다. 혹여 글재주도 없는 사람이 책 욕심만 부린다고 할는지 모르겠다. 그러나 부족하나마 일단 정리해 두고 한 걸음 더 나가고 싶은 마음이 출간을 서두르게 했다.

시를 읽는 일. 명민하지 못한 한 독자가 그것을 글로써 쓴다는 것은, 낯선 다중 앞에 알몸을 드러내는 것처럼 여전히 고통스럽고 부끄러운 일이다. 그러나 그 가운데 시와 하나가 되는 쏠쏠한 즐거움이 또한 없지 않다. 이 고통과 즐거움의 대척점 사이로 이어진 팽팽한 긴장의 선상에 노닐 수 있다는 것은, 줄타기 광대의 사뿐한 발걸음처럼 삶을 살아 숨쉬게 하는 매력적인 일이다. 내 삶은 앞으로도 이 매력적인 일에서 도무지 놓여날 것 같지 않다. 따라서 이 책은 시 읽기에 깊이 빠져버린, 시로써 지적·정서적 운명을 구원받고 싶은, 한 독자의 고독한 자기 성찰의 기록으로 읽어주기 바란다. 혹여 귀 기울일 만한 부분이 있다면 격려해 주시고, 독단과 오류가 있다면 질책해 주시기를 선후배 동학들께 부탁드린다.

마지막으로 이 책을 내기까지 도움을 주신 여러 선생님들, 얼굴보다는 등을 더 많이 보며 사는 나의 가족들, 그리고 어려운 사정에도 출판을 맡아주신 국학자료원의 정찬용 사장님과 한봉숙 선생께 깊은 감사의 말씀을 드린다.

1999년 3월의 어느 날
새로운 밀레니엄의 문턱에서
저 자 씀

차 례

책머리에

제1부 길항(拮抗)의 시학

제2부 김춘수에 관한 세 편의 글

제3부 견자(見者)를 위한 변론

제4부 시의 숨과 비평의 꿈

제1부 길항(拮抗)의 시학

근·현대문학사의 기점론 고찰
― 시 장르를 중심으로

I. 서 론

　문학사란 원론적으로 '문학의 역사적 발전 과정'을 다루는 것이다. 문학의 역사는 '문학'에 '역사'가 개입하는 것인 까닭에, 구체적 기술(記述)을 위해서는 시기 구분에 관한 논의가 전제 조건이 된다. 방법론적으로 볼 때 이것은 연대기적 기술 방식을 취하는 문학사에서만 문제되는 것은 아니다. 진화론적 방법이나 발전 사관적 방법, 또는 백과사전적 전시법[1]에 의지하는 경우에도 마찬가지다. 시기 구분론은 또한 개별 작가론이나 작품론의 기술을 위한 거시적 안목을 구비하기 위해서도 마땅히 고려되어야 할 사항인 것이다. 특정 작가나 작품의 공시적 성격을 입체화하는 일과, 그들이 속한 통시적 맥락을 종합적으로 고찰하는 일은 불가분의 관계에 놓이기 때문이다. 문학사 기술은 관점에 따라 '역사'를 강조할 수도 '문학'을 강조할 수도 있으며, 그 기점 논의

---

1) 김열규 외, 『한국문학사의 현실과 이상』, 새문사, 1996, p.9.

역시 이같은 맥락에서 자유로울 수 없다.

그동안 근현대문학사의 시기 구분에 관한 논의는 여러 논자들에 의해 다양하게 전개되었고, 그것을 토대로 실제적인 문학사 기술이 폭넓게 이루어져 왔다. 또한 반대로 시기 구분에 관한 일체의 언급 없이 임의적으로 시간 단위를 구획하고 서술하여 역으로 시기 구분의 의도를 드러내는 경우도 있다.[2] 어떤 경우이든 문학사가들의 이같은 실천적 논의들은 현대 문학사 연구에 중요한 밑거름의 역할을 담당해 왔다. 그렇지 않아도 복잡한 근현대문학의 사적 전개 과정을 일목 요연하게 체계적으로 정리해 내는 나름의 성과들을 거두었던 것이다. 더구나 우리의 근현대문학 자체에 관한 본격적인 연구의 연륜이 길지 않은 터에 이루어진 것들이기에 더욱 큰 가치를 부여받을 가능성이 있다. 그러나 많은 문학사가들의 그러한 성과에도 불구하고 그것은 극복해야 할 몇 가지 문제점을 내포하고 있다. 그 문제점이란 실제 문학사 기술에 있어서 역사적 배경과 문학적 배경의 혼동, 문단사적 사건 위주의 평면적 관점, 개별 작품보다는 작가에 대한 지나친 강조, 문학 사실들에 대한 종합적 인식의 부족, 그리고 본고에서 특히 극복하고자 하는 정치 이데올로기에 종속된 남북의 배타적 문학사관[3] 등이 으뜸을 차지하는 것들이다.

이 글은 근현대문학사 시기 구분론의 출발점이라 할 수 있는 그 기점에 관한 논의, 그 중에서도 시 장르에 있어서의 근대시와 현대시[4]의

---

2) 지금까지의 출간된 문학사류는 1922년 안확의 『조선문학사』를 필두로 하여 남북을 합치면 대략 30여종이 될 것으로 추정되는데, 이들은 본고의 논의 과정에서 수시로 언급될 것이다.
3) 이같은 평가의 중심에 있는 것이 조연현의 『현대문학사』(성문각, 1980)라 할 수 있다. 문학사라기보다는 문단사적 성격이 강한 이 저작물은, 장르의 변이나 작품의 미학적 의의 등 문학의 내재적 요인에 대한 분석과 정리가 적극적으로 이루어지지 못하고 있다.
4) 고대 문학이나 중세 문학과 대비되는 근대 문학이나 현대 문학, 또는 신문학

기점 문제를 초점화하고자 한다. 그리하여 기왕의 논의들을 정리하고 비판하는 가운데 필자 나름대로의 생각을 덧붙여 보려는 것이다. 이러한 논의는 그 성격상 개괄이라는 한계를 지닐 수밖에 없겠으나, 그러한 과정을 통해 지금까지 개진된 기점 논의들을 비판적으로 반성하여 소박하나마 새로운 전망을 시도해 보는 데 의의가 있다. 논의 과정에서 예상되는 가장 큰 어려움은 남한 문학사에서 논의된 다양한 내용을 개괄하여 정리하느냐의 문제와, 그 동안 직접적인 교류가 전혀 없었던 북한 문학사와의 연계 가능성을 모색해 보는 작업이 될 것이다. 그러나 이러한 어려움은 문학사의 기점을 순간적인 시점이 아니라 복합적인 일련의 흐름이라는 관점을 견지하는 것으로서 어느 정도 해소될 수 있으리라고 본다. 이런 관점에서 남쪽에서 제기된 다양한 기점 논의들을 최대한 비판적으로 수용하여 최대공약수를 탐색하고, 북한문학 연구에서 제기된 논의에 대해서도 그들 나름의 이념적 특수성을 감안하여 전향적으로 함께 고려할 예정이다.

Ⅱ. 본　론

1. 근대시 기점론의 양상

근대시의 기점은 역사적 근대 의식과 함께 문학적 근대성의 출발을 어느 시기로 잡느냐의 문제이다. 지금까지 제기된 근대시 기점에 관한 논의들은 몇 가지 유형으로 나뉠 수 있다. 대별하면 18세기 기점설, 19

이란 명칭은 필자에 따라서 다양하게 사용된다. 이 글에서는 근대 문학과 현대 문학이라는 용어로만 사용하고자 하며, 신문학은 근대 문학과 동의어로 간주하고자 한다. 또한 후술할 터이지만, 근대 문학은 현대 문학의 과도기적 하위 개념으로 규정하고자 하며, 근대시와 현대시의 범주 개념도 이에 따른다.

세기 기점설, 20세기 기점설 등이 그것이다. 먼저 18세기 기점설은 김일근에 의해 제기되었는데, 그는 「민족문학사의 시대구분론」에서 역사학계의 실학 사상 연구를 토대로 박지원 소설의 과학 사상과 인권 존중 사상을 예로 들며, 18세기 영정조 때부터 갑오경장까지를 '근대 전기'로, 이후부터 3·1운동까지를 '근대 후기'로 나누는 것이 타당하다[5]는 논지를 폈다. 이것은 갑오경장 기점설이 일반화되어 있던 당시 국문학계에서 매우 신선한 주장으로 받아들여졌다. 이는 서구에서 일반적으로 모던(modern)을 전기 모던(early modern)과 후기 모던(late modern)으로 나누는 구분법과 유사한 것인데, 중요한 것은 근대 문학을 갑오경장을 기점으로 하는 서구화라는 명제와 별항으로 논의하고자 한 첫 시도였다는 점이다. 다시 말해 서구의 충격과 그로 인한 피동적 근대화라는 논리를 벗어나, 민족사의 내재적 요인에 입각한 주체적인 근대화라는 입각점에 서 있는 것이다.

한편 1971년에 이루어진 「한국근대문학의 기점」이라는 좌담회[6]는 여러 논자들이 참가하여 근대 문학 기점의 상한선을 상당히 끌어 올렸다는 의의를 찾을 수 있다. 정병욱, 정한모, 김현, 김주연, 김윤식 등이 참석한 이 좌담회에서 한국 근대문학의 기점을 조선시대 영·정조대까지 끌어 올리자는 제안이 나왔다. 그후 이러한 제안을 받아들여 집필된 실질적인 문학사 기술이 1973년 김윤식과 김현에 의해 제출되었다. 이전까지만 해도 근대 문학사 기술은 갑오경장 기점설에 크게 기대고 있는 형편이었는데, 그것이 공론화되고 실천적인 문학사 기술에까지 도입되었다는 사실은, 그 논란의 여지에도 불구하고 상당한 의미를 함축한다고 볼 수 있다. 김윤식·김현은 『한국문학사』에서 나름대로의 논리 보충

---

5) 김일근, 「민족문학사의 시대구분론」, 《자유문학》, 1957년 7월호.
6) 《대학신문》, 서울대학교 신문사, 1971년 10월 11일 ; 유종호, 염무웅 편, 『한국문학의 쟁점』, 전예원, 1983, pp.15-26.

을 통해 김일근이 주장하고 좌담회에서 제기되었던 18세기 기점설에 더욱 확고한 논거를 제공한다.

> 문학에 한해서만 말한다면, 근대문학의 기점은 자체 내의 모순을 언어로 표현하겠다는 언어 의식의 대두에서 찾지 않으면 안된다. 그 언어 의식은 구라파적 장르만을 문학이라고 이해하는 편협된 생각에서 벗어나게 해 준다.···중략··· 우리는 이조 사회의 구조적 모순을 문자로 표현하고 그것을 극복하려 한 체계적인 노력이 싹을 보인 영정조 시대를 근대문학의 시작으로 잡으려 한다.[7]

여기서 주목할 것은 '자체 내의 모순을 언어로 표현'했다는 부분인데, 이것은 근대 의식과 그 문학적 표현이 타율적, 피동적인 서구화에 의한 것이 아니라 민족의 주체적 역량에서 나타난 것이라는 근대문학관을 반영한 것이다. 그 구체적 이유로는 신분 제도의 혼란, 상인 계급의 대두와 화폐의 유통, 실사구시파의 등장, 독자적 수공업과 시장 경제의 형성, 시조·가사의 집대성과 판소리·가면극·소설 등의 발전, 서민 계급의 등장과 인간 평등사상의 형성 등 18세기 영정조대의 사회문화적인 예로 들고 있다. 문제는 이러한 변화들이 과연 당시 사회와 문학의 전면적 특징으로 규정지울 수 있었겠느냐 하는 점이다. 하나의 서곡과 같은 특징적 징후를 가지고 근대 시대, 근대 문학이 출발했다는 주장은 자칫 성급한 일반화의 오류가 될 가능성이다.

또한 오세영도 김윤식, 김현처럼 근대시의 출발을 18세기로 보고 있는데, 그 근거로는 사설시조의 등장을 들고 있다. 그는 「근대시·현대시의 개념과 기점」에서 사설시조가 근대시의 기본 요건인 자유시형으로서의 면모를 충분히 지니고 있다고 본다. 즉 자유율의 지향, 민중적

---

7) 김윤식·김현, 『한국문학사』, 민음사, 1981, p.20.

언어의 사용, 전시대의 이념에 대한 비판 정신, 사실주의적 태도와 풍
자 정신 등8)을 함의하고 있기에 근대시형으로 보아도 무방하다는 것이
다. 따라서 근대시의 출발을 개화 가사나 창가 가사에서 찾을 것이 아
니라 사설시조에서 찾자는 것이다. 그러나 문제는 역시 분명히 사설시
조를 과연 하나의 징후를 넘어선 근대시의 전면적 전개라고 볼 수 있
겠느냐 하는 점이다. 사설시조는 변격 시조로서 정격 시조인 평시조의
내용, 형식적 경직성에서는 일탈해 있던 것이 사실이지만, 그럼에도 불
구하고 여전히 계몽적 이성주의나 합리성을 담보하고 있지 못할 뿐 아
니라, 부분적으로 자유율에 접근해 있기는 하나 정형시로서의 성격이
분명하다고 볼 수밖에 없다는 데 문제가 있다.

19세기 기점설에 속하는 것으로서 임화의 주장이 있다. 그는 『개설
신문학사』에서 "시민 정신을 내용으로 하고 자유로운 산문을 형식으로
한 문학, 그리고 현재 서구 문학에서 보는 바와 같은 유형적으로 분백
(分百)된 장르 가운데 정착된 문학만이 근대 문학"이라고 하며, 근대 문
학에 대해 다음과 같이 정의한다.

> 근대 문학이란 단순히 근대에 쓰여진 문학을 가리킴이 아니라 근대적
> 정신과 근대적 형식을 갖춘 질적으로 새로운 문학이다.9)

이처럼 19세기 개화기 이후의 시민 정신을 토대로 한 서구화가 곧
근대화이며, 그 시기의 서구적 장르 의식에 토대를 둔 '근대적 형식'을
본격적으로 갖춘 것이 근대 문학이라는 입장을 취한다. 이 견해의 장점

---

8) 오세영, 「근대시·현대시의 개념과 기점」; 김용직 외, 『한국현대시사의 쟁점』,
시와시학사, 1992, pp.36-37.
9) 임화, 『개설 신문학사』, ≪조선일보≫, 1939년 9월 8일(임규찬·한진일 편, 『신문
학사』, 한길사, 1993, p.18)

은 적어도 한 시기를 근대 문학의 기점으로 잡으려면 단순히 하나의 징후가 아니라, 온전한 형식을 갖춘 본격적이고 지배적인 문학 현상이 되어야 한다고 본 점이다. 그러나 그의 이러한 주장은 실증적이고 사회학적 시각을 확보했음에도 불구하고 "신문학이 서구 문학을 배운 것은 내지 문학(內地文學)을 통해서 배웠기 때문이다. 또한 내지 문학은 자기 자신을 조선 문학 우에 넘겨준 것보다 서구 문학을 조선 문학에 주었다"[10]라고 하여 충분한 공감대를 담보하기 어려운 측면이 있다. 즉 우리나라 근대 문학이란 갑오 경장 이후 일본을 매개로 한 서구 문학의 모방에서 비롯되었다고 하는 이식문학론이라는 문제적인 논의가 되어 버리고 마는 것이다. 물론 그의 이식문학론에 대해서는 서구 문학의 영향을 강조한 것일 뿐 민족 문학의 전통을 부정한 것이 아니라는 논의가 있기는 하나, 여전히 민족 주체적 역량에 대한 과소평가라는 지적을 면하기는 어렵다.

임화와 비슷한 논지를 편 경우로 백철과 조연현이 있다. 백철은 『신문학사조사』를 통해 "근대적인 의미의 신문학운동이 조선문학사상에 등장된 것은 직접 근대사조라는 세계력사의 물껼이 조선에 밀려 드러온 그 지반(地盤) 위에 동기가 된 것이며 또한 그 근대사조의 변천에 의하여 조선의 신문학이 성장되고 발전되여 온것"[11]이라고 하며, 갑오 경장 이후에 이루어진 서구적 근대화와 근대 문학의 성립을 밀접하게 관련지어 파악하고 있다. 또한 조연현도 『한국현대문학사』에서 "갑오경장이 한국근대사의 그 첫 개막이라면 그 갑오경장을 전후한 일기간이 한국 근대문학 태동의 그 역사적인 배경일 수밖에 없다"[12]라고 주장한

---

10) 임화, 「신문학사방법론」, 『문학의 논리』, 학예사, 1940, pp.829-830.
11) 백철, 『신문학사조사』, 수선사, 1948, p.10.
12) 조연현, 『한국현대문학사』, 성문각, 1980, p.31.

다. 그는 다시 "갑오경장은 비록 그 최초의 동기가 일본의 강압에 유래한 것이라 해도 그것이 한국 자체의 근대적인 각성과 연결"[13]되었다는 지적을 곁들임으로써 임화나 백철의 견해와 다르지 않음을 드러낸다.

그리고 김용직도 『한국현대시연구』에서 18세기 기점설의 시도들에 대해 비판적으로 논의를 하면서 19세기 개항기 이후라고 단정한다. 다만 앞선 논자들과는 달리 영정조 시대에 근대적인 징후가 나타나고 있다는 점에 대해서는 수긍하는 입장을 취한다.

> 물론 부분적으로 근대적인 증후(症候)가 영정시대의 문학에 나타난다는 사실은 시인되어야 할 일이다. 그러나 그 증후는 증후일 뿐 근대나 근대문학의 본격적인 모습은 아니라고 생각된다. 이와같은 견지에서 볼 때, 이미 우리 이전에 영정시대의 문학을 근대문학사상의 삽화적(揷話的) 존재로 다룬 예가 있었다는 사실은 상당히 시사에 찬 것이다. 그리고 이상과 같은 이유에서 필자는 한국 근대문학의 기점을 개화기 이후로 다시 끌어내리고자 한다.[14]

이러한 자신의 기점설이 근대의 관점에 있어서 피동적, 모방적 이식론에 얽매인 것이 아니냐는 비판 가능성을 인식했는지, 그는 "본래 문화란 복합적인 것이며, 상호교류, 방사(放射)와 수용을 전제로 하는 부단한 지양, 극복의 생리"를 들어 근대 문학의 출발에 있어서도 일반적인 수혜나 영향이란 있을 수 없음을 분명히 하고 있다. 이같은 견해는 앞선 임화의 경우처럼 근대시의 기점을 그 부분적인 징후로서가 아니고 본격적인 '근대 문학의 모습'과 관련되는 것으로 본다는 점에서 설득력을 발휘한다. 근대시의 출발이란 하나의 현상적 차원이 아니라 이

---

13) 조연현, 위의 책, p.33
14) 김용직, 『한국현대시 연구』, 일지사, 1985, pp.12-13.

전의 문학과 지속적이고 전면적으로 변별될 수 있는 역사적 개념이어야 하기 때문이다.

김용직은 또한 1983년에 "한국고전문학연구회"에서 엮은 단행본『근대문학의 형성과정』15)에서 자신의 분명한 견해를 재확인한다. 여기에 등장하는 논자들은 조동일·조병기·서연희, 황패강, 김명호, 이혜순, 김용직, 소재영, 황재군, 박일용, 설성경, 김학성, 정재호, 이종주 등이었다. 이들은 대부분 18세기 기점설에 지지하는 논지를 이끌어 갔는데, 김용직은 앞서 살펴본 것처럼 분명한 단서를 붙이고 있어 주목된다. 즉 근대 문학과 관련된 근대사의 징후는 비록 영·정조 시대에 나타났지만, 그것은 전주부에 해당할 뿐, 그 본론화는 아무래도 인본주의 정신의 발현인 동학혁명, 서구화의 제도적 구체화인 갑오경장 등이 이루어진 19세기로 잡아야 한다16)는 것이다.

한편 북한 문학계에서는 19세기말부터 20세기초를 근대문학의 맹아기로 잡고 있다. 당의 정치적 계획과 의도에 따라 문학사 집필이 이루어지기 때문에 남쪽처럼 다양한 논의가 이루어지지는 못한 것으로 보인다. 그 결과 각종의 문학사류는 물론이려니와 일반인을 위한 문예백과 사전류에서도 일치된 기점론이 개진된다.

> 19세기 후반기에 들어서면서 우리 나라에서는 수천 년간 지속되여 온 봉건제도가 걷잡을새 없이 무너져가고 근대적 발전에 대한 지향이 억세게 머리를 들었다. …중략… 19세기중엽 이전의 봉건사회와는 확연히 구별되는 계몽기의 이러한 사회문화적현실을 반영하여 내용과 형식 전반에서 중세문

---

15) 고전문학연구회 편,『근대문학의 형성과정』, 문학과지성사, 1983.

16) 김용직,「한국 근대사의 기점 문제」; 한국고전문학연구회,『근대문학의 형성과정』, 문학과지성사, 1983, p.129. 이와 비슷한 논지의 글로서「한국근대문학의 사적 정리 문제」(『한국 현대시 연구』, 일지사, 1974)가 있다.

학과는 다른 새로운 문학, 근대문학이 출현하였다.[17]

여기서 말하는 19세기 후반기란 프랑스 함대의 강화도 점령을 물리친 병인양요, 강압적 개항을 요구하는 미국상선을 물리친 셔먼호 사건 등이 벌어지는 시기(1866년)이다. 북한에서 이 시점을 중요시하는 것은 병인양요나 셔먼호 사건이 제국주의적 자본주의에 대한 항거와 저항으로서의 의미가 있고, 그것이 곧 사회주의적 관점의 근대성을 지녔다고 평가하기 때문이다. 이같은 시기에 애국저항시가로서 신채호의 「괘씸한 서양놈」이나 유인석, 이건창의 한시 등을 문학적 근대성의 근거로 들고 있음은 특이하다. 문제는 이 시기의 역사적 상황에 비견될 만한 다양한 문학적 현상의 전개가 있었느냐 하는 점이다. 문학 작품의 생산이 뒷받침되지 않은 상태에서 역사적 관점을 지나치게 강조한 경우가 아닌가 싶다.

또한 북한의 문학사류와 남한의 문학사에서도 비슷한 시각을 드러내고 있다. 북한의 『조선문학사』에서는 "이 시기 반침략반봉건애국문학 특히 농민전쟁과 의병투쟁을 반영한 인민구전문학작품들이나 가사체형식의 정론적 시가들은 외세침략자들에 대한 저주규탄이 봉건통치배들에 대한 폭로비판과 내적으로 결합되여 있다."[18]고 하여 공통점을 보여주고 있다. 그리고 그 주장의 근거가 되는 역사적, 문학적 배경에 대한 인식은 다르지만 권영민의 『한국근대민족문학론』에서도 이 시기를 근대문학의 첫단계[19]로 보고 있으며, 또한 김재용, 이상경, 오성호, 하정일 등의 공저 『한국근대민족문학사』에서도 19세기말부터 20세기 초

---

17) 윤종성 외, 『문예상식』, 문학예술종합출판사(평양), 1994, p.141.
18) 과학백과사전출판사 편, 『조선문학사(19세기말-1925)』, 과학, 백과사전출판사, 1980, p.11.
19) 권영민, 『한국근대민족문학론』, 민음사, 1988, p.451.

(1910년)를 근대문학의 성립기[20]로 보고 있다. 이같은 견해는 앞의 19세기 기점설을 포괄하면서 20세기초에 다양하게 전개된 개화가사와 신소설 등 구체적인 작품군을 문학적 근거로 삼을 수 있어 포괄적이고 실증적인 안목을 갖춘 것으로 평가할 수 있다.

20세기 기점설에는 백낙청, 최원식, 조동일 등의 견해가 있다. 먼저 백낙청은 「시민문학론」을 통해 근대문학의 요건을 시민정신으로 들고 그것이 구현된 것은 1919년 3·1운동이며, 작품상으로는 한용운의 시편들에 분명히 드러나기 시작한다고 주장[21]한다. 그는 이후 「문학과 예술에 있어서의 근대성 문제」[22]에서도 이같은 주장을 되풀이한다. 결국 근대 문학을 3.1운동을 기화로 한 근대적 시민 계급의 출현과 그들의 정신이 구현된 문학으로 규정하려는 시도로 보인다. 또한 최원식은 「한국문학의 근대성을 다시 생각한다」에서 백낙청의 견해에 긍정적 태도를 견지한다.

> 나라가 반식민지로 떨어진 이 시기에 오히려 도시를 중심으로 한 애국 계몽 운동과 농촌을 근거지로 한 의병 전쟁이 일제에 반대하면서 치열하게 전개되는 한편, 봉건적 백성을 근대적인 국민(nation)으로 전환시키려는 계몽주의 문학이 모든 쟝르에서 구체적인 작품군으로 등장하기 때문이다.[23]

그는 인용문 밖에서 근대문학의 기점을 18세기로 끌어올리려는 시도

---

20) 김재용 외, 『한국근대민족문학사』, 한길사, 1993.
21) 백낙청은 「시민문학론」(≪창작과비평≫, 1969년, 통권14호)에서 만해를 "한국 최초의 근대 시인이요 3·1운동이 나은 최대의 시민 시인"이라고 평가한다.
22) ≪창작과 비평≫, 1994년 여름호.
23) 최원식, 「한국 문학의 근대성을 다시 생각한다」, ≪창작과비평≫1994년 겨울호.

를 부질없는 짓이라고 비판하며 이러한 논지를 편 것이다. 여기서 주목할 것은 역사적으로 '애국계몽운동'과 '의병운동'이 활발하고, 문학적으로는 '모든 장르에서 구체적 작품군이 등장'한다는 부분이다. 이는 여타의 기점 논의들에서 흔히 산견되는 문학과 역사 중 어느 한쪽에 치우치는 현상을 극복, 역사적 사실과 문학적 사실을 균형 있게 고려한 좋은 예에 해당한다. 그리고 조동일은 『한국문학통사』에서 "1860년에 동학이 창건되고 『용담유사(龍潭遺詞)』가 이루어지자 중세문학에서 근대문학으로의 이행이 새로운 단계로 접어들었으며, 1919년 삼일운동과 더불어 이행기는 끝나고 근대문학이 자리를 굳혔다"[24]라고 하여 동학가사가 나온 때를 전후한 시기를 이행기로 설정하고, 1919년부터 1945년까지를 근대 문학 제1기로 잡고 있다. 이같은 주장은 민족문학론의 입장에서 반봉건, 반제국주의적 저항과 계몽이라는 관점을 부각시킨 것으로서 의의가 있으나, 그러한 저항과 계몽이 이미 19세기말의 동학혁명이라는 역사적 사건과 그와 관련된 문학작품에서 드러난 바 있으니, 근대문학의 출발을 굳이 19세기말을 건너뛴 상태에서 20세기초로 늦출 필요는 없지 않을까 생각해 본다.

이들 논의에서 보듯, 우리 근대시의 기점론은 대략적인 시간 단위로 보아도 18세기부터 20세기까지 3세기에 길게 걸쳐 논의되고 있는 셈이다. 그것은 그만큼 우리 근대사 내지는 근대시의 형성 과정이 복잡하고 어려웠다는 사실을 말해 주는 것이다. 주지하다시피 그것은 우리의 근대사란 보편성으로서의 국민 국가 및 자본제 생산 양식의 완성이라는 두 항목과 특수성으로서의 반제, 반봉건 투쟁이라는 두 항목 속에서 가능[25]했던 민족사적 특수성에 기인한 것이다. 즉 우리의 근대시에도 다

24) 조동일, 『한국문학통사 5』, 문학세계사, 1988, p.9.
25) 김윤식, 「한국근현대문학사를 다시 써야 되는 까닭」; 김윤식 외 『한국현대문학사』, 현대문학, 1995, p.16..

른 여타의 문화 현상과 마찬가지로 근대라는 역사적 진보의 장을 이국
의 침탈과 함께 겪어야 했던 불행했던 민족사의 그늘이 드리워져 있기
때문이다.

2. 현대시 기점론의 양상

현대시는 근대시와 배타적 상대 개념이 아니다. 근대시적 미완의 모
더니티를 극복하여 성숙한 모더니티를 지향했다는 점에서 연속 개념이
다. 그리하여 현대시는 근대시에 부분적으로 남아 있던 봉건적 잔재들
이 일소하고 전면적 모더니티의 획득을 지향한 것으로 잠정적인 개념
범주를 정리하고자 한다. 문제는 그러한 현상이 언제부터 구체화되었는
가 하는 점이다. 현대시의 기점에 관한 논의는 1924년 신경향파 등장
설, 1926년 모더니즘 기점설, 1930년 시문학파 등장설, 1935년 모더니즘
등장설 기점설 등으로 나누어 살펴볼 수 있다.[26] 먼저 1924년 신경향파
기점설을 주장하는 경우는 백철의 것이 대표적이다. 그는 『조선신문학
사조사 현대편』의 제1장 「조선신문학의 재출발기」에서 '신경향파 문학
의 등장'을 주목하고 있다.

조선의 신문학사조사는 백조파의 낭만주의 또는 자연주의의 성숙
기를 계선(界線)으로 하고 전기와 후기가 갈리는 하나의 분수령에 도
달하였다. 신문학사조는 이 분수령에서부터 방면(方面)을 급전(急轉)
하여 근대사에 반역한 현실의 동향을 따라 흐르게 되어 조선의 신문
학사는 여기서 획기적인 신출발을 하게 되었으니 이것이 1924,5년경
에 침체를 부르짖던 조선문학계에 커다란 돌을 던져 파문을 이르킨

---

26) 이형권, 『한국현대시의 이념과 서정』, 보고사, 1998, p.217.

신경향문학의 등장이였다.[27]

이 부분의 핵심 내용은 1920년대의 낭만주의와 자연주의 문학을 중심으로 그 전후의 양상이 다른데, 그 전기가 근대 지향이었다면 그 후기는 '근대사에 반역'한 것이라는 데 있다. 그가 이들 모두를 명칭상으로는 신문학[28]이라고 하고 있지만, 그 내용상으로 볼 때, 1894년 갑오경장을 기점으로 한 개화기 이후를 근대 문학으로, 1924·5년 신경향파 이후를 또다른 '획기적인 신출발'의 문학으로 보고 있다. 이 '획기적인 신출발'이 근대성 극복으로서의 리얼리즘적 현대성을 담지한 문학의 시작으로 이해해도 될 것이다. 그러나 백철의 이러한 견해는, 반모더니즘적 리얼리즘 차원의 너무 일방적인 측면만 고려했다는 점, 몇몇 작가나 시인들에 드러난 투박한 개인적 신념의 차원을 확대 해석했다는 점 등이 문제점으로 제기될 수 있다.

1926년 모더니즘 기점설에 속하는 것으로 정한모의 견해가 있다. 그는 자유시의 성립이 '한 개인의 천재성이 아니라 하나의 범문단적 현상으로 정착된 시기'[29]를 기점으로 삼아야 한다고 전제하는데, 이것은 그동안 근현대시의 기점 문제를 단선적으로 접근해 온 한계점에 대한 곡진한 지적으로 받아들여질 만하다.

1920년대 후기는 한국 문학사에서 하나의 중대한 전환기로 재조명

---

27) 백철, 『조선신문학사조사 현대편』, 백양당, 1949, p.2.
28) 『조선신문학사조사』(수선사, 1948)에서 그는 "「근대문학사조사」라고 하면 너무 초기의 문학을 일면적인 해석을 하는 것같고 「현대문학사조사」라 하면 너무 전면으로 나선 부분적인 해석바께 되지 못하는 것 같아서 편의상 「신문학사조사」로 해 버렸다"고 하여 명칭과 범주에 관한 고민을 했음이 드러난다.
29) 정한모, 「한국 현대시 연구의 반성」, ≪현대시≫, 문학세계사, 1984, p.49.

될 필요가 있으며, 지금까지 실증적 자료의 점검을 소홀히 한 채 1930년대를 현대시의 기점 내지는 전환점으로 보았던 학계의 통념은 일단 수정될 필요가 있다고 본다. 그러므로 1930년대를 특징짓는 시 문학파나 모더니즘은 모두 1920년대 후반기 문학 활동의 연장선상에 서 파악되어야 할 것이다.[30]

이처럼 1920년대 후반, 구체적으로는 정지용의 시편들이 처음 활자화된 1926·7년을 기점으로 삼고 있다. 이것은 현대시 기점 문제에만 관련되는 것이 아니고 모더니즘의 전개를 10여년 소급시켜 현대문학사 시기 구분의 새로운 시각을 확보케 했다는 점에서도 의의가 있다. 그는 또한 김소월의 『진달래꽃』(1925년)이나 한용운의 『님의 침묵』(1926년) 등의 시집도 이 시기에 나왔음을 중시하고 있어 현대시의 출현을 복합적 현상으로 파악하고 있다는 점에서 주목을 요한다. 더욱 바람직한 것은 시 장르뿐 아니라 소설, 희곡 등 다른 장르들도 함께 고려해야할 것이지만 그러한 총체적 시각을 확보하고 있지는 못하다. 그럼에도 불구하고 현대시 기점에 관한 가장 균형 잡힌 견해가 아닌가 생각된다. 그 균형이란 말할 것도 없이 모더니즘, 리얼리즘, 리리시즘적 총체성이다.

오세영도 정한모의 견해를 그대로 이어받지만 정지용만을 초점화한다. 즉 정지용을 필두로 한 모더니즘이 "언어 의식이나 문학적 감수성, 그리고 문학적 방법론에서 우리시를 한 차원 높은 단계로 발전시키는데 결정적인 공헌을 하였다는 점"[31]을 강조하여, 이 시기를 현대시의 기점으로 잡는 데 주저할 것이 없다고 주장하고 있다. 또한 문덕수는 『한국모더니즘시 연구』에서 "모더니즘의 기점을 1926년으로 잡으면, 현

---

30) Ibid., p.51.
31) 김용직 외, op.cit., pp.38-39.

대문학 또는 현대시의 기점 문제도 저절로 해결된다. 현대 문학 기점
은, 앞서 살펴본 바와 같이, 결국 신경향파문학이 일어난 1925년 무렵
이냐, 그렇지 않으면 모더니즘 문학이 일어난 때냐 하는 것이므로, 모
더니즘의 기점은 1926년으로 잡으면 신경향문학의 발생 시기와 거의
같아지기 때문"32)이라고 하여, 현대시 기점을 정지용의 모더니즘 계열
의 시로 삼고 있다. 이들 주장은 정지용이 출발시킨 모더니즘 시를 30
년대가 아닌 20년대 후반으로 소급, 그것과 신경향파 문학의 전개를 통
합적으로 고려했다는 점에 의의가 있다.

  한편 북한 문학계에서는 1926년을 이전의 문학과는 뚜렷이 변별되는
큰 변화의 시기로 규정하고 있다. 현대 문학이라는 직접적 표현은 찾아
보기 어렵지만, 그에 준하는 의미 부여를 하는 듯싶다.33) 1926년은 김
일성이 이른바 '타도제국주의동맹'을 조직하여 항일혁명투쟁을 처음 시
작했다는 해이며, 그것이 문학적 대변혁을 일구어 내는 동기 구실을 했
다는 점에 대해서는 북한 문학계에서 이의가 없는 듯하다.

  항일혁명투쟁의 첫시기 창조발전한 혁명적 문학은 위대한 수령님
의 령도밑에 영생불멸의 주체사상에 기초하고 그를 적극 구현한 문
학으로서 우리나라에서 혁명적이며 인민적인 문학의 첫 페이지를 빛
나게 장식하시였다.34)

  그러나 이같은 관점은 이전의 문학과 확연히 구별되는 변별점을 '주
체사상에 기초하고 그를 적극적으로 구현한 문학'으로 규정, 현대문학
의 기점을 김일성 개인 우상화 차원에서 논의하고 마는 결정적인 한계

---

32) 문덕수, op.cit., p.29
33) 민족문학사연구소 지음, 『북한의 우리문학사 인식』, 1991, 창작과비평사, p.84.
34) 류만, 『조선문학사 8』, 사회과학출판사(평양) 1992, p.20.

를 내포하고 있다. 그 개인사적 문학사 기술의 한계는, 사회주의 리얼리즘 차원에서 중요하게 거론될 만한 카프 문학에 대한 언급조차 분명치 않다는 점으로 다시한번 확인된다. 1925년 카프의 조직이 이루어지고, 1926년과 27년에 거쳐 그 조직이 공고해지는 과정의 문학사적 의의를 부정할 수는 없을 것인데, 이같은 문학사적이고 미학적 입장마저 개인 우상화 앞에 간단히 부정되고 마는 모습을 보여주기 때문이다.

또한 1930년대초 시문학파 기점설에 속하는 것으로 유종호의 견해가 있다. 그는 '시는 언어 예술'이라는 본질적인 면을 자각하고 실천한 정지용 등의 시문학파를 현대시의 출발로 보고 있다.[35] 이는 정지용을 순수 서정을 추구한 시문학파의 일원으로 초점화하고 있어 모더니스트로서 강조점을 두고 있는 앞선 논자들과 차이를 보여준다. 비슷한 견해로 조지훈의 것이 있는데, 그는 "시문학사의 단계에 대한 또 하나의 문제점은 우리 근대시와 현대시의 분수령을 어느 시기로 잡느냐 하는 문제"라고 전제하고, "1930년대의 「시문학파」 운동을 현대시의 분수령으로 본다"고 하면서, 그 근거를 다음과 같이 기술한다.

> 어쨋든 시를 언어 예술로서의 자각으로서 그 기법의 수련을 전환시켰고 우리 근대시를 집성하여 현대시의 단서를 연 것이다. 해외시의 전공이란 바탕 위에 카프시의 공소성에 대한 반발의 의욕이 이 운동을 뒷받침하였다.[36]

시문학파 기점설을 지지하고 있는 이런 견해들은 언어 예술로서의 문학의 발견이라는 측면을 특별히 강조하는 것이지만, 과연 치열한 내면적 인식 없이 순수 서정만을 바탕으로 한 언어의 조탁을 추구한 시

---

35) 유종호, 「현대시의 오십년」, ≪사상계≫1962년 5월호.
36) 조지훈, 『한국현대시문학사』 ; 『조지훈전집 7』, 일지사, 1973, p.213.

문학파가 현대성을 담보해 냈는지에 대해서는 의문점을 갖지 않을 수
없다. 순수시파로서의 정지용을 비롯한 박용철, 김영랑의 시에는 적어
도 치열한 내면 의식이나 전위적 모더니즘 미학이 철저하게 결여되어
있다는 점에서 그러하다.

마지막으로 1935년 모더니즘 기점설에 속하는 것으로 이어령의 견해
가 있다. 그는 정지용을 근대시의 완성자로 보고 김기림과 이상(李箱)
의 작품을 현대시의 출발로 보고 있다.37) 정지용을 또 다른 각도에서
조명하고 김기림의 주지적 모더니즘과 이상의 초현실주의적 모더니즘
에 주목하고 있는데, 특히 다른 논자들에서 소홀히 다루어진 이상을 현
대시의 출발 시점에 둔 것을 눈여겨볼 만하다. 같은 맥락에서 조연현은
실제 문학사 기술의 과정에서 다음과 같이 진술하고 있다.

> 1935년을 전후하면서부터는 그 후반기는 그 전반기의 문학적 수준
> 이 확대심화되는 동시에 종래까지 근대문학적인 성격 위에 있었던
> 한국문학이 처음으로 현대문학적인 성격을 띠기 시작한 시기이기 때
> 문이다.38)

역시 1935년 전후 모더니즘시를 현대시의 기점 논의의 핵심으로 파
악하고 있다. 이어서 그는 이 시기를 전후한 그 전반기의 몇 가지 변화
에 주목하고 있다. 즉 동인지 문단 시대에서 사회적 문단 시대로의 변
화, 습작 문단에서 작가 문단으로의 변화, 순문학과 대중문학의 분립으
로 문학의 예술적 영역과 오락적 영역의 변별 등으로 인해 한국의 현
대문학이 일정한 수준에 도달한 첫시기로 파악한다. 이같은 주장은 지
나치게 순수 문학의 논리를 앞세워 반리얼리즘적 관점에 선 것으로 볼

---

37) 「문학 심포지움」, ≪사상계≫1962년 5월호.
38) 조연현, 『한국현대문학사』, 성문각, 1982(1969), p.463.

수 있다. 현대성의 문제란 미학적 수준의 것일 뿐 아니라, 그것과 역사적 현실이 변증법적으로 고려되는 종합적 수준에서 논의되어야 마땅할 것이다.

이상과 같은 현대시의 기점 논의가 시간적인 간격에 있어서는 근대시의 그것보다 심하지 않지만, 문학적 관점에 따른 차이는 그에 못지 않은 복잡한 양상을 보여준다. 즉 1924년부터 1935년이 이르는 10년 남짓한 시간을 두고도 논자들이 내린 역사적, 문학적 가치 부여는 현격한 차이를 보여준다는 점에서 다소 섬세한 접근을 필요로 한다. 그 중 무엇보다도 논자들 간의 시각차를 인위적으로 통합할 수도, 또한 그렇게 해야 하는 것도 아니지만, 남이든 북이든, 또는 남쪽 내에서도 문학적 신념에 의해서든 지나친 배타적 논의를 벗어나야 하지 않을까 생각해 본다. 자신이 배척하는 문학적 현상들도 분명히 당대의 중요한 문학적 흐름일 수 있고, 상이한 문학 경향들이 서로 길항하면서 문학 전반을 구성하는 것이 풍요로운 문학의 모습일 수 있기 때문이다. 문학적 신념의 선택 문제에 대해 우리는 너무 개성적 성향의 차원이 아닌 이데올로기적, 집단적 시비(是非)의 관점으로만 접근해 온 것은 아닌지 재고해 볼 일이다.

3. 근·현대시 기점론의 비판과 모색

근현대시 기점론의 다양한 양상은 이제껏 살펴본 대로 나름대로의 타당성과 문제점을 공유하고 있다. 이들을 전면적으로 부정하여 획기적인 신기점론을 제기한다기보다는 다만 기왕에 제기된 기점론을 비판적으로 재검토하고 논거를 새로이 다지는 일이 필요하다는 것이 본고의

지배적인 생각이다. 이를 위해서는 근현대성의 다양한 양상들을 종합하
고 수렴하는 균형 잡힌 관점이 요구된다. 우리 문학의 근현대성을 담보
해 주는 모더니티는 계몽주의, 프로문학, 모더니즘 등으로 전개되어 왔
다는 통념39)에 충실할 필요가 있는 바, 여기서 프로문학을 리얼리즘에
대응시키면 계몽주의, 리얼리즘, 모더니즘이라는 세 가지의 양상이 복
합적으로 전개되어 온 것이 된다. 여기에 리리시즘적 근현대화, 즉 순
수, 혹은 전통 서정의 근현대화를 추가해서 살피면 근현대문학의 기점
문제도 자연스럽게 해결될 것으로 생각된다.

　문제는 북한의 문학사적 관점이다. 근현대시 기점설에 있어서 연대
기적 동일성을 보이는 경우에도, 남북의 정치 이데올로기적 맥락과 그
로 인한 문예미학적인 배타성과 깊이 연루되어 논거상의 현격한 차이
가 있다. 실상 그동안 남북 분단 이후 문학 작품의 전개와 그것에 대한
문학사적인 기술은 이질화의 길을 걸어왔다. 해방 이후의 작품은 물론
이려니와 그 이전의 작품마저도 남과 북의 문학사적 의미 부여는 큰
괴리감40)만을 키워왔다. 그것은 당파성, 사상성, 인민성 등을 강조하는
사회주의 리얼리즘을 미학의 기본 항목으로 설정하고 있는 북쪽의 문
학적 태도와, 상대적으로 예술적 기교성을 강조해 온 남쪽의 상반된 태
도의 차이에 기인한다고 볼 수 있다. 문제는 상호간의 특수한 문예미학
적 태도를 인정하지 않으려 한다는 데 있는 바, 이런 관점은 냉전 시대
의 경직된 논의에서 한발자국도 넘어설 수 없다. 하물며 남북의 문학사
기술은 단순히 문예미학의 차원에 국한되는 것이 아닐진대, 남북 상호

---

39) 이선영, 「우리문학 연구의 새로운 지평」; 민족문학사연구소 엮음, 『민족문학
　　과 근대성』, 문학과지성사, 1995, p.26.
40) 구체적인 예로 남한 문학사류에서 문제적 작품으로 일컬어지는 이상의 「날개」,
　　「오감도」 등이 북한에서는 전혀 언급되지 않고 있으며, 반대로 북한 문학사
　　류에서 최고의 작품군에 속하는 것으로 인정받고 있는 사회주의 소설이나 동
　　북지역 항일혁명 가사에 대해 남쪽에서는 소홀이 다루어지고 있다.

간의 문화적, 역사적 맥락에서의 이해를 하려는 거시적 안목이 요구된다. 남의 문예미학적 태도나 북의 그것이 모두 각각의 특수한 체제로부터 파생되었기에 서로의 입장 차이가 있을 수밖에 없고, 그렇기 때문에 어느 한쪽의 문학사적 논리를 다른 쪽에 강요해서는 안될 것이다. 가능하다면 양쪽의 논리를 하나로 묶어 내거나, 아니면 최소한 둘을 함께 고려하여 의미 부여를 하는 일이 우선 요구된다.

이런 관점에서 근대시의 기점은 위 논의들을 토대로 19세기 후반-20세기초설을 상정하고자 한다. 그 이유는 우선 18세기 기점설의 성급함과 20세기 기점설의 지연감을 동시에 극복할 수 있기 때문이다. 18세기 기점설은 어떤 면에서는 우리 문학의 근대성에 대한 지나친 소급 의욕으로 인해 성급한 일반화의 오류를 저지르고 있는 것은 아닌가 생각된다. 영정조 시대에 물론 근대적 인식과 관련된 실사구시의 학문적 태도와 서민정신의 발현 등이 있었다고 하나, 그것이 사회 전반의 지배적 현상이었다고는 보기 어렵다. 사회 현상의 일부분에서 일어난 의미 있는 근대의 징후임에는 틀림없으나, 그같은 사실이 그대로 근대 사회로의 잔면적 진입이라는 대변혁과 등가로 규정하는 것은 분명 문제가 있는 것이다. 또한 20세기 기점설의 경우는 자본주의 시장에의 편입이라는 서구적 보편성과, 시민 의식이나 사회 운동으로서의 3.1운동에 초점을 두다 보니, 필요 이상으로 그 시기를 미루어 놓았다고 볼 수 있다.

19세기 후반-20세기초 기점설을 상정하는 다른 하나의 이유는 북한 문학사와의 공통적 인식이 가능하기 때문이다. 먼저 남쪽에서 제기된 19세기설의 논거로서 제기된 1894년 동학혁명과 갑오경장은 모두 우리 역사의 근대화에 중차대한 에포크를 긋는 역할을 담당했다. 안과 아래로부터의 민중 혁명인 동학 혁명은 반봉건주의라고 하는 근대적 성격이 분명했으며, 밖과 위로부터의 갑오경장 역시 제도적 차원에서 그러한 성격이 분명했다. 이들이 당대적으로는 물론 지극한 조화를 이루지 못했지만, 결과적으로는 민족사 전체에 본격적인 근대화 바람을 몰고 온 것이 사실이었다. 또한 북한에서 19세기설의 주요 근거로 여기고 있는 병인양요와 셔먼호 사건의 외세 배격 정신도 굳이 그들의 역사적 관점에 따르지 않더라도 반제국주의적 민족 자주권 수호 차원의 근대 정신으로 볼 수 있는 것이다. 이같은 전면적 총체적 근대화가 이루어졌다는 사실과 함께 문학에 있어서도 개화가사, 신소설 등의 새로운 양식들이 등장하여 문학사에 있어서도 명실공히 근대성을 띠고 있었던 것이다. 다만 북한과 남한의 19세기 기점설의 주요 근거인 병인양요(1866년)와 동학혁명(1894년)의 발생 시점이 30년 가까운 시차가 문제점으로 제기될 수 있으나 그것은 중요하지 않다. 논의의 편리함을 위해 작품 양상의 뚜렷한 변별점도 없이 문학사를 너무 미세하게 가르는 것은 결코 바람직한 일은 아니기 때문이다. 문학사의 정신사적 흐름에 있어서 30년 가량은 큰 시간이라 볼 수 없으며, 그렇기 때문에 '19세기 후반-20세기초'라는 포괄적인 시기 설정이 하나의 대안이 될 수 있을 것이다.

또한 현대시의 기점에 있어서 필자는 만해와 소월을 포함한 범문단적 현상으로 파악한 1926년 모더니즘 기점설에 관심을 두고, 다만 그 시기를 1925-27년간의 일정 기간으로 설정하고자 한다. 이 논의는 모더니즘, 리리시즘, 정신사적 차원의 현대성을 포괄하는 특징이 있다. 모더니즘적 현대성이란 한국 현대시에서 그 논의의 중심을 차지하는 정지용이 1930년대 시문학파 일원으로서 활동하기 이전인 1926년부터 ≪학조(學潮)≫지에 「카페·프란스」, 「슬픈 인상화」, 「파충류동물」 등의 시를 발표했다는 사실과 연계, 현대성의 으뜸 근거인 모더니즘과 직접 관련시킬 수 있다는 장점이 있다. 그리고 리리시즘적 현대성은 김소월이 1925년 『진달래꽃』이라는 전통 정서의 현대화에 있어서 결정판이라 할 만한 작품집을 내 놓은 것으로 설명할 수 있다. 김소월에 이르러 전통 정서라는 것이 낡고 쓸모 없는 것이 아니라 온고지신(溫故知新)의 역설이 가능한 중요한 자원임이 증명된 셈이다. 또한 정신사적 현대성은 만해의 시에서 찾을 수 있는 것인데, 1926년 『님의 침묵』은 정신적 내면성을 확보한 시의 경지로서 우리 현대시의 정신사적 획을 그었다. 이는 백낙청이 주장한 시민 정신[41]보다는, 우리의 정신에 내재해 있던 선비 정신이라 일컬어질 수 있는 전통 정신 및 그와 관련된 시의 대상인 님의 현대화라는 점과, 그 표현상의 산문적 운율이라든가 역설적 언어와 상징적 표현의 구가 등을 종합한 관점에서, 현대시의 기점과 관련시킬 수 있을 것이다

그러나 여기에 리얼리즘적 현대성으로서 1926년에 출발한 임화 시의 시사적 의미를 더 보충해야 한다는 전제를 둔다. 즉 1926·7년 시작된 그의 시는, 1924·5년 등장한 신경향파시의 관념적 서술을 위주로 하는 폭로성과 구호성을 일정 수준까지 극복하고 있으며, 나아가 모더니즘적 실험성과 리얼리즘적 전위성이 담지되어 있을 뿐 아니라, 계급주의적 신념까지 충실히 담아내고 있다고 판단되기 때문이다. 구체적으로, 1926년에 창작된 「지구와 빡테리아」 등의 시들에 나타나는 현실 비판 의식과 다다이즘적 요소의 결합 양태라든가, 1927년 「담(曇)-1927」로 시작된 투철한 계급적 인식의 시적 표출, 그리고 1929년을 전후한 시기의 단편 서사시의 창작 등 1920년대 후반 임화 시의 전개 양상은, 리얼리즘적 인식과 모더니즘적 인식을 토대로 한 연속적인 현대성을 충실히

---

41) 백낙청은 「시민문학론」(≪창작과비평≫1969년 통권 14호)을 통해 근대문학의 요건을 시민정신으로 들고 그것이 구현된 것은 1919년 3·1운동이며, 작품상으로는 한용운의 시편들에 분명히 드러나기 시작한다고 주장했다. 또한 만해 시를 "한국 최초의 근대 시인이요, 3·1운동이 나은 최대의 시민 시인"이라고 평가하는데, 여기서 근대의 의미는 이 글의 현대의 의미와 유사하다.

보여주고 있다. 요컨대 1925-27년의 시기를 현대시의 기점으로 상정함
은, 우리 시사에 있어서 앞서 살폈던 정지용의 모더니즘적 현대성, 한
용운의 정신사적 현대성, 김소월의 리리시즘적 현대성, 북한문학사류의
관점, 그리고 그 보완 논지로 임화의 리얼리즘적 현대성을 함께 고려한
결과이다.

Ⅲ. 결   론

근·현대문학사의 기점이란 다른 문화 현상과 마찬가지로 물리적인
시간이나 정치적 단위에 의해 명확히 구획지을 수 없는 것이다. 그럼에
도 불구하고 문학에 대한 사적인 정리를 위해서는 필수불가결한 요소
이기 때문에 많은 논자들이 이에 참여해 왔다. 지금까지 논의한 내용을
정리해 보면 다음과 같다.

	기점	논 자	주요논거(역사/문학)
근대시	(1)18세기설	김일근, 김윤식, 김현, 오세영	실학사상/사설시조, 판소리, 박지원의 소설
	(2)19세기설	임화, 백철, 조연현, 김용직	갑오경장, 동학혁명/개화가사
	(3)19세기말-20세기초설	권영민, 김재용 외, 북한	병인양요, 애국계몽운동/개화가사, 신소설, 한시
	(4)20세기설	백낙청, 최원식, 조동일	3.1운동/한용운
현대시	(5)1924년설	백철	문화정책/신경향파
	(6)1926년설	정한모, 문덕수, 오세영, 북한	사회주의의 유입/모더니즘(정지용), 정신(한용운), 서정(김소월)의 현대성
	(7)1930년설	유종호, 조지훈	무단정치/시문학파(정지용)
	(8)1935년설	이어령, 조연현	무단정치/모더니즘(김기림,이상)

근대시와 현대시의 기점론에 관한 논의들은 각각 4가지의 관점으로 대별된다.

이들 논의를 토대로 하여 필자는 근대시의 기점은 19세기 후반-20세기초설을, 현대시의 기점은 1925-27년설을 주장했다. 이같은 주장은 앞 도표의 (3), (6)과 각각 유사한 관점에 선 것이다. 다만 그 기점을 특정 시간이 아니라 일정 시기로 상정하고, 근대시의 개념을 과도기적인 것으로 규정, 광의의 현대시 범주에 포괄하고자 했다. 그리하여 궁극적으로는 근대시와 현대시라는 용어상의 혼란도 '현대시'로 통일하여 사용했으면 하는 바램을 표명했다. 또한 그 논거로서 위 도표에 제시된 것 외에 근대시에 있어서는 북한문학사류와의 종합, 그리고 현대시에 있어서의 모더니즘과 리얼리즘, 그리고 리리시즘적 모더니티를 포괄하는 관점을 확보해야 함을 덧붙여 주장했다. 이제 이들 논거에 대한 합리화 작업이 더욱 정치하게 이루어져야 할 것인 바, 필자의 이같은 주장은 일단 서설적인 것임을 덧붙여 두고자 한다. 추후 더욱 심도 있는 논의가 이루어질 경우에도, 가장 경계할 것은 특정한 작가의 특정한 작품을 두고 최초의 근현대시 운운 하면서 그것을 기점으로 잡는 태도임을 다시한번 염두에 둔다. 역사적인 근대나 현대라는 흐름도 그렇게 간단치 않을진대, 문학이라는 고도의 정신 세계가 융합되어 있는 문학사의 기점 논의란 그렇게 단순 논리로 파악되어서는 안될 것이다.

또한 이같은 논의가 시 장르 자체로만 한정되어서는 곤란하다는 점을 강조해 둔다. 이 점은 본고가 갖는 한계이자 향후 극복해야 할 과제이기도 한데, 다른 장르와의 종합적인 고찰이 이루어지는 것이 바람직할 것이다. 더 나아가 문학사의 기점론은 시대사, 정신사, 풍속사 등을 포괄하는 '역사'와, 작가와 작품, 문예사조의 흐름, 각 장르 문제 등을 포괄하는 '문학'을, 종합적으로 균형 있게 고려하여 이루어져야 할 것이다. 이들의 어느 한 부분이라도 소홀히 여길 경우 자칫 헛된 공론으로 빠져들 가능성이 있다. 그러나 이것에 대한 총체적 정리는 이 짧은 글에서 충분히 이루어질 성질의 것이 될 수 없음은 물론이다. 따라서 이 글은 개괄적이고 인상적인 논의들에 대한 정리를 통해 나름대로 하나의 시안을 상정해 보았다는 것으로 만족할 수밖에 없다. 이런 연유로 이 글은 기존의 논의들에 대한 논평적 개관에 초점이 두었으며, 하나의 모색으로서의 설정된 기점도 더욱 면밀하고 견고한 시기구분론의 개진을 위한 잠정적이고 시안적 수준의 것임을 아울러 밝혀둔다. 문학사는 결국 부단히 변화하는 것이고, 그 기점 논의 역시 고정 불변의 것일 수 없다는 명제를 이 글의 마지막 결구로 삼고자 한다.

정신주의와 해체주의의 거리
——최동호와 이승훈의 문학논쟁 비판

1. 최근의 문학 논쟁에 부쳐

어느 시대, 어느 분야나 논쟁은 있게 마련이다. 논쟁은 인간의 지적 논의에 있어서 불가피하게 마주치는 하나의 과정이다. 오늘날의 발달된 문화나 문명도 되돌아보면 모두 부단히 이어온 인류의 지적 논쟁의 결과물이다. 논쟁은 일종의 대화이다. 물론 일상적 대화와는 구분되는 고차적인 대화이다. 소크라테스를 비롯한 고대 희랍의 철학자들은 자신의 지적인 독단을 보편적인 지식의 세계로 이끌기 위하여 대화를 즐겨 했다. 그 결과 합리성과 실증성을 담보한 근대적인 학문의 형태를 완성했던 사실에서도 이 대화의 중요성은 실감된다.

우리 나라 근·현대 문학에 있어서의 논쟁의 역사는 다양한 양상으로 전개되어 왔다. 순수한 문학 이론적 측면에서부터 실천적 창작 방법의 문제에 이르기까지 여러 각도에서 이루어졌다. 달리 보면 근·현대 문학사란 논쟁의 역사라는 말이 어울릴 정도로 시대에 따라 문학적 흐름을 주도해 왔다. 골격만을 간추려 본다면 다음의 몇 가지로 정리될 수 있다. 첫째는 일제 시대 순수 문학과 경향파 문학의 대립이다. 둘째는 해방 직후 순수 문학과 현실주의 문학의 대립이다. 셋째는 '60년대 순수 문학과 참여 문학의 대립이다. 넷째는 '70년대 모더니즘 문학과 리얼리즘 문학의 대립이다. 다섯째는 '80년대 서정주의 문학과 민중 문학의 대립이다. 여섯째는 '90년대 정신주의 문학과 해체주의 문학의 대립이다. 이같은 정리에는 다만 두 가지의 전제가 따른다. 하나는 위에 제시한 쟁점들은 당시의 총체적 문학의 흐름을 객관적으로 정리한 것이 아니라, 문단의 표면으로 부상된 것들만을 문제 삼는다는 점이다. 다른 하나는 당시에 제시된 용어들을 그대로 원용하는 것이기 때문에 이들의 범주라든가 개념 정립이 분명치 않다는 점이다. 이들 문제점들에 대한 해소는 필자가 계획하는 훗날의 본격적인 논의에 맡기기로 한다.

이 글은 최근 들어 문단의 화제가 되었던 정신주의와 해체주의의 논쟁을 중심으로 살펴보고자 한다. 이 논쟁은 거슬러 올라가 보면 그 동안 전개되어 왔던 전통성을 강조하는 서정주의와 혁신성을 강조하는 실험주의 사이의 뿌리깊은 대립에 연원을 두고 있다. 이것이 '90년대 이후 우리 시단에서 더욱 구체화되어 오던 차에 최근 수면 위로 부상한 것이다. 이들 논쟁의 과정을 관심 깊게 읽어온 필자는 오랜만에 글 읽기의 즐거움을 느꼈음을 고백해 둔다. 이 즐거움은 방관자적 싸움 구경꾼이 갖는 값싼 도취는 아니었다. 두 개의 하천이 모여 더 큰 물줄기를 이루는 과정에서 일어나는 여울에 몸을 담근 자로서 느끼는 생동감이었다. 월간 종합 문예지 ≪문학사상≫을 무대로 하여 펼쳐진 이 논쟁의 두 선봉장은 최동호와 이승훈이다. 이 논쟁에 대한 논의를 위해 우선 이들의 주장과 논거에 비판적으로 접근해 본다.

2. 정신주의 비판 : 시는 건강해야 한다?

최동호는 최근 한 월평에서 현재 우리 시단의 해체주의적 시 경향에 대해 용기 있고 의미 심장한 지적을 하고 있다. 그의 용기는 치열한 비판 정신이 사라지고 '좋은 것이 좋은 것'이란 식의 무소신주의가 하나의 매너리즘으로 정착하려는 시단 풍토를 타파하려는 노력이기에 값진 것이다. 또한 그 의미 심장함은 이 글이 단순한 월평의 차원을 넘어 우리 시단의 가장 심각한 문제점에 대해 정확한 진단을 내리고 있다는 점이다. 이것은 월평뿐 아니라 각종 문예지의 추천 제도나 신춘 제도마저도 밀실 비평과 정실 비평으로 얼룩진 오늘날의 비평계를 어느 정도 극복하고 있다는 데서 그 빛을 발한다. 문제의 글은 우리 시단에 대한 애정 어린 질책으로 시작한다.

> 시는 이제 한 시대를 선도해 나가는 주종 장르가 아니다. 오늘의 시들의 상당수는 시대의 그늘진 곳에서 병적인 자기 부정을 난삽한 언어로 읊조리거나 흘러간 시대를 회고하는 퇴영적 목소리를 들려주고 있다. 신세대 체험에 근접한 시인들 또한 아직 생경한 목소리로 자신을 표현하고 있을 뿐이다. 그 누구도 오늘의 우리가 체험하고 있는 삶의 실상을 시적 언어로 날카롭게 포착해 내고 있지 못하고 있는 것처럼 보인다.[1]

이 발언에서 주목할 것은 두 가지이다. 하나는 시의 장르적 위기에 대한 자각이며, 다른 하나는 오늘날 시의 부정적인 모습에 대한 질타이다. 오늘날 우리의 문화 풍토 내지는 문학 풍토를 보면 이것은 쉽게 납

---

1) 최동호, 「시의 부정·해체 그리고 시적 생성」(≪문학사상≫, 1996년 10월호), 345쪽.

득이 간다.

시의 위기론은 문학의 위기론이나 활자 매체의 위기론과 관련되는 문학 외적인 문제인 동시에 산문 장르에 대한 상대적 위축감에서 비롯되는 문학 내적인 문제이기도 한다. 오늘날 문화 현실을 볼 때 활자 매체의 문화 소통 역할은 날이 갈수록 축소되고 있는 것이 사실이다. 과거에는 활자 매체에 의해 주도되었던 문화적 행위와 소통의 방식이 최근 급격하게 영상이나 전자 미디어 쪽으로 옮아가고 있다. 학생들의 책상 위에는 이제 PC가 한 대씩 올라 앉아 종이책이 담당했던 많은 역할들을 대신하고 있으며, 여가 시간에 침을 발라가며 책장을 넘기던 많은 사람들의 손에는 비디오를 보기 위한 리모콘이나 컴퓨터용 마우스(혹은 자판)가 들려 있다. 이것은 활자 문화의 정수인 시가 과거처럼 '주종 장르'가 될 수 없는 까닭 중의 하나이다.

또한 오늘날 시에 대한 질타는 시 장르 자체에 대한 비판이라기보다는 시의 창작 현실에 대한 비판이다. 오늘날 많은 양식 있는 시인과 비평가들이, 앞서 살핀 문화적 환경과 관련된 위기와는 다른 관점에서, 활자 매체와 운명을 함께 해 온 시의 위기를 말하고 있다. 이들이 말하는 위기는 단지 양적인 위기를 뜻하지 않는다. 사실 양적으로는 우리나라는 어느 선진 문화국보다 시의 부흥을 이루고 있는 실정이다. 어느 평자의 말대로 시집이나 발표되는 시의 수적인 측면에서 보면 우리는 '80년대 이후 '90년대에도 여전히 시의 르네상스 시대를 맞고 있다. 문제는 충분한 문학 수업이나 시적 재능의 검증 과정을 거치지 않은 채, 각종의 일과적 문예 강좌나 급조한 문예지들에서 철마다 수십 명씩 쏟아지는 신진 시인들과 그들의 작품이, 가히 시의 부흥기를 이루는 것처럼 보인다는 데 있다. 그들은 '시대의 그늘진 곳에서 병적인 자기 부정'이나 '흘러가는 시대를 회고하는 퇴영적 목소리'를 들려줄 뿐이다. 그러나 문제는 질이다. 객관적이고 세계적인 수준의 질이 문제다. 언어에 의한 인간 정서의 최고 형식인 시가 양적인 환산법으로 그 실상이 평가될 수는 없다. 우리가 세계적인 수준의 시집 출판량을 유지하고 있는 것은 사실이지만, 세계 어느 나라에서도 우리 시의 수준을 그렇게 보아주지 않는다는 뼈아픈 사실을 각성해야 할 것이다. 오늘날의 시가 '삶의 일상'을 '날카롭게 포착해 내고 있지 못'한 까닭이다.

이런 측면에서 최동호의 자각과 질타는 정당성을 획득한다. 이렇게 획득된 정당성을 무기로 최동호는 구체적 표적을 향한다. 성능 좋은 조준경에 들어온 것은 결코 만만치 않은 상대이다. '60년대 이후 그동안 우리 시단의 전위적 역할을 담당해 온 모더니스트이자 포스트모더니스트인 이승훈이다. 그는 실험적 시인이자 저력 있는 비평가로서 서구의 새로운 사조나 경향을 민첩하게 소개하고 그것을 자신과 그 추종자들을 위한 창작 방법론으로 확산시켜 왔다. 최동호는 이같은 공로를 전혀 무시하지는 않으나, 그것이 우리 시단에 병적인 자기 부정이나 우울증으로 이어지는 것에 대해서는 분명한 지적을 한다. 최근 발표된 이승훈의 시나 산문에 대한 비판적 지적의 근거는 이렇다.

(1) 내가 최근에 쓰는 글(시라고 할까?)은 시쓰기의 가능성과 불가능성을 문제로 삼는다.
(2) 이 '나'는 시를 생산하는 게 아니라, 그러니까 시를 쓰는 게 아니라 시에 의해 구성된다.
(3) 시쓰기의 불가능성은 시쓰기의 가능성이다.
(4) 문학 속에선 무슨 말을 해도 된다.
(5) 시를 쓰려면 시를 못 쓴다. 시를 쓰지 않으려고 시를 쓴다.[2]

최동호가 인용하고 있는 위의 명제들은 이승훈의 시론[3]에서 발췌한

---

2) 위의 글, 346쪽.

것이다. 이들은 이후 이승훈의 최동호에 대한 반박문에서도 인용이 되고 있는데, 그만큼 두 논객들이 쟁점으로 삼은 주요 근거들이다. 최동호는 이들에 대해 '불가능성을 가능성으로 바꾸어 시를 쓰겠다'는 뜻으로 해석하면서도 '정말 시를 쓰겠다는 것인지 아닌지 잘 알 수 없도록 만들어 일반 독자들에게는 폭력적 표현이 된다'고 비판한다. 나아가 이들의 논리적 도식이 시 쓰기의 '부정-긍정-부정'에 있으나, 결국은 시 쓰기에 대한 포기와 부정으로 귀착되고 만다는 판단4)을 내린다. 그리하여 '분방한 상상력의 극단을 보여 주지만, 과연 1930년대의 이상(李箱)이 시도했던 자기 부정에서 얼마나 더 나갔는지 돌아보아야 할 것'5)을 충고한다.

그런 다음 이승훈이 자신의 시론에서 제기한 "아프지 않은 사람들, 병들지 않은 사람들, 상처를 모르는 사람들은 그림을 그리고 시를 쓰지 않는다"6)라는 부분을 문제 삼는다. 최동호는 이러한 시쓰기의 우울증이 심각한 시의 부정으로 이어진다고 말한다.

> 우울증 환자가 시를 쓸 수는 있겠지만, 그것이 새로운 시대의 글쓰기 방법도 아닐 뿐만 아니라 시를 쓰는 모든 사람이 우울증에 걸려야 하는 것도 아니다.
> 이와 같은 비판적 고언을 가하게 된 것은 최근 우리 시단에 확산되는 우울증적 경향에 대한 자기반성적인 경각심을 불러일으키고자

---

3) 이승훈, 「모든 끝은 시작이다」, 《문학사상》, 1996년 9월호, 258-260쪽.
4) 이 점은 논쟁의 핵심 사안이다. 최동호가 말하는, 이승훈의 시쓰기 부정은, 전통적이고 제도적 차원의 시쓰기를 벗어나는 것은 진정한 시쓰기가 아니라는 것이다. 반면 이승훈이 말하는, 자신의 시쓰기 부정이 곧 이 시대의 진정한 시쓰기라는 관점은, 전통적이고 제도적인 시쓰기를 벗어나는 일만이 진정한 시쓰기라는 것이다. 여기서 두 논자의 대립이 발생한다.
5) 최동호, 앞의 글, 347쪽.
6) 이승훈, 「문학의 역사는 폐허의 역사다」, 《소설과사상》 1996년 가을호, 392쪽.

하는 것일 뿐이다.[7)]

이어서 '80년대의 비록 관념적이지만 뚜렷한 목표 설정이 있었음에
비할 때, 최근('90년대 중반 이후)의 시에는 아무런 시적 목표도 설정되
고 있지 못하다는 지적을 한다. 최동호가 본 우울증은 혼란스런 시대의
물결에 방향타를 잃고 떠돌다 지쳐 자폐의 세계로 스며들고 마는 모습
이다. 그야말로 우리 시단의 병적인 증상으로서 반드시 치유되어야 할
대상으로 보고 있는 셈이다. 모든 것이 파편화되고 중심이 부재하는 세
기말의 절망적 상황들로 인해, 시대가 우울하다고 하여 시도 시인도 우
울해야 하는 것은 아니며, 그럴수록 오히려 건강성을 회복하려는 노력
이 요구된다는 것이다. 그가 말하는 건강성은 진정성이다.

> 진정성이 없는 시는 감동을 주지 않는다. 어느 하나의 시적 경향
> 이 존재해야만 하는 것은 아니다. 그러나 최근 우리 시단에 감동이
> 없는 우울증적 경향이 확산되는 것이야말로 시를 부정과 자멸의 길
> 로 나아가게 할 위험성을 내포하고 있다는 비판적 각성을 일깨우는
> 것이 어느 때보다도 절실하다고 하겠다.[8)]

여기서 말하는 진정성에 대해 충분한 개념 정립이 이루어지지 않아
명확한 의미 파악은 어렵다. 그렇지만 인용문의 앞부분에서 제시한 시
편들을 통해 간접적으로나마 살필 수는 있다. 이승훈의 시 「이 시대의
시쓰기」를 부정적으로 비판한 후, 이를 어느정도 극복한 시편들로 함민
복의 「까치집」, 김명인의 「줄포여자」, 강윤후의 「홍어찜을 먹으며」, 정
동주의 「시베리아의 시 3」, 이하석의 「금요일엔 먼 데를 본다」 등을 들

---

7) 최동호, 앞의 글, 349쪽.
8) 최동호, 앞의 글, 356쪽.

고 있는데, 이들은 모두 현실에 대한 일정한 거리감을 간직하면서 전통 시학의 서정성을 두드러지게 드러내고 있다는 특징을 지닌다. 삶의 현장에서 이전투구(泥田鬪狗)하거나 표박유랑(漂迫流浪)하는 시가 아니라 삶을 대상화하고 그것을 응시하는 자세를 보여주는 것이다. 이들은 그러니까 '60년대 이후 일관되게 비대상의 시를 추구해 온 이승훈의 시와 극단으로 맞설 수밖에 없다. 최동호가 옹호하는 것은 주체와 객체가 명징한 형태의 시이기 때문이다. 이같은 논지는 우리 시단 전체의 어긋난 풍토와 이승훈 시론의 문제점을 함께 들추어냈다는 데서 충분한 설득력을 갖는다.

그러나 최동호가 이승훈의 해체주의 시학을 일종의 파괴주의로 인식하고 있다는 점은 재고의 여지가 있다. 알려진 대로 데리다로 대표되는 서구의 해체주의는 새로운 생성을 위한 해체를 표방한다. 이승훈도 마찬가지다. 이승훈의 해체 시학은 기존의 인습적인 시의 매너리즘을 부정하여 새로운 시 쓰기를 긍정하는 것이지 시 자체의 파괴적 부정에 있지 않다는 점이다. 파괴는 생성의 어머니라는 메타포가 이승훈 시론의 화두인 것이다. 이처럼 이승훈에 대한 비판은 분명한 설득력을 담보하는 일면도 있으나, 다른 한편으로는 나름대로의 문제점이 있음이 확인된다. 그 문제점의 근원은 시의 다양성에 대한 거부이며, 해체주의 시학에 대한 부정과 오해였던 것이다. 그러니까 최동호가 말한 시의 건강성 주장은 그 배타적 오해를 불식시키지 않는 한 인식론적으로 오히려 건강하지 못하다는 모순을 내포한다.

3. 해체주의 비판 : 시는 우울해야 한다?

　이승훈은 이같은 문제점에 초점을 맞춰 즉각 반론을 편다. 그는 최동호의 글에 대해 자신의 시와 평론을 "지나치게 주관적으로 해석한 점, 새로운 시의 방향에 대한 그의 보수적 입장"9)을 반론의 모두(冒頭)로 잡는다. 그런 다음 최동호가 요약했던 자신의 시론에 대한 다섯 가지 요약된 명제를 제시하고 조목조목 변론한다.

　(1)에서 언급한 시 쓰기의 불가능성에 대해 인간의 이성 중심주의를 문제 삼는다. 순수한 자연을 파괴하고 폭력적 문명을 일으켜 세운 데 지나지 않는 근대적 인간 이성은, 본질적으로는 비이성적이기에 그것에 의지한 시 쓰기는 부정되어야 마땅하다는 것이다. 우리의 삶과 시는 "정신, 관념, 이데아, 진리가 아니라 우리 세계 속에 존재"하고, "몸으로, 육체로, 그것도 병든, 고통받는, 찢어지는 몸으로 존재"10)할 따름이라는 것이다.

　(2)에 대해서는 "시를 쓸 때 시를 쓰는 '나'는 사라지고 다른 '나', 말하자면 시 속의 '나'가 탄생"하는 것이므로, 시 쓰기란 결국 '나의 소멸'를 밝히고 '부재를 증명'11)하는 일이라는 주장이다. 이 점은 (1)에서 부정한 이성적 주체의 소멸을 매개로 이루어 내는 비이성적 타자의 생성을 강조하는 것으로 파악된다. 이 점은 시인과 시적 화자의 분리라고 하는 측면에서 소박하게 해석할 수도 있으므로, 그들의 동질성을 끊임없이 강조해 온 전통 시학에 대한 부정과 다름 아니다. 이승훈에 의하면, 새로운 시에서는 이성적 존재로서의 시인은 사라지고 언어와 시만

---

9) 이승훈, 「시적인 것은 없고 시도 없다」, 《문학사상》, 1996년 11월호, 332쪽.
10) 이승훈, 위의 글, 335쪽.
11) 이승훈, 위의 글, 336쪽.

이 있을 따름이다.

(3)과 (4)에 대한 옹호도 위와 같은 맥락을 유지한다. "부르주아적 시 쓰기, 그러니까 사유 주체, 창조 주체, 생산 주체로서의 시 쓰기는 불가능하지만, 이런 불가능성이 새로운 시 쓰기, 예컨대 언어가 시를 쓰고 시가 시를 쓰는 그런 시 쓰기의 가능성"[12]은, 다름 아닌 이성적 주체에 의지한 시 쓰기의 부정이자 문학이라는 기왕의 제도에 대한 불신에 근거를 둔다. 주체와 제도가 사라진 상황에서의 시 쓰기는 자유와 해방을 맞이하기 때문에 그것을 바탕으로 "무슨 말을 해도 된다"는 것이다.

(5)에 이르러 이승훈은 결국 시 쓰기의 새로움에 대한 확신으로 자신의 논의를 수렴해 놓는다. 자신의 강조점은 "시라는 장르에 집착하는 시, 너무나 시 같은 시, 장르라는 일반의 옷을 입고 행세하는 시, 말하자면 일반화되고 평준화된 시에 대한 비판"[13]이라고 말한다. 시라는 기존의 개념이나 제도에 대한 부정 정신이 함축된 부분이다. 중요한 것은 이 부정이 창조의 모태로서 기능하느냐, 아니면 그것이 병적인 자기 학대로 마치고 마느냐의 문제이다. 이에 대한 판단은 이승훈과 그 추종자들의 시를 총체적으로 점검한 이후 가능할 터이므로 본고에서는 판단 유예 사항으로 넘길 수밖에 없다.

다만 이승훈의 이같은 논지는 일차적으로 진보적 발달의 과정을 소홀히함으로써 지루한 서정성을 동어반복적으로 전개되어 온, 우리 현대시에 새로운 대안을 제시했다는 의미를 지닌다. 실상 21세기를 목전에 두었음에도 오늘날의 우리 시단에는 아직도 소월(素月)과 미당(未堂)에서 한걸음도 더 나가지 못한 시인들이 수다하다. 그들의 시는 지루하고 권태롭기 짝이 없다. 소월이 노래한 '꽃'이나 미당이 노래한 '주막집'의

---

12) 이승훈, 위의 글, 336-337쪽.
13) 이승훈, 위의 글, 337쪽.

그늘에서 벗어나지 못하고 있는 많은 시인들에게, 이승훈의 시론은 날카로운 각성의 바늘이 된다.

그러나, 그의 분방한 시론이 함의하고 있는 문제점 또한 적지 않다. 특히 최동호의 정신주의 시학을 직접적으로 비판하는 대목에서 몇 가지 오류를 발견할 수 있다. 우선 두드러지는 것은 최동호의 정신주의를 전통적 서정주의나 모더니즘으로 몰아세우고 있다는 점이다.

> 그 동안 우리가 믿어온 시는, 그러니까 시라고 생각해 온 생각 속에 있는 것에 지나지 않는다. 자연을 노래하는 자연 찬미, 사회를 비판하는 계몽 이성, 초월을 강조하는 관념론적 도피 등이 모두 그렇다. 자연이 있다고는 하지만 어디 자연이 있는가? 자연이 있다면 찢어진 자연, 상처받은 자연, 슬픈 괴물이 된 자연이 있을 뿐이다. 그렇게 아름답고 착하고 위안이 되는 자연은 이런 시대, 말하자면 산업자본주의 시대에는 어디에도 없다. 있다면 그런 자연을 찬미하고 찬양하는 시대착오적인 시인들의 머리 속에나 있을 것이다. 현대성 자체가 자연 단절, 자연 파괴에 등을 기대고 솟아오른 터에 무슨 자연인가?[14]

여기서 부정되는 '자연 찬미, 계몽 이성, 관념론적 도피' 등은 이승훈이 일관되게 배척해 온 전통 서정시나 유물론적 목적시, 철학적 관념시 등에서 표나게 강조하는 특징들이다. 그런데 이승훈이 최동호를 비판하기 위해 제시한 이 특징들이 최동호의 정신주의 시론과 정확히 일치하지 않는다는 점에 주의할 필요가 있다. 부분적으로는 공통점이 없지 않으나, 그의 정신주의 시론의 전체적 성격과는 구별된다. 최동호에 의하면 시의 정신주의란 '감각과 정서의 과잉에 대한 거부이며, 언어에 의해 관념을 극복해 내는 현실에 대한 자각'이므로, '인간의 삶과 역사의 전개 과정을 통합시켜 파악할 수 있는 개념'[15]이다. 또한 민족의 유구

---

14) 이승훈, 위의 글, 333쪽.

한 역사를 움직여 나가는 시대 정신은 정신주의의 일차적인 수용 대상
이다. 그러니까 최동호의 시론은 이승훈이 말하듯 고전적 의미의 '자
연'만을 읊조리는 '시대 착오적인 것'으로 매도될 만한 성질의 것은 아
니다. 그러니까 이승훈의 우울증은 보편적 타당성을 담보하지 못하는
한, 무책임하기 그지 없는 부정을 위한 병적 자기 부정의 혐의를 지울
수 없다.

4. 문제는 정신과 해체의 극단을 극복하는 일이다

실상 최동호의 시대 인식 방식과 이승훈의 그것과 크게 다르지 않다.
현대는 인간 소외나 물화가 무한으로 가속화되는 시대라는 점은 누구
나 인정하는 특징이다. 문제는 양자가 해석하는 시대 정신 혹은 세계관
의 성격이다. 이승훈이 표면화, 파편화된 시대를 부정하는 전위적 실험
정신이나 탈근대성에서 시대 정신을 읽었다면, 최동호는 비록 부정적인
시대라고 할지라도 그 저류에 흐르는 형이상학적 본성이라는 긍정적인
세계에서 그것을 읽어낸 차이가 있을 뿐이다. 요컨대 이 시대는 부정적
현실도 있고 긍정적 현실도 얼마든지 있다. 어느 쪽을 제유로 삼아 시
대 전체를 읽어내느냐의 문제는 개별 시인들의 개성적 인식의 문제다.
이것을 어느 한 쪽으로 몰아 세우려는 것은 성급한 패권주의의 산물이
다.

그러면 이들 논쟁의 궁극적인 문제는 무엇이고, 우리 시의 방향과 관
련하여 이들을 어떻게 수용해야 할까? 필자의 독법이 본격적으로 요구
되는 대목이다. 우선 앞서 논의의 쟁점이 되었던 다섯 가지 명제로 다

---

15) 최동호, 『현대시의 정신사』, 열음사, 1985, 9쪽.

시 돌아가 이승훈의 주장을 자세히 읽어보자. 과연 이승훈의 시론이 최
동호가 지적한 대로 시 쓰기의 극단적 포기이고 부정인가? 이 질문을
위해 필자는 위에서 논의한 사항과 명제들을 수렴하고 첨삭하여 다음
과 같이 읽어 내고자 한다.

> (1) 내가 최근에 쓰는 글(시라고 할까?)은 <비시적인 요소들을 통한 새
>   로운> 시쓰기의 가능성과 <진부하고 인습적인 시쓰기의> 불가능성을
>   문제로 삼는다.
> (2) <시인으로서> 이 '나'는 <텍스트와 분리되어> 시를 생산하는 게 아
>   니라, 그러니까 시를 쓰는 게 아니라 <'나'와 텍스트의 경계를 무너
>   뜨려> 시에 의해 구성된다.
> (3) <진부하고 인습적인> 시쓰기의 불가능성은 <비시적인 요소들을 통
>   한 새로운> 시쓰기의 가능성이다.
> (4) <자유롭고 창조적인 상상력의> 문학 속에선 <전통 시학의 범주를
>   뛰어넘는 새로운 시학의 범주 속에서는> 무슨 말을 해도 된다.
> (5) <진부하고 인습적인> 시를 쓰려면 <나는 그런 시를 부정하므로> 시
>   를 못 쓴다. <진부하고 인습적인> 시를 쓰지 않으려고 <비시적인 요
>   소들을 통한 새로운> 시를 쓴다.[16)]

이렇게 문의의 단순화를 위해 문맥을 보충해 놓고 보면 이승훈의 의
도는 한층 분명해진다. 이들 다섯 항목들은 거시적으로는 동일한 의미
를 내포한다. 모두가 고정 관념에 의한 시 쓰기를 거부하고, 새로운 시
쓰기를 한다는 내용이다. 우선 (1)과 (3)과 (5)는 특히 동일한 의미 맥락
으로 이해된다. (1)은 전통적인 시학에 의한 전범적인 시 쓰기를 거부
하고 고정된 틀을 벗어나 새로운 시학에 의한 자유로운 시 쓰기를 하
고 싶다(아니, 하고 있다)는 뜻이다. 모든 경계가 해체되어 새로운 패러

---

16) < > 표시 부분은 필자가 삽입한 구절임.

다임이 형성되어 가는 이 시대의 시 쓰기는 새로운 술을 새 부대에 담는 방식으로 써야 한다는 것이다. 이 주장은 최근 젊은 시인들을 중심으로 일어나고 있는 장르 해체의 경향과 관계 있는데, 이들에 대해 시의 장르 확산이라는 긍정적인 측면과 전통적 시의 부정이라는 측면의 상반되는 평가가 가능하겠지만, 이승훈은 전자의 손을 들어준 셈이다. 그리하여 (3)에서처럼 <진부하고 인습적인 시 쓰기의> 불가능성이 <비시적인 요소들을 통한 새로운> 가능성이라고 단언하는 것이며, (5)에서처럼 자신의 시 쓰기가 궁극적으로 새로운 시의 추구에 있다는 자가진단을 내리는 것이다.

이들과 유사하지만 더욱 구체적인 논지가 (2)와 (4)이다. (2)는 자신의 시 쓰기란 이성 중심의 헤겔식 생산 미학에 의하지 않고 주체(시인)와 타자(시)가 해체-통합되는 해체주의에 근거한다는 주장이다. 시인과 시, 시와 독자, 시와 산문 등을 엄격히 구분하던, 모더니즘적 경계의 해체라는 포스트모더니즘 시학의 중요한 특징을 내세운 대목이다. 또한 (4)에 의하면 이승훈의 시학적 입장이 시 쓰기에 대한 전면적 부정이 아님을 알 수 있다. 언어라든가 정서라든가 운율 등의 기본적 요소는 분명히 있어야 하나, 문제는 시적 인식과 방법상의 새로움인 것이다. 새로운 시는 새로운 시대에 맞는 언어, 정서, 운율에 맞게 써야 한다는 문맥이다. 비유컨대 마차가 거리를 활보하는 시대를 벗어나 자동차가 달리는 시대에 접어들면 시란 마차가 아니라 자동차가 되어야 한다는 논지다.

그러면 위의 명제들과 관련하여 실제 창작물로서의 작품은 어떠한가? 두 논자가 모두 인용하며 쟁점으로 삼았던 시 「이 시대의 시 쓰기」를 살펴보기로 한다. 이승훈의 입장에서 이 작품은 일종의 시론시 혹은 메타시로서 자신의 시론을 구체화시킨 결과이다. 반면 최동호는 이 작

품을 우리 시가 최근 겪고 있는 우울증의 문제를 극명하게 드러내 주
는 작품으로 규정한다. 두 논객이 인용했던 시의 일부만을 제시해 본
다.

> 이승훈 씨가 쓰는 시는 우울증의 산물이다 오오
> 우울증이 무슨 죄란 말입니까? 그는 불안이라고
> 하지만 아마 우울증일 것이다 그건 누구보다 내가
> 잘 안다 우울증은 자랑할 일이 아니다 불안하면
> 도둑질도 한다 무슨 짓을 못하랴? 그는 오늘도
> 그가 읽는 책에서 언어를 훔치고 창문도 훔치고[17]

시인에 의하면, 이 시의 우울증은 "역사, 시간적 계기성, 전체성, 총
체성이라는 그럴듯한 부르조아 이데올로기가 해체되는 순간에 대한 체
험"[18]이다. 이것은 또한 "상상이 아니라 상상의 균열을 보고, 이성이
아니라 이성의 허위를 보고, 건강이 아니라 광기를 본다는 것은 인간이
물화되고 사물이 물신이 되는 이런 자본주의 사회에선 무엇보다 솔직
한 미학"임을 강조한다. "모두가 미쳐 가는 사회에 미치지 않은 인간들
이 미친"[19] 인간임을 인식하고, 사회와 함께 미쳐야 한다는 것이다.

그러므로, 앞서 밝혔듯이 이승훈이 제시한 위의 명제들에 대한 옹호
와 시작품이 자학에서 벗어나 일련의 시적 전망으로 이어지는 것인지
는 확언하기 어렵다. 그의 시와 산문의 발언 중에 언어와 시에 대해
'불을 지를 순 없'[20]다는 언질로 보아 자학적 파괴에서는 일탈해 있음
을 유추할 수 있을 뿐이다. 시에 의하면, 시대에 대한 불안이 우울증을

---

17) 이승훈, 「이 시대의 시쓰기」, 《문학사상》, 1996년 9월호, 267쪽.
18) 이승훈, 「시적인 것은 없고 시도 없다」, 《문학사상》, 1996년 11월호, 343쪽.
19) 이승훈, 위의 글, 344쪽.
20) 이승훈, 위의 글, 343쪽.

유발하고, 그 우울증이 도둑질을 하게 만든다. 그런데 시의 '이승훈 씨'가 하는 도둑질은 오늘날 허구적 기호들만이 가득한 세계에 대한 부정적 인식에 뿌리를 담그고 있다. 정신은 간 데 없고 물화된 존재들만이 무질서하게 흩어져 있는 세상에서 하는 도둑질은 그러므로 도둑질이 아니라 새로운 자리 매김이 된다. 오늘날 물화된 존재들은 본래적 자리를 이탈해 있다. 진정으로 돈이 필요한 사람은 돈이 없고, 진정으로 지식이 필요한 사람에겐 지식이 없고, 그리하여 진실한 언어가 필요한 이 시대에 그같은 언어가 존재하지 않는다. 타락한 사회의 타락한 언어를 훔쳐 시 쓰기를 하지만 온전한 시가 쓰여질 리 없다. 이같은 시 쓰기의 불가능에 대해 시인은 시를 쓴다. 그리하여 시가 시대의 물화되고 파편화된 부정성을 환기하는 리얼리티로 작용할 가능성을 부정하기 어렵다는 결론이 도출된다.

이렇게 보면 이승훈의 시론은 최동호가 말한 극단적 자포자기의 혐의에서는 벗어난 셈이지만, 이것이 전면적 당위성을 획득했다고는 볼 수 없다. 여기서 우리는 비현실적 성급함과 독단을 읽어내지 않을 수 없다. 시대의 조류에 지나치게 앞서 나가는 성급함으로 인하여 현실에 뿌리를 두지 못한 채, 경조(輕燥)한 시론이 된 일면을 지적하지 않을 수 없다. 비유한다면 큰 강물의 저류를 외면한 채 찰랑거리는 물결만을 인정하고 있다는 점이다. 물결이 강물의 일부임에는 틀림없지만, 강물의 모든 것은 아니라는 점을 망각한 것이다. 이같은 과도하고 성급한 새것 추구의 폐해는 이승훈이 아니더라도 우리 문학사에서 여러 번 경험한 바 있다. 이것은 역사 경험과도 맞물리는 매우 중요한 사안으로서 '30년대 모더니즘 문학이나 임화의 이식 문학론 등이 그 단적인 예가 될 것이다. 이들의 문학에 대한 회의와 새로운 시도들은 충분한 사적 의미 맥락을 형성하면서도 객관적 타당성을 부여받지 못하는 가장 큰 이유를 생각해 볼 필요가 있다.

또한 시에 있어서도 마찬가지다. 필자가 보기에 광기로 얼룩진 세상에서 광기에 몸을 던지는 것은 부분적이고 상대적인 당위성만을 담보할 뿐이다. 광기의 세상일수록 정신을 똑바로 차리고 시대의 전망을 곧추 세우는 일도 있을 것이기 때문이다. 미친 사람의 존재 가치란 미치지 않은 사람의 정체성 확인과 곧장 연결된다. 그러므로 광기는 필요하지만 순간적이어야 한다. 광풍이 몰아치는 바다에서 작은 보트에 몸을 맡겼을 때는 광풍의 리듬을 타야 안전이 보장된다. 그렇듯이 미친 세상에선 미쳐야만 자신의 생명을 유지할 수 있다. 하지만, 광풍을 견디는 일이 광풍 이후의 평온한 항해를 위해서인 것처럼, 그 미침은 미치지 않음을 찾아 나서는 미침이 되어야 한다. 시대의 광풍에 대한 견딤은 순풍에 대한 기대가 있을 때만 가능하다. 미친 세상에서 미침으로 견디는 일 또한 미치지 않은 세상에 대한 전망과 함께 할 때 굳건하다는 점을 분명히 할 필요가 있다.

최근 우리 시를 돌아보면 이승훈의 해체 시학에 대한 과신과 그 추종자들의 오독에 의하여 극단의 파괴주의와 니힐리즘적 바이러스에 과도하게 노출되어 있다. 특히 그 추종자들에게 더욱 심하다. 일부이긴 하나 지나친 언어 유희나 환멸적 상상력에 의존하다 보니 시 자체마저도 부정하는 자기 파멸에 직면해 있다. 이같은 자기 부정의 극단에 우울증이 존재하는 것이 사실이다. 그러나 시가 퇴폐의 그늘에서 자라나는 독버섯이 아닌 다음에야 파멸적 인류의 현재만을 읊조려서는 곤란하다. 성격이 다르긴 하지만 현대시사상 '20년대의 퇴폐주의 시에서 이미 그러한 경험을 했다. 그것을 동어반복적으로 다시 한다는 것은 무의미한 일이다. 미래에 대한 전망이 없는 부정은 파멸의 다른 이름이다.

이같은 현실에서 최동호가 한 지적은 퇴폐주의에 근거를 둔 우울증에서 벗어나 진정한 의미의 문학성과 역사적 전망의 회복에 대한 요구라 할 수 있다. 만일 이승훈의 퇴폐와 우울이 생산성을 지닐 수 있다면 그것은 이미 퇴폐가 아니라 정직한 시대 인식의 결과다. 최동호도 이 점은 부정하지 않는다. 시대에 대한 정직한 인식이 없는 곳에 비판도 있을 수 없을 것이기 때문이다. 이 시대의 퇴폐와 환멸이 비판적 기능을 할 수 있다는 근거이다. 이런 점에서 최동호는 우울증 자체를 부정했다기보다는 그 히스테리칼한 증세를 염려했다고 보아진다.

시는 시이고, 문학은 문학이다. 문학의 근간인 인간 본연의 정서와 정신에 대한 맹목적인 신뢰와 그것에 대한 무조건적인 거부감이 극단에 이를 경우 문제는 심각하다. 기존의 문학에 대한 전면적인 부정이나 파괴는 있을 수 없으며, 그것의 극복을 위한 새로움의 추구 또한 마찬가지다. 문학에 있어서 극단의 보수나 완전한 혁명이 가능할까? 보수와 혁명의 극단적 형식이 기존의 질서에 대한 전면적 긍정과 부정이라고 할 때, 이것이 정치적으로는 가능할 지 모르나 문학에서는 사정이 다르다. 인간의 정서나 정신의 심층-표면일지라도 심층과 관련된-을 드러내는 것이기에 전통 유지나 혁신은 가능하지만, 기존의 것에 대한 완벽한 유지나 혁명적 전복이란 있을 수 없는 일이다. 이같은 사정을 염두에 두지 않는 보수주의나 새로움 추구는 긍정을 위한 긍정이자 부정을 위한 부정에 다름 아니다. 아집에 사로잡힌 보수가 하나의 경직된 이데올로기일 수 있듯이, 해체적 부정만을 능사로 삼을 때 이것은 또 하나의 명백한 이데올로기[21]이다. 중요한 것은 긍정을 전제로 한 비판적 부정을 토대로 이루어 내는 역사적 전망이다.

그리하여 이승훈의 시론과 시에 드러나는 해체 시학은 그 극단을 극복하는 한에 있어서 새 시대의 유용한 패러다임이라 할 수 있다. 마찬가지로 최동호의 시와 시론도 이승훈의 해체 정신에 대한 극단의 거부

---

21) 김준오, 「해체시를 넘어」;『도시시와 해체시』, 문학과비평사, 1995, 153쪽.

반응을 적절히 제어하는 미덕을 발휘하는 한 세기말적 우울이 가득한 이 시대의 중요한 덕목이 된다.

5. 맹목적 배제와 옹호의 도그마에서 벗어나자

이제까지 필자는 이승훈과 최동호의 논거에 대해 각각 부분 긍정과 부분 부정을 병행해 왔다. 어찌보면 편리한 절충주의나 무소신의 중도 노선에 몸을 기대고 있는 것 같지만, 우리 시론과 시의 풍요로운 다양성에 대한 옹호라는 또다른 주장으로 이해되길 바란다. 이 대목에서 우리가 분명히 인정해야 할 것은 정신주의건 해체주의건 그 자체의 원론적인 결함과 실천적 과정에서의 오류가 있을 수밖에 없다는 점이다. 문제는 그 같은 결함과 오류를 얼마나 상대적 시론과 시를 인정하는 선에서 그곳에서 부족한 부분을 흡수하느냐 하는 점이다. 그러면 그 방법은 어떻게 가능할까?

두 논자들도 동의할 뿐 아니라 문학에 있어서 불변의 척도라 할 수 있는 진정성이나 서정성에 대한 새로운 인식이 그 출발점이다. 진정성과 서정성도 시대에 따라 변한다는 인식이 필요하다. 어떤 형태로든 첨단 문명이 인간의 삶을 이끌어 나가고 현 시대에 고전적 의미의 진정성, 불변의 서정성이란 이제 없다. 이런 의미에서 두 논객은 모두 아이러니컬하게도 고전적이다. 모더니티에의 민첩한 대응을 추구해 온 이승훈도, 그것에 대한 응전으로 일관해 온 최동호의 생각도 모두 고정 관념에 지나치게 얽어져 있다. 정신주의에는 포스트모던적 실험이란 있을 수 없다는 생각이나, 포스트모던적 해체 시학에는 전통적 정신성이 전혀 무의미하다는 생각은 모두 도그마를 내포한다. 그 도그마를 벗어나는 일은 상호간의 호혜적 수용이거나, 그것이 아직 불가능하다면 상대 시학에 대한 대승적 차원의 용인이다.

이런 점과 연관해서 또 한 가지 중요한 것은, 이상과 같은 두 논객의 관점상의 차이는 누가 옳고 누가 그르다든가 하는 시비의 문제가 될 수 없다는 인식이다. 즉 시론과 시의 관점은 개인적 신념의 문제이자 선택의 문제라는 점이다. 시인이 갖는 시의 신념이란 시학이자 창작 방법이다. 신념은 스스로의 선택이기에 누구에게 강요할 성질의 것이 아니다. 누구에겐가 강요하거나 집단성을 띨 때 그것은 이미 신념이 아닌 이데올로기다. 우리는 경험하지 않았던가? 문학사에 있어서 이데올로기의 폐해가 유도하는 심각한 시의 고갈을. 요컨대 다양한 신념의 무늬들이 서로 어우러져야 우리 시단이 풍요로워지는 것이지, 이데올로기화된 일색의 시적 신념으로 도색된 시단은 결코 바람직하지 않다. 여기서 필자는 일련의 이데올로기적 성향이 강한 정신'주의'와 해체'주의'을 벗어나 정신'성'과 해체'성'으로 가야 함을 강조하고자 한다. 정신과 해체의 다양한 개인적 신념이 정신성과 해체성이라는 소박한 정의가 가능하다면, 이들은 모두 스스로 대립하고 조화를 이루는 가운데 우리 시의 풍요로운 균형을 바로 잡아 나갈 수 있는 시의 본령으로 간주할 수 있으리라. 정신성은 사라지고 육체성으로서의 해체성만 꿈틀거리는 시나, 그 육체성이 제거된 정신성만이 앙상한 시는 모두 바람직하지 않다. 정신성과 육체성이 조화를 이룬 인간만이 삶의 진정성과 아름다움을 향유할 수 있는 것처럼.

그런데 이같은 상호 수용과 인식의 가능성이 논쟁의 확산 과정에서 엿보이고 있다는 점은 주목을 요한다. 이승훈의 반론이 실린 바로 다음호에 이성선은 정신주의를, 박상배는 해체주의를 각각 옹호하고 나서서 논쟁을 확산시켜 나가는 가운데, 원론적인 점에 있어서는 상호 수긍과 수용의 가능성을 제기한다.

(가) 그러나 잘 아시는 바와 같이 부르주아적 이데올로기는 산업주의 논리이다. 그 이데올로기는 자본가 계급을 옹호하고 부의 축적을 꾀하며 그런 모든 가치 위에 글쓰기의 타당성을 부여한다. 정신주의는 부르주아적인 것의 비판적 극복을 통해 비움의 정신, 자기 욕구의 극소화를 이상으로 한다. 인간의 참된 가치와 본질을 찾고 그 속에 자연과 합일하는 세계를 지향한다. 산업사회의 세속적 병적 부정적 여러 측면을 대긍정의 대지 위에 넉넉히 포섭 극복해 가는 통합의 세계관이다.[22]

(나) 예술은 어짜피 놀이이다. 정신의 놀이이든 언어의 놀이이는 시는 유희이다. …중략… 그 깊이에 너무 깊숙이 빠져 정신병(?)까지 든 치열한 혼의 언어놀이는 정신분석학적으로 다룰 문제로서 또 하나의 정신주의가 아닌가. 후/탈현대의 어둡고 칙칙한 시대에 최동호의 지론이야말로 불안한 우리 시단을 지켜줄 파수병이라고 나는 생각해 왔다. 다만 그것이 편협성을 띠고 있다는 분명한 사실에 불만해하고 있다.[23]

(가)는 이성선의 주장이다. '포스트모더니즘은 퇴조, 정신주의가 문단과 사회 전면에 확산되고 있다'라는 부제가 달린 글의 일부이다. 여기서 주목할 것은 정신주의란 '부르주아적인 것의 비판적 극복'이란 점과 '산업사회의 세속적 병적 부정적 여러 측면들을 대긍정의 대지 위에 넉넉히 포섭 극복해 가는 통합의 세계관'이라는 점이다. 이들은 모두 이성선이 비판의 대상으로 삼은 이승훈의 시론에서 강조해 온 바로 그

---

22) 이성선, 「정신주의의 서정성과 우주적 생명관 확보」, ≪문학사상≫, 1996년 12월호, 57쪽.
23) 박상배, 「'시대의 문학'이란 유령과의 투쟁 선언」, ≪문학사상≫, 1996년 12월호, 67쪽.

내용과 대동소이한데, 전자의 경우 근대적 부르조아 체제를 공고히 해 주었던 이성 중심주의의 극복을 오늘날 시의 중요한 과제로 제시했다는 점에서 그러하며, 후자의 경우 산업사회의 부정성을 논외의 범주로 보는 것이 아니라 극복과 통합의 대상으로 본다는 점이다. 특히 후자의 경우 이승훈이 제기했던 우울증의 문제를 부분적이나마 관점을 달리해 수용할 수 있는 가능성을 제시했다는 점에서 주목을 요한다.

(나)는 박상배의 주장이다. '존재론과 시론(詩論)이 함께 켜온 이중주라 할 해체주의를 옹호한다'라는 부제가 달린 글의 일부이다. 여기서 주목할 것은 이승훈의 언어 유희와 관련된 '정신병'(이승훈의 표현대로라면 우울증)을 '또 하나의 정신주의'로 본다는 점과 '최동호의 지론'인 정신주의를 '편협성' 극복만 전제된다면 '후/탈현대의 어둡고 칙칙한 시대'의 '파수병'으로 간주할 수 있다는 점이다. 이들 역시 최동호가 주장했던 내용과 만날 유력한 근거가 된다. 이들은 모두 최동호가 최근의 우울증적 시단 풍토를 시 쓰기의 포기로 인식할 것이 아니라, 새로운 정신을 표현하기 위한 혁신의 일단으로 이해해 포용심을 가지면, 해체주의 역시 정신주의를 배척하지 않겠다는 뜻으로 이해된다.

이들의 공통적 인식은 중요하다. 인습적이고 회고적이고 퇴영적인 시에 대한 부정에 있어서는 일치하고 있는 셈이다. 그러나 문제는 상대적 다양성의 인식이다. 문학이란 정치와는 달라서 대립과 도그마가 오히려 미덕이라는 말도 있지만, 그것은 어디까지나 미시적인 문학관에 근거한 것이다. 거시적인 안목의 시론이라면 서로 상반되는 쟁점이라도 그것을 비판적으로 수용하여 극복해야 한다. '나'를 버리지 않고 '너'를 인정하는 신념이 요구되는 것이다. 구체적으로 예를 든다면 '80년대 황지우에게서 그 가능성을 발견할 수 있다. 배타적 입장만을 고수했던 전대의 모더니즘—리얼리즘의 시 정신과 방법을 균형 있는 비판 감각으로 수용하여, 그들 사이의 조화를 이루어 신선하고 도저한 시의 영역을 새로이 개척하지 않았던가? 반복컨대 문제는 정신주의와 해체주의가 아니라 정신성과 해체성이다. 진보적 해체성이 전면 부정되는 정신주의는 인습적 시 쓰기의 동어반복에 불과하며, 진정한 정신성이 전면 부정되는 해체주의 또한 무책임한 자학적 유희에 불과하다는 점을 잊지 말아야겠다.

6. 다시, 문학논쟁을 기다리며

이제 이 논쟁의 현장에서 잠시 빠져 나와 보자. 우리 문단은 그동안 이데올로기에 너무 심취해 있었던 것이 아닌가 생각해 볼 시점이다. 이데올로기는 그 특성상 집단성과 당파성을 지나치게 강조하는 이데올로기의 맹목을 그대로 안고 있지 않은가 자성을 해야 할 단계에 와 있다. 정치에만 파당주의 문화가 존재하는 것이 아니다. 우리 문단은 특정 이데올로기 그룹의 패권주의에 매달려, 그곳에 소속되지 않으면 시 한 편 발표하기 어려운 경직된 문단 풍토가 아니던가? 정치주의 성향의 시인들만이 이데올로기에 매달리는 것은 아니다. 앞서 논의한 정신주의나 해체주의 시인들, 심지어 전통적 서정주의 시인들마저도 자신들의 성향에 배치되는 시란 전면적 부정과 타도의 대상으로 매도해 버리는 실정이다. 요컨대 이번 논쟁이 감정적이고 일과적인 소모전으로 끝나 버리지 않기 위해서는, 우리 시단의 맹점인 이데올로기의 편향성을 극복하고 개성적 신념이 다양하게 교향하는 풍요로운 시단을 건설해야 하리라.

지엽적이긴 하나, 이들의 논쟁과 그 확산 과정을 보건대 그 동안 우리 문단에서 펼쳐졌던 감정적 오류의 폐단을 극복하지 못했다고 하는 또 다른 문제점이 발견된다. 상대방의 논의에 대한 진지한 성찰과 존중의 자세가 아쉽다. 지적 논의에도 나름대로의 에티켓이 있어야 한다. 시론과 창작 방법상의 수준 있는 논의를 펼쳤음에도 불구하고, 부분적으로는 이를 망각한 듯한 대목이 눈에 띄는 점은 아쉬움으로 남는다. 최동호의, 이승훈의 우울증에 대한 신경질적 타박이나, 이승훈의, 최동호의 정신주의에 대한 극단적 언사, 이성선이 해체주의와 포스트모더니즘을 동의어로 보면서(부제에서) 퇴조 운운한 성급한 일반화의 오류 등은 모두 본론에서 이탈한 대목들이었다. 특히 박상배가 자신의 메타시를 비판한 비평가 고현철에 대해 던진 항텍스트로서의 시는 본래의 논의 맥락에서 멀리 이탈해 있다. 구체적으로 "고현철이라는 생면부지의 그 고현철놈이 아아/ 아 그놈이 버릇도 없이(뺄까? 넣자)/ 날 어르고 뺨친다 말야 속임수를 쓴단/ 말야 씹어도 고이 씹어야지 씹힐 놈(넣자)"[24]라는 부분은 문학 논쟁의 발전적 가능성과 유용성에 대한 심각한 도전으로 읽힌다.

그럼에도 불구하고 필자는 이번 논쟁이 더욱 확산되어 나가기를 내심 원하고 있다. 그리하여 오늘날 우리 시단 전반을 원론적, 각론적, 공시적, 통시적으로 다양하게 성찰하는 기회가 되기를 바랬으나, 성급하게 마무리 된 감이 있어 아쉽다. 물론 우리 문단의 실정에서 이것이 계속 진행되다 보면 편가르기나 줄서기 식의 부정적 결과가 나타날 염려도 없지 않으나, 진부한 메타포를 빌린다면 구더기 무서워 된장 못 담글 일은 아니다.

다시 문학 논쟁을 기다려 본다. 침묵하는 고요보다는 모색하는 시끄러움이 우리 시와 시론을 발전시켜 나갈 것이다. 결코 만만치 않은 규모와 수준을 자랑하는 우리 시단이 더욱 역동적 진보를 이루기 위해서는, 활발한 문학 논쟁이 이루어져야 한다. 바람직한 문학 논쟁이란 일원론적 통합을 지향하는 것이 아니라 다원론적 문화의 만개를 위해 봉

---

24) 박상배, 위의 글, 69쪽.

사해야 한다. 생산적 문학 논쟁을 통해 문학이라는 한 그루의 나무에 많은 곁가지들이 뻗어나가게 하여 풍성한 시론과 시의 열매를 맺을 일이다. 그 방향은 얼마든지 설정 가능하다. 원론적인 범주에서 크게 벗어나지 못한 위의 정신주의 대 해체주의 논쟁이, 더욱 심화된 원론으로 발전되는 것도 좋고 구체적 작가론·작품론으로 진전이 이루어져도 좋을 것이다. 또는 이와 다른 쟁점을 내세워도 좋으리라. 특히 이들 정신주의나 해체주의와 먼 거리감을 유지하고 있는 현실주의와의 3항 대립적 논쟁도 한번쯤 이루어졌으면 하는 바램이다.

영상화 시대의 시(詩)쓰기 전략

　＊ 위대한 신발명들이 예술 형식의 기술 전체를
변화시키고, 또 이를 통해 예술적 발상에도 영향을
끼치며, 나아가서는 예술 개념 자체에까지도 놀라운
변화를 가져다주리라는 것을 예상하지 않으면 안
된다.
　　　　——발레리(Paul Valéry)의 「편재성의 정복」에서.

1. 세기말, 영상 시대, 시의 운명을 말한다

　세기말이다. 근대적 가치관의 절대적 권위가 물러난 자리에 상대적
다양성이 점묘된 20세기말에 접어들면서 시의 위기에 관한 논의가 분
분하다. 시의 위기론은 플라톤의 시인 추방설까지 거슬러 올라갈 수 있
는 해묵은 논의이긴 하나, 오늘날의 시각으로 보면 '90년대 전후의 그
것이 더욱 심각하게 받아들여지고 있다. 그것은 무슨 까닭일까? 일차적
으로 우리의 당대적인 사안이라는 시간적 근접성에 이유가 있지만, 더
욱 중요한 원인은 세기말의 인문학적 위기 의식과 관련된다. 한 세기의

마무리이자 한 천년의 마무리이기도 한 금번 세기말은, 시간의 흐름에 따라 우리도 사라져 간다고 하는, 종말론적 불안과 우울의 징후들이 광범위하게 퍼져 있다. 묵시록적 세계관이 팽배한 가운데 인간과 문화에 대한 근원적인 회의가 만연하고 있으며, 그런 가운데 시인들은 기존의 시적 전통이 흔적도 없이 사라질 지 모른다는 위기 의식을 떨쳐 버리지 못하고 있다.

그러나, 이같은 상황 속에서도 시의 새로운 출발을 위한 전환과 모색이 시도되고 있다. 온갖 비시적(非詩的) 현실의 폭력 속에서도 시의 새로운 운명을 개척하는 데 열정을 쏟는 젊은 시인들이 적지 않다는 사실이 우리를 위무해 준다. 이승하, 하재봉, 유하, 허수경, 함민복, 박상순, 박순업, 함성호, 신현림, 이원 등 '90년을 전후해 등단하여 최근까지 왕성한 활동을 하고 있는 일군의 시인들은, 새로운 문학적 환경의 도전에 대한 민첩한 대응을 보여주고 있다. 구체적으로 장르 의식의 확산과 초월, 도시적 일상성의 추구, 우울한 내면 세계의 고백, 대중 문화의 대담한 수용 등을 통해 전통적 시 경계를 해체하고 새로운 형태를 도모하는 것으로 나타난다. 이들은 '80년대 황지우, 박남철, 장정일 등의 유산을 이어받아 계승하고 변혁하는 가운데 스스로의 시적 자리를 매김질했다. 이제 전통적인 시학과 방법으로는 급변하는 삶의 진정성을 담아낼 수 없다는 전제하에 새로운 가능성을 찾아 나서고 있다. 이들의 새로움 추구는 진보와 실험이라는 이름으로 명명될 수 있는데, 이 글에서 주목하고자 하는 것은 영상 예술을 적극적으로 수용하고 변주하여 시적 상상력의 기반으로 삼고 있다는 점이다. 이들의 방법론은 메타문학[1])과 관련된 패러디를 미적 근거로 삼아 장르 확산, 혹은 장르 혼합의

---

1) 메타문학, 메타픽션, 메타비평, 메타시 등의 용어는 최근 들어 우리 비평계에서 자주 사용되고 있는데, 이들은 각각 '문학에 대한 문학, 소설(쓰기)에 대한 소설', '비평에 대한 비평', '시(쓰기)에 대한 시'를 지칭한다. 이들의 자기 반영

양태로 구체화된다.

영상 예술의 수용을 창작상의 중요한 전략으로 채택한 시인들로는 이승하, 하재봉, 유하 등이 두드러지는데, 이들은 주체로서의 '나'를 표현하기보다는 객체로서의 현실을 모방한다. 다시 말해 내적 정서의 자발적 유로에 의지하기보다는 선언어화(혹은 선기호화)된 대상으로서의 문화 현실을 '다시' 모방한다. 영상 세대인 이들이 모방하는 대상은 오늘날 문화의 총아로서 그 위력이 점증하는 사진, TV, 비디오, 영화, PC 등의 영상이다. 포스트모던적 고갈 의식에 연원을 둔 이들의 시적 인식은 이제 실제의 현실 세계만이 아니라, 영상이 만들어 낸 가공의 현실을 또다른 문학적 상상력의 기반으로 삼는다는 점에서 이전의 문학적 모방과는 색다른 모습을 보여준다. 그러면, 영상도 특정의 소통 구조를 지닌 일종의 언어[2]라고 볼 때, 이들이 선언어화된 원작에 대해 다시 시적 형상화를 노골적으로 행하는 의도는 무엇이며, 그 실상은 어떠한가? 또한 그것의 시적 성과가 직조해 내는 시사적 의미는 무엇인가? 나아가 가벼움, 순간성, 복제성 등의 특징을 지니는 영상 시대의 시적 응전 방식으로 택한 이들의 메타언어가 갖는 사회적 의미는 무엇인가? 이들 질문에 대한 대답은 1980년대로부터 이어온 1990년대의 시적 성과에 대한 반성적 고찰이자 21세기 시의 향방을 전망하기 위한 일차 작업이다.

성을 확대하면, 다른 예술(영상)에 대한 문학적 반영(시)도 '예술에 대한 예술'로서 메타문학과 관련된다.

2) Christian Metz. *Language and Cinema*(trans., Umiker-Sebeok,D.J., Mouton, 1974), p.39.

2-1. 사진의 비극적 현실, 시의 다시 드러내기와 '새벽' 지향

　사진은 가장 초보적인 영상 예술로서 정지된 화면에 현실을 담아낸다. 사진은 이런 점에서 부단히 유동적이고 전자적 속성을 지닌 비디오/TV나 영화와는 구별된다. 전자는 실제 현실을 복제하여 그것을 인화지에 정지시키지만, 후자는 모니터와 스크린에 비추어 움직이게 한다. 그러나 그것은 물리적인 차원에서의 차이일 뿐, 실제 현실을 모방한 것이라는 가공적 속성이나 그들이 전달하는 사회·문화적 메시지는 큰 차이가 없다. 사진은 움직이지 않는 대상을 언어체로 바꾸며, 기계적인 예술의 비문화성을 가장 사회적인 제도로 변화시키는 역설의 형태[3]로서, 예술적 소통 구조와 사회적 의미 맥락을 동시에 지닌다. 그리하여 오늘날 신문이나 광고에 등장하는 한 장의 사진은 한 편의 TV 드라마나 영화가 생산해 내는 위력에 못지 않은 문화적 힘을 발휘한다.

　이승하는 시집 『폭력과 광기의 나날』(세계사, 1993)에서 사진 영상을 시에 수용하여 상상력의 모태로 삼는다. 물론 이전의 오규원이나 황지우, 박남철, 이윤택 등의 시에서도 사진이 시사 만화나 광고 문구와 함께 도입된 적은 있었다. 그런데 그들의 시에서는 둘 사이의 단편적인 만남이 시도되었을 뿐, 장르적 간극을 넘어서려는 적극적인 의도를 발견하기 어렵다. 전통적인 장르의 경계를 해체하고 다른 장르와의 통합 혹은 조화를 통해 시의 영역을 확대해 보려는 시도는 이승하에 와서 본격화되었다. 그는 '사진 한 장이 환기하는 강한 흡인력, 긴 시간의 강렬한 인상은 명작 장편소설 한 권의 감동에 버금 갈' 예술적 힘을 시에

---

3) 롤랑 바트르/김인식 편역, 『이미지와 글쓰기』, 세계사, 1993, p.85.

끌어들임으로써, 그들 사이의 관계를 '악어와 악어새와 같은 보족의 관계'4)로 발전시켜 나가고자 한다.

　모두 45편의 시가 실려 있는 이 시집에는 42장(5장의 그림 포함)의 사진이 삽입되어 있다. 거의 모든 작품마다 사진이 편집되어 있어 언뜻 보면 사진집이 아닌가 하고 오해할 정도다. 그러나 자세히 들여다보면 새로운 형태의 특이한 시집임을 알 수 있다. 사진집에서 흔히 볼 수 있듯이, 사진과 그것에 관한 주석적 해설을 나열하는 데 그치지 않고, 사진을 매개로 한 현실 비판과 인생 성찰이 시로써 재문맥화되어 있다.

…중략…

이제 이웃과 조국과 역사가 그의 이름을 지우게 되리라
내 일을 남에게 떠맡기면서 내가 나를 지우게 되듯
거리의 핏자국 금세 지워질 테고 무풍의 거리
한가운데 나둥그러진 자네 몸 금세 부풀어 오르리라
한낮의 침묵, 침묵의 공포, 공포의 한낮에
나는 사로잡혀 있다 질식할 것만 같다 타인의 삶에
끔찍이도 무관심한 이웃을 배경으로 죽은 깜둥이.
　　　　　　　　　　　　　　──「공포의 한낮」 부분

---

4) 이승하, 「활자와 사진의 조화를 꿈꾸며」, ≪현대시학≫ 1994년 10월호, p.165.

아이티의 독재 정권에 의해 무참히 살해된 한 흑인의 사진이 문맥화된 이 작품을 통해, 시인은 현대 사회의 폭력과 그것에 무관심한 현대인의 또 다른 폭력을 함께 고발하고 있다. 즉 시의 화자 '나'는 외국의 한 잡지(≪Newsweek≫)를 통해 보게 된, 먼 이방인의 비참한 사진 한 장에서 이 시대의 처절한 비극을 읽어내고 있다. 사진 영상으로 드러난 죽음 같은 현실은 '하늘이 너무 푸르'기 때문에 더욱 비극적이며, '지구의 자전을 멈춰 놓'(같은 시)을 정도로 충격적이다. 그러면 무심코 흘려버려도 될 '타인의 삶'(죽음)이 담긴 이같은 사진 한 장에 화자는 왜 이토록 '사로잡혀 있다'고 고백하는가? 물론 사진 속 현실의 처절함 때문이지만 그보다 중요한 또 하나의 이유가 있다. 마지막 행에서 사자(死者)는 '끔찍이도 무관심한 이웃을 배경으로' 죽었다고 말하고 있다. 한 인간의 억울하고 처절한 죽음에 전혀 관심을 두지 않는 '끔찍'할 정도의 '무관심'이 문제인 것이다. 사진 속의 그 이웃뿐이랴. 그 이웃은 단지 '죽은 깜둥이'의 이웃만이 아니라 사진의 밖에 있는 '나'의 이웃이고, '타인'에 대한 폭력 또한 '나'를 향한 폭력이 될 수 있다는 사실에 대해서도 사람들은 무관심하다. '내 일을 남에게 떠맡기'면 결국 '내가 나를 지우게 되'는 것인 줄 아는 지 모르는 지. 화자의 사로잡혔다는 고백은, 그러므로 사진 영상 자체의 비극성과 함께 사진같이 '공포'스런 폭력과 무관심이 '내 일'처럼 느껴지는 실제 현실에 기인한 것으로 볼 수 있다.

이처럼 실제 현실에서 사진으로, 사진에서 다시 시로 옮겨가면서 점차 강하게 감지되는 '질식할 것만 같'은 비극은, 시의 맥락을 거쳐 어느덧 사진의 밖에 있는 '나'의 주위를 맴돈다. 그 비극은 나아가 시대의 전면과 종교의 영역에까지 확산, 인식된다.

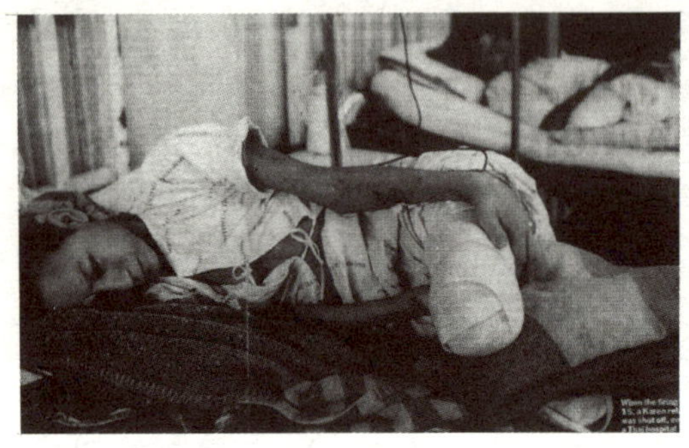

…중략…

한쪽 다리가 없는 시체
만신창이의 시체는 소년이리라
낙동강 전투 메콩강 전투
죽은 소년들이 수없이 떠올랐듯
강에서 산악에서 도시에서
수없이 많이 버려지리라

──「현대의 묵시록」 부분

　위의 사진에서 독자들은 심상치 않음을 느끼리라. 한쪽 다리가 잘려 나간 이름 모를 여인이, 붕대로 칭칭 동여맨 허벅지를 움켜쥐고 병상에 모로 누워 있다. 이 끔찍한 사진을 매개로 시인은 '피 식지 않은 죽은 자를 난자'할 정도로 '문명의 고혹적인 입술 아래 경련'(같은 시)하는 현대인의 매정함을 적고 있다. 실상 현대의 고도화된 문명은 인간에게 편리한 생활을 보장해 준 만큼 그 이상의 역기능도 동시에 가져다주었 다. 숨가쁘게 개발된 첨단 무기는 인류사에 일찍이 없었던 잔혹한 비극 을 몰아오는 문명의 싸늘한 칼날이었다. 이 칼날을 목전에 두고 살아온 20세기는 1, 2차 세계 대전과 각종의 국지전으로 얼룩진 편리한(!) 전쟁 과 살상의 시대였다. 시에서 '낙동강 전투 메콩강 전투'로 제유된 것과 같은 인류의 비극은, 지금 이 순간에도 세상 어디에선가 마침표 없이 계속 진행되고 있다. 이 시에 문맥화된 비극적 사진과 그러한 현실에 대한 시적 진술이 제목처럼 '현대의 묵시록'일 수밖에 없는 이유가 여기 있다. 그런데 더욱 심각한 문제는 이같은 일이 인간 구원의 보루인 종교의 세계에서도 일어나고 있다는 사실이다.

>   강력한 폭력 무자비한 폭력
>   집단에 의한 불가항력의 폭력이
>   희랍의 신전을 건축하고
>   힌두교의 사원을 건축하였으니
>   인간이 창조해온 수많은 신은
>   당신들의 신선에서 울어야 마땅하다

——「폭력과 광기의 나날」 부분

이처럼 시인은 아무렇게나 집단 살상당한 채 어느 골목길에 버려진 시체들의 사진을 문맥화하여 인간의 종교마저도 폭력과 광기로 얼룩진 것임을 적시해 놓고 있다. 사진을 보라. 인간 비극의 원천인 '폭력과 광기'가 단지 '신전을 건축'하기 위해 종교적 성(聖)의 세계에서도 일어나는 사진 속의 현실은 끔찍하다. 인간 구원에 나서야 할 종교가 인간 살상에 앞장서는 모습이다. 그러나 문제의 심각성은 사진 밖에서 전개되는 종교적 폭력의 현실도 그에 못지 않다는 데 있다. 빗나간 종교의 광기는 '친이스라엘 레바논 민병대원들이/ 팔레스타인 난민촌 습격'하여 집단 살상하거나 '이라크에 투하된 독가스로/ 쿠르드족 수백명이 살해'(같은 시)되는 것과 같은 광신적 폭력이 지구촌 곳곳에서 자행되고 있다. 이것이 바로 종교마저도 '폭력'에 의한 것이니 '인간이 창조해온 신은/ 당신들의 신전에서 울어야 마땅하다'고 강변하는 이유다. 요컨대 사진으로 드러난 종교적 비극을 시로써 다시 드러내는 과정에서 증폭되는 복합적 호소력은 사진을 넘고 시를 넘어 그 밖에 있는 세기말의 이 시대마저 전율시킨다.

이같은 사진-시의 접속을 통해 시인은 더욱 효과적인 표현 수단을 획득한다. 이승하의 시에서 사진은 실제 현실 못지 않은 상상력의 모티브로 작용하여 시와 삶과 환유의 관계를 형성한다. 사진의 현실 곁에 시의 현실이 있고, 또한 시의 현실 곁에 삶의 현실이 있으며, 그들의 의미는 서로 넘나든다. 즉 '시는 말없는 사진을, 순간과 그 순간의 소멸로서의 행동만이 있는 사진을, 말하게' 하고, 사진에 담긴 비극적 '순간을 질질 오래 흐르게'5) 하는 것이다. 그리하여 시는 그 의미의 향방을 잡지 못하고 과거의 추억으로 고착된 사진으로 하여금 생생한 리얼리티를 구축케 하고, 사진은 문자 언어만을 고집했던 시라는 고전적 예술 양식에 새로운 변모의 장치를 마련해 주어, 상호 보완적 구실을 한다. 시인은 사진과 시의 결합으로 이루어지는 탈장르적 시너지 효과를 통해 이 시대의 비극적 현실을 표나게 강조하고자 한 것이다.

그러면, 이처럼 사진으로 노출된 세기말의 비극을 시로 '다시 드러내기'를 통해 강조하는 이유는 무엇인가? 그것은 사진 기법과 관련지으면 이중노출의 목적과 상통한다. 비극적 현실이라는 피사체를 사진과 문자 언어로 동시에 노출시킴으로써 반비극, 혹은 탈비극 지향의 의지를 담아낸다. 이것은 부정의 부정이 긍정을 지향하는 논리와 다르지 않다.

---

5) 정과리, 「주검과의 키스」 ; 이승하, 『폭력과 광기의 나날』, p.150.

시인은 사진으로 제시된 시대적 비극을 시의 언어로써 다시 아프게 반추하면서, 궁극적으로 인간 스스로의 경각심을 환기하고 나아가 비판, 극복하고자 하는 것이다. 예컨대 '종말과 함께 현현할 분이시여!/ 지상의 모든 죄악에게도 빛을!'(「신경성 위궤양」에서) 달라는 염원, 폭력과 광기로 얼룩진 세상에서 '사랑하는 것보다 더한 고통이 없다는 것을/ 깨닫기 위해 잠 못 이루던 날들'(「불면증」에서)이 있었다는 사실, '폭력을 통해 자유를 발견하려 했'(「폭력에 관하여」에서)다는 인식 등은, 모두 이 시집이 비극적 현실의 현장감을 드러내는 데만 목적을 두지 않았음을 반증한다. 같은 맥락에서, 시집의 뒷부분에는 오늘의 어둠을 철저히 건너 내는 일이 내일의 밝음으로 가는 첩경임을 말하는 시가 등장하여 전체 내용을 수렴한다.

세상은 여전히
밤, 완벽에 가까운
밤이다

길 위에서
새벽을 맞고 싶어
나 지금 잠들지 않겠다.
——「서울, 세기말의 밤」 부분

이 시구에서 '밤'이 사진으로 드러난 세기말의 비극적 시간이라면, '새벽'은 그것을 극복한 이후 시의 화자가 꿈꾸는 시간이다. 화자는 '밤'의 어둠을 체험하고 있는 사람으로서 '새벽'빛이 일구는 밝은 세계의 소중함을 인식하고 있다. 다시 말해 그는 무자비한 광기와 폭력이 난무하는 20세기의 '밤'을 지새고 나면, 정상과 평화가 온전히 자리잡은 21세기의 '새벽'이 온다는 사실을 믿고 있다. 그 믿음은 '잠들지 않겠다'는 실천적 행동과 '폭력이 용서되어서는 안될 것'(「폭력에 관하여」
에서)이라는 단호한 의지를 딛고 서 있다.

2-2. 비디오/TV의 허상(虛像), 시의 들추어내기와
'태양' 찾기

　비디오/TV 등의 전자-영상 미디어는 오늘날 일상 생활과 문화 소통
에 불가결한 도구이다. 이 문화의 우세종은 첨단 과학으로 무장한 포스
트모던 문화의 중심을 이루는 강력한 형식으로서 현대인의 삶에 많은
이기와 편의를 가져다주었다. 문제는 이들이 현대인에게 도구적 기능을
넘어서 그 자체가 삶의 목적으로까지 여겨지고 있다는 사실인데, 프레
드릭 제임슨의 그러한 점에 대한 우려 어린 지적은 주목할 만하다. 그
에 의하면, 비디오/TV는 그 형식 자체 속에서 지배적인 모더니즘 미학
의 모델들에 대한 도전일 뿐 아니라, 언어학이나 기호학과 관련된 개념
도구들, 그리고 현대의 언어 지배에 대한 도전6)으로 간주된다. 이것은
시청자들의 절대적 동화7)를 고집하는 비디오/TV 매체의 속성에 겨누어
지는 의미 심장한 비판적 지적이다. 이념적 배경은 다르나 하재봉도 그
같은 지적에 동조한다.
　그는 시집 『비디오/천국』(문학과지성사, 1990)8)에서 비디오/TV, 컴퓨

---

6) 스티븐 코너/정정호 역, 「포스트모던 TV, 비디오, 그리고 영화」 ; 《외국문학》
　 1991년 여름호, p.51.
7) 이는 영상 매체의 부정적 측면으로서, 대상을 들여다 보는 동안 아무런 주체
　 적 사고나 감정, 혹은 휴식마저 허락하지 않는 속성을 일컫는다. 실제 우리가
　 비디오/TV나 영화를 볼 때를 생각해 보라. 연속되는 영상과 의미 맥락을 놓치
　 지 않기 위해, 우리는 스스로에게 생각은커녕 화장실에 다녀오는 것조차 허락
　 할 수 없지 않은가?
8) 이 시집에 실린 모든 시(53편)의 제목에는 공통적으로 '비디오/'라는 수식이 있

터 등의 전자-영상 매체를 시의 대상으로 삼는다. 이전에도 비디오/TV에 대한 관심을 시에 투사한 시인들로 장정일이 있었는데, 그는 TV 프로그램에 나타난 가공적 현실을 다시 재현함으로써 오늘날의 허위로 가득한 세상에 대한 환멸감을 유도하고자 했다. 그러나 비디오/TV와 컴퓨터가 갖는 매체로서의 맹목적 도구성이나 가상 현실(virtual reality)의 냉혹한 물질성을 전면적으로 들추어내는 일은 하재봉의 시로써 출발점을 이룬다. 그는 인공의 빛으로 무장한 시뮬라시옹의 행진이 오늘날의 일반화된 문화 현상으로 자리잡고 있음을 본다.

> ① 나의 현실은 TV 나는
> TV 시민
> 나와 잠자리를 같이하는
>
> TV는 숨을 쉰다
>
> ——「비디오/TV는 숨을 쉰다」 부분

> ② 두 눈에 가득찬 물
> 부엉이처럼,
> 파란 눈으로 TV를 켜고 나는
> 세계를 본다
>
> ——「비디오/TV는 폭발한다」 부분

이들 시구에서 TV는 영상 시대를 살아가는 현대인의 표상인 '나'의 삶을 이끌어 가는 핍진한 현실로서 기능한다. 그리하여 ①처럼 TV가

는데, 이것의 외연은 비디오뿐 아니라 TV, 컴퓨터 등 영상 전자미디어 전반을 지칭하는 것으로 보이며, 그 내포는 인간적 삶의 진실을 가리운 모든 현대 문명의 허상으로 이해된다. 그리하여 시집의 표제이자 시제목의 하나인 '비디오/천국'은 '허상의 천국' 혹은 '가짜의 천국'이며, 그것은 오늘날의 영상화 사회에 대한 일종의 역설이자 풍자라 할 수 있다.

곧 '현실'이 되어 '나'와 '잠자리를 같이' 할 정도로 불가분의 관계에 놓인다. 이때 '나'는 실제 현실과 TV의 가상 현실을 구별할 줄 모르며, 심지어 'TV는 숨을 쉬'고 인간이 그것을 따라 숨쉴 뿐이기에 인간과 사물(TV)조차 구별할 줄 모른다. 나아가 TV는 ②에서처럼 '나'로 하여금 '세계를 보'게 해 주는 세상 인식의 통로가 된다. 그 결과 인간은 삶의 주체성을 상실하고 스스로 만든 비디오/TV의 '덫'(「비디오/테러리스트」에서)에 걸려 살아야 할 운명이다. TV는 이제 사물로서의 대상성을 넘어 그 자체가 곧 삶이 되는 셈이다. TV가, 허상으로 넘실대는 무정란 같은 가공의 세계가 우리의 삶이라니! 이 얼마나 싸늘한 비극인가? 이 비극에 빠져버린 현대인들은, 마침내 비디오/TV 영상의 현란하지만 향기 없이 만발한 인공의 빛에 취해버리고, 마침내 '눈'도 '숨'도 내 것이 아닌 상태에서 '생각'마저 불가능한 물질적 존재로 전락하고 만다.

> 컴퓨터가 복잡한 생각을 내 대신 한다
>
> 나를 사로잡는 것이 있다면
> TV, 나의 뇌를 빼앗아 브라운관 속에
> 담아놓고 복잡한 회로를 통해
> 다시 돌려주는 TV
>
> ——「비디오/나는 채널 0번을 본다」 부분

이 시구에 의하면 TV, 컴퓨터는 '나'의 삶을 전면적으로 대체하고 있다. 인간의 가장 기초적인 요건인 '생각'마저도 '귀찮'(같은 시)은 일일 정도로 '나'의 영상 탐닉은 극에 달해 있다. 그리하여 '컴퓨터가 복잡한 생각을 내 대신 하'게 하기 위해, '나의 뇌를 빼앗아 브라운관 속에/ 담아 놓'기도 하고, 그것을 '복잡한 회로를 통해/ 다시 돌려' 준다. 이같은 극한적 상황은, 전자—영상 매체가 보여주는 과도한 노출성과 투명성에

의해, 모든 것이 정보와 커뮤니케이션이라는 거칠고 냉혹한 빛으로 드
러나 버려서, 더 이상의 장관도 장면도 없을 때 일어나는 일종의 외설9)
에 빠진 현대인의 물질화된 삶을 반영한 것이다. 다시 말해 이 시는 이
시대 ‘나’들의 영상 매체에 대한 무비판적 탐닉은 TV 중독 혹은 컴퓨
터 중독이라는 말이 익숙할 정도로 심각한 지경에 이르렀음을 들추어
내는 데 목적을 두고 있다.

　돌아보라. 사람들은 날이 갈수록 전자-영상 세계에 깊이 빠져들고 있
으며, 마침내는 영상 세계와 실제 세계를 변별적으로 인식하는 것조차
거부하는 상황에 처해 있다. 영상이란 그 표면이 정보의 홍수로 일렁이
지만 거기서 삶의 깊이를 간직한 진정한 의미를 발견하기는 어려운 대
상임에도 불구하고, 사람들은 이 허망한 가상 정보에 대한 맹신으로 인
해 점차 주체성을 상실한 부유하는 기호적 존재가 되어 가고 있다. 컴
퓨터의 각종 시뮬레이션이나, TV의 드라마, 영화, 르뽀, 뉴스 등은 모두
제작자와 연출자 등 몇몇 사람에 의해 인위적으로 조작된 허상에 불과
하지만, 그것들을 실제 세계와 다름없이 맹목적으로 수용하다가 결국
그것에 지배당하고 마는 것이 현대인의 자화상이다.

> 모든 것은 개인용 컴퓨터의 스위치를 올려야만 움직이기 시작한다
> 전기를 공급하는 것은 그러나 그대의 의지
> 나는, 내 몸 속으로 힘을 공급해 주는 누군가에 의해 사육된다
> 　　　　　　——「비디오/퍼스널컴퓨터」 부분

　이처럼 ‘나’의 ‘모든 것’은 ‘그대의 의지’에 의해 이루어지고, ‘나’는

---

9) 스티븐 코너, 앞의 책, p.58 ; 보드리야르는 TV/비디오에 의한 가시성의 폭발을
　외설(obscenity)이라고 부를 정도가 되었다고 한다. 이는 인간과 기계 장치 사이
　의 구별이 소멸되고 더이상 비밀이나 진상(眞相)이 사라진 포스트모던적 시뮬
　레이션(simulation)의 세계이다.

그 '누군가에 의해 사육'되고 만다. 삶의 주체로서의 '나'는 간 곳 없고 객체로서의 '그대'만 있을 뿐이다. 이때 '나'를 흔적마저 지워버리는 '그대'는 이 시대의 거대한 영상 메커니즘이 아닐 수 없으며, 그럴 경우 인간은 첨단 과학으로 무장한 후기 산업사회의 물질적 존재로만 남을 뿐, 휴머니즘적 정체성은 영상의 늪 속으로 깊숙히 사라져 버린다. 그러면 이처럼 '나'를 소멸시켜 버린 영상이란 무엇인가? 해체주의자 데리다의 말을 빌리면 '있음의 없음'의 세계일 뿐이다. 그 '있음'이란 거짓된 있음이며 실제적으로는 '없음'이다. 문제는 현대인들은 그 '없음'을 '있음'인 양 착각하며 그것에 매달려 살고 있다. 영상 광고에 현혹된 현대인들이 충동 구매를 한다든가, TV 모델들의 옷차림을 모방하는 것, 나아가 자신의 삶을 TV 드라마나 영화의 극중 인물의 그것과 동일시하고, 심지어는 그들의 극적인 자살이나 살인 행각마저도 모방하는 일 등이 영상의 허상에 현혹된 현대인의 구체적인 모습이다. 영상 세계에 대한 맹목적인 모방이란 결국 삶의 진정성과 관련되는 '확실한 것은 아무 것도/ 없'(「비디오/없다」에서)음에도 불구하고.

이 시집의 전체적 맥락은 이처럼 영상 문화의 허상에 정서적으로 중독된 현대인의 모습을 '들추어내기'에 무게 중심을 두고 있다. 다만 경우에 따라 영상 메커니즘의 현란한 인공 빛에 무방비로 노출되어 있는 삶의 모습만 드러낼 뿐, 그 배후에 도사리고 있는 정치, 문화적 이데올로기의 저의를 들추어내는 데는 인색하다는 한계가 발견된다. 또한 영상 미디어 자체에 관한 비판적 인식도 분명하지 않은 까닭에 시인 자신도 영상의 늪에 빠져버린 듯한 경향의 시편들이 적지 않다. 그러나 이같은 한계에도 불구하고 이 시집의 거시적 문맥은 영상 세계를 맹목으로 추종하고 있지는 않은 것으로 판단된다. 특히 영상 자체를 대상화하는 작업 외에 인간의 자유와 개성, 문화와 윤리 의식과 관련된[10] 초

---

10) 조지 길더/권화섭 역, 『멀티미디어 시대』, 한국경제신문사, 1994, p.50.

영상(超映像)의 시를 통해 삶의 진정성을 추구하고 있다는 점은 주목을 요한다. 이 점은 적어도 그의 많은 시편들에 드러난 몰주체적 영상 탐닉이 그 자체를 위한 것이 아니라, 궁극적으로는 그것을 반어적으로 비판하고 극복하기 위한 위악적 태도와 관련된다고 볼 수 있게 해 주기 때문이다.

　시인은 이제 영상의 폭력으로 인해 덧없이 사라져 간 인간적인 것들을 회복하기 위해 영상의 허상을 넘어선 진상의 세계를 상상한다. 이 세계는 단지 서정주의적 동경의 대상에 머물지 않는바, 영상 세계의 허상을 더욱 선명히 드러내 비판하기 위한 의미 있는 배경으로 기능한다.

　　　　① 나는, 온몸에 가시가 박혀 하늘 속으로 굴러떨어지고
　　　　나의 시는, 썩은 두레박을 타고 땅 위로 올라간다
　　　　　　　　　　　　　　　　　　——「비디오/환멸」 부분

　　　　② 나는, 태양을 위해
　　　　창자 속에 숨어 있는 새알과
　　　　따뜻하고 둥근 돌들을 주워모은다
　　　　　　　　　　　　　　　　　　——「비디오/태양의 돌」 부분

　이처럼, 비디오/TV의 허상에 의해 왜곡되고 타락된 세상을 새로운 평화의 공간으로 전환해 보고자 하는 의도가 시집 곳곳에 불거져 있다. ①을 보면 ‘나’는 비록 영상 문화의 타락 속에 ‘온몸에 가시가 박혀’ 거짓 ‘하늘’에 갇혀 있으나, 그 치유 방식인 ‘시’를 통해 새롭게 살아가려는 의욕이 드러난다. 그것은 시의 제목처럼 ‘환멸’스런 가상 현실을 부정, 극복하고자 하는 의도와 다르지 않다. 그리하여 ②처럼 삶의 진정성인 ‘태양’을 회복하기 위해 ‘창자 속의 새알과/ 따뜻하고 둥근 돌들을 주위모으’는 행위로 이어진다. 이 진지한 행위는, 그같은 현실에서 탈출

하여 '햇빛 아래로 나간 사람'은 '아무도'(같은 시) 없다고 해도, 영상의 인공빛으로 인해 '상처난 자리를 쓰다듬는'(「비디오/ 감옥」에서) 회생의 시도를 잊지 않고자 하며, 순수한 시원(始源)의 공간인 '삶의 처음으로 되돌아'(「비디오/시간이 없다」에서) 가고자 하는 의지를 동반한다. 여기서 우리는 시인의 분명한 의도를 읽는다. 그는 TV/비디오의 거짓된 허상으로 출렁이는 '참혹한 날들'(위의 시)을 들추어냄으로써 그 부정성을 고발하고, 궁극적으로는 원본적 생명력이 충만한 '새알'과 '돌'이 보금자리를 트는 '태양'을 찾아 그 아래 진상(眞相)의 세계에 살고자 하는 것이다.

2-3. 영화에 비친 세상, 시의 다시 말하기와
'별빛' 기다림

영화는 오늘날 문화 산업의 선두에서 현대인의 삶과 현실에 직·간접적으로 큰 영향력을 행사하고 있다. 영상 문화의 전성 시대를 이끌고 있는 이 대중적 예술 양식은, 동시성과 복제성을 무기로 삼아 대도시의 한복판에서 소도시의 변두리까지, 혹은 거대한 영화관에서 안방극장에 이르기까지 고샅고샅 파고들어 삶의 리얼리티를 구축한다. 오늘날은 영화 한편에 많은 사람들의 정치적 신념이나 개인의 인생관이 좌우되는 시대이다. 수준 높은 영화를 통해 인생의 의미를 깨닫는가 하면, 저질의 영화에서는(그것을 탐닉하는 데 머물지 않는 한) 그곳에 비추어진 타락한 삶을 매개로 사회에 대한 비판적 문제 의식을 갖는다.

유하는 『무림일기』(중앙일보사, 1989)에서 무협 소설, 광고, 영화 등 키치(Kitsch)적인 것들을 시적 대상으로 수용하여 시를 쓴다. 이들 중시의 영화 수용, 혹은 시와 영화의 장르 혼합은 서구의 경우 일찍이 시네 포엠(Ciné-poem)과 포에틱 필름(Poetic pilm) 등의 형식이 있었으며, 우리 시단에서는 조향에 의해 전자가 실험된 적이 있다. 그 방식은 시에 시나리오 형식을 도입[11]하는 것이었지만, 몇몇 용어의 활용에 그치는 도식적인 수준에 머물렀다. 이후 영화의 예술적 감흥이나 사회 비판 의식, 혹은 기법을 시에 문맥화시키는 작업은 유하에 이르러 적극적 양상을 띤다. 그의 일련의 시편들은 엄밀히 말해 시네 포엠의 특성과는 거리가 있지만, 이전의 도식적 차용에서 한 걸음 더 나간 것으로 보이며, 그렇기 때문에 오히려 시적이다. 시집의 3부에는 기존의 영화 제목을 시의 제목으로 인유하고 '영화사회학'이라는 부제를 덧붙인 시가 15편 실려 있다. 그들 중 한 편을 보자.

가령
앞에선 옆집 아저씨 같은 친근감으로 악수하고
뒤돌아서면 등을 찌르는,
인자한 미소의 도살자들 얼굴과
저 피의 아수라장 커트를 몽타쥐로 연결한다면?

위메 징헌거!

잔뜩 클로즈업된
살인마 제이슨의 일그러진 얼굴

____

11) 「검은 SERIES-Ciné Poeme」(≪사상계≫1958년 11월호)는 그 부제가 말해주듯 우리나라의 선구적인 시네 포엠이다. 일부분(총 7연 중 1연)만 예시해 본다. "1. (C·U)/ 유리창에 시꺼먼 손바닥./ 따악 붙어 있다./ 지문엔 나비들의 눈들이……/ (M·S)/ 쇠사슬을 끌고./ 수많은 다리들의 행진./ (O·S)/ M「아카시아 꽃의 계절이었는데……」/ W「굴러 내리는 푸른 휘파람도……」/ …밝은 木琴 소리의 行列"(『조향전집 1 詩』, 열음사, 1994, p.82.)

감았던 눈을 번쩍 뜬다(F.O)

짜식 순진해 터지긴
           ——「13일의 금요일-영화사회학」 부분

　　인용구는 '영화사회학' 시편들 중에 시네 포엠적 성격이 가장 두드러
진 작품의 일부로서, 영화의 내용과 표현 방식을 수용하여 새로운 창작
방법을 시도하고 있다. 즉 시인은 '커트, 몽타쥐, 클로즈업, F.O' 등 시
나리오 용어를 도입하여 진술을 이끎으로써 시의 메시지 전달을 더욱
효과적으로 수행하고 있다. 특히 '옆집 아저씨'의 '인자한 미소'와 '도
살자들'의 '피의 아수라장'이라는 상반된 이미지를 대조, 병치함으로써
이루어지는 영화의 '몽타쥐' 기법은 시의 주제 형성에 중요한 역할을
담당하고 있다. 이것은 구밀복검(口蜜腹劍)에 비견되는 인간성 타락의
실상을 영화적 표현법의 도움으로 더욱 생생히 제시하여, 독자들로 하
여금 비판적 반감을 불러일으키도록 유도하려는 의도로 볼 수 있다. 또
한 위의 시는 영화의 주요 장면을 그대로 인유하는 한편, 중간중간 시
적 화자나 제3자의 목소리를 개입시켜 놓고 있다. '워메 징헌거!'와 '짜
식 순진해 터지긴'이 그러한 예가 되겠는데, 영화 담론으로 얽혀 있는
서술 문맥에서 빠져나옴으로써, 영화의 내용처럼 왜곡된 현실에 대해
시적 진술로 비판하는 효과를 지향한다. 이는 영화 담론을 서술한 부분
(1, 3연)보다 직접적으로 비판 정신이 개재될 수 있다는 점에서 브레히
트가 말한 소격효과(Alienation effect)와 유사하다. 감탄을 할 정도로 '징
헌거'는 다름 아닌 현대인들의 이중 인격에 대한 야유이며, '짜식'의
'순진'성에 대한 문제 제기도 이 시대의 비순수성에 대한 비판으로 읽
힌다.
　　이같이 영화의 기법과 내용을 시의 문맥으로 끌어들여 사회 비판의

기제로 삼는 방식은 '영화사회학' 시편들의 대부분에 적용되는 형상화의 원리이다. 이 원리는 성(性)과 관련된 도덕적 불감증이나 정치적 타락에 대해 민감하게 적용된다.

> 제발 여인들이여, 어떤 형태로든
> 남을 자극하는 것도 유죄로다
> ——「베드룸 윈도우-영화사회학」 부분

이 시구는 오늘날 성 문화의 타락상에 대해 느슨한 서술조로 말하고 있으나, 시대에 대한 날카로운 비판 정신을 담고 있다. '추행 당한 후 목 졸려 죽은'(같은 시) 여인들에게 주는 메시지로서, 근엄한 계몽주의자의 목소리를 빌려 '남을 자극하는 것도 유죄'라고 단죄하고 있다. 새삼스러울 것도 없이, 그동안 우리 사회에는 서구적 성 문화의 왜곡된 수용이 빚어내는 갖가지 폐해에 대해서 심각한 문제 제기가 있어 왔으나, 그것이 개선될 만한 징후나 흔적을 찾기는 쉽지 않다. 더구나 최근 성의 자유와 해방을 기획하는 일부 여성주의자들에 의한 왜곡된 페미니즘 운동의 흐름을 타고 성적 정체성이 급격히 흔들리고 있다. 이같은 인식을 바탕으로 시인은 '남성 : 여성 = 능동 : 수동'이라는, 그러므로 성적 타락의 원인은 전적으로 남성만의 몫이라는 도식적 도덕관을 부정한다. 이와 관련하여 고전적 가치관의 타락에 관한 풍자의 시학을 보여주기도 한다. 시의 모티브를 여인의 정절을 테마로 삼은 영화 「은장도」에 두고 있는 시 「은장도-영화사회학」에서, 시인은 과거에는 목숨과도 견줄 수 있었던 정절의 가치가 '수많은 악세사리'의 하나로 전락하여, '황신혜 같은 아가씨들'에게 '단돈 1000원'에 매매되는 현실에 대해 우회적 비판을 시도한다. 그런데 영화를 매개로 한 이같은 사회 비판은 정치와 관련될 때 더욱 적극성을 띤다.

> 포르노엔 지배자들이 살포하는
> 포르말린 냄새가 배여 있다
> 심야다방 여관 만화가게마다
> 절찬리에 상영중인 깊이 더 깊이 피스톤 신화
> 단속반이 뜨면 헉헉대는 화면은 잽싸게
> 보도본부 24시로 바뀌지
> 오늘도 반복되고 있을 포르노와 뉴스
> 그 충돌의 몽타아즈
>
> ——「파리애마 ─영화사회학」 부분

　　이 시구는 영화적 현실을 토대로 성의 타락과 정치의 부패상을 동일 문맥 속에서 파악하고 있다. 흔히 말하듯 인간에게 성은 종족 보존이나 향락의 본능적 차원에 머물지 않는다. 인간의 이성적 삶을 유도하는 리비도로서 중요할 뿐 아니라, 권력의 욕망과도 관계되는 사회 통제의 기제[12]이다. 시의 배경인 '80년대는 정치가 타락의 진흙덩이에서 신음하던, 성문화마저도 정치적 논리를 위해 은밀히 조작되던 시대였다. 그 시절 지배자들은 한국판 포르노라고까지 불리어졌던 영화 「파리애마」에서 전개되는 것과 같은 빗나간 성적 방종을, 오히려 정치적 자유가 있기에 가능한 성의 해방이라고 주장하곤 했었다. 그러나 거기엔 정치적 타락을 위장하려는 왜곡되고 타락한 성적 방종이 있을 뿐이었다. 따라서 '포르노엔 지배자들이 살포하는/ 포르말린 냄새'가 배어 있다는 인용시구의 모두(冒頭)는 의미 심장한 정치적 진술이다. 은밀히 소통되는 '포르노'란, 상상이 제거된 채 과실제(hyper

---

12) 푸코는 '성적 욕망의 장치'라는 용어를 사용한다. 이 용어는 후기 산업 사회에서 통치자가 권력을 행사하는 방식과 관련되는데, 폭력보다는 대중의 욕망(특히 성적 욕망)에 의지-이용, 조작-한다는 특징을 설명해 준다. ; 미셀 푸코/이규헌 역, 『성의 역사 제1권-앎의 의지』, 나남, 1991, p.91. 참조

reality)와 쾌락만을 끝없이 욕망하는 현대인에게 주어지는, 유혹과 환상마저 제거된 풍자적 비유[13]이다. 시인은 여기에 뉴스 프로그램인 '보도본부 24시'의 심각하고 근엄한 비허구적 현실 재현이 병치시키고 있다. 이들 두 이미지의 돌발적 결합은 단속이라는 외적 억압으로 길들여져 표리부동(表裏不同)한 비정상적인 사회에 대한 날카로운 풍자를 겨냥한다. 즉 '포르노와 뉴스/ 그 충돌의 몽타아즈'는 에이젠슈쩨인이 애용했던 현실 비판의 기법적 장치로서, 타락한 성과 마찬가지로 왜곡된 정치 문화는 결국 진실한 삶과 역사를 타락케 할뿐이라는 사실에 대한 포르노그라피적 드러냄을 통해, 시대의 음습한 구석에 대한 비판을 지향한다.

또한 「용팔이-영화사회학」에서는 오랜 동안 한국 정치사에 어두운 그림자를 드리워 온 폭력의 문제를 다루고 있어 주목된다. 알다시피 정치'배'와 폭력'배'가 접미사를 공유할 정도로, 이 땅의 정치 문화는 통합과 조화의 성숙한 면모보다는 억압과 강요에 의한 통일과 조작술에 의지해 왔다. 타락한 정치 현실에 대해 시인은 '거 뭐시냐' 정치 폭력배 '용팔이 선생'은 '어디 있다요?' 라는 식의 희화적 어조로 야유한다. 나아가 권불십년(權不十年)의 무상함을 깨닫지 못하는 자들을 매개로 삼아 현대인들의 덧없는 삶과 역사에 대한 인생론적 성찰을 시도한다. 나아가 「마지막 황제-영화사회학」에서도 영화 「마지막 황제」의 주인공 '퓨이'처럼, '거대한 황금빛 권좌 뒤엔/ 풀무치 울음'같이 쓸쓸한 삶의 한 자락이 펄럭이고 있다는 사실을 깨닫지 못하는, 인간의 어리석음을 냉정히 질타하는 것도 그같은 성찰과 관련된다. 그 대상은 시에서 제시된 대로 '만해'와 극단적으로 대비되는 '일해'같은 인간들인데, 그들에 대한 질타를 위해 시간과 목적의 차이는 크지만 같은 백담사에 기거한 적이 있는 두 역사적(혹은 반역사적) 인물들을 한 편의 시(詩) 공간에

---

13) 장 보드리야르/정연복 역, 『섹스의 황도』, 솔, 1993, p.231.

대비시키고 있다. 이것은 물론 반역사적인 특정 인물을 폄하, 조롱하여 부정한 정치에 대한 비판을 하고자 하는 시의 테마를 효과적으로 강조하고자 한 것이다.

이같이 영화 영상에 비친 세상을 시를 통해 '다시 말하기'는, 오늘날 문화 환경의 변화에 대한 의미 있는 응전 방식으로서 현실 비판의 새로운 장치로 기능한다. 시인은 영화 영상의 내용과 소재, 혹은 기법을 시 속에 인유하여 풍자하는데, 이때 시 속의 영화는 그것의 순수한 예술성을 감상하기 위한 소재에 머물지 않는다. 그것은 실제 현실에 버금가는 상상력의 모태일 뿐 아니라, 시와 컨텍스트를 유지하며 현실 비판을 수행케 하는 에너지원이다. 그리하여 '영화사회학'이란 부제가 말해주듯이, 시는 영화 영상의 현란한 빛으로 사회의 어두운 곳을 비추어 강조하는 '-학'으로서의 논리를 간직한다. 예술적 반영에 있어서 '현실-영화-시'의 관계망을 형성하는, 메타문학적 상상을 기반으로 한 이같은 작업은, '90년대 전후 우리 시단에 도드라지는 모습의 하나로서, 영화를 통한 세상 읽기의 새로운 시 형식을 창출한 것으로 볼 수 있다.

그런데 정작 중요한 것은 영화적 현실의 허위에 대한 비판 이후이다. 진실은 텅 비고 환영(幻影)의 리얼리티로 가득 찬 영상 메커니즘을 극복할 수 있는 대안 세계가 요구되는 것이다. 시의 영화 비판은 그것이 확보될 때에만 비판을 위한 비판을 넘어 정당한 방향성을 획득하며, 아무리 거대한 힘일지라도 정당한 방향성을 상실한 것은 폭력에 불과할 것이기 때문이다. 그리하여 시인은 향기도 없이 현란한 이미지로 가득 찬, 값싼 영화 같은 현실을 딛고 일어서려는 소망으로, 건강한 서정과 생명의 세계를 상상한다.

① 새로운 무거움의 고통을 감수하며
    하나, 하나, 바벨을 늘려가는 자만이

<blockquote>
결국 새로운 세계를 견딜 수 있으리니
——「인생공부」 부분
</blockquote>

<blockquote>
② 내 백골 진토된 뒤에도
저 깜깜한 밤하늘 활활 태우기 위해
우르릉 우르릉 우뢰 소리로 달려오는
그 몇십 만 광년의 기다림
——「별」 전문
</blockquote>

시인은 ①에서 가벼워진 세상에서 감내하는 '무거움의 고통'을 말하고 있다. 그 고통은 오늘날 세상이 가벼워질수록 삶의 진실을 찾아 나선 자들이 겪는 발걸음의 무거움에 기인한다. 이 무거움을 견디어 내지 못하면, 세상을 온통 외면하고 죽림의 저편으로 물러서야 하기에, 화자는 '새로운 세계를 견딜 수' 있도록 삶의 무게를 능동적으로 '늘려가는 자'이기를 자처한다. 여기서 우리는 '참을 수 없는 존재의 가벼움'으로 나풀거리는 세상을 적극적으로 견디어 내고자 하는 진지한(혹은 무거운) 인생론을 읽어낼 수 있다. 그것은 '흰 나방들'의 가벼운 몸놀림을 야유하면서 '터질 듯 충전되는 짙은 수액의 힘을'(「쏙독새」에서) 추구하는 마음과 다르지 않다. 그 마음은 또한 삶의 진정성이란 순간적 시간성을 뛰어넘는 영원한 것이기에 경박스럽게 조급해 하지 않는다. 그리하여 ②와 같은 '기다림', 즉 가벼움과 성급함으로 얼룩진 '내 백골'을 뛰어넘어 '깜깜한 밤하늘'을 밝히는 '별'에 대한 '그 몇십만년의 기다림'마저 견디어 내고자 한다. 시인은 가볍게 흘러가는 영화 영상을 노둣돌 삼아 영원히 반짝이는 '별'의 빛에 다가서기를 기다렸던 것이며, 그의 시쓰기는 이 기다림에서 자유롭지 못하다.

3. 어떠한 허구의 세계도 완전히 자족적일 수 없다[14]

영상 예술이 오늘날 문화 현상의 전면으로 부상하면서 전통 시학이 일련의 변화를 겪고 있다. 최근의 몇몇 시인들은 이같은 변화에 능동적으로 대응하는 시 쓰기 전략을 구축하고 있어 주목된다. 그들은 예술에 대한 정의의 전범으로 평가되어 왔던 아리스토텔레스적 미메시스 개념이나, 시는 언어로 이루어지는 운문 문학이라는 불변의 전제 조건을 고집하지 않는다. 그 결과 이룩한 성과는 다음 몇 가지로 정리될 수 있다.

첫째, 시의 장르 의식이 확산되었다는 점이다. 이것은 시라는 고전적 양식이 더 이상 영상 문화의 제반 현상들과 고립적으로 존재할 수 없으며, 그렇기 때문에 그것들과 상호 텍스트성을 적극적으로 유지하지 않으면 안 된다는 인식의 결과이다. 시인들은 시에 사진, TV/비디오, PC, 영화 등의 영상 기법을 도입하는가 하면, 영상 자체를 시의 문맥으로 수용하여 문학 장르와 영상 장르의 탈장르적 시너지 효과를 발휘케 하고 있다. 이런 현상은 최근 매체간의 경계 허물기가 급속히 진행되는 멀티미디어 시대에 걸맞은 문학의 변신으로서 의미가 있다.

둘째, 시적 대상의 범주가 확대되었다는 점이다. 이것은 시대가 변하고 삶이 변하면, 시의 재료 또한 변할 수밖에 없다는 사실을 반영한 것이다. 화려한 영상화 시대의 도래는, 시인들로 하여금 산만하고 현란하게 떠돌아다니면서 실제 현실을 대체할 뿐 아니라, 그것을 주체적으로 구성하는 기능마저 간직한 영상 언어를 시의 재료로 수용케 했다. 그 결과 영상에 의해 모방된 현실을 문학적으로 다시 모방하는 메타시가 새로운 시 쓰기의 양식으로 등장한 것이다. 이렇게 되면 독자들도 이제 시인들이 수용하는 영상 문화에 적극적으로 관심을 가지지 않으면 안

---

14) Umberto Eco. *The Role of the Reader*(Bloomington ; Indiana UP., 1979), p.221.

되게 되었다. 그들의 시를 정확히 읽어내기 위해서는 그곳에 수용된 영상 세계를 먼저 경험해야 하는 것이다.

셋째, 시적 이미지의 성격에 변화를 몰고 왔다는 점이다. 영상화 시대의 창작 방법론은 시의 다른 요소들보다 시각적 이미지를 특별히 강조했다는 점에서 '30년대 모더니즘 시의 방법론과 별 차이가 없으나, 이미지를 구현하는 원리나 그것이 표출하는 감각적 질감은 확연히 구별된다. '30년대 모더니즘 시인들이 창출한 이미지는 실제 현실을 모방한 것이었지만, 최근의 몇몇 시인들이 구현하는 이미지는 영상에 의해 재현된 허구적 이미지를 재모방했다는 점에서 그러하다. 이 이미지는 허상(虛像)의 허상이기 때문에 현실성이나 원본적 성격은 떨어질 수밖에 없으나, 영상화 사회에 걸맞은 이 시대의 새로운 리얼리티를 구현했다는 의미를 지닌다.

이런 관점에서 볼 때 이승하, 하재봉, 유하 등의 시에서 보이는 영상 언어를 매개로 한 메타적 글쓰기는, 급속히 변해 가는 오늘날의 사회 현실에 대한 시적 인식과 방법론을 일신하는 데 소기의 성과를 거두었다고 판단된다. 영상 매체에 의지해, 현실을 폭로하듯이 들추어내는 데 주력했던 이승하와 하재봉, 그것에 대해 해석하고 평가하는 데 많은 관심을 가졌던 유하 등은 모두 포스트모더니즘 시대의 새로운 리얼리스트라고 할 수 있다. 그들에 의하면 사진, 비디오/TV, PC, 영화 영상은 이제 일련의 가상적 장면에 불과한 것이 아니라, 현대인에게 실제 현실과 다름없는 공간으로 다가오고 있으며, 그렇기 때문에 현실을 정직하게 드러내는 핍진한 시 쓰기를 실천하기 위해서는 그곳에 발을 들여놓지 않을 수 없다.

그들이 영상 매체에 깊이 침전하는 것은, 그러므로 현실에 대한 단순한 모방적 재현이나 탐닉을 위한 것이라기보다는 현실에 대한 비판의 적극적 자세를 확보하기 위한 전략으로서 의미가 있다. 그들은 세기말의 영상 시대에 떠도는 가공(혹은 가상) 현실을 읽어내서, 세기초의 진정한 현실을 추구하기 위한 디딤돌로 삼고자 한다. 이것이 시의 위기 '설'을 두려워하지 않고 그것마저 시적 현실로 수용하고자 하는 그들이 간직한 열린 시학의 원리이다. 영상은 그들에게 왜곡된 현실을 들여다보는 관음(觀淫)의 창이며, 시는 그것을 딛고 일어서기 위한 노둣돌이다.

그러면 세상은 온통 영상뿐이고, 시는 그것을 좇을 뿐인가? 그렇지 않다. 앞서 살핀 세 시집에는 공통적으로 허위와 가식으로 가득찬 영상적 현실을 딛고 일어선 그 너머의 세계를 상상하여 진정한 삶의 지향처를 제시하고 있다. 그 세계는 허상의 복제 문화가 극복된 일종의 유토피아로서, 영상 세계에 대한 비판이 맹목적 자기 현시를 뛰어넘어 정당한 방향성을 획득하게 해 주는 원본적 공간이다. 그곳에 이승하가 잠들지 못하고 기다린 '새벽'이 다가오고, 하재봉이 희구해 맞이한 '삶의 처음'인 '태양'이 빛나고, 유하가 현실적 삶의 가벼움을 떨치고 기다린 무거운 '별'이 반짝인다. 시집의 많은 부분을 점유하는, 영상 세계로부터 유추된 현실 폭로와 비판은, 이런 세계가 있음으로 해서 대비적 강조의 효과를 발휘한다. 그리하여 영상 세계와 진상 세계의 길항 작용으로 이룩되는 팽팽한 시적 긴장이 탄생하는 것이다.

다만 이들의 시 쓰기 전략이 갖는 한계도 분명하다. 그것은 이들이 시적 대상의 중심으로 삼은 영상 매체 자체의 특성과 관련된다. 영상 언어는 세계와 삶의 관계 양상을 숨쉴 틈 없이 드러내는 연속적인 기호 체계로서 후기 자본주의 사회의 중심 미디어이다. 또한 영상 이미지는 실제 현실이 아니라 정보 기능이 우세한 가상 세계이다. 세 시인은 그러한 매체가 구현하는 세계에 지나치게 의존하여 현실과 삶의 의미를 찾아내고자 했기 때문에, 시적 대상에 대한 내적 인식을 바탕으로 하는 다양한 상상의 세계를 보여주지 못하고 있다. 어느 소설가의 표현을 빌리면 시인들 자신이 '이마골로기(imagologie)의 지배에 걸려든' 일면이 있다. 이들은 영상 문화의 세례를 받은 세대답게 영상 이미지에 대한 탐색은 적극적이었지만, 그것이 함의하는 문화사적 의미나 역사적 전망을 추구하는 데는 소극적이었다. 한 시인이 스스로 고백한 대로 '너무 영화적으로 생각하는 게 병'(유하, 「고성의 드라큐라—영화사회학」에서)이다. 그러나 이것은 그들만이 걸린 병이 아니다. 예술성의 고갈 상태에 접어든 이 시대에 새로운 문학의 출구로서 메타시에 의지하는 많은 시인과 독자들이 치루어 내야 할 몫이다.

접속, 현대시와 대중 문화

[1] 시와 대중 문화의 만남은 가능할까? 시란 소설과는 달리 처음부터 일반 대중과는 거리가 먼 엘리트들의 문학 양식이었다. 동서양을 막론하고 시는 고관대작이나 그 주위에서 지적·정서적인 교양을 쌓은 계층을 위한 고급 장르였다. 이것은 다른 문학 양식에 비해 까다로운 기법을 동반하기 때문에, 충분한 수련을 거치지 않고는 창작이나 향수가 불가능하다는 장르상의 특성과도 관련된다. 우리 나라에서도 소설이 출현하기 이전의 문학이란 유한 계급들의 전유물이었고, 시가 그 지배적 자리를 차지하고 있었다. 그러므로 당시로서는 고급한 시와 저급한 대중 문화의 만남이란 애초부터 불가능한 것이었다. 물론 문자 생활을 영위하지 못하던 일반 대중(서민이라는 말이 더 정확하지만)들은 그들의 문학적 욕구를 발산하기 위하여 민요, 속요 등을 지어 부르기도 했지만, 그것이 시문학의 주요 흐름을 형성했다고 보기는 어려운 사정이 있다.

그러나 최근 우리 현대시의 전개 과정을 보면, 대중 문화와 탈장르적 만남이 이루어지고 있으며, 그것이 나름대로의 충분한 발전적 가능성을 잉태하고 있어 주목을 요한다. 문학에 있어서 대중성의 수용은 소설의 출현과 더불어 시작된 뿌리 깊은 현상이긴 하지만, 시 장르에 있어서의 그같은 일이 본격화된 것은 그리 오래되지 않았다. 우리 시단의 경우 '6·70년대의 급속한 산업화 과정에서 대두된 대중 사회의 형성은 이를 더욱 고무해 주었으며, '8·90년대 포스트모더니즘 문화의 유입이 이를 더욱 부채질하고 있는 실정이다. '6,70년대 이른바 참여시·농민시라는 이름으로 유행했던 일련의 시 경향이나, '8·90년대 노동시·해체시라는 이름으로 분화되어 온 시의 흐름은 모두가 산업화 과정에서 소외된 피지배 계층의 삶을 대상으로 하고 있다. 이들의 삶이 배경으로 삼고 있는 일련의 토대를 거칠게나마 대중 문화라는 범주로 요약할 수 있다면, 오늘날 시는 대중문화를 상상력과 리얼리티의 중요한 원천으로 삼고 있는 셈이다.

시가 대중 문화에 가졌던 배타적 경계를 허물고 그것을 시적 요소가 수용하는 구체적 양상은 어떠하며, 그 속셈은 무엇인가? 여기서는 지면 관계상 '8·90년대를 전후한 우리 시단의 창작 현장을 대상으로 삼고자 한다. '8·90년대는 대중 문화의 전달 매체가 급속하고도 전면적으로 확대되고, 그에 편승한 대중적 문화 산업 또한 그 상품화가 더욱 노골적으로 행해졌던 시기라는 점은 주목을 요한다. 자본주의/공산주의라는 대외적 이데올로기의 대립이나 민주/독재라는 대내적 신념의 대립이 그 경계를 무너뜨리고, 이에 따라 사회 전반에서 '열림'과 '해체'를 지향하는 사회 전반의 분위기가 형성되고, 문학에 있어서는 문학/비문학 혹은 시/비시의 경계가 의도적으로 와해되는 것이 '8·90년대인 것이다.

② 현대시가 수용하고 있는 대중 문화의 목록은 다양하다. 만화, 영

화, TV/비디오, 신문·잡지, 광고, 대중 음악, 대중 소설, 무협지 등 대중 문화 전반에 걸쳐 있다. 이들은 오늘날 대중 사회의 문화 전반의 흐름을 주도하고 있으며, 그 대중성과 상품성을 무기로 번창 일로를 걷고 있다. 이른바 고급 문화의 옹호자들은 지칠 줄 모르는 대량적이고 호화로운 이들의 행진에 현기증이 날 지경일 것이다. 그러나 어찌하랴. 이것이 분명한 현실인 것을. 이같은 현실에 대처하는 길은 두 가지이다. 이들을 외면하거나 자세히 들여다보는 일이 그것이다. 외면은 현실에 대한 무책임한 도피에 다름 아니며, 들여다보는 것은 일말의 책임 의식과 관련된다. 물론 이 글에서는 후자에 관심을 갖는다. 그 들여다보기 이후 그곳에 동조할 것인지 비판할 것인지는 시인의 예술관과 관련된 또 다른 문제이다.

이제 현대시가 만화를 수용한 예로부터 살펴보자. 만화의 전신은 풍자화(諷刺畵)이다. 그것이 문자의 도움을 얻어 오늘날과 같은 만화의 형식이 이루어졌음은 주지의 사실이다. 요즈음의 우리 만화는 청소년을 위한 순정 만화나 명랑 만화가 주종을 이루었던 시절에 비하면 괄목할 만한 성장을 이루고 있다. 성인 만화, 정치 풍자 만화가 부흥을 이루는가 하면 영상 매체의 발달에 힘입은 애니메이션 드라마가 일련의 문화 산업으로 자리잡고 있다. 각종의 일간지도 저마다 만화를 매체로 하여 사회를 풍자하는 고정란을 두고 있다. 이것은 만화의 대중적인 흡인력에 바탕을 둔 문화 현상이다.

대도둑은 대포로 쏘라

———안의섭, 두꺼비

　　　(11) 第10610號

　　▲일화 15만엔(45만원)▲5·75캐럿물방울다이어 1개(2천만원)▲남자
용파텍시계1개(1천만원)▲황금목걸이5돈쭝1개(30만원)▲금장로렉스시
계1개(1백만원)▲5캐럿에머럴드반지1개(5백만원)▲비취나비형브로치2
개(1천만원)▲진주목걸이꼰것1개(3백만원)▲라이카엠5카메라1대(1백
만원)▲청도자기3점(싯가미상)▲현금(2백50만원)
　　너무 垈하여 귀퉁이가 안 보이는 灰의 왕궁에서 오늘도 송일환씨
는 잘 살고 있다. 생명 하나는 보장되어 있다.[15)]

　이 시에 등장하는 만화도 ‘한국일보’(제10610호)라는 일간지의 시사
만화를 시에 끌어들임으로써 시대에 대한 풍자 효과를 극대화하고 있
다. 일차적으로 이 시는, “토큰 5개 550원, 종이컵 커피 150원, 담배 솔
500원, 한국일보 130원, 짜장면 600원, 미쓰 리와 저녁식사하고 영화 한
편 8,600원, 올림픽 복권 5장 2,500원.”(같은 시)으로 살아가는, 평범한

---

15) 황지우, 「한국생명보험회사 송일환씨의 어느 날」 부분, 『새들도 세상을 뜨는
　　구나』, 문학과지성사, 1983, 104-106쪽)

샐러리맨 '송일환'이라는 인물을 등장시켜, 그를 통해 이 시대 보통 사람들의 일상 생활을 드러내는 데 목적이 있다. 동시에 대도(大盜)에 의해 파헤쳐진 부유층의 호화스런 물건들의 목록을 병치시킴으로써, 그들의 삶이 얼마나 물신주의에 빠져들었는가를 말해 준다. 이것은 이 시대를 살아가는 수많은 '송일환'들이 겪는 삶의 초라함과 대비됨으로써 독자로 하여금 쓴웃음을 자아내게 한다. 그에게 '잘 보장되어 있는 생명'은 아이러니에 불과하다. 또한 '대도둑은 대포로 써라'는 시구는 그 호사스런 물건들을 훔친 자를 겨냥하기보다는 그것을 간직했던 자를 향해야 한다는 시인의 메시지로 읽어도 무방하다. 만화가 시의 문맥으로 습합된 것이다.

이같이 시가 만화와 상호텍스트성을 유지하면서 표현 효과를 높이고 있는 예는 이승하, 박상순의 시에서도 두드러진다. 특히 박상순의 「마라나, 포르노 만화의 주인공」 연작16)은 만화의 그림을 직접 인용하지 않고 그것을 문자 언어로 재현해 수용함으로써 더욱 시적인 표현 방식을 획득한다.

현대시가 영화를 수용하는 방식은 두 가지로 나타난다. 하나는 영화의 대본이랄 수 있는 시나리오의 표현법을 직접 시로 끌어들이는 형식이며, 다른 하나는 기존 영화의 내용을 시의 문맥으로 다시 모방하는 형식이다. 우선 전자의 예만 들어본다.

> S#7.
> *F.I.
> 카메라가 고속도로를 질주하는 자동차를 비춘다. 잠시후, 스톱 모션이 되면서 포토 컷.

---

16) 박상순, 『마라나, 포르노 만화의 여주인공』, 민음사, 1996, 42-48쪽.

C#1. 자동차와 자동차의 충돌 사진(흑백사진)

C#2. 굴러떨어지는 오픈 카(S#4 C#1

C#3. 거적에 쌓인 도로가의 시체(칼라사진)

C#4. 콘바인 위에 줄지어 선 자동차 공장의 자동차(흑백사진)

C#5. 허공을 향한 자동차 바퀴(S#4의 C#4)

C#6. 러시아워 때 자동차로 길이 막힌 도심의 네 거리(칼라사진)

C#7. S#5 중에서 남자를 기다리던 여주인공의 모습 중에서 하나

(흑백사진)[17]

이 시는 이른바 시네 포엠(cine-poem)의 형식을 취한 작품으로 말하기(telling)를 극도로 자제하고 보여주기(showing)에 의해 구성되었다. 한때 부와 권위의 상징이 되기도 했던 '자동차'는 이제 현대인에게 없어서는 안될 생활의 도구이다. 알다시피 '자동차'는 대중 문화의 한 중요한 현상이다. 그 속도감은 우리의 삶을 박진감 넘치게 하지만, 한편으로는 평온한 삶의 방해물이 되기도 한다. '질주하는 자동차'가 있는 한 '충돌하는 자동차'가 있을 수밖에 없기 때문이다. 이같이 모순된 현대인의 삶의 방식을 신 넘버(S#), 페이드 인(F·I), 컷(C#) 등의 영화적 표현법(시나리오 용어)를 동원함으로 하여 시의 형상화 방법을 새롭게 하고 있다.

위와는 다르게 구체적인 영화 텍스트의 내용이나 기법을 패러디 하여 그것을 시적으로 형상화한 경우도 있다. 이러한 양상의 작품군은 위의 것보다는 복잡한 양태를 보여주는데, 유하의 '영화 사회학' 연작시[18]나 그의 이후 시편들에서 찾아볼 수 있다.

TV/비디오도 현대시가 수용하는 대중 문화의 중요한 양식이다. 오늘날 대중 문화의 중심 매체로서 TV는 그 영향력이 있어서 타의 추종을

---

17) 장정일, 「자동차」 부분, 『길안에서의 택시잡기』, 민음사, 1988, 128-131쪽.
18) 유하, 『무림일기』, 중앙일보사, 1989, 79-118쪽.

불허한다. 그곳에서 끊임없이 쏟아지는 정보가 우리의 삶을 이끌고 있다. TV를 하루라도 보지 않으면 세상이 어떻게 돌아가는 지 알 수 없으며, 현란한 유행의 흐름에서도 소외될 수밖에 없다. 코카콜라에 중독된 자가 그것을 하루라도 마시지 않으면 금단 현상에 빠져들듯이 TV는 현대인들이 외면할 수 없는 대중 문화의 꽃이다. 그러나 이 꽃에서 향기는 찾을 수 없다. 모니터를 무대로 현란한 색상을 자랑하지만 오히려 독을 품고 있다. 그것은 인간의 개성적 정서와 사고 능력을 서서히 침식해 가는 무서운 독이다.

> TV 시민
> 그는 장악하고 있다
> 곤충의 더듬이같은 고성능 안테나를 머리 위에 꽂고
> TV 제국에 복무하는
> 신념과 확신에 찬 전사들을 위하여
> 그는 좀 관대해지려고 노력하고 있다
> 그는 오락 프로그램을 10분 더 제공할 것이다[19]

시에 의하면, TV는 현대인의 사고와 행동 양식을 지배하는 문화의 독재자다. TV에 길들여진 시민들은 더 이상 자신의 개성을 지탱하지 못하고 노마드적 삶을 살아간다. 드라마, 오락, 쇼, 뉴스 등에 스스로의 삶을 맡겨버린 사람들은 TV의 만능에 대한 '신념과 확신에 찬 전사들'이다. 이들의 전투 대상은 그들을 무정란과 같은 삶으로 인도하는 '그'가 되어야 함에도 불구하고 얄궂게도 그렇지 못하다. 오히려 인간적 사고와 삶의 진정성을 대상으로 한다. 이 전사들에게 주어지는 '관대'와 '오락 프로그램'은 이들의 전의를 더욱 불태워 전쟁을 승리로 이끈다.

---

19) 하재봉, 「비디오/TV는 숨을 쉰다」 부분, 『비디오/천국』, 문학과지성사, 1990, 15쪽.

그리하여 인간은 폐허가 되고 TV만 시끄러운 잡음을 내고야 만다. 이
것이 '인간 세상'의 종말을 딛고 일어서는 'TV 제국'의 이미지다. 시인
은 오늘날의 이같은 대중 문화 현실을 시를 통해 비판적으로 재현해
보임으로써 경각심을 유발시킨다. 이 시인은 이들 외에도 『비디오/천
국』시집의 많은 시편들에서 이같은 대중 문화의 왜곡상을 들추어내고
혹은 풍자하고 있다.

현대시가 일간 신문이나 잡지를 수용하는 예도 다양한 양상으로 드
러난다. 신문·잡지는 활자를 통한 매스컴의 한 형태이다. '90년대 언론
사 등록 자유화(언론 자유화와는 구별되는)의 물결을 타고 쏟아진 수다
한 일·주·월·계긴지들은, 무분별한 난립으로 인한 그 폐해에도 불구하고
영상 시대라 일컬어지는 오늘날에도 여전히 주효한 미디어 형식이자
정보원이다. 우리는 이들을 통해 전달되는 정보가 시의 소재로 차용되
는 예를 어렵지 않게 발견한다.

> 프랑스, 미국 등에서 개발 완료 단계에 접어든 가상 섹스는 ▲3차원
> 영상과 생생한 현장음을 만끽할 수 있는 기기를 머리에 쓰고 ▲몸의 상
> 태를 점검, 컴퓨터로 전달하는 특수복을 입고 ▲컴퓨터의 지시에 따라 자
> 극을 주는 장비를 손에 부착, 컴퓨터의 명령에 따르면 실제와 같은 행위
> 에 몰입할 수 있다.
> 「미래의 섹스」로까지 불리는 가상 섹스를 놓고 성문란으로 인한 AIDS
> 등의 부작용을 없앨 수 있다는 긍정적인 평가가 나오고 일부에서는 비도
> 덕적이라고 비난하는 등 찬반 양론까지 일고 있다. —한국일보, 1994년 3
> 월 15일자 11면에서

> 莊子여
> 그때도 상상 임신이란 게 있었습니까
> 마침내
> 가상섹스cybersex의 시대가 도래했습니다

> 사람이
> 기계와 더불어 '실제처럼' 생생하게
> 교접할 수 있는 세상이
> 먼 미래가 아니라
> 현실이라 합니다[20]

　이 시는 가상 공간의 문화 단면을 다룬 한 일간지의 특정 기사를 시의 문맥 속으로 수용하고 있다. 일간지는 당연히 가장 대중적인 활자 매체이다. 그러니까 여기서 인용된 기사의 내용은 이 시대의 대중들이면 누구나 인지하고 있거나 삶의 일부로 수용하고 있는 현실이다. 시인은 그것을 시에 끌어들여 남의 얘기처럼(남의 얘기였으면 하는 바램으로) 하고 있다. 진부하지만 분명한 사실은 섹스가 쾌락의 도구로서만 취급받는다는 것은 심각한 문제가 아닐 수 없다. 더구나 생명 잉태라는 신성한 임무를 띤 임신을 '상상'으로 장난 삼아 한다든가, 그 매개 행위인 섹스마저 유희적 '가상'으로 행해질 경우, 우리 인간의 존재는 시집의 제목처럼 '생명에서 물건으로' 전락하고 말 것이다. 그런데 그같은 행위가 실제 이루어지고 있으며, 시일이 지날수록 그것이 더욱 보편적으로 행해질 가능성이 있다는 사실은 심각하다. 시인이 원본 시대의 '장자'를 불러 세우면서 가상 현실의 허위를 하소연하는 이유는 바로 그 심각함에 대한 인식의 결과이다.

　현대시가 광고를 수용하는 모습도 이젠 낯설지 않다. 현대는 광고의 시대라는 말이 있는 것처럼, 개인이든 단체든 광고의 적극적인 발신자와 수신자가 되어야만 삶이 풍요롭다. 최근 들어 광고가 유망한 사업의 한 분야로 각광을 받고 있는 것도 이같은 사실과 무관치 않다. 그런데 광고는 현대인의 삶을 과도한 소비 문화의 늪으로 끌고 가는 속성을

---

20) 이승하, 「상상 임신에서 가상섹스까지」, 『생명에서 물건으로』, 문학과지성사, 1995, 120-121쪽.

지닌다. 소비가 미덕이라는 자본주의 논리는 광고에 의해 더욱 조장된다. 소비자의 경제·문화적인 선택의 폭을 넓혀 주어야 한다는 본래의 미덕을 망각하고 무차별적 소비를 은밀히 강요하는 것이다. 나아가 인간의 정서나 감각마저도 마비시켜 문제는 더욱 심각해진다.

> 0시 삼십 분. 사내는 샴프가 아닌
> 다른 이야기가 하고 싶다. 무언가
> 시도하고 싶다. 그러나 그녀는 실내화를 끌며
> 얼마나 잽싸게 달아나는가. 참 잘하셨어요
> 샴프는 역시 우리 것이 최고랍니다. 계속
> 애용해 주세요. 분홍빛 잠옷을 끌며
> 샴프의 요정은 사라진다. 아아
> 좀더 있어 주세요! 좀더!
>
> 꿈에서 깨어나
> 사내는 타자기를 두드려 댄다.
> 딱딱딱딱딱
> 굴지의 미용주식회사가 있다.
> 그리고 현존하는 유일한 요정은
> 샴프요정이다.21)

이 시는 광고가 우리의 삶을 얼마나 전면적으로 깊숙이 지배하고 있는지를 보여 준다는 점에서 문제적이다. 시에 의하면, '15초'에 불과한 시간 동안 매일 등장하는 샴프 선전 모델은 '현존하는 유일한 요정'이다. 요정이란 무엇인가. 전설에나 등장할 정도의 불가사의를 지닌 아름다운 여자 아니던가. 그런데 텔레비젼 광고에 등장한 허상에 불과한 모델을 '유일한 요정'이라 하고 있다. 광고에 매혹된 한 '사내'가 그곳에

---

21) 장정일, 「샴프의 요정」 부분, 『햄버거에 대한 명상』, 민음사, 1987, 57-59쪽.

등장하는 여성 모델의 의도적으로 연출된 아름다움에 빠져 실제적이고 진정한 아름다움에는 무감각해진 모습을 드러내고 있다. 광고가 소비를 조장하는 외에 인간의 미적 감성마저 조작하는 왜곡된 모습을 이 시는 보여주고 있다. 광고가 연출해 낸 허상의 늪에서 허우적거리는 '사내'는 다름 아닌 우리 자신의 모습이라는 점을 은밀히 암시하면서.

이와는 달리 광고 문구(copy)를 시의 문맥 속으로 직접 끌어들인 예로 오규원의 「가끔은 주목받는 生이고 싶다」, 「롯데 코코아파이 C.F.」, 「NO. MERCY」, 「그것은 나의 삶」 등의 시편들[22]도 주목을 요한다. 특히 「가끔은 주목받는 生이고 싶다」는 시적인 표현이 농후한 특정 광고 문구(슈발리에 구두)를 통해 누구에겐가 관심을 끌고 싶어하는 현대인의 내면 심리를 읽어내고 있다.

현대시가 대중 음악을 수용하는 경우도 심심찮다. 대중 음악이란 누구나 어느 곳에서나 손쉽게 즐길 수 있는 것으로 대중 문화 중에서도 가장 순발력 있는 양식에 속한다. 흔히 대중 음악에는 고전 음악에 비해 저질이라는 올가미가 씌워진다. 그러나 문화의 파장력에 있어서는 오히려 고전 음악을 크게 능가한다. 실상 중심 문화와 주변 문화의 경계가 무너지고 서로 넘나드는 포스트모던적 해체 시대에 고전 음악과 대중 음악을 분류해 수준을 말하는 것 자체가 이제는 큰 의미가 없다. 문제는 대중 음악이 저급의 매너리즘에 빠져 '사랑했어요, 헤어졌어요, 그러나 잊을 순 없어요' 식의 뻔한 이야기를 특색 없는 단조로운 곡조에 담아 볼륨만 높일 경우이다.

> 운명이여, 나를 내버려두게나
> 즉흥적으로 이 세상에 와서

---

22) 오규원, 『가끔은 주목받는 生이고 싶다』, 문학과지성사, 1987.

재즈처럼 꼴리는 대로 그렇게 살다 가리니

난 불협화음을 사랑하게 됐어
계획되고, 요약 정리될 수 있는 인생이란 애초에 없었던 거야
대체 난 누굴 사랑했던 걸까
연주할 수 있는 상처가 남아 있다는 것,
그게 삶을 끌고 가는 유일한 힘일지 몰라[23)]

이 시의 모티브이자 상상력의 출발점인 재즈는 블루스와 함께 미국의 흑인들 사이에서 일어난 대중적인 무도 음악이다. 그것은 당김음과 불협화음을 주로 사용하여 명쾌하고 격렬한 원시적인 생명의 약동이 엿보이는 듯한 리듬을 바탕으로 삼는다. 미국이라는 거대 자본주의 국가의 문화적 중심에서 소외된 흑인들은 애초부터 정돈되고 전망 있는 삶이란 불가능했다. 이러한 삶의 현실을 재즈에 담아 표현하고 고독을 달랬던 것인데, 변두리 음악이라 할지라도 그들에겐 소중한 삶의 반려였다. 이 시는 이같은 재즈 음악의 속성을 매개로 하여 '세운상가'로 표상된 변두리 삶의 공간에서 불안하게 흔들리며 사는 현대인의 모습을 형상화하고 있다. 그리하여 재즈는 이 시의 테마 형성에 중요한 영향을 끼치고 있다. 경직된 규범이나 이데올로기를 거부하고 불협화음일지라도 자유로운 삶을 희구하는 오늘날 우리 사회의 '나'들은 바로 우리 자신의 모습이다. 또한 '꼴리는 대로'와 같은 속어의 사용은 재즈 음악의 주변적 속성과 어울리는 언어로서 이 시에 잘 어울린다는 점도 눈여겨볼 대목이다. 이것은 '영혼에 구멍을 뚫고 색소폰을 불'어서 '부패가 결국 삶을 구원'(같은 시)할 거라는 테마와도 삼투한다.

마지막으로 현대시가 대중 문학(무협지)을 수용한 예를 살펴보자. 무협 소설은 통속 소설로서 대중 문화 중에서도 가장 주변적인 분야의

23) 유하, 「재즈1 부분」, 『세운상가 키드의 사랑』, 문학과지성사, 1995, 60-61쪽.

하나다. 그 과장과 우연과 비현실성의 남발은 소설적 핍진성과는 애초부터 멀리 떨어져 있다. 그 내용이나 표현 방식을 장르도 다르고 방법도 다른 시에 수용한다는 것은 매우 어려운 일이다. 그러나 다음 시에서 보여주는 수용 양상을 살펴보면 어지간한 수준이라는 생각이 든다. 특히 작품 생산의 시대 배경을 염두에 두고 읽어보면 이 시는 한 편의 정치적 알레고리다.

> 경천동지할 무공으로 중원을 휩쓸고 우뚝 무림왕국을 세웠던
> 무림패왕 천마대제 만박이 주지육림에 빠져 온갖 영화를 누리다
> 무림의 안위를 위해 창설했던 정보기관 동창서열 제이위
> 낙성천마 금규에게 불의의 일장을 맞고 척살되자
> 무림계는 난세천하를 휘어잡으려는 군웅들이 어지러이 할거하기
시작했다.[24]

우선 시의 제목인 '무림 18년에서 20년 사이'는 박정희 독재 정권이 김재규의 총탄을 기화로 하여 무너진 1979년 이후의 3년간, 즉 전두환의 5공화국 정권이 공식적으로 들어선 1981년까지라는 시간적 우의(寓意)를 지닌다. 시의 내용도 보면 무협 소설의 엉뚱한 무림 세계를 당시의 우리나라 정치 세계에 빗대어 진술하고 있다. '무림왕국'은 군사 쿠데타에 의해 세워진 3공화국 정권으로, '무림패왕 천마대제 만박이'는 박정희로, 그를 '척살'한 '낙성천마 금규'는 김재규로 읽힌다. 이후 혼란스런 사회상이 '난세천하'였는데, 이를 무력으로 짓누르고 전두환이 정권을 잡는 과정을 '무력 19년 가을, 광두일귀는 숭산의 영웅대회에서 잔혼귀존 폭풍마독등과/ 형식적인 비무를 거친 뒤 무림맹주의 권좌에 등극하였다'(같은 시)라고 표현하고 있다.

이같은 무협 소설의 시적 수용은 일반적 서정시의 대상 범위를 크게

---

24) 유하, 「무림 18년에서 20년 사이」, 『무림일기』, 중앙일보사, 1989, 33쪽.

일탈했다는 점에서 파격적이다. 그러나 이 파격이 시의 파경은 아닌 것으로 읽힌다. 서사성의 도입이나 무협지적 어투의 과감한 수용을 통해 일반 서정시가 이루어내기 어려운 풍자의 정신을 유감없이 발휘했다. 인용 시편을 포함하여 '무림일기' 연작 9편은 모두 이같은 맥락에 선다.

③ 오늘날 우리 사회가 일컬어 대중화 시대를 맞고 있다는 점은 누구나 인정하는 사실이다. 그곳에서 펼쳐지는 문화 현상은 당연히 대중 문화일 터이다. 이제 대중 문화는 주변 문화로서의 저급 문화라는 굴레를 벗어나 있다. 그것의 목록은 폭 넓고 다양하고, 그들의 사회적 역할은 중대하다. 또한 그 향유 계층으로서의 대중도 과거 무지한 서민과는 성격이 다르다. 그들은 나름대로의 교양과 지식을 갖춘 이 시대의 중심 계층이다. 그러므로 대중 문화를 이해하는 일은 시대 현실을 읽어내는 일과 무관할 수 없다. 앞서 살핀 대로 시인들이 대중 문화의 여러 장르들을 자신들의 시작품에 수용하는 작업은 이런 점에서 중요한 의미를 지닌다. 이들의 구체적인 수용 방식은 다음과 같은 몇 가지로 정리될 수 있다.

첫째, 소재 차원의 수용이다. 소재란 시를 빚어내는 재료이다. 훌륭한 시인은 소재의 제약을 받지 않는다. 유능한 시인에게 이 시대의 사회 현상뿐 아니라 모든 문화 현상이 시의 소재가 될 수 있다. 그것은 시인의 상상력을 자극하는 매개물이자 현실을 읽어내는 척도이다. 이런 점에서 황지우의 「한국생명보험주식회사 송일환 씨의 어느 날」에 편집된 시사 만화나 신문 기사의 내용, 이승하의 「상상 임신에서 가상섹스까지」에 제시된 신문 기사 등은 시인의 상상력을 촉진시켜 준 중요한 소재들이다. 이들은 시에 수용되어 재문맥화를 이룸으로써 융화된 시적 진술이 되었다.

둘째, 기법 차원의 수용이다. 시의 기법이란 고정 불변의 것이 아니다. 그 장르적 확산을 위하여 다른 장르의 기법을 차용하는 일은 시의 새로운 표현법을 개발한다는 데 의미가 있다. 때로는 임상 실험을 거치지 않은 의술처럼 불안하더라도 시의 형식 자체를 부정하지 않는 한 새로운 시도를 통해 스스로를 갱신해 나갈 필요가 있다. 특히 오늘날 문화 목록들의 엄격하기만 했던 경계가 해체되는 현실을 염두에 둘 때 시라고 해서 고전적으로 자기 세계만을 고집해서는 안될 것이다. 이런 점에서 장정일의 「자동차」에서 도입된 시나리오 기법, 유하의 「무림 18년에서 20년 사이」에서 보이는 무협 소설적 기법 등은 시의 표현 방식을 일신해 준 면이 엄연하다.

셋째, 주제적 차원의 수용이다. 이것은 앞의 두 가지가 형식상의 수용이라면 이것은 내용상의 수용이라고 할 수 있다. 실상 앞의 소재나 기법적 차원의 수용도 이 점과 관련되지 않는다면 별반 그 의미를 간직하기는 어려울 것이다. 각종의 대중 문화를 소재로 삼든 기법적 차원에서 수용을 하든 그것은 시의 테마를 더욱 효과적으로 드러내기 위한 것이어야 하기 때문이다. 그러니까 앞의 두 가지 수용 양상은 결국 주제적 차원으로 수렴된다. 다만 여기서 별도로 언급하는 것은 직접적인 소재나 기법의 직접적인 원용이 없이 특정 대중 문화의 내용을 비판적으로 읽어 내는 시편들이 있기 때문이다. 이런 점에서 하재봉의 「비디오/TV는 숨을 쉰다」에서 보여주는 TV 문화의 원론적 비판 의식, 장정일의 「샴프의 요정」에 드러나는 광고 문화의 부정적 영향에 대한 폭로, 유하의 「재즈 1」에 나타난 대중 사회의 불합리와 소외 의식 등은 모두 대중 문화의 부정성을 시의 테마로 수용한 예이다.

이같은 수용 과정을 개관하면서 필자는 대중 문화가 이제 우리 삶의 확고한 리얼리티이자 현대시의 새로운 리얼리티를 보장하는 장치로서의 가능성을 읽었다. 급속한 변화의 시대에 그 낱낱의 삶을 시적으로 소화해 내는 데는 대중 문화에 대해 관심을 갖지 않을 수 없다. 몇몇 시인들에 의해 본격화된 대중 문화의 시적 수용은 이런 점에서 시대적 소명 의식마저 간직한다. 이들이 시대를 정직하게 읽어내는 것은 시적 진실에 접근하는 한 방식이다. 또한 향후 이같은 수용 과정에서 지켜져야 할 덕목이 있다면, 대중 문화적 요소들을 무비판적 잡식으로 끌어들일 것이 아니라, 그들 중을 새로운 가치 창조의 발판으로 삼아야 한다는 점이다. 이것은 지극히 평범하지만 중요한 이야기다. 대중 문화란 그 역동적이고 현실적이라는 장점도 있으나, 지나친 분방함이라든가 경박성, 또는 가변성으로 말미암아 인간적 삶의 질을 오히려 저하시키는 요소도 다분하다는 점을 잊어서는 안될 것이다. 그러므로 이들에 대한 비판적 접근이 요구되는 것이다. 자칫 대중 문화의 부정할 수 없는 한 얼굴인 저급성에 시의 몸을 실어서는 안될 것이다. 앞서 인용한 시편들에서도 부분적으로는 이같은 우려를 초래하는 경우가 있었다.

요건대 대중 문화를 시로 수용함에 있어 단순한 결합이나 조합에 그쳐서는 오히려 시의 운명을 파탄으로 몰고 가는 것임을 시인들은 인식해야 하리라. 자칫 시를 대중 문화의 혼란스런 잡식 세계에 덧칠해 놓는데 그친다면, 그것은 시와 대중 문화의 만남을 악연으로 몰고 가는 행위와 다르지 않다. 따라서 시와 대중 문화의 경계, 혹은 시와 비시의 경계를 너머 시의 새로운 자리를 매기는 일은, 견결한 문화 의식을 토대로 한 건강한 포에지를 밑그림으로 삼아야 하는 것이다.

생태시의 담론 유형과 작품 양상
──최근 생태시의 개관을 겸하여

Ⅰ. 서 론 ─자연과 엔트로피

　20세기말, 질주하듯 테크노피아를 추구했던 한 시대가 저무는 시점에 이르러, 금세기에 대한 정리와 반성이 분주히 이루어지고 있다. 한정된 지구 공간에서 천년을 두 차례나 겪어낸 인류는 이제 자신들이 살아온 이력들을 냉정하게 들추어보기 시작한 것이다. 새로운 밀레니엄. 이를 앞두고 사람들은 희망찬 미래를 꿈꾸기도 하지만, 한편으로는 불길한 예감을 떨쳐 버리지 못하고 있다. 문제는 후자인데, 불길한 예감을 느끼는 가장 큰 원인은 심각한 상태에 이른 환경 오염과 그로 인한 생태 파괴와 관련된다. 이것은 한동안 자연의 유토피아를 꿈꾸어 온 인류가 근대의 기획 이후 자연을 정복의 대상으로 삼아 인공의 유토피아를 추구한 결과였다. 자연의 그 순수성과 신성성은 망가질 대로 망가져 이젠 정복할 만한 자연도 찾아보기 힘들 지경에 이르렀다. 향후 인간의 삶을 보장해 줄 지구 환경이 갈수록 피폐해지고 있는 실정이다. 온 생명들의 연쇄고리인 생태계가 위협받고 있으며, 그 일부인 인간 또한 예외일 수 없다.

자연을 인공적으로 진화시키고자 하는 기술 문명은 생태 질서 파괴를 향한 쉼없는 도정이었다. 과학자들은 자연에 있어서 무질서의 척도를 엔트로피(상태함수, entropy)라고 하는데, 이 용어는 원래 원자나 분자의 구조를 설명하기 위한 것이었다. 열역학 제2법칙에서 원자나 분자의 안정감은 엔트로피의 증감과 관련된다. 엔트로피가 가장 낮은 것은 절대 영도에서의 이상적인 결정 상태이고, 가장 높은 것은 무질서한 죽음과도 같은 상태이므로, 엔트로피가 낮을수록 물질은 안정감을 유지한다. 그런데 독립된 공간으로서의 지구에서 일어나는 물리적 현상은 항상 엔트로피가 낮은 상태에서 높은 상태로 니간다.[1] 예컨대 기체나 액체, 고체 등의 물질은 온도가 낮을수록 엔트로피가 감소하여 안정감을 유지하며, 반대로 온도가 높을수록 열 에너지의 이동에 따라 엔트로피가 증가하여 불안정한 양상을 띠게 된다.[2] 최근 생태 문학과 관련된 논의에서도 이 엔트로피라는 용어는 낯설지 않게 되었다. 특히 인간이 일구어 온 과학 문명에서 비롯된 생태 파괴 문제와 관련지을 때, 지구 환경이 날이 갈수록 불안정하게 변화되는 현상은 곧 엔트로피의 증가에 비견될 수 있기 때문이다.

이제 엔트로피의 증가에 대항하는 일이 요구된다. 이와 관련된 생태 환경에 관한 체계적 논의로서 생태학[3]은, 서구적 근대 기술 문명의 오

---

1) 주환노, 『생체 에너지』, 민음사, 1987, p.12. 참조
2) 김동원, 『이성과 자연』, 도서출판 한승, 1990, p.298.
3) 생태학(ecology)이란 용어는 1869년 독일의 동물학자 헤켈(Haeckel)이 처음 사용했다고 전해진다. 어원은 희랍어 오이콜로지아(oekologia)인데, 이는 집을 뜻하는 오이코(oeko)와 연구를 뜻하는 로지아(logia)가 합성된 말이다. (D.Peper/이명우 외 옮김, 『현대환경론』, 한길사, 1997, p.394). 그러므로 생태학이란 '집을 연구하는 학문'인 셈이다. 이때 '집'은 물론 주택이라는 협소한 의미가 아니라, 인간의 삶의 터전으로서의 개체적 환경, 지구 전체, 나아가 우주의 광범위한 시공이라고 보아야 할 것이다. 생태 문학의 문제도 결국은 이 용어의 문제와

류인 환경 오염과 그것의 극복 문제를 대상으로 삼는다는 점에서 기본적으로 현실 비판적 성격을 띤다. 담론의 차원에서 생태학은 규제의 담론, 과학의 담론, 시의 담론4) 등에 두루 관심을 갖는다. 규제의 담론이란 환경 정책을 세우고 결정하는 제도의 담론으로서 정부 기관이나 환경 보호 단체의 몫이고, 과학의 담론이란 환경 과학자들이 자연과학적 방법론과 관련하여 사용한다. 그리고 시의 담론은 문학예술가들이 자연의 아름다움이나 정서, 가치를 작품으로 형상화할 때 사용한다. 이러한 담론들의 출현은 사실 환경 문제가 그런 것처럼 어제오늘의 일이 아니다. 다만 그 심각성에 대해 20세기 후반, 구체적으로 1990년대에 들어, 인간 자신의 문명에 대한 반성적 사유의 일종으로 본격 제기되고 있을 따름이다. 문학에 있어서도 작품 창작은 물론 비평적 논의에 이르기까지 다양한 양상5)으로 전개되고 있는 실정이다.

이 글의 대상인 생태시6) 담론의 유형 분류에 있어서, 주목할 만한

관련지을 수 있을 것이다. 생태 문학이란 그러한 모든 생명의 환경과 관련된 광의의 생태 문제에 대한 관심(생태 파괴에 관한 것이든, 자연 원리에 관한 것이든, 새로운 환경 의식에 관한 것이든)으로 촉발된다는 사실을 간과해서는 안 될 것이다.

4) Carl G. Herndle and Stuart C. Brown, *Introduction in Green Culture: Environmental Rhetoric in Contemporary America*, (ed. Carl G. Herndle and Stuart C. Brown, Madison: University of Wisconsin Press, 1996), pp.10-12 ; 김욱동, 『문학 생태학을 위하여』, 민음사, 1998, p.29에서 재인용

5) 생태시에 대한 관심은 이경호 편 엔솔로지 『새들은 왜 녹색별을 떠나는가』(다산글방, 1991)와 고형렬 시집 『서울은 안녕한가』(삼진기획, 1991)로 본격화된다. 또한 생태시(문학)와 관련된 논의들은 ≪외국문학≫ 1990년 겨울호와 1996년 여름호, ≪창작과비평≫ 1990년 겨울호, ≪현대시학≫ 1992년 8월호, ≪문학사상≫ 1992년 6월호와 동년 11월호, ≪현대시≫ 1993년 5월호, ≪시와사람≫ 1996년 가을호, ≪실천문학≫ 1996년 겨울호 등에서 다룬 바 있다. 이들은 생태 문학과 관련된 특집이나 관련 글들을 기획하여 생태 담론을 1990년대 전문단적 관심거리로 확산시켰다는 의미가 있다. 여기에 환경 관련 문화 무크지 ≪녹색평론≫의 창간(1991년 10월)도 중요한 의미를 띤다.

6) 생태 문제와 관련된 시를 일컫는 용어로는 생태시(송희복, 정효구), 환경시(남

예로 최동호의 3분법(민중적 생태지향시, 전통적 생태지향시, 모더니즘적 생태지향시)과 송희복의 2분법(생태학적 문명비판시, 생태학적 서정시)이 있다.7) 본고에서는 이들의 견해를 토대로 생태 파괴를 고발하는 시, 자연 원리를 발견하는 시, 에코토피아를 전망하는 시 등으로 분류하고자 한다. 물론 이들을 상위 범주로 하여 더 세부적인 하위 범주를 설정할 수 있을 것이지만, 최근 생태시 담론의 개관을 겸한 이 글의 성격상 더 이상 세분하지 않는 것이 바람직하다는 생각이 든다. 또한 이들을 거시적 생태 문학의 범주로 보면 개별적 문제가 아니라는 점에서 분류상의 아쉬움을 상쇄할 수 있을 것이다. 생태계의 그것처럼, 과학 기술 문명은 환경 오염을 낳았고, 그것을 극복하기 위해 과학 기술 문명을 비판, 자연 원리를 발견하고자 하며, 그러한 작업들을 통해 궁극적으로 에코토피아를 지향한다는 점에서 일련의 순환 고리를 형성하기 때문이다. 본고는 이러한 특성을 지닌 시편들을 생태시 담론의 세 범주로 유형화하여, 그 대표적인 작품들을 예거, 비평적 논의를 전개하고자 한다.

송우), 녹색시(이남호), 생명시(신덕룡) 등(신덕룡 엮음, 『초록 생명의 길』, 시와사람, 1997 참조)이 있는데, 이들 모두 아직 각각의 분명한 의미 정립이나 상호간의 변별이 이루어지지 못하고 있는 실정이다. 어떤 면에서는 용어만 다를 뿐 유사한 의미로 사용되기도 한다는 점에서 이 용어의 선택 문제는 그리 중요치 않다고 볼 수도 있다. 전적인 공감을 하는 것은 아니나, 이 글에서는 우선 생태시라는 용어를 도입한다. 생태시는 환경시의 범주상의 막연함, 녹색시의 비유어적 모호성, 생명시의 개념상의 애매성 등을 벗어날 수 있을 뿐 아니라, 생태학이라고 하는 학문 체계와의 연관성이 확보되면서 환경 오염이나 자연 현상, 그리고 새로운 생태 의식을 다루는 시 전반을 포괄할 수 있기 때문이다.

7) 전자는 환경 현실에 대한 태도에 있어서 리얼리즘, 리리시즘, 모더니즘적 세계관을 포괄한다는 점, 후자는 생태환경에 대한 비관적 현실뿐 아니라 낙관적 전망까지 아우른다는 점에서 각각 장점이 있다.; 신덕룡 엮음, op.cit., pp.234-245, pp.262-292 참조.

Ⅱ. 본 론

1. 생태 파괴를 고발하는 시

하나뿐인 지구가 몸살을 앓고 있다. 이제 이런 표현조차 진부한 느낌을 줄 정도로 환경 오염 문제는 심각하다. 비근한 예로, 도심의 하수도로부터 시골 마을의 실개천에 이르기까지 검은 폐수가 넘쳐흐르고 있다. 우리 나라의 경우 불과 10여 년 전만 하더라도 자연의 물을 음용하는 일은 당연시됐었다. 정수기의 사용이나 물을 사먹는다는 것은 특수한 사행심이나 건강 조급증을 가진 사람들이 아니면 생각조차 하지 않았었다. 그런데 최근 들어 자연의 물을 그대로 먹는다는 것이 불가능해졌다. 건강을 포기하고 자학적인 삶을 지향하지 않는 한 자연의 물은 식용으로 사용할 수 없게 되었다. 가정에서, 사무실에서, 열차 여행길에서, 심지어는 약수터에서조차도 자연의 건강한 물은 찾아볼 수 없다. 여기에 대기 오염과 토양 오염까지 더하면 자연 환경은 총체적인 위기에 처해 있다. 폐비닐과 각종 산업 폐기물에 침탈 당한 대지는 더 이상 건강한 숨소리를 들려주지 못하며, 대기 오염에 의한 오존층의 파괴로 인간뿐 아니라 지구상의 생태계 전반에 거대한 재앙을 예고하고 있다. 얼마 있지 아니하여 우리는 오존층의 파괴로 인해 낮 시간의 외출을 할 수 없는 야행 인간이 되어, 산소 통을 하나씩 소지하고 다니면서 오염 지역을 통과할 때마다 흡입하며 살아야 할 지 모를 일이다. 자연 속에서 삶을 영위할 수밖에 없는 인간에게 이같은 위기는 심각한 생존권의 위협으로 이어진다

이러한 환경 오염에 대한 관심은 생태시의 일차적 목표가 된다. 시인들은 기술 문명으로 파생된 환경 오염의 심각성에 대해 민감하게 반응

한다. 사실 낭만주의 시대까지만 해도 시인들의 상상력은 대부분 건강한 자연을 향해 열려 있었다. 자연을 잃어버린 오늘날의 시인들은 두 가지 위협에 시달리게 되었다. 즉 자연 환경의 오염은 한 자연인으로서의 생존은 물론 시인으로서의 존재 자체를 보장받을 수 없게 만들고 있다. 시인들이 환경 문제에 대해 어느 누구보다 민감하게 반응하지 않을 수 없는 이유가 여기에 있다. 가령 한 자연 현상에 대해서 어느 시인은 이렇게 말한다.

우리 시대의 비는 계절과 무관하다.
시도 때도 없이
푸른 것은 모조리 갉아먹어 버리는
전천후 산성비.

그렇다 전천후로
비는 죽은 구근을 흔들어 깨워서
자꾸만 생산을 재촉하고 있다.
그래서 생산이 넘치고 넘치는
그래서 미처 다 소비도 하기 전에
쓰레기통만 가득 채우는 시대.
——이형기, 「전천후 산성비」 부분8)

이같은 유형의 시는 건강한 생태계로의 복원을 위한 기초적인 인식을 담고 있다. 환자의 치료를 위해서는 정확한 진단이 먼저 요구되는 것과 마찬가지다. 이 시에서 환경에 대한 진단은 '비'를 매개로 이루어

---

8) 기본 텍스트는 신덕룡 엮음, op.cit. 부록 "생명시선집"으로 삼는다(단, /는 행 구분, //는 연 구분을 각각 표시함. 이하 마찬가지). 텍스트상의 문제가 없는 것은 아니나, 많은 작품을 대상으로 하는 이 글의 성격상 논의의 편의를 위한 것이며, 경우에 따라서는 원텍스트(시집)를 참조할 것임을 밝혀둔다.

진다. 비는 생태계의 순환에 있어서 가장 기초가 되는 것이다. 생태계의 온갖 생물들은 이 비를 통해 생명의 근원인 수분을 공급받는다. 그러나 오염된 대기의 온갖 찌꺼기들을 동반하고 내려오는 비는 이제 더 이상 생명수가 아니다. 오히려 생명을 갉아먹는 위험한 독극물이다. 이 때문에 우리 시대의 비는 낭만적 건강성을 잃어 버렸다. 가까운 친구들과 들판을 달리며 맞이하던, 사랑하는 연인과 우산을 던져버리고 장난스레 맞이하던 싱그런 추억을 생산해 내지 못한다. 이것이 인용 시에서 '우리 시대의 비'는 '푸른 것은 모조리 갉아먹어 버리는/ 전천후 산성비'라고 하는 이유이다. '산성비'가 특정 시기에만 내리고 마는 것이 아니라, '전천후'로 계절에 상관없이 내리므로, '전천후 산성비'는 이미 자연의 리듬을 일탈하여 버린 반자연적 현상이다. 이 비는 그것에 무방비로 노출되었다가는 심각한 피부병에 걸리고 머리털이 빠질 정도로 독하다. 그러므로 '죽은 구근을 흔들어 깨어서/ 자꾸만 생산을 재촉'한다고 했을 때 '생산'은 생명의 출생이 아니라 치유할 수 없는 오염의 발생이다. 왜냐하면 '미처 소비도 다 하기 전에/ 쓰레기통만 가득 채우는 시대'이니, 자연적 순환을 거부한 이 시대의 비는 '쓰레기'를 생산하는 오염원수가 될 수밖에 없기 때문이다. 마치 거대한 쓰레기 산에서 흘러나오는 가스와 침출수처럼, 비는 이제 정화수와 생명수로서의 기능을 빼앗기고 또 다른 오염을 불러일으킬 뿐이다.

이런 환경 오염의 폐해는 생태 파괴로 이어져 다른 동식물과 인간에게 직접 영향을 미친다. 문제는 이같은 사실을 망각한 인간이 환경의 동물임을 거부하고, 한동안 환경의 지배자가 되기를 꿈꾸어 왔다는 점이다. 저 중세 시대 신의 지배를 당연시하던 인간이, 르네상스 이후 스스로를 이성과 과학에 의한 자연의 지배자로 몽상해 왔다. 이에 토대를 둔 인간중심주의9)는 자연을 정복의 대상으로, 모든 생태계는 인간의

---

9) 환경이나 자연을 보는 관점은 두 가지이다. 인간중심주의와 비인간중심주의인

삶을 위한 소비의 대상으로 여겼다. '소비는 미덕'이라는 폭력적 구호
에 의해 인간은, 환경과 조화를 이루는 존재가 아니라 그것을 침범하고
파괴하고 약탈하는 오만한 존재로 군림해 왔다. 그러나 그런 무소불위
(無所不爲)의 권위는 인간의 나르시시즘에 불과했다. 인간을 위해, 인간
에 의해 추구되어 왔던 기술 문명은 이제 인간의 생명을 위협하는 암
적 존재가 되어 버렸기 때문이다. 인간이 생태계의 일원임을 부정할
때, 생태계는 즉각 인간의 생명 자체를 위협하고야 만다. 당연하다. 다
음 시는 그러한 현실에 대한 고발장이다.

> 무뇌아를 낳고 보니 산모는
> 몸 안에 공장지대가 들어선 느낌이다.
> 젖을 짜면 흘러내리는 허연 폐수와
> 아이 배꼽에 매달린 비닐끈들.
> 저 굴뚝과 나는 간통한 게 분명해!
> 자궁 속에 고무인형 키워온 듯
> 무뇌아를 낳고 산모는
> 머릿속에 뇌가 있는지 의심스러워
> 정수리의 털들을 하루종일 뽑아낸다.
>
> ——최승호, 「공장지대」 전문

인간의 생태계에 대한 무모한 도전의 결과는 이처럼 혹독한 시련으
로 되돌아온다. 70년대 이후 본격화된 우리 나라의 산업 근대화 행진은
'잘 살아 보세'란 노래가 말해주었듯 자연을 볼모로 한 공업 입국만이

데, 근대성의 기반이 되었던 전자는 자연을 도구적 가치로 보아 인간의 삶을
위한 대상(혹은 수단)으로 보는 반면, 후자는 생태에 내재적 가치를 부여하는
새로운 사고의 틀이다(장희익, 『삶과 온생명』, 도서출판 솔, 1998, p.270 참조).
생태시는 궁극적으로 전자를 비판하고, 그것의 극복을 위한 후자의 가치관을
지향한다.

유일한 목표였다. 국민들은 그것만 이루어지면 이 땅은 유토피아와 다름없는 행복한 공간이 될 수 있으리라 생각했다. 그러나 그것은 환상, 아니 착각에 불과했다. 발전 행진곡은 어느 새 음울한 장송곡으로 바뀌어 있었다. 역설적 비극이다. 이 시에서 '산모'가 낳은 '무뇌아'는 그런 결과로 파생된 환경 오염의 결정체다. '산모'는 매연과 오폐수로 출렁이는 공업 지대에서 살아온, 그곳에서 임신을 하고 태교를 하고 출산을 한 사람이다. 건강한 생명의 탄생을 고대했을 이 젊은 여인에게 '무뇌아'의 출산은 청천벽력이었을 것이다. 이 끔찍한 전대미문의 사건은 몇 년 전 우리 나라에서 실제 있었던 일이다. 원자력 발전소에서 일하는 남편과 함께 그 근교에서 살던 여인이 외형적 육신은 멀쩡한데, 한 생명으로서 가장 중요한 뇌가 없는 아이를 낳았던 것이다. 결과적으로 이 여인은 한 죽음을 생명인 양 낳은 것이다. 이 시대의 많은 사람들이 '공업 지대'가 곧 유토피아인 것처럼 착각했듯이.

그 원인은 '굴뚝'과의 '간통'이다. 이때 '굴뚝'이란 환경을 아랑곳하지 않고 맹목적 진보만을 추구하는 빗나간 기술 문명의 상징이다. '산모'는 정상적인 사랑의 결과가 아니라 그것과의 '간통'으로 아이를 낳은 것이다. '간통'이란 사회적 차원에서 비윤리적인 행위라는 점을 상기한다면, 무자비한 공업화 역시 같은 윤리적 선상에 있음을 생각해 볼 수 있다. 생태계에 있어서 인간처럼 반윤리적인 존재가 어디 있을까? 자신의 편리함과 욕망을 위해서라면 다른 종류의 생명체는 안중에도 없다. 지구상에서 일년이면 수백 종씩 소멸되는 각종 동식물의 생태 현황이 이를 반증한다. 다른 동식물들의 삶의 터전을 무모하게 황폐화시키고, 그곳에 아무런 정화 시설도 없이 욕망 충족을 위한 공장을 지어 오폐물을 쏟아내니, 그런 것들로 오염된 곳을 삶의 터전으로 삼은 '산모'와 '아기'가 온통 공해 물질로 뒤엉켜 있는 것은 당연하다. 따라서 산모의 '몸'은 오염된 '공장 지대'나 다름없으니, 그녀의 '젖'에서는 '폐수'가 나오고, '아이 배꼽'에는 '비닐끈'이 매달려 있게 된 것이다. 이러한 시적 진술은, 오늘날 환경 오염 현실을 직시할 때 결코 과장된 엄살이라고만 볼 수 없다. 건강한 생명이 아닌 '고무인형'을 키워낸 '산모'가, 아이뿐 아니라 자신도 '머릿 속에 뇌가 있는지 의심스러워/ 정수리의 털들을 하루동일 뽑아낸다'는 것은 지금 우리가 처한 고통스런 환경 현실이다. 이 시는 이런 현실에 대한 인식과 고발의 극치로 읽힌다.

　이들 외에도 이형기의 「죽지 않는 도시」, 「비오디 피피엠」, 신경림의 「이제 이 땅은 썩어만 가고 있는 것이 아니다」, 정진규의 「떼울음 ―알 37」, 성현종의 「들판이 적막하다」, 「개들은 말한다」, 김지하의 「빗소리」, 이시영의 「표적」, 김광규의 「인왕산」, 「시름의 도시」, 김명수의 「赤潮」, 최승호의 「물위에 물아래」, 고형렬의 「거대한 빵」, 고진하의 「나무와 기계의 마음」, 이문재의 「산성눈 내리네」, 「현기증」 등이 이같은 유형의 시로 주목받을 만하다. 그런데 이러한 유형의 시는 경우에 따라서는 소박한 리얼리즘의 단계에 머물고 마는 아쉬움을 남긴다. 자칫 7,80년대 현실 참여시들이 숙명적으로 떠 안을 수밖에 없었던 투박한 관념주의나 현실 묘사주의의 한계를 완전히 떨쳐버리지 못하고 있는 셈이다. 앞서 말했던 과학의 담론이나 규제의 담론이 아니라 진정한 의미의 문학적 담론이 되어야 할 것인 바, 이 점은 최근의 우리 생태시가 극복해야 할 하나의 과제이다.

2. 자연 원리를 발견하는 시

　환경 오염의 고발과 비판을 넘어서서, 궁극적인 자연(우주로까지 확대되는 광의의 자연)의 원리를 발견하여 생명의 본질로 삼고자 하는 내용의 시편들은 생태시의 또 다른 모습이다. 환경 오염의 문제도 따지고 보면 자연 생태계나 우주의 원리를 무시한 인간의 오만으로부터 비롯된 재앙이라는 점에서 이 유형의 시들은 중요한 의의를 지닌다. 물론 인간의 바람직한 삶을 위해서 자연의 원리를 따라야 한다는 생각은 문학이나 예술에 있어서 최근의 일만은 아니다. 예컨대 그것은 18세기를 지배했던 낭만주의적 가치관의 기본적인 모토였다. 그러므로 물리 세계인 무기물과 생명 세계인 유기물, 그리고 도덕이나 미학과 같은 무형적 가치의 세계가 유기적으로 연계된다는 연속적 세계관의 차원에서는, 낭만주의의 이상 추구와 오늘날의 생태지향주의가 크게 다를 바 없다.10) 그러나 낭만주의에서의 자연을 주체가 아닌 회귀의 대상으로 보는 인간중심주의의 한계를 벗어나지 못했다는 점, 생태 파괴와 관련되었다기보다는 인생론적 차원의 것이었다는 점11)에서 차이가 난다. 생태시의 자연관은 자연중심적 세계관에 기초할 뿐 아니라, 오염된 세계에 대한 암묵적 대안 세계로 설정된다는 점에서 낭만주의적 자연관과는 구별된다.

이런 유형의 시는 당연히 서구적 이성주의나 인공적 기술 문명에 관심을 보이지 않는다. 오히려 서구 문명 세계에서 비과학적이고 비논리적이라고 소외 받아 왔던 동양적 도(道)와 무위(無爲)로서의 자연 원리를 중시한다. 누구나 알다시피 금세기의 문명은 '나는 생각한다, 고로 존재한다'는 데카르트적 신념과 그 신봉자들에 의한 서구적 이성의 승리였다. 그러나 그것이 분명한 한계를 드러내는 현지점에서 인류의 문화는 새로 시작되어야 할 단계에 이르렀다. 인간은 자신만을 이기적으

---

10) D.Pepper/ 이명우 외 옮김, op, cit., P.136 참조

11) 낭만주의자들은 계몽주의의 이성중심주의와는 다르지만 감정의 우월성을 신뢰했다는 점에서 여전히 인간중심주의적이다. 이것은 달리 개인의 주관을 강조하는 낭만적 자아(혹은 창조적 자아)를 인정, 이 자아의 확대가 우주가 될 수도 있으며, 세계 그 자체까지도 변혁, 창조할 수 있다는 믿음이기 때문이다.; 오세영 편, 『문예사조』, 고려원, 1983, pp.90-91 참조.

로 생각하는 존재가 아니라, 다른 존재들과 더불어 사는 생태계의 가치를 인정하는, 스스로의 학명인 호모사피엔스라는 이름에 걸맞게 진정으로 지혜로운 존재로 다시 태어나야 하는 시점에 처했다. 인간의 지혜란 것은 알고 보면 모두가 자연으로부터 얻은 것들인데, 금세기의 인간은 어리석게도 다른 어느 세기보다 이 중요한 사실을 까마득히 망각하고 살아왔다. 이제 이런 점에 대한 고통스런 자각으로서 '나는 자연의 일부이다, 고로 존재한다'는 인식이 필요하다. 그리하여 자연의 순연하고 아름다운 원리를 발견하려는 다음과 같은 시가 주목받지 않을 수 없다.

> 더 맛있어 보이는 풀을 들고
> 풀을 뜯고 있는 염소를 꼬신다
> 그저 그놈을 만져 보고 싶고
> 그놈의 눈을 들여다보고 싶어서
> 그 살가죽의 촉감, 그 눈을 통해 나는
> 나의 자연으로 돌아간다.
> 무슨 충일(充溢)이 논둑을 넘쳐흐른다.
> 동물들은 그렇게 한없이
> 나를 끌어당긴다.
> 저절로 끌려간다
> 나의 자연으로
>
> 무슨 충일이 논둑을 넘쳐흐른다
> ——정현종, 「나의 자연으로」 전문

이 시에서 주체는 자연이다. '나'로 표상된 인간은 오히려 아름다운 생명의 세계인 자연에 수동적인 객체이다. 그동안 생태시의 적극적인 실천자로서 간주되어 온 이력에 맞게, 정현종은 이 시를 통해서도 자연의 위대한 원리를 응시하고 그 자신 또한 그 속으로 침전하는 모습을 보여준다. 여기서 '나'는 '염소'로 표상된 자연을 바라보며 그 아름다움에 흠뻑 취한 모습이다. 건강한 자연 속의 풀을 뜯고 있는 '염소'가 간직한 그 '눈'과 '살가죽의 촉감'은, 풋풋한 생명의 표상으로서 화자로 하여금 '자연으로 돌아'가게 한 직접적 동인이다. '나'의 이성과 의지에 의해서보다는 '자연'의 세계, 즉 '염소'를 비롯한 '동물들'이 '나를 끌어당기는' 힘에 의해 돌아간 세계는, 오직 부드럽고 건강한 생명감이 '충일'한 세계인지라, '나'의 주체적 힘이 아닌 자연의 생명력이라는 거대한 인력에 의해 '저절로 끌려 가'는 곳이다. 그곳은 인위적인 문명 사회가 아닌 비인위적 생명의 세계이다. 이처럼 자연을 읊되, 인간 중심적 관점을 넘어선 자연 중심적 관점12)에 서 있다는 점에서, 이 시는 자연 원리를 발견하는 생태시의 전형적인 예가 된다.

　요컨대 인간은 근본적으로 다른 생명과의 생태적 일체감에 의해 살아가는 존재이다. 아무리 왕성한 생명력의 소유자일지라도 삭막한 사막의 한 가운데서 살아갈 수는 없다. 흙과 물이 있어 풀이 있고 나무가 있고 새와 짐승도 있는, 생태학적 고리에 의해 그들에게 의존하고 또한 도움을 주며 살아가야 한다. 그런데 이런 생명의 세계는 단지 동식물로 표상된 자연 생태계만을 뜻하지는 않는다. 한 생명이란 독립된 절연의 존재가 아니라 범우주론적 영역과 함께 하는 존재이다. 요즘 관심을 끌고 있는 카오스 이론 중 '나비효과'13)도, 실은 이같은 초논리적 생태 고리와 관련될 수 있는 흥미로운 입론이다. 즉 어느 지역에서 나비의

---

12) 그러나, 한 논자의 지적대로, 단지 자연을 읊었다고 해서 무조건 이런 유형의 시로 규정해서는 안된다. 문학생태학의 범주를 환경 문학(환경 오염, 생태 파괴에 대한 인식과 고발), 생태 문학(철학적, 이론적 생태 의식의 고양), 자연 문학(자연을 주제, 소재로 삼은 문학)로 나눌 경우에도, 자연 문학은 인간 중심이 아닌 자연 중심의 관점에서 진술된 것만을 포함해야 하는 것이다. ; 김욱동, op.cit., p.39 참조
13) E. Lorenz/ 박해식 역, 『카오스란 무엇인가』, 범양사, 1995, p.33.

날개짓이 있었다면, 그곳에서 멀리 떨어진 곳의 일기(日氣)에 화창함을
가져 올 수도 태풍을 가져올 수도 있다고 한다. 초기의 미세한 현상이
엄청나게 차이가 큰 결과를 가져올 수 있기 때문에, 어떤 현상을 상호
밀접한 관련을 맺지만 논리적으로 설명할 수 없다는 것이다. 다음의 시
가 그같은 사정을 드러내고 있다.

나 한때
잎새였다

지금도
가끔은 잎새
해 스치는 세포마다
말들 태어나
온 우주가 노래 노래부르고

잎새 는 새들 속에
또 물방울 속에
가 없는 시간의 무늬 그리며
나 태어난다고
끊임없이 노래부르고 노래부른다

지금도
신실하고 웅숭스런
무궁한 나의 삶
네 귓속에
내 핏줄 속에 울리는
우주의 시간

나 한때

     잎새였다

     지금도
     가끔은 잎새

     잊었는가
     잎새가 나를 먹이고
     물방울이 나를 키우고
     새들이 나를 기르는 것

     잊었는가
     나
     오늘도
     잎새 속에서
     뚫어져라 뚫어져라
     나를
     쳐다보는 것.

                              ——김지하, 「나 한때」 전문

　　이 시의 제목은 색다른 의미를 지닌다. 인간은 순간적인 존재이자 영
원한 존재라는 역설적 의미를 함축하고 있기 때문이다. 모든 생명체의
삶은 '한때'의 것임에 틀림이 없으나, 그 '한때'는 일과적인 시간 단위
라기보다는 끝없이 연속하는 '한때'이다. 불교적 윤회설과도 연관될 수
있는, 이 영겁회귀 중의 '한때'는, 그러므로 특정한 생물체로서의 한계
를 뛰어넘는 순환과 친교의 기본 단위이다. 이것은 시인이 말한 대로
'인간만이 아니라 모든 생물, 무생물, 물질과 기계까지도 거룩하게 드높
이고 서로 친교하고 공생하고 해방하고 통일'14)하는 세계이다. 한때는

---

14) 김지하, 『김지하 시전집 2』, 솔, 1993, p.320.

사람이었다가 한때는 짐승이었다가 한때는 이름 모를 풀 한 포기일 수 있는 것이 생명 현상의 본래 모습이다. 시에서 '나 한때/ 잎새였'고, 그것은 '나를 먹이'였다고 하는 진술은 바로 그러한 연속적 세계관이 드러난 결과이다. 또한 그러한 현상은 동식물 등의 유기물과의 관련에만 그치는 것이 아니고 무기물과도 넘나든다. 즉 '잎새'로 표상된 '나'를 '물방울'이 키우기도 했다고 하고 있다. 이러한 생태적 순환은 나아가 우주적 시공을 넘나들기도 한다. '풀잎' 하나에 '온 우주가 노래 부르고', 그렇기 때문에 '무궁한 나의 삶'이 있고, '내 핏줄 속에 울리는/ 우주의 시간'이 있는 것이며, 작은 '풀잎'의 '세포'가 곧 거대한 '우주'가 되고, 또한 그 역도 가능한 이 오묘함 속에 '한때'의 한 생명이 자리잡고 있는 것이다. '한때'나 '세포'라는 미시적 시공이 '우주의 시간'이라는 거대한 시공과 넘나드는 것이 이 시에서 말하는 생명의 본질이다.

이런 의미에서 김지하의 생태시는 모든 존재의 생명과 영성을 강조하는 화엄적 세계관[15]과 같은 광대한 상상력을 발휘한다. 즉, 스스로는 생명 사상이라 일컬은 '한 티끌 속에 삼라만상이 다 들어 있다. 혹은 삼라만상은 수많은 티끌로 이루어진다'[16]는 인식을 담고 있다. 하나의 티끌을 거름 삼아 한 포기의 풀이 나고, 풀을 먹이 삼아 초식 동물이 자라고, 초식 동물을 먹이 삼아 육식 동물이 생명을 얻고, 육식 동물이 죽어 다시 티끌이 되는, 이 끝없는 순환의 고리가 생명의 세계인 것이다. 이것은 동양 사상의 핵심인 음양오행설에서 생명이란 창조가 아니

---

15) 석가가 도(道)를 깨닫고 처음으로 가르친 내용을 담은 『화엄경』의 세계관이다. 워낙 사상적 깊이가 광대하고 난해하여 한마디로 요약하기는 어렵지만, 일단 세상과 우주에 존재하는 모든 것에는 생명과 영성이 있다는 사상으로 이해할 수 있다. 신라시대 화엄교를 창시하기도 했던 의상대사(義湘)의 「법성게(法性偈)」에는 그런 사상의 일단이 "하나의 티끌 속에 세계를 머금고, 모든 티끌마다 세계가 가득하다(一微塵中含十往, 一切塵中亦如是)"라고 드러난다.; 원효, 의상, 지눌/ 이기영 역, 『한국의 불교사상』, 삼성출판사, 1983, p.295.
16) 김지하, 『밥』, 분도출판사, 1984, p.150.

라 생성, 변형이 거듭되는 흐름의 과정이라고 하는 점[17]과도 상통할 뿐 아니라, 모든 생명의 근본은 유기적 흐름이라고 하는 생태적 순환론[18]과 맥락이 닿는다. 이런 작품을 통해 김지하는 생명 현상의 원형질을 탐색하여 물질과 정신, 혹은 서양적 가치관과 동양적 가치관을 아우르는 거대한 생태 담론을 창출해 내고 있는 것이다.

이들 외에도 고은의 「초록 3」, 「나무의 말」, 정현종의 「이슬」, 「환합니다」, 「설렁설렁」, 천양희의 「적소포에 들다」, 「숨은 꽃」, 이건청의 「젖고 있는 들판에게」, 김지하의 「생명」, 이성선의 「山問答」, 「큰 노래」, 이하석의 「연어」, 이동순의 「청산에 새소리 가득차고」, 최승호의 「몸의 신비, 혹은 사랑」, 고형렬의 「꽃자리」, 고재종의 「화음」, 박용하의 「비」 등을 이같은 유형을 시로 읽을 수 있다. 이들은 자연과 생태의 원리를 충실히 드러냄으로써 그것의 가치에 대한 새로운, 그러나 당연한 자리매김을 했다는 점에서 고무적이다. 그러나, 일부 송축가적 어법에 의한 자연과 우주에 대한 일방적 찬사를 동어반복적으로 되풀이하고 있다는 점, 그 내용이 다소 막연하고 관념적일 뿐 아니라 이상주의적이라는 점은 일련의 아쉬움으로 읽힌다. 생태 문학이란 이 시대의 당위적 담론일 수밖에 없다고 볼 때, 인간의 구체적인 생태 의식 함양과 행동의 실천을 불러일으키는 데 소극적이라는 점이 문제다.

---

17) 동양 사상의 중심축인 공자, 맹자, 노자, 장자 등의 도(道), 무위(無爲) 사상은 이런 점에서 서구에서 발원한 생태학과 연계될 수 있다. 즉 자연을 인위적 조작의 대상이 아니라 자연의 원리를 있는 그대로 인정하고 존중한다는 점에서 상통한다.; 박이문, 『문명의 위기와 문화의 전환』, 민음사, 1996, p.84.

18) 서구 생태학적 원리는, 각론에서는 차이가 있으나 원론적으로는 자연과 정신의 동일성을 강조했다는 점에서 18세기 독일의 낭만주의자 셸링(Shelling)의 사상에도 이미 드러난다. 그는 자연을 대상이 아닌 주체로 보며 "전우주는 미세한 부분에서 가장 큰 부분에 이르기까지 살아 숨쉬며 활동하는 하나의 정신"이라고 규정했다.; 강영안, 『자연과 자유 사이』, 문예출판사, 1998, p.284 참조.

3. 에코토피아를 전망하는 시

생태시의 또 하나 주목되는 유형으로 에코토피아를 전망하는 시를 들 수 있다. 이것은 이념적으로 심층생태학(deep ecology)과 관련되는데, 앞장의 '생태 파괴를 고발하는 시'가 피상생태학(shallow ecology)의 입장과 상통한다는 점에서 대비된다. 심층생태학은 인간과 자연 사이의 새로운 균형과 조화를 모색한다는 점에서 극단의 생태 의식[19]을 반영한다. 이러한 세계를 전망하는 시는, 범주상 생태계로서의 건강한 자연 자체를 중시한다는 점에서 '자연 원리를 발견하는 시'와 유사하지만, '자연은 이러하다'가 아니라 '자연은 이러해야 한다'는 당위적 의미 구조를 지닌다는 점에서 다르다. 또한 오늘날의 문명 현실을 적극적으로 비판한다는 점에서는 '생태 파괴를 고발하는 시' 유형과 연계되지만, 현실 자체를 부정적으로 보는 데 그치지 않고 새로운 생태 의식을 바탕으로 한 미래의 낙관적 전망을 함의한다는 점에서 다르다. 그리하여 이 유형의 시는, 생태계에 가해진 위협이라는 현실과 그것을 극복해야 한다는 당위적 이상을 변증법적으로 포괄하는 것으로 의미 범주를 규정할 수 있다.

문명사적 흐름으로 볼 때, 에코토피아는 테크노피아의 상대 개념이다. 20세기가 테크노피아를 추구하던 시대였다면, 21세기는 그것을 극복해 나가는 대안으로서 에코토피아를 지향하는 시대가 되어야 하기 때문이다. 20세기는 기술 문명이 삶을 구원해 주리라는 인류의 집단적 신념이 팽배했던 시기로서, 지구상의 각 나라들은 오직 고도의 과학 기술 문명만을 최대의 목표로 삼고 자연과 생태계가 받는 고통을 외면해 왔다. 그 결과 자연이 복원과 자정 능력을 상실하고, 생태계는 순환 고

---

19) 이남호, op.cit., pp.23-24 참조.

리마저 파괴되었다. 이런 현실은 인간의 삶에 직접적으로 작용하여, 결국 테크노피아가 얼마나 허구에 찬 것이었던가를 밝혀주고 있다. 이제 생태학적 낙원에 대한 인식과 추구 정신을 서둘러 갖지 않으면, 인류는 스스로 만든 기술 문명의 수렁에서 영영 헤어날 수 없을지도 모른다. 에코토피아 전망의 시는 이처럼 인류의 환경을 초토화한 기술 문명 시대의 오류를 바로잡을 수 있는 대안을 제시한다는 점에 중요한 의미가 있다. 이와 관련하여 가령 다음과 같은 시가 있다.

너 들어 보았니
저 동구밖 느티나무의
푸르른 울음소리

날이면 날마다 삭풍 되게는 치고는
우듬지 끝에 별 하나 매달지 못하던
지난 겨울
온몸 상처투성이인 저 나무
제 상처마다에서 뽑아내던
푸르른 울음소리

너 들어 보았니
다 청산하고 떠나버리는 마을에
잔치는 아직 끝나지 않았다고
그래도 지킬 것은 지켜야 한다고
소리 죽여 흐느끼던 소리
가지 팽팽히 후려치던 소리

오늘은 그 푸르른 울음
모두 이파리 이파리에 내주어
저렇게 생생한 초록의 광휘를

저렇게 생생히 내뿜는데

앞들에서 모를 내다
허리 펴는 사람들
왜 저 나무 한참씩이나 쳐다보겠니
어디선가 북소리는
왜 둥둥 울려나겠니

　　　　　　　　　　──고재종, 「綿綿함에 대하여」 전문

　이 '초록'의 메타포는 요즈음의 시에서 찾아보기 힘든 특유의 시적 감동을 전해준다. 여기서 '동구밖 느티나무'는 기술 문명과 도시 문화가 폭력적으로 팽창하는 대척점에서 면면히 이어져야 할 생명의 원형질이라 할 수 있다. 또한 자연의 표상인 '느티나무'를 괴롭혀 온 '삭풍'은 문명 지향의 각종 인위적 폭력의 메타포라고 읽을 때, 이 시는 앞서 규정한 대로 '에코토피아를 전망하는 시'의 범주에 넣을 수 있다.[20] '느티나무'가 뽑아내는 '상처투성이인 저 나무/ 제 상처마다에서 뽑아내던/ 푸르른 울음소리'는 그러한 '삭풍'을 딛고 면면히 추구해야 할 에코토피아의 노래이자 끈질긴 생명 수호의 화음이다. 이 화음은 사람들이 '떠나버린 마을'의 빈 공간에서도 생명의 본질만은 '지켜야 한다'는 의지를 담고 있다. 반생명의 시대인 '오늘'에 비록 '상처'는 입었지만 끝내 생명의 수호자이기를 포기하지 않는 '느티나무'의 '푸르른 울음'이 '생생한 초록의 광휘'로 반짝이는 것. 이것은 문명에 의한 온갖 고난에도 굴하지 않는 생명성의 승화라고 할 수 있다. 현실(문명)의 '상처'에서 에코토피아를 향한 의지로서의 '울음'으로, 그 '울음'에서 다시 에코토피아적 세계의 '광휘'로 이어지는 시의 맥락에서, 종국적 지향인 이 식물성 '광휘'는 더 이상 복제될 수 없는 에코토피아의 아우라이다. 그

─────────────────────

20) 송희복, 「푸르른 울음, 생생한 초록의 광휘」, 신덕룡 엮음, op.cit., p.243.

소리와 함께 '앞들에서 모를 내다/ 허리 펴는', 초록을 닮은 사람들이 듣는 '북소리'란, 바로 그 생명 세계의 전경화를 위한 배경음으로서의 곡진한 울림이 아니고 무엇이랴. 이 시는 문명인을 자처하는 모든 현대인, 혹은 도시인을 표상하는 '다 청산하고 떠나 버리는' 사람들이 미처 듣지 못한 이런 신성한 '초록 축제'의 울림이 가까이 있음을 그들에게 다시 들려주고 있다.

그러면 이같은 '초록' 에코토피아의 낙관적 전망은 전원적 공간에만 둥지를 틀고 있을까? 이에 대한 대답은 이렇다. 이 지구상에 살아가는 많은 사람들은 높은 빌딩 숲과 포장 도로, 그리고 각종의 기계 문명 속에서 살아가고 있다. 그렇다면 인간에게 에코토피아 추구란 애초부터 실현 불가능한 공허한 일이 될 수밖에 없다. 그러나 지구의 전체 면적으로 볼 때, 실상 회색의 도시 공간이 차지하는 면적은 그리 넓지 않다. 아직 희망을 말할 수 있다. 아니, 말해야 한다. 우주 공간에서 보면 이 지구는 숱한 공해에도 불구하고 아직 녹색의 아름다운 빛깔이라 한다. 한 우주 비행사는 광대한 우주 공간에 떠 있는 작은 지구를 보고 연민의 감정마저 느꼈다는 전언은 되새겨볼 만하다. 그러니 결국 우리가 살아가는 문명의 공간도 전체적으로 보면 아직 초록의 광휘 속에 싸여 있거나 초록의 세계와 면면하게 연결되어 있다. 이런 희망찬 인식을 다음과 같은 시에서 찾을 수 있다.

모든 풀벌레들의 울음은 죽었다. 그러나 그것들 하나가 온 길을 비로소 찾아 나설 마음이 인다. 풀무치는 초록의 길을 따라 산이나 들에서 이 도시의 깊은 곳으로 왔다. 처음엔 들판에서 쉽게 이어진 초록의 길이 도시 변두리의 빈터로 이어졌으리라. 그 다음엔 우리가 모르는 풀에서 풀로 이어진 길이 풀무치를 미세하게 이끌었으리라. 그렇다, 이 도심의 회색 콘크리트의 세계에도 자세히 보면―풀무치의 눈으로 보면―들과 산으로 이어진 초록의 길이 있다. 아무도 찾으려

하지 않는 그런 신비한 길이. 단순하게 자연이라 단정지을 순 없지만
우리 삶 속에는 그렇게 열린 길이 있다.
———이하석, 「초록의 집」 부분

　인용한 것은 '풀무치'라는 한 풀벌레의 죽음을 모티브로 삼은 시의
뒷부분이다. 생태시의 한 전범으로 불릴 만한 이 시는, 오늘날의 심각
한 생태 현실을 냉철하게 진단하고 새로운 생태 낙원을 전망하는 한
방식을 보여주고 있다. 앞부분의 '모든 풀벌레들의 울음은 죽었다'는
진술은 오늘날의 생태 환경에 대한 적실한 반영이다. 각종 농약과 공해
로 인해 이 세상의 많은 '풀벌레들'이 사라졌으며, 심지어 멸종의 위기
로까지 치닫고 있는 것이 오늘날의 생태 현실임을 부정할 수 없다. 지
구상의 모든 생명들은 나름대로의 생태계 전체를 위한 역할을 하고 있
는 것들이다. 그런데 어느 한 생명체가 사라지면 그와 먹이사슬에 있었
던 다른 생명체가 다시 사라지는 악순환에 의해 생태계 전체는 위기를
맞이하게 된다. 그러나 건강한 생태계의 가장 큰 장점은 그 특유의 복
원력에 있다. 기술 문명의 디스토피아를 일탈하여 새로운 에코토피아를
향해 가는 데에는 이 복원력에 대한 신뢰와 그것을 돕기 위한 인간의
노력이 함께 중요하다. 생태계 복원에 대한 불신과 포기는 곧 인간의
삶을 포기하는 것과 다르지 않은 것으로, 오늘날 생태 현실이 심각하다
고 하여 그대로 절망할 수 없다는 데 이 시의 중심 메시지가 있다.
　그리하여 '온 길을 찾아 나설 마음', 즉 반성의 마음이 인다. 지구상
의 모든 생명이란 초록의 세계로부터 왔다. 제 아무리 백수의 제왕이라
할지라도 풀 포기 하나로부터 이어진 생태의 고리를 벗어나서는 존재
할 수 없다. 인간의 문명도 마찬가지다. 자연이라고 하는 기초 생태계
가 없으면 인간의 문명이라는 것도 불가능했을 터이다. 하늘로 치솟은
빌딩 숲도 결과적으로는 자연에서 재료를 구해 조립한 것에 불과하다.

시멘트도, 유리도, 창문의 나무도, 튼튼한 철제문도, 심지어 비닐과 폐유 등의 공해 물질도 실상은 자연에서 그 원료를 가져다가 인위적 가공의 과정을 거쳐 변형된 것일 따름이다. 이런 단순한 사실을 우리는 너무도 오랫동안 까마득히 잊고 살지는 않았는지 생각해 볼 일이다. 따라서 에코토피아는, '풀무치' 한 마리의 여정처럼, '도심의 회색 콘크리트의 세계에도 자세히 보면—풀무치의 눈으로 보면—들과 산으로 이어진 초록의 길'과 함께 있는 것이다. 문제는 그 길을 '아무도 찾으려 하지 않'았다는 데 있으므로, 시인은 문명의 첨단을 산다고 자부하는 현대인들에게 그러한 사실을 일깨우고자 한다.

이들 외에 고은의 「아침 이슬」, 「슬픔」, 정진규의 「지금 키 큰 미루나무 하나는」, 「산수유」, 천양희의 「수수밭」, 「숲을 지나다」, 김지하의 「중심의 괴로움」, 이성선의 「큰 노래」, 이하석의 「투명한 속」, 「쥐」, 이동순의 「봄의 설법」, 김명수의 「갈옷」, 최승호의 「발효」, 고재종의 「날랜 사랑」, 「여름 다 저녁때의 초록 호수」, 고진하의 「까치복숭아」, 이문재의 「비닐 우산」, 박용하의 「청동 구릿빛 나무들의 노래 4」, 「전화보다 예감을 믿는 저녁이 있다」 등을 이런 유형으로 읽을 수 있다. 이들 시가 보여주는 대로, 에코토피아는, 자연과 생태의 힘을 신뢰하는 가운데 문명이 준 고통을 딛고 일어서려는 의지만 있다면, 작은 풀 한 포기, 작은 벌레 한 마리에서도 찾을 수 있을 것이다. 도심 한복판 회색빛 담벼락의 한 귀퉁이에도 작지만 도도하게 올라서는 초록의 빛깔처럼.

Ⅲ. 결　론 —생태 윤리의 필요성

생태시가 최근 우리 시단의 중요한 담론으로 부상하고 있다. 시인들은 근원적으로 자연이라는 상상력의 보고에 시의 수원(水原)을 대고 있다. 한 평론가의 지적대로 문학 자체는 원래 녹색[21]인지도 모른다. 문제는 기술 문명이라는 뙤약볕이 그 물을 메마르게 하고 있는 현실이다. 근대에 들어 인류가 견지해 온 인간 중심의 자연관은 자연을 주체로 보지 않고 인간의 정복과 약탈을 위한 대상으로 본다. 새로운 밀레니엄을 앞둔 이 시점에서 오래된 시의 보고를 지켜 나가기 위해서도 자연 자체의 원리를 중시하는 자연 중심의 자연관이 요구된다는 점에 시인과 독자들은 공감해야 하리라. 최근 시단에 유행하고 있는 세기말 의식과 관련된 죽음 의식이라든가, 시의 위기에 관한 논의들도 실상은 이같은 생태학적 상상력의 빈곤과 일정 부분 관련된다고 볼 때, 그러한 동감으로부터 시를 위한 이 시대의 새롭고 당위적 입론이 구축될 수 있을 것이다.

이런 관점에서 지금까지 본고에서는 생태 담론의 시적 전개 양상을 세 가지 유형으로 분류하여 살펴보았다. 그 첫째는 생태 파괴를 고발하는 시로서 이형기의 「전천후 산성비」, 최승호의 「공장지대」 등을 예시, 분석하였다. 이 시들은 제목만 보아도 알 수 있듯이 환경 오염과 그로 인한 생태 파괴의 심각성을 고발하고 비판한다. 둘째는 자연 원리를 발견하는 시로서 정현종의 「나의 자연으로」, 김지하의 「나 한때」 등을 예로 삼았다. 이들은 그동안 망각했거나 의도적으로 무시했던 자연과 생명의 궁극적 원리를 찾아 나섬으로써 일종의 탈문명주의를 표방한 것으로 볼 수 있다. 셋째는 에코토피아를 지향하는 시로서 고재종의 「綿綿함에 대하여」, 이하석의 「초록의 길」 등을 살펴보았다. 이 시편들은 생태시 중 가장 적극적인 유형이라 하겠는 바, 현대 문명에 대한 비판과 생명 원리의 옹호를 변증법적으로 조화시킨 우리 시대의 당위적 담론 형식이라 하겠다. 이러한 유형적 분석 작업에서 한 시인의 시적 특

---

21) 이남호, 『녹색을 위한 문학』, 민음사, 1998. p.22.

징을 성급히 일반화시키지 않고, 같은 시인의 작품일지라도 작품별로 미세하게 구분하고자 했다. 이것은 이 글의 목적이 시인별, 작품별, 테마별로 더욱 심도 있는 논의를 위한 기초를 다지는 데 두었다는 점과 연관된다.

이 시편들을 읽으며 이제 중요한 것은 기술이 아니라 도덕, 테크노피아가 아니라 에코토피아라는 생각을 다진다. 시인에게 생태 윤리란 기본적으로 환경의 건강과 인간의 건강, 그리고 시의 건강은 불가분의 관계에 있음을 직시하는 데서 출발한다. 상극(相剋)이 아닌 상생(相生)의 정신으로 인간과 자연, 생명이 운명 공동체라는 의식을 가지는 것이다. 생태 윤리의 방향이 윤리의 영역을 인간 상호간의 관계에서 인간과 자연의 관계로 확장하고,[22] 나아가 우주의 영역으로까지 확산시켜 나가야 한다. 그렇다고 하여 생태시를 포함한 생태 담론이 현재의 모든 문명을 거부하고 원시 시대로 돌아가자는 말은 아니다. 자연 과학과 기술의 전면적 파기가 아니라 그것을 인간이 추구해야 할 생태적 가치에 부합하도록 변형시키는 일, 즉 과학의 대상을 더 이상 전체로부터 분리된 객체가 아니라 전체 맥락에서 유기적으로 연관시키고자 하는 인식의 전환[23]이 요구된다. 이를 위해 중요한 것은 **환경과 인간, 혹은 자연과 기술 사이의 정복─피정복의 관계가 아니라 둘 사이의 조화이다. 인간 스스로의 한계를 인정하고 생태계의 일원으로서 그곳에 적응해 살아가야 한다는 절제와 겸양의 미덕이 요구된다. 이제 인간은 생태계의 지배자라고 하는 오만을 버리고 자연을 착취, 정복하려는 욕망도 버려야 한다.

건강한 생태 윤리는 생태시뿐 아니라 현대 문화와 생활 어디에나 요

---

22) H. Jonas, *Das Prinzip Verantwortung Versuch einer Ethik fur die technologische Zivilisation*(Frankfurt, 1979), p.253.; 이진우, op.cit., p.216에서 재인용.
23) Ibid., p.215 참조.

구되는 생명적 자질이다. 오늘날 생활의 향상이라는 미명 하의 무자비한 자연 파괴, 이기적인 국가 집단 사이의 전쟁, 가공할 만한 생태 파괴력을 지닌 핵무기의 경쟁적 개발, 생명 공학이라는 이름으로 행해지는 무분별한 동식물의 복제 등은 생태 윤리의 부재로 생겨난 결과들이다. 더욱 심각한 문제는 이제껏 인류가 저질러 온 자연 환경과 기초적 생태 고리의 파괴를 다시 기술 문명으로써 인위적으로 복원하려 하는 점이다. 예컨대 환경 오염에 내성이 강한 동식물을 인위적으로 만들어 내는 일이 다반사로 이루어지고 있다. 이미 유전자 조작에 의해 생산된 식료품이 알게 모르게 우리의 식탁을 지배해 나가고 있다. 그러나 이런 일은 궁극적으로 인간의 먹거리를 풍요롭게 하는 것이라기보다 또 다른 생태 오염을 발생시킬 뿐이다. 어쩌면 그러한 일은 오늘날의 생태 파괴보다 더욱 혹독한 재앙을 가져올지 모를 일이다. 이런 맥락에서 그동안 잊었거나 잘못 인식하고 있었던 생태 의식을 바로잡는 일이 시급하다. 또한 이런 윤리적 결단에는 초록 생명의 힘에 대한 신뢰를 바탕으로 한 행동적 실천이 따라야 한다. 그것은 아주 구체적인 일들, 예컨대 가정에서 쓰레기를 줄이는 일, 물을 아껴 쓰는 일, 등산로에서 나뭇가지를 꺽지 않는 일, 잔디밭에 들어가지 않는 일 등이 그것이다. 생태 운동가들이 애용하는 '행동은 작게, 생각은 전지구적으로'라는 표어처럼. 이런 사소한 일의 실천이 이루어질 때 우리가 사는 이 땅, 하나뿐인 이 지구에서 에코토피아를 찾을 수 있을 것이다. 생태시를 읽는 이유는 이같은 신념을 시적 감동으로 수용하는 것 외에 다른 것이 아니다.

마지막으로, 생태시와 생태 윤리의 전인류적 확산을 위해, 환경운동가 데이비드 브라워의 충고—환경 문제로 대표되는 전지구적 위기는 우리가 함께 일하고 낡은 편견들을 넘어서 갈 수 있는 기회입니다. 계급, 인종, 국적, 나이, 성별에 관계없이 우리는 모두 '우주선 지구' 위에 함께 있습니다. 갈아탈 다른 비행기도 정거장도 목적지도 승객도 없습니다. 이 우주선에는 오직 승무원만 있을 뿐입니다—24)에 귀를 기울여 보자. 인류 누구나 주체적 생태 의식으로 무장하는 일이 중요하다는 것이다. 그렇다. 생태시의 담론은 무엇보다 이런 인식을 바탕으로 삼아야 한다.

---

24) 「기업과 지구를 위한 CPR」, ≪녹색평론≫ 1999년 1-2월호, 통권 제46호, p.61.

제2부 김춘수에 관한 세 편의 글

사물 인식과 존재 탐구의 은유적 원리
——초기시를 중심으로

1. 머리말

　인간이 살아가는 방식은 은유적이다. 일상적인 삶의 현장에서조차 인간은 생각하고 말하고 행동하는 것을 은유에 의존한다. 일례로 요즈음을 'IMF 한파 시대'라고 하는 것도 은유에 의한 세상 인식의 한 단면을 보여준다. 이 말은 국제통화기금으로부터 긴급 융자금을 받으면서, 눈덩이처럼 불어나는 외채와 그들이 제시한 여러 가지 제약 조건 때문에, 우리의 삶이 힘겨워진 상황을 '한파', 즉 차가운 기류라는 자연 현상으로 은유한 것이다. 'IMF 시대'와 '한파'는 그러니까 '어려움, 힘겨움, 고통스러움' 등의 유사성을 바탕으로 연결된 은유적 용어들인데, 사람들이 그러한 표현을 무의식적으로 사용하는 것만 보아도 은유가 우리의 삶과 사고에 얼마나 낯설지 않게 가까이 다가와 있는지 알 수 있다. 이처럼 은유는 특정한 대상을 효과적으로 인식하기 위해 또 다른 대상을 동원하는 방식으로서, 한쪽에 고정되어 있는 인간의 편협된 경험과 사고를 다른 한쪽을 통해 더욱 확산시켜 나갈 수 있게 한다. 은유가 인간의 삶과 사고를 이끌어 가는 방식1)이 되는 것이다.

시에 있어서 은유는 핵심적 요소이다. 아리스토텔레스 이래 은유는 시학의 기본 원리로 인식되어 왔다. 그의 전이(transference) 개념은 오늘날 제유, 환유, 은유 등을 포괄하는 것2)으로서 중간에 많은 논쟁과 재정의가 있었지만, 그것이 문학적 표현의 지배인자라고 하는 점에 대해서는 대부분의 논자들이 동의해 왔다. 이후 은유는 한동안 수사적 차원의 장식으로만 생각되어 왔으나, 이제 시적 대상을 인식하고 사고하는 일련의 구조적 원리로 간주된다. 이것은 은유론이 단어와 표현법 수준의 고전주의적 관점에서 언어 활동의 강화와 현실 창조의 차원에 중심을 두는 낭만주의적 관점으로 발전3)되어 온 과정과 관련된다. 또한 은유가 오늘날 언술(discourse)4)과 인식(cognition)5)의 차원에서 활발히 논의되고 있는 것도 그와 연장선상에 놓인다. 본고에서는 이같은 은유론을 토대로 논의를 진행하되, 직유는 일반화된 관점에 따라 은유의 하위 개념으로 수용하고자 한다. 쥬네트에 의하면6) 직유와 은유는 유추의

---

1) George Lakoff. & Mark Johnson/ 노양진, 나익주 옮김,『삶으로서의 은유』, 서광사, 1995, pp.21-24.
2) Aristotle/ 천병희 역,『시학』, 문예출판사, 1985, p.114. 여기서 은유는 추상, 모호, 이질에서 구상, 구체, 친숙으로의 의미의 전이라고 폭넓게 정의된다. 그 유형은 (1) 種(species)에서 類(genus)로, (2) 類에서 種으로, (3) 種에서 種으로, (4) 類推(analogy)에 의한 전이 등으로 구분되는데, 이들은 오늘날 개념으로 (1)과 (2)는 제유, (3)은 환유, (4)는 은유에 각각 해당한다.
3) Terence Hawkes/ 심명호 역,『은유』, 서울대학교출판부, 1986, p.12 참조.
4) Paul Ricoeur, *The Rule of Metaphor*(trans. by Czerny, London : Routledge & Kegan Paul, 1978), p.65. 이에 대한 자세한 논의는 S. H. Clark, *PAUL RICOEUR*(London and New York:Routledge, 1990), pp.120-151을 참조 바람.
5) Earl R. Mac Cormac, *A cognitive Theory of Metaphor*(The MIT Press, 1985), p.157.
6) Gerard Genette/ 김경란 역,「줄어드는 수사학」, 김현 편,『수사학』, 문학과지성사, 1985, p.129.

문채(figure)로서, 전자가 비교의 원리로 이루어진다면 후자는 동일시의 원리에 의해 이루어진다. 또한 형태적으로 직유는 두 대상, 비교되는 것과 비교하는 것 사이를 양태화하는 말이 연결하며, 은유는 그들 사이를 계사가 연결한다.[7] 그러나 직유에서든 은유에서든 시의 문맥에서 비교되는 것과 비교하는 것이 모두 명시될 수도 있고, 경우에 따라서는 어느 한 가지만 드러날 수도 있다. 또한 둘 사이의 양태화하는 말, 계사, 유사성의 동기(공통 의미소)는 직접 제시될 수도 있고, 생략되거나 간접적으로 암시되고 마는 경우도 있다.[8] 이때 비교되는 것 등의 특정 요소가 생략되거나, 비교되는 것과 비교하는 것 사이에 유사성의 거리가 적절히 유지되면, 은유의 창의성이 발휘되고 따라서 그것에 대한 해석도 자유로워진다.

이같은 논의를 바탕으로 김춘수의 초기시[9]에 나타나는 은유의 특성을 살펴 보려는 것이 본고의 진술 방향이다. 이와 관련한 논의로는 현승춘[10]과 권혁웅[11]의 것이 있다. 전자는 휠라이트의 은유론을 원용하

---

7) 양태화하는 말은 '-처럼, -인 듯, -양, 비슷하다' 등이 있으며, 계사는 '-의, -은 -이다, -은 -이 되다' 등이 있다.

8) Gerard Genette, Loc.cit. 여기에 쓰인 용어들을 리차즈(I.A.Richards)의 것과 대비시킨다면, '비교되는 것(Comparé)'은 취의(Tenor, 원관념), '비교하는 것(Comparant)'은 매재(Vehicle, 보조관념), 동기는 토대(Ground)에 각각 대응한다. 이들은 본고의 논의 과정에서 '비교되는 것'은 Ce, '비교하는 것'은 Ct, 동기는 M으로 각각 약호화하기로 한다. 또한 본고에서 은유는 광의의 의미 범주를 지칭하고자 하는데, 직유와 은유를 중심으로 살피되, 협의의 은유는 다시 치환은유, 병치은유, 언술은유 등으로 나눈다.

9) 본고는 「시집에 수록되지 않은 초기시」, 『구름과 薔薇』(1948년), 『늪』(1950년), 『旗』(1951년), 『隣人』(1953년), 『第一詩集』(1954년), 『꽃의 素描』(1959년), 『부다페스트에서의 소녀의 죽음』(1959년) 등의 소재 시편들을 대상으로 진술될 것인데, 텍스트는 원전 비평이 어느 정도 이루어진『金春洙全集 1 詩』(문장, 1982)로 삼는다.

10) 「김춘수의 시세계와 은유 구조」, 제주대대학원, 1993.

11) 「어둠 저 너머 세계의 분열과 화해, 무의미시와 그 이후」, ≪문학사상≫, 1997

여 김춘수 시를 살피고 있으나, 제한된 작품을 대상으로 하여 성급히 일반화했다는 아쉬움이 있다. 또한 후자는 시의 변모 과정을 추적해 나가는 가운데 은유적 해석의 중요성을 강조하고 있으나, 그러한 논의가 부분적일 뿐 아니라 초기시보다는 중기시와 그 이후의 시에 초점을 두고 있다. 이들 연구 성과를 바탕으로 본고에서는 첫째, 평소 자작시에 대한 해설이나 자신의 시론을 적극적으로 개진해 온 이 시인은 은유를 어떻게 정의하고 있는가? 둘째, 사물 인식과 존재 탐구라는 초기시의 테마와 은유의 원리가 실제 작품에서는 어떠한 관계를 형성하고 있는가? 셋째, 은유의 다양한 방법들 중에 구체적으로 어떠한 것이 중심을 이루고 있는가? 등에 대해 분석하고자 한다. 또한 초기시의 은유가 갖는 특징과 한계, 그리고 시사적 의미는 무엇인가 하는 점도 아울러 밝혀 보고자 한다.

2. 은유에 관한 몇 가지 논의

김춘수는 자신의 시론을 견고하게 구축하고 창작에 임하는 시인이다. 이러한 사실은 그의 시 창작이 상당한 논리적 근거에 의해 이루어진다고 하는 장점을 지닐 수 있다. 그러나 다른 한편으로는 그것의 논리에 지나치게 얽매이다 보면 그 역작용으로 창의적이고 자유로운 상상이 방해받을 개연성이 그만큼 높아질 수도 있다. 이들 두 측면 중에 김춘수가 어느 쪽에 속할 수 있는가 하는 점은 앞으로의 논의 과정에서 드러날 것이다. 여기서는 그가 개진한 시론[12] 중에 은유에 관한 것

년 2월호.

12) 시론과 관련된 본고의 텍스트는 『金春洙全集 2 詩論』(문장사, 1982)으로 한다 (이하 『전집 2』로 약칭함).

만을 살펴본다.

 은유론의 기초는 그 범주 설정과 개념 정의로부터 시작된다. 시론의 입장에서 이것은 광의의 개념으로 보느냐, 협의의 개념으로 보느냐의 문제로 직결된다. 광의로 볼 경우 은유는 비유와 유사한 의미 범주를 갖게 되어, 협의의 은유뿐 아니라 직유, 알레고리, 의인, 아이러니, 환유, 제유, 상징 등을 포괄하는 개념이 된다. 반면에 협의로 볼 경우 두 대상간의 유사성을 바탕으로 한 직접적 동일시만을 뜻하게 된다. 김춘수의 시론은 후자에 해당한다. 그는 『시론 - 시의 이해』의 제1장 「운율·이미지·유추」에서 시의 3요소 중의 하나로 유추를 들고, 직유와 은유에 관해 언급하고 있다.

> 그 하나는 單一直諭이고, 그 둘은 擴充直諭다. 單一直諭는 單語와 單語가 補助形容을 媒介로 하여 比較됨으로써 어떤 狀態를 보다 具體的으로 알리고 있는 그러한 경우를 두고 일컬은 것이다.…중략…補助形容을 媒介로 하여 單語와 文(월) 또는 월과 월이 서로 比較됨으로써 어떤 狀態를 보다 具體的으로 알리는 것을 擴充直諭라고 한다.13)

> 補助形容을 媒介로 하지 않고 어떤 事物이나 觀念이 다른 어떤 事物(心象)과 比較됨으로써 보다 구체적으로 어떤 狀態를 알릴 때 이것을 隱喩 metaphor 라고 한다. 따라서 隱喩는 本義와 諭義를 얼른 찾아볼 수 없는 경우도 있다.14)

 이들에 의하면 직유와 은유는 '보조형용'의 유무에 의해 구분된다. 여기서 보조형용이란 '보다도, 마냥, 인 듯, 과 같은, 와 같은 등'(같은

---

13) 『전집 2』, pp.262-265.
14) Ibid., p.266.

글)을 가리키는 것인데, 앞서 살핀 바 있는 쥬네트의 용어(각주 7, 8 참조)로는 양태화시키는 말이다. 이론적으로 소박한 논의이긴 하나 직유를 단일직유와 확충직유로 나눈 점이 특이하며, 또한 은유에 있어서 단순한 의미의 전이라고 보는 대치론보다 더욱 정교하고 폭넓은 상호작용을 중시하는 '비교'론의 관점에서 다루고 있어 주목된다. 이 경우 은유는 응축된 직유15)로 간주된다. 그러면 이같은 은유를 통해 시인은 무엇을 이룩할 수 있다고 보는가?

> 詩人이 한 개의 隱喩를 얻는 瞬間이란 그것을 高速撮影을 하면 그의 存在가 變身하는 瞬間이요, 그의 精神이 形而上學的으로 超克하는 瞬間임을 볼 수 있을 것이다. 그러니까 言語의 metaphor는 存在의 metamorphosis고 동시에 精神의 metaphysics라고 할 것이다.
> 　三者가 meta(超克)로써 시작되는 것은 偶然이 아니다. 現在를 뛰어넘으려는 運動인 것이다. 究極的으로 詩가 그런 것일는지 모른다.16)

이처럼 은유의 본질이 존재의 변신(metamorphosis)과 정신의 형이상학(metaphysics)으로서 '현재를 뛰어넘으려는 운동'에 있다고 한다. 은유란 현재(또는 현실)의 존재를 초극하기 위해 새로운 모습을 구현하고 새로운 정신을 창출하는 방식이라는 것이다. 실상 은유는 사물이나 현실에 대한 일상적이고 고정된 인식을 타파하여 그것의 색다른 모습, 혹은 존재의 본질을 탐색해 나가는 일이 아닐 수 없다. 이런 점에서 김춘수는 은유를 단순한 수사적 장식의 차원이 아니라 새로운 세계 인식의 지표가 될 수 있다는 관점에서 바라보고 있다고 하겠다. 그의 은유관은 사물에 대한 감각적 인식에서 출발하여 존재의 본질을 탐구하는 관념

---

15) Max Black/ 권두환 역, 「은유」, 이정민 외 편, 『言語科學이란 무엇인가』, 문학과지성사, 1985, p.269.
16) 『전집 2』, p.269.

적 경향으로 발전해 가는 초기시의 전개 과정과 깊이 연관되는 것으로
볼 수 있다.

그러면 '언어, 존재, 정신' 등의 관념에 대한 구체성 획득의 방식으로
서 은유를 논의할 때 비껴갈 수 없는 이미지와의 관계에 대해 시인은
어떻게 생각하고 있는지 알아보자. 이것은 초기시뿐 아니라 이후 중기
시의 이미지 편향과도 연관된다. 그는 『의미와 무의미』라는 잘 알려진
시론집에서 이미지를 서술적 심상과 비유적 심상으로 나누고, 박목월의
「불국사」와 박두진의 「해」를 각각 예로 들고 있다. 그런 가운데, 전자
는 내포적 의미가 없는 시로서 심상이 심상으로서 서술된 순수시라고
말하며, 후자에 대해서는 다음과 같이 언급한다.

> 한편의 詩 속에서 心象들이 이런 모양을 자리하고 있을 때 그 心
> 象들을 比喩的 metaphorical 이라고 할 수 있을 것이다. 이 경우에는
> 心象들이 觀念에 봉사하고(觀念의 手段 또는 道具로서 이용되고 있
> 다) 있기 때문에 心象의 입장으로는 不純해진다. 이러한 詩에서 독자
> 는 詩人의 思想(觀念)까지를 받아들여야 하겠지만(sense를 外延과 內
> 包의 양면에서 정밀하고도 적확하게 파악해야 한다) 詩의 美的 吟味
> 를 고친('거친'의 오자-인용자 주) 다음에 그렇게 하는 것이 詩를 읽
> 는 원칙임은 이미 말한 바 있다.17)

이 글에서 비유적 심상은 '관념에 봉사'하는 '관념의 수단 또는 도구'
이기 때문에 '불순'하다고 정의되고 있다. 그리하여 독자의 입장에서도
비유적 심상에 의지한 시를 감상할 때는 '미적 음미'를 거친 다음에 비
로소 관념을 수용해야 한다는 것이다. 이러한 비유적 심상에 대한 생각
은, 당시 시인이 집착했던 무의미시의 추구와 관련되어 서술적 심상에
비해 상대적으로 폄하하고 있는 형편이지만, 그렇다고 하여 비유적 이

---

17) Ibid., p.478.

미지로 형성되는 관념을 전적으로 부정하지는 않고 있다. 실제 그의 무의미시라고 일컬어지는 것들에서도 관념이나 의미의 도출은 가능(특히 「처용단장」 2부)하다는 점은 유의할 필요가 있다. 이 점은 물론 절대적이고 순수한 이미지를 구현해 보려던 시인의 목적과는 다르지만, 의도의 오류를 벗어나서 작품을 감상해 보면 무의미시와 비유적 심상의 관념이 배타적인 것이 아님을 쉽게 확인할 수 있다.

결국 김춘수의 은유론은 그 범주에 있어서 직유와 은유를 중심으로 삼고 비교론의 관점에서 접근하고 있는 셈이다. 그런데 그의 은유에 대한 관심은 그가 순수시의 옹호자, 혹은 반리얼리스트였다는 점과 관련지을 수 있다. 그는 유추의 방식 중 은유가 시이고 환유가 산문[18]이라는 대전제를 분명히 인식하고 있었던 바, 이 점은 시는 반리얼리즘이고 산문은 리얼리즘[19]이라는 그의 문학관을 통해서도 확인할 수 있다. 그러므로 그의 시가 반리얼리즘에 의지하고 있는 한 은유와의 만남은 필연적이라고 볼 수밖에 없다. 그러면 이것이 창작 방법의 원리로 어떻게 작용하고 있는가 살펴보자.

3. 사물 인식과 은유적 수사(修辭)의 편재성

김춘수의 초기시 중 전반기 시[20]는 자연 현상이나 동식물 등의 구체

---

18) Gerard Genette, op.cit., p.123. 이와 관련하여 로만 야콥슨도 시의 표현 방식에 있어서 낭만주의와 상징주의 문학파에서는 은유가, 사실주의 경향의 문학에서는 환유가 주도적이라고 말한다.(Roman Jakobson/ 신문수 편역, 「실어증의 두 양상」, 『문학 속의 언어학』, 문학과지성사, 1989, p.112)

19) 김춘수, 『서서 잠자는 숲』, 민음사, 1993, p.108. 여기서 그는 최근의 산문시적 경향을 리얼리즘에의 접근이라고 말한다.

20) 초기시를 세부적 특징에 따라 '다른 시집에 수록되지 않은 초기시', 「구름과 장미」, 「隣人」, 「旗」, 「제1시집」의 전반기 시와 「꽃의 소묘」, 「부다페스트에서

적 사물을 통해 삶의 의미를 내적으로 인식하려는 특징을 보여준다. 여기서 사물이란 인간의 현실을 지시하는 객관적 상관물로서 그것에 대한 인식을 추구한다는 것은 곧 삶의 의미를 깨닫고자 하는 의도가 된다. 이를 표현하기 위해 시인은 은유의 원리를 시작품에 다양한 형식으로 수용하고 있음이 발견된다. 이것은 그가 시작 활동의 초기에 은유에 관해 깊은 관심이 있어서 의도적으로 그것을 지향했거나, 아니면 그가 추구하는 시의 테마가 은유와 깊은 관련을 맺을 수밖에 없어 무의식중에 자연스럽게 그러한 표현법을 획득했다고 볼 수 있다. 이 시기 은유의 구체적 방법으로는 직유와 치환 은유를 주로 동원하고 있는데, 우선 직유의 수사가 드러나는 양상[21]을 형태론의 측면에서 살펴보기로 한다. 직유는 전반기 시에 속하는 것들 중 '다른 시집에 수록되지 않은 초기 시', 「구름과 장미」, 「늪」 등에서 특히 높은 빈도로 나타난다.

① 알 수 없는 일이다
     바다보다 고요하던 저 들판이
     어찌하여 이 한밤에
     서러운 짐승처럼 울고 있는가

———「風景」 부분

② 환한 햇빛 속을 꽃인 듯 눈물인 듯 어쩌면 이야기인 듯 누가
     그런 얼굴을 하고…

———「西風賦」 부분

의 소녀의 죽음」의 후반기 시로 나눈다.
21) 참고로 전반기 시에서 직유의 표현법이 보이는 작품을 들어보면 「또 하나 가을 저녁의 시」, 「여자」, 「봄A」, 「불나비」, 「창에 기대어」, 「혁명」, 「신화의 계절」, 「푸서리」, 「숲에서」, 「막달라 마리아」, 「바람결」, 「네가 가던 그날은」, 「嶺에서」, 「湖」, 「산을 등진 거리」 등이 있다.

　③ 너도 차고 능금도 차다
　　모든 죽어가는 것들의 눈은
　　유리같이 차다

——「죽어가는 것들」 부분

여기서 ①은 '들판'(Ce)이 양태화하는 말 '처럼'을 고리로 삼아 '울고 있다'를 동기로 하여 '서러운 짐승'(Ct)으로 비교되고 있다. 황량한 '들판'을 바라보며 화자는 왜 저토록 '서러운' 모습인가 은유적으로 묻고 있다. 이 물음은 세상에 산재하는 사물의 의미에 대해 알고 싶어하는 인간의 보편적 감정과 관련되는 것이라 할 수 있다. 시(은유)를 통한 사물 인식의 욕망이 시작되는 것이다. 그런데 이 시구는 「갈대 썩는 풍경」에서도 그대로 반복되고 있어 시인이 상당한 애착을 가졌던 것 같으며, 이같은 표현 방식을 선호했음이 간접적으로 파악되고 있다. 또한 ②는 '얼굴'(Ce)에 '꽃, 눈물, 이야기'(Ct)를 결합시키고 있다. 시적 대상인 '얼굴'을 세 가지 상이한 성격의 대상과 비교하고 있는데, 이들을 유추하는 동기가 과연 무엇인가를 파악하는 일은 싶지 않다. 다만 '얼굴'은 시의 제목과 관련하여 '서풍'을 은유한 것이 분명하고, 그것은 '너도 아니고 그도 아니고 아무 것도 아니'(같은 시)라는 다른 부분의 도움으로, 무엇인가 무정형의 허무한 존재라는 것을 알 수 있다. 따라서 이 시구는 바람이라는 자연 현상을 통해 삶의 무상함을 표현한 것이라고 볼 수 있다. 마지막 ③은 다소 복잡한 은유의 양상을 드러내는데, '너'와 '능금'이 '차다'라는 동기로 비교[22]한 다음, 그것을 다시 '유리'(Ct)와 양태화하는 말 '처럼'으로 비교하고 있다. 말하자면 직유와 치환 은유

---

22) 이것은 맥스 블랙이 말한 상호작용의 원리를 보여준다. 즉 비교하는 것과 비교되는 것 사이의 의미 전이(치환)가 일방적으로 이루어지는 것이 아니라, 양방향에서 동시에 이루어지는 것이다. 즉 'Ce ⇆ Ct'의 유형이다. ; Max Black, op.cit., p.271.

를 같은 문맥에서 동원하고 있는 셈인데, 이를 통해 생명을 잃고 죽어가는 것들의 비정한 모습을 형상화하고 있다.

　다음으로 치환 은유는 어떤 양상으로 드러나는지 살펴보자. 초기시에서 치환 은유는 직유보다는 빈도가 작지만, 역시 빈번하게 동원되는 기법적 장치이자 시적 의미 생산의 원리가 된다. 그런데 초기시에 두루 편재(遍在)하는 치환 은유는 그 중에서도 서정성이 짙은 전반기의 시보다는 관념성이 강한 후반기 시에 두드러진 특징을 보여준다. 계사의 사용에 있어서는 기본형, 동사형, 조사형 등이 자주 동원되는데, 우선 전반기 시의 동사형 은유가 드러나는 양상부터 살펴보자.

　　　저마다 사람은 임을 가졌으나
　　　임은
　　　구름과 장미되어 오는 것

——「구름과 薔薇」 부분

　이것은 첫 시집 『구름과 장미』의 첫 번째 작품의 첫 문장이다. 처녀 시집의 모두(冒頭)가 동사형 은유로 구성되어 있는 것으로 보아 앞으로 은유의 원리가 중요한 역할을 할 것임을 암시하는 듯하다. 여기서 ‘임’은 ‘구름과 장미’로 의미의 전이를 이루고 있는데, 두 시어에 대한 동일시의 근거가 제시되어 있지 않아 시 문맥 이외의 도움을 받아 해독될 수밖에 없다. 시인은 자작시 해설에서 ‘구름’은 낯익은 말로서 감각으로 설명 없이 수용했지만, ‘장미’는 낯선 말로서 관념으로 다가왔다[23]고 말한 바 있다. 이때 전자는 전통에 토대를 둔 상상의 구심력으로부터 산출된 것이고, 후자는 이국 취향의 그 원심력에서 생산된 것이라 할 수 있는데, 시작 생활의 초기에 이들 두 시어는 이후의 시 세계와

---

23) 『전집 2』, p.383.

관련하여 중요한 의미를 지닌다. '구름'이 구체적 사물을 지시하는 것이라면, '장미'는 관념의 유추24)이고, 이들 중 어느 쪽에 무게 중심을 두느냐에 따라 시의 지향점이 달라질 수 있기 때문이다. 실제적으로 초기시 중 전반기의 시가 '구름'같은 친숙한 자연물을 통한 사물 인식의 시 세계를 구축했다면, 후반기의 시는 '꽃'같은 자연물이 등장하더라도 그것은 추상적 관념으로서의 본질적 존재를 암시하는 데 주력하고 있다. 그러니까 '구름'과 '장미'는 초기시의 모색과 전체의 특징을 함축하고 있는 은유어인 것이다.

　이같은 방식의 은유는 다른 시에서도 빈번히 드러난다. 예컨대 'VOU 라는 음향은 오전 열한시의 바다가 되기도 하고, 저녁 여섯시의 바다가 되기도 한다'(「VOU」 부분), '여기 섰노라, 흐르는 물가 한송이 水仙되어 나는 섰노라'(「날씨스의 노래」 부분) 등은 시인의 삶과 구체적으로 관련지을 수 있는 은유가 드러난다. 전자에서는 시인이 어렸을 때 들었음직한 뱃고동 소리인 'VOU라는 음향'(Ce)이 '오전 열한 시의 바다', '오후 여섯 시의 바다'(Ct)와 동일시되고 있다. 친숙한 음향이 가져다주는 정서로써 삶의 즐거움과 우울함을 이야기하고 있는 셈인데, 특히 비교되는 것 '바다'는 시인의 삶과 불가분의 관계에 있는 은유의 재료이기에25) 더욱 현실감을 획득한다. 후자에서도 역시 시인의 예술적 방향을 엿볼 수 있게 해 준다. 화자 '나'가 '한송이 수선'이 되는 것은 나르시시즘에 빠져든 것인데, 이 자기도취는 시인의 심미주의적 태도와 무관치 않다. 이외에 다른 은유 형식도 자주 원용된다.

---

24) Ibid., p.383.

25) 김춘수는 해변의 소도시인 경남 통영이 고향으로 유년기를 그곳에서 보냈다. 그의 초기시에 유난히 바다가 많이 등장하는 것도 이와 관련된다. 자세한 것은 「통영 바다, 내 마음의 바다」(이남호 편, 『김춘수 문학앨범』, 웅진출판사, 1995, pp.121-147)를 참조 바람.

① 내 혼령의 까마귀가 한 마리
　　종일 울고 있다.

　　　　　　　　　　　　　　　　——「길바닥」 부분

② 제일 勇猛한 戰士의 손에 잡힌 너는, 叱咤하고 命令하던 戰場에서
　　의 너는,
　　우리들 마지막 城이었다.

　　　　　　　　　　　　　　　　——「旗」 부분

③ 죽어서는 무덤가에 다소곳이 돋아나는 몇포기 들꽃…

　　　　　　　　　　　　　　　　——「눈물」 부분

　　여기서 ①은 조사형 은유로서 '혼령'(Ce)과 '까마귀'(Ct)가 '의'라는
계사에 의해 동일시되고 있다. 언뜻 김현승의 '까마귀'를 연상시키기도
하지만 '종일 울고 있다'라는 언술이 그와는 전혀 다른 분위기를 드러
낸다. 화자의 '혼령'은 존재론적 고독을 말하고는 있지만, 궁극적으로
명상이 아니라 애상과 감각으로 삶을 체감하는 것이다. 또한 ②는 기본
형 은유로서 '너'(Ce)'와 '마지막 성'(Ct)이 동일시되고 있다. 그런데
'너'는 이미 인칭어를 통한 의인화를 거친 말로서 본의는 제목의 '旗'일
터이므로, 결국 '旗는 마지막 城이었다'라는 은유를 형성하고 있는 셈
이다. 이 '성'은 어떤 대상을 향한 집단적 열정과 관련되는 것으로 보이
지만, 시의 후반부에 '지금은/ 저마다의 가슴'에 '라이너·마리아·릴케
의 旗여,'라는 시구가 등장하여 특정 사물에 대한 개인의 인식이 소중
하다는 깨우침으로 마무리되어 있다. 결국 이 시구에서 이룬 은유화의
의도는 시의 후반부를 강조하기 위한 부수적인 것으로 보아야 할 것이
다. 마지막 ③도 기본형이지만 비교되는 것이 생략된 형태((Ce는) Ct)로
표현되었다. 이처럼 비교되는 것이 생략된 은유는 독자에게 감상의 폭

을 넓혀준다는 장점이 있으며, 이것이 극단적 이질화의 상태로 가면 의미 해독마저 불가능한 난해한 상태로 나간다. 이 시구에서 비교되는 것은 이 시의 제목으로 보아 '눈물'이겠는데, 인간에게 눈물이란 삶의 어려움이나 고통과 관련된 것이라고 볼 때, 그것이 '몇 포기 풀꽃'으로 동일시된 것은 삶의 허무감을 표현하기 위한 것으로 파악된다.

이 외에도 ①과 같은 유형은 '나비는 복음의 천사다. 일곱 번 그을러도 그을리지 않는 순금의 날개를 가졌다'(「나비」 부분), '萬頓의 憂愁를 싣고/ 바다에는/ 軍艦이 한 隻 닻을 내리고 있다(「눈에 대하여」 부분)' 등이 있다. 앞의 첫문장 '나비는 천사다'가 복합 은유의 형식(Ce는 Ct(Ce의 Ct)이다)으로 형상화되고, 둘째 문장에서는 '순금의 날개'가 조사형으로 동일시되고 있다. '나비'로 표상된 시적 대상을 형상화하기 위하여 좀 과도하다 싶을 정도로 은유가 남발된 모습이다. 뒤의 예문도 '萬頓의 憂愁'가 조사형으로 동일시되고 있는데, '우수'라는 인간의 정서를 물리적인 질량감 '萬頓'으로 표현한 것이 특이하지만, 개성적 표현으로 보기에는 진부한 감이 있다. 그러나 이들 시구에서 대상에 대한 화자의 인식은 후반기의 시편들과 비교할 때 더욱 분명하고 구체적 인식을 동반하고 있다는 특징이 발견된다. 또한 ②와 같은 유형은 '너는 盲目이다.'(「갈대」 부분), '너는 슬픔의 딸인가부다'(같은 시) 등이 대표적이다. 이들은 본의인 갈대를 '너'로 의인화한 다음, 다시 '맹목', '슬픔의 딸'로 동일시하고 있는데, 시적 구성이나 참신한 의미보다는 화자의 애상적 심정을 드러내는 데 효과를 발휘하고 있다. 그리고 ③과 같은 유형은 '어딘가/ 소리나는 곳으로 귀 기울이는/ 예쁘디 예쁜/ 열린 창이여,(「곤충의 눈」 부분)에서도 드러난다. 비교되는 것이 문맥에서 생략되어 있으나 제목에서 그것을 찾을 수 있는데, '곤충의 눈'을 '열린 창'과 동일시하여 자연물을 통해 삶과 현실을 인식하는 시각을 드러내고 있다.

　이같은 은유의 수사는 「旗」, 「隣人」, 「제1시집」에서도 비슷한 양상으로 드러나는데, 다만 직유의 수사는 앞의 시집들에 비해 줄어드는 대신, 치환 은유의 수사가 점차 빈도를 더해 감을 볼 수 있다.

　요컨대 이 시기의 시편들은, 소재와 상황에 대한 독특한 내향적 감각을 보여주었을 뿐 아니라 사물의 의미에 대한 주관적 해석을 했다는 점26)에서, 또한 그러한 시의 성과가 폭넓은 은유법의 구사를 통해 성취될 수 있었다는 점에서, 40년대 후반과 50년대 초반의 시사상 특이하고 중요한 의의를 갖는다. 다만, 시의 전체적 의미 구조와 관련된다기보다는 부분적인 표현법을 고양시키는 데 활용되는 경우가 많다는 점, 비교되는 것과 비교하는 것과의 동기(명시적이든 암시적이든)가 참신한 긴장을 이루지 못하는 경우가 많았다는 점 등은 한계로 지적될 수 있다. 그리하여 직유를 중심으로 이루어지는 초창기 시집 『구름과 장미』, 『늪』 등 소재 시편들의 은유는 고도의 창의성이나 시 전체의 맥락화에는 이르지 못하고 있는 형편이다. 여기서 우리는 어떤 표현이 본질적인 은유인가 아닌가의 문제는 문법적 형태의 법칙 문제가 아니라, 거기서 발휘되는 의미변환(semantic transformation)의 질27)이라는 사실을 생각해 보지 않을 수 없다.

4. 본질적 존재의 탐구와 언술 은유

　김춘수 초기시 중 후반기 시에서는 존재의 본질을 탐색하는 경향으

---

26) 김용직, 「아네모네와 실험의식」, 권기호 외 편저, 『김춘수 시 연구』, 흐름사, 1989, p.74.
27) Philip Wheelwright/ 김태옥 역, 『隱喩와 實在』, 문학과지성사, 1983, p.68.

로 나간다. 이같은 특징은 시집 『꽃의 소묘』와 『부다페스트에서의 소녀의 죽음』에 실린 시편들28)에서 주로 발견된다. 이들은 전반기 시에서 구체적 사물을 시적 대상으로 하여 그것으로부터 삶과 현실의 의미를 이끌어내던 방식과 대비된다. 시의 내용이 한층 추상화되어 이제 구체적 자연이나 일상의 현실, 서정적 감각 등은 잘 드러나지 않는다. 그리하여 인간의 구체적 사물이나 현실보다는 오히려 그것들을 주관하는 궁극적 초월의 세계, 즉 본질적 존재29)를 추구하게 되는 것이다. 이 본질적 존재란 하이데거의 용어로 바꾸면 '상주하는 것'으로서 유한자인 인간에게 인식되기 어려운 절대 세계이자 미지의 대상이다. 그럼에도 불구하고 진정한 시인은 그것을 포기하지 않는다. 언어에 의한 존재의 건설30)을 위해 시를 쓰는 것인데, 그러나 그것은 결코 쉬운 일이 아니다. 이러한 관념 추구의 어려움을 시인은 다음과 같이 표현하고 있다.

> 나는 이 시기에, 어떤 관념은 詩의 形象을 통해서만 표시될 수 있다는 것을 눈치챘고, 또 어떤 관념은 말의 彼岸에 있다는 것도 눈치채게 되었다. 나는 관념공포증에 걸려들게 되었다. 말의 彼岸에 있는 것을 나는 알고 싶었다. 그 앞에서는 말이 하나의 물체로 얼어붙는다. 이 쓸모없게 된 말을 부수어 보면 의미는 粉末이 되어 흩어지고, 말은 아무것도 없어진 제 무능을 운다. 그것은 있는 것(存在)의 덧없음의 소리요, 그것이 또한 내가 발견한 말의 새로운 모습이다. 말은 의미를 넘어서려 할 때 스스로 부숴진다.31)

---

28) 참고로 은유적 수사가 명시적으로 드러나는 시를 예거해 보면, 「六月에」, 「눈에 대하여」, 「부다페스트에서 소녀의 죽음」, 「그 이야기를」, 「구름」, 「곤충의 눈」, 「바람」, 「눈짓」, 「능금」, 「돌」, 「죽음」, 「꽃의 素描」, 「구름」, 「꽃을 위한 序詩」, 「裸木과 詩」, 「릴케의 章」, 「裸木과 詩 序章」, 「香水餠」 등이 있다.
29) 김현은 이같은 시의 세계를 '존재 탐구의 언어'(「김춘수의 시적 변용」, 권기호 외 편저, op.cit., p.134.)라고 정의하고 있다.
30) Martin Heidegger/ 소광희 역, 『시와 철학』, 박영사, 1980, pp.52-53.
31) 『전집 2』, p.384.

인용문은 「꽃을 위한 서시」에 대한 시인의 해설 부분이지만, '꽃'을 대상으로 삼은 시편들에 두루 관련된다. 내용의 핵심은 시만이 관념을 '표시'할 수 있다고 생각했으나, 관념은 시의 매체인 '말의 피안'에 있을 뿐이므로 결국 시(말)로써 관념을 드러내는 데는 한계가 있다는 것이다. 즉 시나 말이 관념 자체가 될 수 없기 때문에, 관념에 집착하면서 말로써 시를 써 온 시인 자신은 '관념공포증'에 걸렸을 뿐 아니라 존재의 '덧없음'마저 느꼈다는 것이다. 그러나 이 '덧없음의 소리'가 '새로운 말의 모습'이며, 그것이 곧 의미를 넘어서려는 시도로서 그 자체가 중요하다는 것이다. 다시 말해 관념은 언어의 저편에 본질직으로만 존재할 뿐이기에, 말이라는 일상적 도구[32]를 가지고는 그것에 접근할 수 없지만, 이 언어에 대한 절망감과 허무감 속에서도 존재의 본질에 더욱 가까이 다가가기 위한 시도는 매우 중요하며, 그것이 곧 시를 쓰는 행위라는 것이다.

그런데 이같은 관념의 세계를 일상 언어로 이야기하는 것은 불가능하므로, 그것을 육화(肉化)[33]하여 형상화하기 위해서는 시적 언어의 본질이라 할 수 있는 은유의 원리가 동원된다. 그 방식에 있어서 단순한 직유보다는 시작품 전체의 의미 구조에 기여하는 치환 은유나 언술 은유를 구사하고 있다.

> 나는 시방 危險한 짐승이다.
> 나의 손이 닿으면 너는
> 未知의 까마득한 어둠이 된다.

---

32) 이승훈, 「시의 존재론적 해석 시고」, 권기호 외 편저, op.cit., p.227.
33) 김주연, 「명상적 집중과 추억」, Ibid., p.167.

> 存在의 흔들리는 가지 끝에서
> 너는 이름도 없이 피었다 진다.
> 눈시울에 젖어드는 이 無名의 어둠에
> 追憶의 한 접시 불을 밝히고
> 나는 한밤내 운다.
>
> 나의 울음은 차츰 아닌 밤 돌개바람이 되어
> 塔을 흔들다가
> 돌에까지 스미면 金이 될 것이다.
>
> …얼굴을 가리운 나의 新婦여,
>
> ——「꽃을 위한 序詩」 전문

이 시는 「꽃」, 「꽃 I」, 「꽃 II」, 「꽃밭에 든 거북」, 「꽃의 소묘」 등과 함께 '꽃'을 매개로 한 이데아 추구의 양상을 보여주는 작품이다. 이들 작품에서 '꽃'은 물론 구체적인 사물의 외연이 아니라, 존재의 본질이라는 추상적 관념을 내포하는 비유[34]이다. '꽃'을 대상으로 한 다른 작품들도 마찬가지지만, 이 작품은 특히 '나'와 '너'의 관계[35]를 통해 시적 의미를 생산하고 있다. '나'는 물론 '너'를 지향하는 시의 화자로서, '너'의 의미 부여에 의해 '나'의 존재가 구체화될 수 있다. 그러면 '너'는 누구인가? 이 시에서 '너'와 동일시된 말은 '미지의 까마득한 어둠'과 '얼굴을 가리운 신부'이다. 이들은 '까마득한', '가리운'이라는 수식

---

34) 이형기, 「존재의 조명」, Ibid., p.33.

35) 조남현은 「꽃」을 통해 이같은 사실을 밝힌다. 그에 의하면 「꽃」은 관계를 통해 부재에서 존재로의 이행을 보여주는 작품(「김춘수의 「꽃」」, 『한국현대시 작품론』, 문장, 1982)인데, 이같은 견해에 대해서는 김춘수 시를 연구해 온 대부분의 논자들이 동의하고 있으며, 필자 역시 마찬가지다. 다만 필자는 여기에 그 '관계'가 은유를 통해 구조화된다는 사실을 덧붙이고 싶다.

으로 보아 명시적으로 드러나지 않는 어떤 존재임에는 틀림없다. ‘나’와 ‘너’ 사이에는 그러므로 하나로 혼용될 수 없는 미묘한 거리가 존재한다. 이 거리는 ‘너’가 구체적 대상이 아닌 관념, 즉 본질적 존재이기 때문에 생겨난 것으로서, 현실적 존재인 ‘나’의 능력으로는 도저히 뛰어넘을 수 없다. 그럼에도 불구하고 ‘나’는 본질에 접근하고자 하는 열망으로 그것을 집요하게 추구하고 있다. 이것은 라깡의 표현법을 빌리면, 평범한 존재인 ‘나’는 절대적 존재인 ‘너’에게 가고자 끝없이 욕망하지만, 그것은 언제까지나 결핍으로서만 존재[36]할 뿐 충족되지 않은 상태로 남아 있게 된다. 이것을 언어의 측면에서 보면 시니피에를 향한 시니피앙의 끝없는 미끄러짐이며, 인간의 본능이리 할 수 있는 신리를 향한 영원한 도전이다.

 이 시에서 ‘나’는 ‘짐승, 울음, 돌개바람, 금’으로, ‘너’는 ‘(꽃), 무명의 어둠, 신부’로 의미의 전이가 이루어지고 있다. 은유의 맥락을 이같은 형태론적 수사에 초점을 두다 보면 시의 총체적인 의미를 읽어내는 데 효과적이지 못하다. 그런데 은유를 언술뿐 아니라 텍스트 전체를 지배하는 지시의 틀[37]로 파악해 본다면 의미 작용의 심층에 다가갈 수 있다.

---

36) Jacques Lacon/ 권택영 엮음, 『욕망이론』, 문예출판사, 1996, pp.17-18.
37) Benjamin Hrushovski, “Poetic Metaphor and Frames of Reference”, *Poetics Today* Vol.5, No.1, 1984, p.11. ‘지시의 틀’에서는 언어가 아니라 언어가 지시하는 세계의 의미 범주를 은유의 언술 단위로 삼는다. 이때 의미 범주의 틀은 fr(1,2, 3…)로 표시한다. 이것을 우리시 연구에 도입한 예는 이어령의 「언술로서의 은유」(『詩 다시 읽기』, 문학사상사, 1995, pp.133-149)가 있다.

fr1(인간) : 나

나는 위험한 짐승이다   → 나는 한밤내 운다 → 나는 금이 될 것이다

(나는 인식 이전의 대상이다)   (나는 인식될 것이다)

      ↓   ↓   ↓

fr2(자연) : 꽃

꽃은 가지 끝에 있다 → (꽃이) 피었다 진다→(꽃이 열매를 맺을 것이다)

      ↓   ↓   ↓

fr3(본질) : 존재

존재는 까마득한 어둠이다→ (존재가) 흔들린다→(존재가 드러날 것이다)
신부가 얼굴을 가리웠다

이처럼 '나'가 '너(꽃)'를 추구한다는 사실은, 인간이 자연을 매개로 존재의 본질을 탐구한다는 사실과 은유 구조를 형성한다. 지시틀의 출발이자 기본인 첫번째 의미 범주에서 '나'는 존재의 본질을 인식하지 못하는 어리석은 자이기에 '위험한 짐승'이다. '나'는 본질적 존재를 인식하기 이전의 존재이며, 그 한계 상황을 극복하려는 의지를 '한밤내 운다'는 행위로 드러낸다. 이 행위가 진지하게 지속된다면 '금'과 같이 가치 있는 존재의 인식에 도달할 것이지만, 그것은 어디까지나 현실적으로 구현되는 것이 아니라 실현'될 것'이라는 가능성만 내포한다. 이 가능성은 인간이 존재의 본질을 인식하는 것이 불가능하다는 말과 다르지 않다. 두 번째 의미 범주에서는 이같은 사실이 자연의 현상으로 동일시된다. '꽃'은 열매를 맺기 위해 '피었다 지'는 현상을 반복하지만, 역시 미래형으로서 '맺을 것'일 뿐이다. 세 번째 의미 범주에서는 존재의 본질이 보이지 않기에 결국 '어둠'이 되어 '얼굴을 가리우고' 있으며, 그것은 '흔들리'기만 할 뿐 인식의 저편에 존재한다는 사실을 암시한다. 이들의 의미 범주들은 가로 화살표가 향하는 은유적 축과 세로

화살표가 향하는 환유의 축이 의미의 관계망을 형성한다. 그러니까 이 시는 은유로 통합되고 환유로 선택된38) 비유의 세계를 보여주는 것이다.

　이 시는 이처럼 교직된 은유(환유를 포괄하는) 구조를 통해 본질적 존재 인식의 어려움을 말하고 있다. 은유란 이전에 인식되지 못했던 사물의 관계를 표시39)하는 데 유용한 방식임을 이 시인은 실증적으로 보여주고 있는 셈이다. 그러나 관계 설정만이 가능할 뿐 존재의 본질을 인식40)하는 데까지는 이르지 못하고 있다. 사실은 그렇기 때문에 본질적 존재는 더욱 탐색해 볼 만한 가치가 있는 대상일지도 모른다. 인간의 속된 감각에 쉽게 얼굴을 드러내는 것은 진정한 존재일 수 없지 않은가. 이같은 탐색의 도정은 다른 '꽃' 관련 시편들에서도 반복되면서 상호텍스트성을 유지한다.

　　① 한나절, 나는 그의 언덕에서 울고 있는데, 陶然히 눈을 감고 그는 다만 웃고 있다.

——「꽃 I」 부분

　　② 꽃이여! 라고 내가 부르면, 그것은 내 손바닥에서 어디론지 까마득히 떨어져 간다.

——「꽃 II」 부분

---

38) Roman Jakobson/ 신문수 편역, 「실어증의 두 양상」, 『문학 속의 언어학』, 문학과지성사, 1989, p.111.
39) Philip Weelwright, op.cit., p.81.
40) 그러므로 김춘수의 초기시를 '인식의 시'(김주연, op.cit., p.159.)라고 한 것은 절대적 존재 앞에 선 인간의 한계 인식을 지칭하는 것일 뿐, 본질적 존재에 대해서는 '인식을 끝없이 지향하는 시'라고 해야 할 것이다. 다시말해 '존재의 내재적 의미 추구요 접근코자 하는 영원한 도전'(최원규, 「존재와 번뇌」, Ibid, p.48.)이다.

③ 다음 순간, 그는 모가지를 소로시 움츠리고, 땅바닥에 다시 죽
은 듯이 엎드렸다.

——「꽃밭에 든 거북」 부분

④ 우리들은 모두
무엇이 되고 싶다.
너는 나에게 나는 너에게
잊혀지지 않는 하나의 눈짓이 되고 싶다

——「꽃」 부분

이들 시구가 포함된 시편들에서 '꽃'은 모두가 본질적 존재라는 관념
을 유추한 것으로 파악될 뿐 아니라 상징적 의미로까지 확대된다. 물론
상징도 은유의 확산41)이므로 넓은 의미의 은유라고 볼 수 있겠다. 그러
나 중요한 것은 이들이 「꽃을 위한 서시」의 '얼굴을 가리운 신부'라는
은유의 핵심에 의미 맥락이 닿아 있다는 점이다. 즉 모습을 쉽게 드러
내지 않는 '신부'처럼 '꽃'은 익명의 절대적 존재인 것이다. 즉 ①에서
'나'가 '울고 있는데' '그'는 '다만 웃고 있다'든가, ②에서 '내가 부르
면' '까마득히 떨어져 간다'는 것은, 본질적 존재는 찾을 수도 없고 인
식할 수도 없는 미지의 것임을 표현하고 있다. 그렇기 때문에 ③에서
'꽃밭'에 든 '그(거북)'가 경외감에 사로잡혀 '움추리고' '엎드리'는 것
이다. '꽃'으로 표상된 본질적 존재가 의미의 심연을 간직한 채, 그것의
탐구자인 시적 화자로부터 극복할 수 없는 거리에 있음을 말하는 것이
다. 그 거리는 ④에서 한때 '내가 그의 이름을 불러 주었을 때/ 그는 나
에게로 와서/ 꽃이 되'(같은 시)기도 했지만, 그것은 결국 일방적인 반
쪽의 본질 파악에 불과할 뿐 '너/누구/그'로 지칭된 본질적 존재는 여전
히 '나'를 부르지 않았다는 사실로 드러난다. 다시 말해 '너는 나에게

---

41) 이승훈, 『시론』, 고려원, 1986, p.152.

나는 너에게/ 잊혀지지 않는 눈짓이 되고 싶다'는 미완의 소망적 관계[42]로 여전히 남아 있는 것이며, '너를 향하여 나는/ 외로움과 슬픔을 던지'(「꽃의 소묘」 부분)고 있을 뿐이다. 이런 사실은 다음과 같은 시를 통해서도 드러난다.

> 시는 解說이라서
> 心象의 가장 은은한 가지 끝에
> 빛나는 金屬性의 音響과 같은
> 音響을 들으며
> 잠시 자불음에 겨운 눈을 붙인다.
>
> ——「裸木과 詩」 부분)

이 짧은 시구에 여러 번의 은유가 구사되고 있다. 기본적인 지시틀인 제목 '시는 나목이다' 외에 '시는 해설이다', '나는 음향을 듣는다' 등이 모두 '나는 본질적 존재를 탐구한다'는 관념에 대한 은유이다. 시가 모든 허상을 벗어 던진 '나목'의 '가지 끝'에 있음은, 존재의 본질의 가장 가까이에 다가간 상태로서, "무성하던 잎과 열매는 역사의 사건으로 떨어져 가고/ 그 예민한 가지 끝에/ 明滅하는"(「裸木과 詩 序章」 부분) 모습과 다르지 않다. 기호학적으로도 나무는 천상의 세계와 지상의 세계를 매개하는 존재[43]인데, 이 시의 문맥에 따르면 현상적 세계와 본질적 세계의 경계이다. 본질과 현상의 경계인 그 '가지 끝'에서 '심상'과 '음향'이 공감각적으로 울리는 것, 그것이 다름 아닌 시라는 것이다. 또한 시가 '해설'이라는 것도 그 경계의 한계 인식에 다름 아니다. 시는, 본

---

42) 관계에 대한 시적 진술은 「생성과 관계」의 "그러나/ 약속같은 것이 무슨 소용이겠습니까?/ 그들이 있기 때문에 내가 있고/ 내가 있기 때문에 그들이 있는 이상…"에서도 드러난다.

43) Mircea Eliade, *Patterns in Comparative Realigion*, (trans. by Rosemary Sheet, New York : Harcourt, Brace and Worad, Inc. 1963), p.299.

질을 현상으로 '해설'하고 현상을 본질로 '해설'하는데 불과한, 다시 말해 존재의 본질 자체가 될 수 없는, 그런 말하기의 방식인 것이다. 이같은 시를 추구한다는 것은 힘겹고 고단한 일이 아닐 수 없다. 절망감에 빠져 잠듦도 깨어남도 아닌 중간 상태인 '자불음(졸음-인용자 주)에 겨운 눈을 붙'이는 것은 이런 이유 때문이다. 그 고단함은 인간을 넘어서는 본질적 존재를 인식할 수 없지만 끝없이 탐구할 수밖에 없는 인간(시인)으로서의 자각, 혹은 보이지 않는 진리 앞에 괴로워하는 자의 자기 인식의 결과이다.

이처럼 초기시 중 후반기 시는 현상의 이면에 존재하는 형이상학적 관념을 추구하는 모습을 보여주었는데, 이 점은 '50년대 후반의 시사에서 매우 독특한 의의를 지닌다. 즉 우리 현대시에서 일찍이 찾아볼 수 없었던 철학적 탐구의 세계로까지 확산시킴으로써 시의 새로운 지평을 열어주었다고 할 수 있는 바, 은유적 원리를 적극 도입하여 시적 표현법의 고양에도 중요한 역할을 담당한 것으로 볼 수 있다. 시는 철학과는 달리 예술적 형상화를 이루어야 되는 것이기에 그 방법적 원리로 은유가 수용된 것이며, 이때 은유는 단어와 표현법의 차원을 넘어 언술적이고 확산된 구조의 형태를 지향하여 본질적 존재의 심층을 탐구하는 효과적인 원리가 되었던 것이다. 이들은 또한 유사성이 지나치게 강조된 경향의 일부 초기시의 은유와 이질성이 두드러진 중기시의 은유 사이의 중간형에 해당한다고 볼 수 있다. 그리하여 사은유(dead metaphor)에 가까운 일상화된 은유나 너무 난해하여 의미 해석마저 불가능한 은유에서는 벗어나 있다.

5. 맺음말

인간이 언어로써 사물의 의미를 인식하고 존재의 본질을 탐구한다는 것은 어려운 일이다. 이 어려움은 사물과 존재의 본질이 추상적 관념의 세계인데 비해, 언어는 그것을 지시하는 현상적 도구에 불과하기 때문이다. 이들 사이의 불연속과 부조화는 본질을 추구하고자 하는 인간에게 절망감을 안겨준다. 이 절망감은 인간으로 하여금 언어에 대한 불신감을 가져다주기도 하지만, 한편 그 언어를 더욱 연미하고 정련케 하는 동기 구실을 한다. 그런데 시인이라는 이름은 불신감의 그늘에서 언어를 포기할 수 없는 운명이다. 그것을 벗어나 사물과 존재의 본질에 더욱 접근해 가는 언어를 계발해야 하는 신성한 임무가 주어진다. 그리하여 언어로써 존재의 집을 짓고자 하는 열망과 함께 시가 있고, 은유가 시작되는 것이다. 이때 은유는 사물과 존재의 본질, 즉 진리를 찾아가려는 자에게 길을 안내한다. 김춘수의 초기시는 시인에게 주어지는 이같은 임무에 충실히 복무한 결과이다.

이런 관점에서 지금까지 살펴본 내용을 정리하면 다음 몇 가지로 요약된다. 첫째, 김춘수의 초기시는 사물 인식과 존재 탐구를 테마로 삼는다. 이때 사물이란 주로 구체적 자연물을 뜻하며, 존재란 사물과 언어 이전의 관념적 이데아의 세계를 뜻한다. 그러므로 사물은 구체적, 감각적 인식의 대상이 될 수 있지만, 존재는 완전히 인식할 수도 구체적으로 형상화될 수도 없는 대상이다. 둘째, 김춘수는 시에 있어서 은유의 중요성에 대한 충분한 인식을 하고 있다. 그는 은유의 시인이다. 이 점은 그의 시론에 드러나는 은유론을 통해 분명히 드러나는데, 그에게 은유란 존재의 변신과 정신의 형이상학을 구현하기 위한 중요한 시적 방법이다. 시작품에서는 초기시 중 그 전반기 시에서 은유의 남용이라 할 정도로 직유와 치환 은유를 빈번히 사용한다든가, 그 후반기 시에서 관념의 세계를 '꽃'이라는 색다른 아날로지로 표현하는 작업 등이 그 구체적인 예가 될 것이다. 셋째, 은유의 세부 목록으로는 직유, 치환 은유, 언술 은유, 확장된 은유 등이 동원되었다. 이들 중 직유는 세부적인 표현법을 제고하는 데 기여하기도 했지만, 경우에 따라서는 참신성이 결여된 것들이 적지 않다. 또한 치환 은유도 직유와 유사한 역할과 한계를 지니고 있으나, 언술 은유와 확장된 은유는 시의 전체적 의미 구조를 형상화하는 데 기여하고 있음을 「꽃을 위한 서시」 등을 통해 알 수 있었다. 넷째, 김춘수의 초기시는 은유를 시의 표현 기법뿐 아니라 인식론의 차원으로까지 고양시켰다는 의미를 갖는다. 이 점은 그의 초기시가 창작된 '40년대 말부터 '50년대 말까지만 해도 우리의 많은 시인들이 은유를 표현 기교의 차원에서 형태론적으로 수용하고 있었다는 사실과 대비된다.

이들 외에 의인화와 공감각에 의한 은유적 원리도 빈번히 드러나고 있으나, 별항으로 다루지 못하고 부분적 언급에 그치고 만 것은, 본고의 아쉬움으로 남는다. 여하튼 김춘수의 초기시는 은유의 원리를 적극적으로 수용하여 시의 테마와 적절히 조화를 이루고 있었다. 이것은 사물 인식과 존재 탐구라는 테마가 은유적 형상화를 통해 그 모습과 본질의 윤곽을 효과적으로 드러낼 수 있었다는 말과 다르지 않다. 이같은 초기시의 명민한 감각과 존재 탐구의 도저한 은유적 형상화는, 이후 중기의 무의미시나 후기의 산문시에서는 은유보다 이미지나 환유 쪽으로 무게 중심을 옮겨가고 있으나, 이들도 광의의 은유 개념과 불가분의 관계에 있는 것이므로 본고와의 연장선상에서 논의될 수 있을 것이다. 이들에 대한 고찰은 다음을 기약한다.

■ 참고문헌

김춘수, 『김춘수전집 1 시』, 문장, 1982.
______, 『김춘수전집 2 시론』, 문장, 1982.
______, 『김춘수 문학앨범』, 웅진출판사, 1995.

김주연, 「명상적 집중과 추억」, 권기호 외 편저, 『김춘수 시 연구』, 흐름사, 1989.
김 현, 「김춘수와 시적 변용」, 권기호 외 편저, 『김춘수 시 연구』, 흐름사, 1989.
이승훈, 『시론』, 고려원, 1986.
______, 「시의 존재론적 해석 시고」, 권기호 편저, 『김춘수 시 연구』, 1989.
이어령, 「언술로서의 은유」, 『詩 다시 읽기』, 문학사상사, 1995.
이형기, 「존재의 조명」, 권기호 외 편저, 『김춘수 시연구』, 흐름사, 1989.
조남현, 「김춘수의 「꽃」」, 『한국현대시 작품론』, 문장, 1982.
현승춘, 「김춘수의 시세계와 은유 구조」, 제주대대학원, 1993.
Aristotle/ 천병희 역, 『시학』, 문예출판사, 1985.
Black, Max/ 권두환 역, 「은유」, 이정민 외 편, 『언어과학이란 무엇인가』, 문학과지성사, 1985.
Genette, Gerard/ 김경란 역, 「줄어드는 수사학」, 김현 편, 『수사학』, 문학과지성사, 1985.
Heidegger, Martin/ 소광희 역, 『시와 철학』, 박영사, 1980.
Hawkes, Terence/ 심명호 역, 『은유』, 서울대학교출판부, 1986.
Jakobson, Roman/ 신문수 편역, 「실어증의 두 양상」, 『문학 속의 언어학』, 문학과지성사, 1989.
Lacon, Jacques/ 권택영 엮음, 『욕망이론』, 문예출판사, 1996.
Lakoff, George & Johnson, Mark/ 노양진, 나익주 옮김, 『삶으로서의 은유』, 서광사, 1995.

Wheelwright, Philip/ 김태옥 역, 『隱喩와 實在』, 문학과지성사, 1983.

Clark, S.H. *PAUL RICOEUR,* London and New York : Routledge, 1990.

Eliade, Mircea. *Patterns in Comparative Realigion,* trans. by Rosemary Sheet, New York : Harcourt, Brace and Worad, Inc. 1963.

Hrushovski, Benjamin. "Poetic Metaphor and Frames of Reference", *Poetics Today* Vol.5, No.1, 1984.

Mac Cormac, Earl R. *A cognitive Theory of Metaphor,* The MIT Press, 1985.

Ricoeur, Paul. *The Rule of Metaphor,* trans. by Czerny, London : Routledge & Kegan Paul, 1978.

김춘수의 시론시와 자기 반영성

I. 서 론

김춘수는 산문을 통해 자신의 시론을 적극적으로 개진해 온 시인이다. 그의 시론은 한국현대시사의 계보학적 논의로부터 시원론(詩原論), 작가론, 작품론, 비평문, 창작 노트, 자작시 해설, 수필, 또는 자전적 소설에 이르기까지 다양한 형식1)으로 전개되어 왔다. 그 동안 이루어진 김춘수 연구는 대부분 이들 산문 시론에 크게 의존해 왔으며, 이같은 사실은 그에 대한 연구에서 산문 시론들이 차지하는 중요성의 정도를 말해 준다. 특히 「대상, 무의미, 자유」, 「의미에서 무의미까지」, 「이미지의 소멸」, 「장편연작시 「처용단장」 시말서」 등은 그의 시작품 및 시론

---

1) 김춘수의 시론집은 『한국현대시형태론』(1959), 『시론(시작법)』(1961), 『시론(시의 이해)』(1971), 『의미와 무의미』(1976), 『시의 표정』(1979) 등이 있다. 이들은 『김춘수전집 2 시론』(문장사, 1982)에, 기타 산문들은 『김춘수시전집 3 수필』에 다시 정리되어 있다. 이후 『시론』(송원문화사, 1982), 『시의 이해와 작법』(고려원, 1989), 『시의 위상』(둥지, 1991) 등과 자전적 장편소설 『꽃과 여우』(민음사, 1997)를 출간했다.

의 변모과정을 체계적으로 드러내 주고 있어 연구자들에게 많은 도움
을 주었다.

　김춘수는 또한 시론시를 통해서 창작 방법과 관련된 자신의 시론을
꾸준히 제시해 왔다. 시론시는 기본적으로 자기 반영성을 특징으로 한
다. 시인은 일상의 현실을 살아가면서 체험한 삶의 실제 경험을 토대로
시를 쓰지만, 그는 시인이기 때문에 시 쓰기 자체도 또 하나의 경험으
로서 시 창작의 토대가 된다. 그리하여 평소에 염두에 두었던 시론이나
시를 쓰는 과정에서 느낀 생각, 느낌, 신념 등이 시의 문맥으로 편입될
때 시론시가 탄생한다. 그것은 ‘시(쓰기)에 대한 시’, 혹은 ‘반영(과정)의
반영’이라는 점에서 메타(meta)문학적 성격을 띠며, 시적 언어에 대한
관심이 중시된다는 점에서 람핑이 말한 메타시적 기능[2]을 수행한다.
따라서 일반적인 시에서 이루어지는 ‘현실 - 시’의 반영 관계가 시론시
에서는 ‘현실 - 시론 - 시론시’의 중층적 반영 관계로 변형된다.

　이같은 자기 반영성은 김춘수 시의 중요한 특징 중의 하나이다. 그를
흔히 고립주의자 혹은 에고이스트라고 규정할 수 있는 것도, 시의 지향
점이 자연, 현실, 역사 등의 외부 세계보다 시나 예술 자체의 형식적 요
소와 기존의 작품, 또는 시인으로서 고뇌하는 자신의 내부 세계라는 판
단과 관련된다. 더구나 시론시와 관련시킬 경우 김춘수는 자신의 시론
을 즐겨 시에 수용했으므로 더욱 자기 반영적인 시인이다. 그러면 이러
한 성향은 어디에서 비롯되었는가? 그것은 시대, 역사에 대한 그의 경
험과 관련된다. 일반적으로 메타문학의 본격적 전개가 정치, 사회적 격
변과 테크놀로지의 발달이 복합적으로 작용[3]하여 이루어졌다면, 김춘
수의 경우는 주로 전자에 원인을 두고 있는 것이다. 그는 일찍이 일제

---

2) Dieter Lamping/ 장영태 역, 『서정시 : 이론과 역사』, 문학과지성사, 1995,
　　p.185.
3) 김성곤, 「메타픽션의 이론과 실제」, Ibid., p.115.

시대와 해방기를 거치면서 역사와 이데올로기의 폭력4)을 보았고, 그러한 현실의 재현에 대한 자신감을 잃었을 때, 언어 실험과 무의미의 추구로 대표되는 순수시적 탐색을 지속했던 것이며, 시론시 역시 같은 맥락에 놓인다.

김춘수의 시를 전체적으로 개관해 보면 적지 않은 양의 시론시들을 발견할 수 있다. 시작(詩作) 초기부터 최근에 이르기까지5) 명시적으로 시론시임이 드러나는 것만 보아도 「서시」, 「밤의 시」, 「가을 저녁의 시」 ; 「나목과 시」, 「나목과 시 서장」 ; 「시 1」, 「시 2」, 「시 3」, 「시법」 ; 「바꿈노래 - 베레모」, 「바꿈노래 - 나의 시」 등이 있으며, 이들 외에 간접적으로 자신의 시론을 드러낸 것까지 힙치면 훨씬 많은 삭품들이 여기에 해당된다. 이들은 시론의 변모 과정뿐 아니라 시와 산문 시론의 내용을 함축적으로 드러내고 있다는 점에서 중요한 의미를 띤다. 어떤 면에서 그의 시와 산문 시론은 시론시로 제시했던 시론들을 상세화한 것이라고 볼 수 있다.

본고는 위에 제시한 작품들을 중심으로, 김춘수의 시론시에 드러난 시론상의 특징은 무엇이고, 그것이 다른 시편들과의 관계는 어떠한 양

---

4) 이남호 편, 『김춘수 문학앨범』, 웅진출판사, 1995. p.145.
5) 본고에서는 이들 시편들을 체계적으로 정리한 『金春洙 詩全集』(민음사, 1994)에 실린 작품을 기본 자료로 삼는다. 또한 김춘수의 시세계는 시집 발간 시기에 따라 네가지 유형으로 잠정 분류하고자 한다. 제1유형은 처녀시집 이전의 시, 『구름과 장미』(1948), 『늪』(1950), 『旗』(1851), 『隣人』(1953), 『제1시집』(1954)의 시편들, 제2유형은 『꽃의 소묘』(1959), 『부다페스트에서 소녀의 죽음』(1959)의 시편들, 제3유형은 『타령조 기타』(1969), 『처용』(1974), 『김춘수시선』(1976), 『꽃의 소묘』(시선집, 1977), 『남천』(1977), 『비에 젖은 달』(1980), 『처용 이후』(1982), 『라틴점묘 기타』(1988), 『처용시학』(1991), 『돌의 볼에 볼을 대고』(1992)의 시편들, 제4유형은 『서서 잠자는 숲』(1993)과 전집에 포함되지 않은 『壺』(한밭미디어, 1996), 『들림, 도스토예프스키』(민음사, 1997)의 시편들을 포함시킨다. 또한 본고에서 인용하는 시편들은 시기적으로 각각의 유형별 범주 내에 있는 것들이다. 이후 각종 문예지를 통해 발표한 시편들이 다수 있으나, 이들은 본고의 대상에서 제외한다.

상을 띠며, 산문으로 진술된 시론과 어떻게 대응하는가 등을 살펴보려
한다. 아울러 김춘수의 시론시가 그의 시세계와 한국현대시사에서 차지
하는 역할과 의미는 무엇인지도 살피고자 한다. 이들을 통해 김춘수 시
와 시론의 총체적 변모 과정의 골격을 고찰하려는 것이 본고의 목적이
다. 이와 관련된 최근의 연구로는 신경철, 김두한, 신상철, 정효구 등의
글6)이 있는데, 이들은 시와 산문 시론의 상관성에 초점을 두고 진술하
고 있어, 김춘수의 시론시가 차지하는 역할을 전체적으로 규명하고 있
지 못하다. 그리하여 본고에서는 이들의 연구 성과를 바탕으로 하되,
시론시에 초점을 두고 논의를 진행하고자 한다. 다만 논의의 객관성을
확보하기 위해 때로는 산문 시론과 일반 시작품들도 참조할 예정인데,
그들의 역할은 논지를 보완하는 차원에 머물게 될 것이다.

Ⅱ. 시론시의 전개와 시론의 변모 과정

1. 사물과 현실의 내면화를 위한 '감상(感傷)'의 시학

김춘수의 경우 시론시의 출발점은 처녀시집 『구름과 장미』의 「서시」
에서 찾아볼 수 있다. 서시란 일반 서적에서 서문과 같은 역할을 하는
것으로서, 시집을 출간하는 시인의 감회나 시집 전체의 내용에 대한 소
개, 혹은 시집 발간을 전후한 시인의 시론을 드러내는 것이 일반적이
다. 「서시」에는 시적 대상으로서의 사물과 현실을 감상적으로 접근, 내

---

6) 이경철, 「김춘수 시의 변모과정」, ≪동악어문논집≫23집, 1988.
  김두한, 「김춘수 시 연구」, 효성여대대학원, 1991.
  신상철, 「김춘수의 시세계와 그 변모」, 『현대시 연구와 비평』, 경남대학교출판
  부, 1996.
  정효구, 「김춘수 시의 변모과정 연구」, ≪개신어문연구≫, 개신어문연구회,
  1996.

면적으로 인식하고자 하는 방법으로서의 시론이 함축되어 있다. 이같은
시론은『구름과 장미』뿐 아니라『늪』,『隣人』,『제1시집』등에 실려 있
는 '40년대 후반부터 '50년대 전반기까지의 시에 두루 적용되는 창작
방법이 된다. 실제 작품을 통해 살펴보자.

> 가자. 꽃처럼 곱게 눈을 뜨고, 아버지의 할아버지의 원한의 그 눈
> 을 뜨고 나는 가자. 구름 한점 까딱 않는 여름 한나절. 四方을 둘러봐
> 도 一面의 熱砂. 이 알알의 모래알의 짜디짠 갯내를 뼈에 새기며 나
> 는 가자.
> 꽃처럼 곱게 눈을 뜨고, 불모의 이 땅바닥을 걸어가 보자.
>
> ——「서시」7) 전문

　이 시는 서시이므로 시의 화자 '나'는 곧 시인 김춘수에 대응된다.
그는 '여름 한나절'의 '熱砂'와도 같은 삭막한 상황에 처해 있지만, '아
버지의 할아버지의 원한의 그 눈을 뜨고', '갯내를 뼈에 새기며 나는
가'겠다고 말하고 있다. 다시 말해 그는 고통스런 현실을 직시하고 조
상들의 '원한'의 정서를 내면화하면서 시를 쓰겠다는 각오를 드러내고
있는 것이다. 그러나 이 내면화는 청마의「생명의 서」에서처럼 가열찬
삶의 의지를 동반하지는 못하고 있다. 그것은 '가자. 꽃처럼 곱게 눈을
뜨고'로 반복, 암시되고 있듯이 주관적이고 몽롱한 의식8)의 상태에 머
물러 있다. 눈을 부릅뜨고 가야할 '불모의 땅바닥'을 '곱게 눈을 뜨고'
간다는 것은 소극적인 현실관의 반영이 아닐 수 없다. 여기서 김춘수

---

7) 이 시는 본고의 텍스트에는 빠져 있다. 또한 원래의 시집(『구름과 장미』)에는
　「途上」이라는 제목으로 실려 있으나, 이후의『제1시집』에 재수록되면서 이렇
　게 제목이 바뀌었다. 작품은『김춘수 전집 1 시』(문장사, 1982, p.28)에서 인용
　했다(단, 작품 인용 시 / 는 행, // 는 연 구분을 각각 표시함. 이하 마찬가지).
8) 이혜원,「시적 해탈의 도정」, 이남호 편,『1950년대의 시인들』, 나남, 1994,
　p.111.

시의 전반적 특징이라 할 수 있는 현실을 애써 외면하는 심미적 세계관의 일단을 엿볼 수 있다. 「서시」 이후 「부다페스트에서의 소녀의 죽음」과 같은 극히 이례적인 작품이 있긴 하지만, 그의 대부분의 시에서 현실이나 역사는 내면 인식의 통로로 수용될 뿐, 그 자체를 대상화하는 시를 쓴 일이 거의 없었다는 사실이 이를 반증한다. 그러니까 「서시」는 이후 그가 이 땅의 대표적인 순수 시인으로 자리를 잡게 될 것임을 암시하는 원형적 작품이라고 할 수 있다.

그런데 「서시」에서 암시되었던, 시적 대상에 대한 소극적 인식은 비슷한 시기의 다른 시에서 슬픔과 서러움, 또는 허무의 분위기와 결합하는 모습을 보여준다. 이때 시는 삶과 현실로부터 파생된 감상을 형상화하는 것이 된다.

> 왜 저것들은 소리가 없는가
> 집이며 나무며 산이며 바다며
> 왜 저것들은
> 죄 지은 듯 소리가 없는가
> 바람이 죽고
> 물소리가 가고
> 별이 못박힌 뒤에는
> 나뿐이다 어디를 봐도
> 광대무변한 이 천지간에 숨쉬는 것은
> 나 혼자뿐이다
> 나는 목메인 듯
> 뉘를 불러볼 수도 없다
> 부르면 눈물이
> 작은 호수만큼은 쏟아질 것만 같아
> ─이 시간
> 집과 나무와 산과 바다는

왜 이렇게도 약하고 가난한가
밤이여
나보다도 외로운 눈을 가진 밤이여
──「밤의 시」 전문

이 시에서 「밤의 시」라는 제목의 메타포와 '나'의 소극적 성격이 감상적 분위기를 주도한다. 즉 '저것들'로 통칭된 '집, 나무, 산, 바다' 등 인간을 에두르고 있는 자연물들은 '밤'이 되어 생동감을 잃은 상태에 있기 때문에, 그들과의 단절감을 인식한 '나'는 외로움과 슬픔에 빠졌다. 이 고독의 빈자리를 메꾸어 보기 위해 누군가를 불러 보고 싶지만, '눈물'이 '쏟아질 것만 같'아 그럴 수도 없다. 이 부분이 시적 화자의 소극성, 무력감이 단적으로 드러나는 대목인데, 이유는 '죄지은 듯 소리가 없'는 것은 세상의 온갖 사물만이 아니라 '나' 자신도 마찬가지라는 인식 때문이다. 이때 '나'는 비관적 현실관과 인생관을 지닌 시인이라 할 수 있다. 그리하여 이 시는, 세상의 온갖 사물과 인간은 운명적으로 고독과 슬픔을 지니고 있으며, 시는 그런 사실에 대한 형상화 방식이라는 시론을 암묵적으로 드러낸 셈이다.

이와 같은 대상에 대한 감상적 인식은 이 시를 전후한 김춘수의 많은 시편들에서 일련의 창작 방법으로 작용한다. 시에 있어서 감상성이란 감상적 정서 자체를 위해 그 표현에 몰두하거나, 예술적 충동을 타당하게 하기보다는 더 풍부한 정서에 몰두하는 경우, 또는 충분한 시적 상관물이 없어 감정을 과도하게 직접적인 표현을 할 경우[9]에 나타나는데, 그의 사물에 대한 내향적 감각[10], 혹은 슬픈 정령(精靈)주의[11]라는

---

9) A. Preminger(ed), *Encyclopedia of Poetry and Poetics*(Prinston Univ. Press, 1965), p.763.
10) 김용직, 「아네모네와 실험 의식」, 권기호 외 편저, 『김춘수 시 연구』, 흐름사, 1989, p.74.

테마는 대부분 그러한 감상의 시학에 의해 형상화된다. 그리하여 '소금쟁이같은 것, 물장군 같은 것,/ 거머리 같은 것/ 개밥 순채 물달개비 같은 것에도/ 저마다 하나씩/ 슬픈 이야기가 있'으며, '그들의 슬픈 혼령을 보'(「늪」에서)는 시를 지향한다.

　위의 시에서 '시=밤'이라는 인식과 유사한 것으로 '시=가을'이라는 메타포가 있다. 이때 '가을'도 사물과 현실로부터 느낀 우울을 고독하게 내면화하는 감상의 시간이란 점에서 '밤'과 다르지 않다. 다만 그러한 감상성이 부분적이나마 밀도 있는 세계 인식과 연계된다는 점에서 다소 차이가 난다.

　　　　가을에 나의 시는
　　　　두이노 고성의
　　　　라이너 마리아 릴케의 비통으로
　　　　더욱 나를 압도하라.
　　　　압도하라.
　　　　지금 익어가는 것은
　　　　물기 많은 저들 과실이 아니라
　　　　甘味가 아니라
　　　　사월에 뚫린
　　　　총알 구멍의 침묵이다.
　　　　캄캄한 그 침묵이다.

　　　　　　　　　　　　　　　　　──「가을에」 부분

　여기서 '가을'이라는 계절에 시인은 자신의 시가 '라이너 마리아 릴케의 비통'과 같이 되어야 함을 염원하고 있고, 그렇기 때문에 '지금', 즉 '가을'은 '캄캄한 침묵'처럼 허무한 시간이 되어야 함을 말하고 있

---

11) 김　현, 「김춘수에 대한 두 개의 글」, 『책읽기의 괴로움』, 민음사, 1984, p.13.

다. 그것은 「두이노의 비가」 모두(冒頭)의 '뉘라서 내 울부짖은들 들어 주랴?'와 같은 삶의 절망감에 대한 근원적 인식과 유사하다. 즉 김춘수는, 릴케가 죽음의 부정적 의미까지도 예술적 형상으로 변용시킬 것[12]을 추구했던 것처럼, 삶과 현실의 '비통'을 자신의 내면으로 끌어들여 세계 인식의 통로를 마련하고자 한 것이다. 이같은 '가을'의 시학은 그러나 여전히 감상성을 벗어나지는 못하고 있다. 감정의 과도한 노출을 유도하는 명령형의 어조를 통해 『비통』의 분위기를 전면에 드러내고 있으며, '가을'의 계절감이 충분한 시적 상관물로 형상화되지 못하고 '캄캄함 침묵'의 정황으로만 제시되고 있다. 그리하여 다른 시에서 반복되듯이 "풀과 나무 그리고 산과 언덕/ 온 누리 위에 스며 번진/ 가을의 저 슬픈 눈을 보아라"(「가을 저녁의 시」에서)처럼 '가을'은 대상에 대한 감상의 시간이 되고 만다.

요컨대 이 시기 김춘수의 시론시들은 사물과 현실에 대한 감상의 시학을 보여주고 있는데, 이 점은 감정의 표출을 극도로 자제해 온 그의 시적 방법의 본령과 크게 어긋난다는 점에서 김춘수다운 시학이 아직 정립되기 이전의 모습이라 할 수 있다. 이같은 사실은 산문 시론을 통해서도 엿볼 수 있다. "방법을 정립하지 못하고 거의 觸覺 하나를 밑천으로 시를 쓰고 있었다. 그러니까 말(意味)보다 먼저 토운이 있다"[13]고 하여, '촉각'과 '토운', 즉 의미보다는 감각에 의한 시 쓰기를 말하고 있다. 문제는 시인은 그 감각을 통해 사물을 보는 눈을 아주 다르게 할 만한 매력, 다시 말하면 사물에 대하여 새로 눈을 뜨게 하는 매력[14]으로서의 시를 의도했지만, 그것을 충실히 구현하고 있지 못한 것으로 판단된다.

---

12) Rainer Maria Rilke/ 안문영 옮김, 『두이노의 비가/ 오르페우스에게 바치는 소네트』, 문학과지성사, 1991, p.ⅲ.
13) 김춘수, 『김춘수전집 2 시론』, 문장사, 1982, p.383.
14) Ibid., pp.558-559.

2. 관념적 이데아를 향한 '탐구'의 시학

사물의 현상에 대한 감상적 인식을 넘어선 더욱 근원적인 것에 대한 열망은 관념적 본질에 대한 탐구로 이어진다. 이때 관념적 본질은 쉽사리 다가갈 수 있는 구체적 대상이 아니라 영원한 동경의 대상으로서의 이데아이다. 이에 대한 추구 성향은 시집 『꽃의 소묘』, 『부다페스트에서의 소녀의 죽음』 등에 실려 있는 '50년대 후반기의 시편들에서 두드러진다. 이들 시에서 탐구 대상은 인간의 신에 대한 지향처럼, 끝없이 갈구하지만 충족될 수 없는, 그렇기 때문에 더욱 탐구하고 싶은 존재이다. 그리하여 시인은 현실 세계의 '끝'에서 이데아를 찾는다. 이때 시는 언어에 의해 건설되는 존재15)를 탐구하는 도정이 되는데, 다음 시는 그 같은 시론을 함축하여 보여준다.

> 겨울 하늘은 어떤 불가사의의 깊이에로 사라져 가고,
> 있는 듯 없는 듯 무한은
> 무성하던 잎과 열매를 떨어뜨리고
> 무화과 나무를 나체로 서게 하였는데,
> 그 예민한 가지 끝에
> 닿을 듯 닿을 듯 하는 것이
> 시일까,
> 언어는 말을 잃고
> 잠자는 순간,
> 무한은 미소하며 오는데
> 무성하던 잎과 열매는 역사의 사건으로 떨어져 가고,

---

15) Martin Heidegger/ 소광희 역, 『시와 철학』, 박영사, 1972, p.50.

그 예민한 가지 끝에
명멸하는 그것이
시일까,

——「나목과 시 序章」 전문

이 시의 이데아 탐구 성향은 1, 2행의 '하늘'과 '무한'이라는 시어로
부터 파생한다. 그것은 '불가사의의 깊이에로 사라져 가고'와 '있는 듯
없는 듯' 하다는 통사 구조를 통해 더욱 관념적이고 추상적인 어떤 대
상을 암시하는 시어가 된다. 그리하여 이들은 절대적 이데아의 광대한
세계를 표상하는 것이 된다. 이 세계에 대한 탐구는 비본질적 세계를
표상하는 '언어'와 본질적 세계를 표상하는 '하늘'의 경계에서 '명멸'16)
하며 시를 쓰는 것으로 이루어진다. 이러한 과정은 다음과 같은 계열축
과 통합축으로 정리할 수 있다.

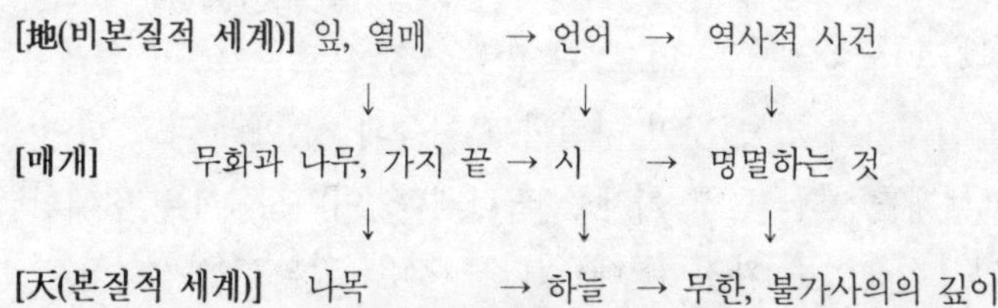

이처럼 가로로 나열된 것들은 내포 의미의 유사성을 간직한 계열체
적 관계를 지니며, 세로로 나열된 것들은 인접성을 바탕으로 한 통합체
적 관계를 형성한다. 그리하여 전체적으로는 야콥슨이 말한 시적 기능,
즉 등가성의 원리를 선택의 축에서 결합의 축으로 투영17)하는 구조를

---

16) 이승훈은 하이데거의 논지를 끌어들여 '명멸'이란 '비현실적인 것의 현존 방
    식인 소멸해 가는 생성'으로 본다. 이런 점에서 이 말은 역설적 의미를 띤다.
    ;「詩의 存在論的 解析 試考」, 권기호 외 편저, op.cit., p.228.

구축한다. 위의 도식에 드러나듯이 '잎, 열매, 언어, 역사적 사건'은 비본질적 존재를, '나목, 하늘, 무한, 불가사의의 깊이'는 본질적 세계를 표상한다. 또한 '무화과 나무, 가지 끝, 시, 명멸하는 것'은 비본질적 세계에서 본질적 세계로 나가는 매개적 존재18)로서의 우주수와 같은 의미를 형성하여, 결국 '시'는 비본질적 세계의 '끝'에서 본질적 세계를 지향하는 형식이라는 시론을 드러낸다. 즉 본질 세계의 윤곽만을 계속해서 추적하여 그 세계를 관찰(완전한 인식이 아닌)할 수 있게 하는 틀 주위를 맴돌 뿐19)인 '시'의 모습을 드러낸 것이다. 그리하여 시인이 원하는 존재의 본질은 구체적으로 감각될 수 없는 것이지만, 그것이 어디엔가 존재한다는 믿음이 있기 때문에, 시인은 그것에 대한 탐구를 포기하지 않고 대상과의 합일을 지향하는 일을 끝없이 추구하는 것이며, 이것이 바로 위의 시에 함축된 탐구로서의 시학이다.

이같은 시학은 다른 작품에서도 확인된다. "시를 잉태한 언어는/ 겨울의 설레이는 가지 끝에/ 설레이며 있는 것이 아닐까,/ 일진의 바람에도 민감한 촉수를/ 눈 없고 귀 없는 無邊으로 뻗으며/ 설레이는 가지 끝에/ 설레이며 있는 것이 아닐까,"(「나목과 시」에서)라고 하여 '무변'의 무한 세계를 향한 탐구 자세를 드러낸다. 여기서 '시를 잉태한 언어'가 '겨울의 설레이는 가지 끝'에 있다는 것은, 앞의 시에서 '시'가 '예민한 가지 끝'이 있음과 다르지 않다. 이 '끝'은 사물 인식의 시학이라는 대지에 뿌리박고 있는 시의 메타포인 '나무'의 일부이지만, 한편으로는 '눈도 없고 귀도 없는', 즉 사물성을 벗어난 '무변'의 본질 세계에 잇닿아 있다. 그러니까 앞의 시에서처럼 이 시에서도 '시'는 구체적 사물과

---

17) Roman Jakobson, "Linguistics and Poetics", *Selected Writings Ⅲ*(New York : Mouton Publisher, 1981). p.27.

18) Mircea Eliade, *Patterns in Comparative Realigion*(trans. by Rosemary Sheet, New York, Harcourt, Brace and Worad, Inc. 1963) p.299.

19) Patricia Waugh/ 김상구 옮김, 『메타문학』, 열음사, 1989, p.46.

관념적 본질의 경계에서 후자를 추구하는 것이 된다.

또한 산문 시론에서 "그것(세상의 모든 것)이 實在를 놓치고, 감각을 놓치고, 지적으로는 不可知論에 빠져들어 끝내는 허무를 안고 딩굴 수밖에는 없다는 것을 눈치챈 것은 50년대가 다 가려고 할 때였다"[20]와 같은 언급도 마찬가지다. 즉 시인은 '감각'을 통한 사물 인식의 시학으로부터 새로이 발견한 관념에 대한 탐구의 시학에 빠져들었지만, 그 실체란 끝내 알 수 없는 '불가지'의 본질적 존재일 뿐이라는 사실을 깨닫는다. 그런데 그 깨달음은 시인에게 다시 '허무'를 가져다주었고, 나아가 이후 시론시의 또 한번의 방법론적 쇄신을 이루는 계기가 된다.

3. 무의미의 실험을 통한 '놀이'의 시학

관념적 이데아의 탐구 이후에 김춘수의 시론시는 절대적 이미지를 통한 무의미의 시학을 드러낸다. 그것은 다소 과격한 실험 정신과 함께 하는데, 그 배경에는 시를 순수한 '놀이'의 한 형식으로 간주하는 미학적 입장이 놓여 있다. 그러면 이전의 시에서 그가 그토록 추구해 마지 않았던 관념을 제거한다는 것은 어떤 의도가 있으며, 그것은 또한 어떤 시론적 의의가 있는가? 그것은 '말이 존재의 집이라고 한 것은 로고스를 신으로 모신 유럽인들의 착각일는지도 모른다'[21]는 식의 의식의 대전환과 관련된다. 그 전환은 앞서 살핀 제2유형 시론시들의 인식적 토대, 즉 '언어는 존재의 집'이라는 하이데거적 인식에 대한 부정과 관련되는데, 그 구체화는 『타령조 기타』와 『남천』, 『라틴점묘 기타』, 『처용

---

20) 김춘수, op.cit., p.383.
21) Ibid., p.579.

단장 1-4부』 등에 실려 있는 '60년대 후반부터 '90년대 초반까지의 시
편들에서 이르러 이루어진다.

호이징하에 의하면, 오늘날과 같은 고도로 조직화된 사회에서도 시
는 여전히 놀이 혹은 유희[22]의 일종이다. 또한 메타픽션의 작가들도 문
학이 인간 사회의 중요하고 필수적인 놀이의 한 종류[23]라고 규정한다.
이들은 김춘수가 시를 반리얼리즘적 순수의 한 상태이자 의미의 차원
이 아니고 존재의 차원[24]으로 보는 관점과 상통한다. 그에게 시는, 특
히 무의미시는 외적 현실이 아닌 무형의 정신 공간에서 이루어지는 일
종의 놀이이다. 즉 그에게 시는 정신놀이이자 말놀이인 것이다. 다음의
시는 그같은 놀이 시학을 함축하고 있는 시론시이다.

> 동체에서 떨어져 나간 새의 날개가
> 보이지 않는 어둠을 혼자서 날고
> 한 사나이의 무거운 발자국이 지구를 밟고 갈 때
> 허물어진 세계의 안쪽에서 우는
> 가을 벌레를 말하라.
> 아니
> 바다의 순결했던 부분을 말하고
> 베고니아의 꽃잎에 듣는
> 아침 햇살을 말하라.
> 아니
> 그을음과 굴뚝을 말하고
> 겨울 습기와
> 한강변의 두더지를 말하라.

---

22) Johan Huizinga/ 권영빈 역, 『놀이하는 인간』, 기린원, 1989, p.160.
23) Patricia Waugh, op.cit., p.55.
24) 김춘수, 「고통에 대한 컴플렉스」, 『한국시협상수상작품집』, 문학세계사, 1980,
   p.47.

> 동체에서 떨어져 나간 새의 날개가
> 보이지 않는 어둠을 혼자서 날고
> 한 사나이의 무거운 발자국이
> 지구를 밟고 갈 때,
>
> ──「시 1」 전문

한 점의 추상화 같은 이 작품에서 무의미를 추구하는 시의 형상과 시론의 논리를 모두 살펴볼 수 있다. 우선 '새의 날개'가 '혼자서 날고', '한 사나이의 무거운 발자국이 지구를 밟고 가'는 상황의 설정에서 논리적 의미 맥락을 추적해 내기가 용이하지 않다. 다만 그것은 '날개가 날다'와 '발자국이 가다'라는 메타포에 의해 여행, 즉 자유 정신의 문학적 모티프를 암시한 것으로 보인다. 그러면 이러한 추상에 함의된 자유 정신은 어디에서 오는가? 시론과 관련시킨다면, 그것은 언어의 일상적 의미와 시적 관습으로부터의 일탈에서 온다고 생각해 볼 수 있다. 그리하여 그의 '놀이' 시학은 기왕의 시적 관습에서 중요시되는 관념적 의미를 시에서 제거하여 자유를 추구하는 무의미의 언어 유희와 다르지 않다. 더구나 시에 등장하는 '가을 벌레, 바다의 순결, 아침 햇살, 그을음과 굴뚝, 겨울 습기, 두더지' 등은 구체적인 사물들이라는 유사성이 있지만, 앞의 자유 모티프와 마찬가지로 내포적 의미의 공통점이나 논리적 연계성을 발견할 수 없다는 점도 이 시를 무의미의 놀이 시학을 드러낸 시론시로 볼 수 있게 한다. 또한 이 시의 요지가 '시'는 세상의 다양한 존재들에 대해 말하라는 것인데, 이 경우 '말'은 의미의 매개체가 아니라 존재의 현시 도구이다. 그리하여 그것은 맥클리쉬가 「시법」에서 '시는 의미할 것이 아니라/ 다만 존재해야 한다'[25]는 시론과 일치한다. 즉 시는 외부적인 의미로부터 일탈하여 독자적이고 순수한 존재

---

25) 이창배, 『20세기 영미시의 이해』, 민음사, 1979, p.350.

가 되어야 한다는 존재론적 이미지 시론을 드러낸 것이다. 이같은 시론
은 다음과 같은 시구에서도 제시된다.

> 별은 어둠으로 빛나고
> 정오에 내 손바닥은
> 무수한 금으로 갈라질 뿐이다.
> 육안으로도 보인다.
>
> 주어를 있게 할 한 개의 동사는
> 내 밖에 있다
> 어간은 아스름하고
> 어미만이 몹시도 가까이에 있다.
>
> ——「시법」 부분

　여기서 앞 연은 시의 '육안으로도 보이'는 '별'과 '손바닥'이 '빛나고,
갈라질 뿐'인 시각적 이미지 자체를 대상화하고 있다. 이는 대상에 대
한 직관적 인식, 즉 무의미 시학의 한 방법을 보여주고 있다고 볼 수
있다. 또한 뒤의 연은 그것을 아우르는 시론으로서 시를 '동사가 없는
시'와 '어미만 있는 시'로 정의하고 있다. 여기서 형식 형태소인 '어미
만' 있다는 것은 실질 형태소인 어간이 없다는 것이며, 그렇기 때문에
'동사'도 '주어'도 없다는 점층적 의미 해석이 가능하다. 이럴 경우 남
는 것은 '어미'뿐이니 대상에 대한 의미 부여가 없다는 뜻이 된다. 그리
하여 이 시는 해석이 배제되고 주체가 보이지 않는 시[26], 혹은 의미가
사라진 언어가 환기하는 허무의 율동[27]으로서 무의미시를 말하고 있는
시론시인 셈이며, 결국 시는 일종의 언어 놀이와 다르지 않다는 시인의

---

26) 정효구, 「김춘수 시의 변모과정 연구」, ≪개신어문연구≫, 개신어문연구회,
　　1996, p.439.
27) 이승훈, 『한국현대시론사』, 고려원, 1993, p.207.

시관이 형상화된 것으로 볼 수 있다.

위 시론시들을 전후한 시기에 발표된 「남천」, 「처용단장 2-1」 등의 서술적 이미지 제시나 「리듬 1」, 「리듬 2」, 「처용단장 2-5」 등의 주술적 음악성 추구도 무의미 시학이 구체화된다. 나아가 그 극단적 모습은 가령 "ㅕㄱㅅㅏㄴ — ㄴ/ 눈썹이없는아이가눈썹이없는아이를 울린다./ 역사를/ 심판해야한다ㅣㄴㄱㅏㄴㅣ/ 심판해야한다고 니콜라이 베르자에프는/ 이데올로기의 솜사탕이다/ 바보야/ 하늘수박은 올리브빛이다바보야/, "(「처용단장 3-39」에서)처럼, 언어의 관념성을 거부할 뿐 아니라 통사의 파괴, 시적 구성법의 파괴를 통해 언어적 소통 자체를 부정하는 데까지 이른다. 이 점은 앞의 시론시에서 드러난 '어간'의 부재에 비견되는 바, 관습적 의미가 제거된 순수한 놀이 정신[28]을 드러낸 것으로 볼 수 있다.

이같은 놀이 시학은 시인의 산문을 통해서도 드러난다. 즉 "묘사의 연습 끝에 나는 완전히 관념을 배제할 수 있다는 자신을 어느 정도 얻게 되"어 "이미지를 서술적으로 쓰는 훈련을 계속하"[29]였고, 나아가 "대상의 철저한 파괴는 이미지의 소멸 뒤에 오는 것으로 생각하게 되었"고, "비로소 묘사를 버리게 되었다"[30]는 부분이 그것이다. 이들은 「시 1」과 「시법」 등에서 제시한 자유로운 놀이 정신과 잇닿아 있다. 관념을 버리고 이미지마저 버린 이 놀이의 반복은, 그러나 삶의 근본적인 즐거움을 가져다주지는 못한다. 그것은 지극히 허무한 일이다. 어디 유희뿐이랴. 김춘수에게는 모든 세상사가, 모든 시 쓰기가 그러하다. 그럼에도 불구하고 인간은 숙명처럼 살아야 하듯이 그는 시 쓰기를 멈출 수 없다. 그리하여 이 시인에게 시는 '영원이라는 것의 빛깔'[31]을 찾아

---

28) 김춘수, 「장편연작시 「처용단장」 시말서」, 이남호 편, op.cit., 1996, p.212.
29) Ibid., pp.386-387.
30) Ibid., p.398.

가는 도정이다. 따라서 무의미의 실험 정신에 의지한 이 시기 그의 시
론은, 무의미의 유희는 허무를 낳고 허무는 영원의 모습이라는 명제로
요약된다. 이제 이 허무는, '30년대 모더니스트 이상(李箱)이 절망으로
기교를 낳은 것처럼, 김춘수로 하여금 다시 새로운 기교를 낳게 한다.

4. 산문성 수용과 패러디에 의한 '재창조'의 시학

김춘수 시론시의 또 하나의 유형으로 자신의 시작품이나 다른 시인
의 시작품, 그리고 다른 예술 장르 텍스트를 재창조하는 패러디 시학을
제시하는 시편들이 있다. 일반적으로 패러디는 단어, 형식, 주제의 세
가지 차원에서 이루어지는데,[32] 그의 시에서 주로 문체, 기법 등의 형
식적 차원과 중심 내용으로서의 주제적 차원에서 이루어진다. 구체적으
로 시 이외의 장르적 특징인 산문성의 수용이 드러나는 것은 시집『돌
의 볼에 볼을 대고』,『서서 잠자는 숲』,『壺』 등에 실린 '90년대 중, 후
반기의 시편들이며, 문학 외의 다른 장르나 작품에 대한 패러디는「처
용단장 1-4부」의 시편들이다. 산문이란 김춘수 시인이 스스로 말한 대
로 리얼리즘적[33]인데, 전형적인 모더니스트인 그가 시작 생활을 마무
리하는 후반기에 이같은 특징을 보여주는 것은 흥미로운 일이다. 기나
긴 시적 도정에서 그는 상반되는 문학적 경향마저 포용하는 넉넉한 마
음이 생긴 것일까? 이같은 개방 정신은 이제 어떠한 허구의 세계도 완
전히 자족적일 수 없다[34]는 예술의 속성을 인식하는 데까지 나간다. 다

---

31) 김춘수,『김춘수전집 2 시론』, p.389.
32) Tzvetan Todorov, *Symbolism and Interpretation*(trans. by Catherine Portor, Cornell
    Univ. Press, 1982), pp.63-65.
33) 김춘수,『서서 잠자는 숲』, 민음사, 1993, p.108.

음의 시는 산문성 수용과 패러디의 시학을 드러내 주고 있는 시론시이다.

> 저만치, 아니 더 멀리 미래사의 절이 보인다. 한려수도로 트인 예쁘게 잘 굽은 용화사 허리께, 효봉 스님이 막 입적했다고 미래사 뽕나무들이 횡설수설이다. 입적이 뭐 그리 대순가, 입적 그 말에 아직도 쉬어갈 그늘이 있기는 한가.
> 나는 시인이다. 남의 시는 차마 훔치지 못하고 엊그제 쓴 내 시의, 그것도 제목만 겨우 따 와서 조심 조심 머리에 씌워 본다. 역시 그늘이 없다.
>
> ——「바꿈노래-베레모」 전문

이 시는 시인 자신의 시를 대상으로 하고 있다. 시의 열쇠어는 '그늘'이고, 그것은 삶의 신비감이나 순수함, 안온함 등을 뜻한다고 볼 때, 오늘날 세태에서 그런 '그늘'을 찾아볼 수 없다는 사실에 대한 자기 비판이 이 시의 테마이다. 그것은 '그 말'의 타락, 나아가 인간 타락에 대한 반성이라는 점에서 시인으로서의 자기 반성을 모티브로 삼는다.

또한 이 시는 형태적으로 산문시적 형식을 취하고 있어 이전의 시론시들과 상이한 특성을 발견할 수 있다. 즉 행 갈이와 연 갈이가 분명한 단형시에서 보여주었던 초·중기 김춘수의 시편들과 대비된다. 이것은 시와 산문, 무의미시와 의미시, 반리얼리즘과 리얼리즘, 심리 세계와 물리 세계의 대립 구도를 변증법적으로 통일[35]하려는 데서 나온 양식으로 볼 수 있다. 그리고 두 번째 연에서 시인 스스로의 시 쓰기에 대해 말하고 있다. '내 시의 그것도 제목만 겨우 따 와서 조심 조심 머리에

---

34) U. Eco, The Role of Reader(Bloomington ; Indiana UP. 1979), p.221.
35) 정효구, 「물음, 허무, 자유, 삶」, 이남호 편, op.cit., p.85.

씌워 본다'고 하여, 자신의 패러디 시학에 대한 겸손한 자세를 보여준다. 문맥을 그대로 따른다면 제목의 인유에 불과한 시적 방법이 되겠지만, 이 시를 전후한 다른 시작품들을 보면 비평과 창작36)의 패러디적 기능, 다시 말해 자기 작품을 단지 되풀이하는 것이 아니라 재의미화하면서 부정하는 이중의 효과37)를 추구하는 것이다.

김춘수의 패러디는 또한 자기 자신의 작품만을 대상으로 하지 않는다. 자작시뿐 아니라 다른 시인들의 시나 다른 예술 작품들을 더욱 빈번하게 패러디38)하여 자신의 지적 능력을 드러내는 엘리트 의식과 관련39)된다. 패러디 텍스트가 생산되려면 기호화하는 사람으로서의 시인은 대상 텍스트에 대한 사전 지식이 있어야 하는 것인데, 이 시기 그의 시를 읽어보면 김춘수는 이 요건을 충실히 갖추고 있음을 알 수 있다. 이 점은 그의 시와 시론이 초창기 일부의 시를 제외하고는 일반 예술과 문화에 두루 걸친 해박한 지식을 토대로 이루어지는 것이다. 다음 시를 보자.

> 나의 시를
> 고급 장식품이라고

---

36) Patrica Waugh/ 김상구 옮김, op.cit., p.94.

37) 정끝별, 『패러디 시학』, 문학세계사, 1997, p.340.

38) 가령 「타령조 11」에서의 이상, 「오전의 山嶺」에서의 김영랑, 「旗」에서의 유치환 등 국내 시인들뿐 아니라, 「릴케의 장」에서의 릴케, 「시인 에세닌」에서의 에세닌, 「바꿈노래-젓갈」에서의 앙리 미쇼, 「비늘」에서의 랭보, 「산문시열전」에서의 보들레르, 로트레아몽, 투르게네프 등의 외국문인들, 그리고 「샤갈의 마을에 내리는 눈」에서의 샤갈, 「타령조 13」에서의 피카소, 「반 고흐」에서의 고흐, 「이중섭 1-8」에서의 이중섭 등의 화가들의 삶이나 작품에 대한 지식, 또는 「겟세마네에서」 등의 시편들에 드러나는 예수에 관한 지식(신앙이 아닌) 등은 작품의 모티브와 구성에 중요한 역할을 하고 있다. 이들 외에도 고전 설화나 고전 시가, 영화에 관한 지식까지도 빈번히 동원되고 있다.

39) Linda Hutcheon, op.cit., p.55.

누가 말했다고 한다.
잘한 말이다.
오스카 와일드는 장식품을
<어떠한 의미에 의하여도 손상되지 않는다>고
말했는데,
그렇다.
의롱에 앉은 백동나비는
술어가 없다.
하늘에 뜬 해와 달이 그렇듯 나의 시는
<어떠한 의미에 의하여도
손상되지 않는다.>
섭씨 39도에도 나의 시는
옷깃을 여민다.

——「바꿈노래-나의 시」 전문

이 시는 오스카 와일드에 관한 지식이 뒷받침된 패러디 텍스트이다. 여기에 나타난 패러디는 주제와 형식의 양 측면에서 이루어지는데, 그 과정은 오스카 와일드의 말을 인유하고 행을 바꾼 형태로 재진술하고 있는 데서 발견된다. 이들의 패러디는 "<어떤 의미에 의하여도 손상되지 않는다>"는 매개문을 기초로, '오스카 와일드, 장식품, 술어가 없다'가 '나(김춘수), 시, 옷깃을 여민다'로 각각 변환되는 과정을 거친다. 김춘수는 여기서 자신의 시를 '장식품'에 대응시키고 있는데, 그 구체적 의미는 '술어가 없'듯이 관습적 의미 부여가 배제된 것과 마찬가지로 자신의 시는 '섭씨 39도'의 더위에도 '옷깃을 여'밀 정도로 개성적 세계를 구축하고 있는 것으로 정의하고 있다.

이같은 패러디에 대한 인식은 산문 시론에서도 드러난다. 즉 "나는 모더니즘 시대, 이를테면 T.S. 엘리엇에게서처럼 특별한 효과를 인정받고 있었던 패러디와 패스티쉬와는 또 다른 표절의 효용을 시도해 보았다. 내 자신의 시들에서 따온 것들이다"[40]라고 하였던 바, 이 경우 '또 다른 표절'이란 과거에 지었던 '자신의 시들'를 인유하는 방식이었다는 것이다. 단적인 예로 「처용단장 3-12」는 자신의 시 「해파리」, 「낮달」, 「봄이 와서」, 「처용단장 3-32」, 「눈물」 등의 시구를, 「처용단장 4-7」은 「반가운 손님」, 「겨울 에게해에서」, 「이월의 어느날」, 「다시 이월의 어느날」 등의 시구를 각각 차용하고 있어, 그러한 시론과 밀접히 관련되는 모습을 보여준다. 그런데 위의 언급은 이같은 시론과 시의 경우에만 해당하는 것으로 보기는 어렵다. 앞서 살핀 대로 김춘수는 다른 시인이나 다른 예술을 패러디하는 방식을 빈번히 동원하고 있는 것(각주 39 참조)으로 미루어 볼 때, 위의 언급은 광의의 패러디 시학을 상징적으로 드러낸 것이라고 보아도 무방할 것이다.

최근에 와서도 김춘수 시에서 패러디의 재창조 시학은 중요한 역할을 하고 있다. 시집 『들림, 도스토예프스키』의 시편들은, 도스토예프스키의 소설에 등장하는 인물들과 편지를 통해 대화하는 형식으로 구성되고 있는데, 잘 알려진 소설의 내용을 비평하고 편지 형식을 차용하는 방식을 통해 시적 재창조를 의도한다는 점에서 대부분 패러디 텍스트적 성격을 띤다.

III. 결 론

김춘수는 알려진 대로 여러 차례의 시적 변모 과정을 겪으면서 다양한 시 세계를 구축하고 있는 시인이다. 그런데 그러한 변모의 과정은 일반적인 시를 통해서 뿐 아니라 특수한 시의 형식인 시론시를 통해서도 단계별로 형상화되고 있는 특이한 모습을 보여준다. 그리하여 그의

---

40) 김춘수, 「장편 연작시 「처용단장」 시말서」, 이남호 편, op.cit., 1996, p.220.

시에서 시론시가 차지하는 역할은 매우 중요하다는 전제하에 지금까지 살펴본 구체적인 내용은 다음과 같다.

첫째, 시론시는 시인 자신의 시 쓰기 과정이나 시에 대한 생각을 드러내는 자기 반영성을 지닌다는 점에서 메타문학적 성격을 띤다. 김춘수의 경우 다른 시인들에 비해 시와 언어에 대한 원론적 관심을 집요하게 가져온 시인으로서, 그의 시작품들에는 이같은 메타문학적 요소가 폭넓게 산재해 있다. 그러므로 주목할 만한 일반적인 시와 산문 시론을 포괄하여 그의 문학 세계를 더욱 효과적으로 파악하는 일은, 특수한 시의 형식인 시론시에 대한 종합적 고찰을 통해 이루어져야 한다.

둘째, 김춘수 시론시의 전개 과정은 창작 방법상의 중요한 특징들과 관련하여 네 가지로 유형화할 수 있다. 제1유형은 「서시」, 「밤의 시」, 「가을의 시」 등에 드러나는데, 이들은 구체적 사물이나 외적 현실에 대한 감각적 인식, 시인 자신의 내면 세계에 잠재한 막연한 슬픔과 서러움 등을 형상화하는 시적 방법에 대해 직·간접적으로 말하고 있다. 이를 필자는 감상의 시학이라 불렀다. 또한 제2유형은 「나목과 시 서장」, 「나목과 시」 등에서처럼 관념으로서의 절대적 이데아를 탐구하는 시적 의미와 그 한계에 대해 형상화하고 있다. 즉 인간은 절대적 세계, 혹은 무한불변의 진리를 추구하지만, 시로써 그것에 도달하는 것은 불가능하며, 그렇기 때문에 시는 그것을 부단히 욕망하는 방법이 된다. 이를 필자는 탐구의 시학이라 불렀다.

그리고 제3유형은 「시 1」, 「시 2」, 「시 3」, 「시법」 등에 드러나듯이, 시는 일종의 놀이이기 때문에 거기서 모든 일상적 의미와 절대적 관념을 제거하는 것이 중요하다고 말한다. 그리하여 시인의 치열한 실험 정신의 산물인 무의미시가 탄생하는 것인데, 위의 시론시들은 그러한 시인의 시관을 서정적으로 형상화하고 있다. 이를 필자는 놀이의 시학이라 불렀다. 마지막 제4유형은 「바꿈노래-베레모」, 「바꿈노래-나의 시」 등에서 볼 수 있듯이, 시는 산문성을 수용할 수 있으며, 나선형적 순환 원리에 의해 기존의 다른 작품에 대한 창조적 비평, 혹은 재창조일 수 있다는 인식이 드러난다. 그리하여 산문적 진술이 시에 빈번히 등장하며, 다른 장르의 예술 작품, 다른 시인의 시작품, 자신의 작품 등을 다시 모방의 대상으로 끌어들여 시를 쓰는 패러디의 방법이 정립된다. 이를 필자는 재창조의 시학이라 이름 붙였다.

셋째, 이같은 시론시들의 내용은 해당 작품 자체뿐 아니라 그것의 창작을 전후한 시기의 다른 시편들 대부분에도 적용되는 시론으로 기능을 한다. 그것은 그 동안 여러 논자들의 작가론이나 작품론을 통해 확인할 수 있다. 요컨대 김춘수의 시는 그의 시론시에 드러난 시론과 철저한 대응 관계에 놓인다. 즉 감각적 서정시로부터 관념 지향의 시, 무의미시, 산문성 수용의 시, 패러디시 등으로 진행되어 온 시적 변모 과정은 이미 시론시를 통해 그 지향점이 제시되었던 것이다.

넷째, 김춘수의 시론시는 한국 현대시사상 시인이 자신의 시론을 시의 형식으로 다양하고 심도 있게 형상화한 보기 드문 예에 속한다. 시론시는 사실상 원숙한 시인이 아니면 창작하기 어려운 시의 형식이다. 왜냐하면 시의 일반론에 대한 철저한 이해와 자신의 시에 대한 분명한 인식을 바탕으로 삼아야 할 뿐 아니라, 그같은 추상적인 관념을 시의 형식으로 서정적 형상화를 성취해야 하는 것이기 때문이다. 김춘수는 이러한 까다로운 작업을 초창기의 일부 시론시를 제외하고는 전반적으로 성공으로 이끄는 모습을 보여준다.

이같은 연구 결과는 김춘수의 시론시에 대한 체계적 접근을 통해 그의 시론과 시적 특질에 대한 이해와 감상의 폭을 넓혀 주는 데 일조할 수 있으리라 기대해 본다. 다만 이 글의 내용은 대상 시인이 아직도 왕성한 창작 활동을 하고 있는 상태이기 때문에 확정적인 연구 성과라고 볼 수 없음을 밝혀둔다. 엘리어트의 말대로 일류 시인의 시 세계는 그의 모든 작품을 읽어야 파악할 수 있다면, 그것은 김춘수의 경우에도 해당되기 때문이다. 또한 이 글은 시론시를 중심 텍스트로 삼았기에 다른 시작품과의 대비적 고찰을 극히 부분적으로 할 수밖에 없었다는 한계를 인정하지 않을 수 없다. 특히 재창조의 시학을 다룬 부분(본론의 2장 4절)은 원텍스트와 패로디 텍스트간의 충실한 비교 분석이 긴요함에도 불구하고, 그것을 구체화하지 못해 더욱 아쉽다. 지면 관계상 글을 달리 하여 이 아쉬움을 풀 수밖에 없다.

■ 참고문헌

1. 기초 자료

김춘수, 『김춘수 시전집』, 민음사, 1994.
_____, 『김춘수전집 1 시』, 문장사, 1982.
_____, 『김춘수전집 2 시론』, 문장사, 1982.
_____, 『김춘수전집 3 수필』, 문장사, 1982.
_____, 『壺』, 한밭미디어, 1996.
_____, 『들림, 도스토예프스키』, 민음사, 1997.

2. 참고 저서

권기호 외 편저, 『김춘수 시 연구』, 흐름사, 1989.
김두한, 『김춘수 시 연구』, 효성여대대학원, 1991.
김 현, 『책읽기의 괴로움』, 민음사, 1984.
신상철, 『현대시 연구와 비평』, 경남대학교출판부, 1996.
이경철, 「김춘수시의 변모과정」, ≪동악어문논집≫ 23집, 1988.
이남호 편, 『김춘수 문학앨범』, 웅진출판사, 1995.
이남호 편, 『1950년대의 시인들』, 나남, 1994.
이승훈, 『한국현대시론사』, 고려원, 1993.
이창배, 『20세기 영미시의 이해』, 민음사, 1979.
정끝별, 『패러디 시학』, 문학세계사, 1997.
Lamping, Dieter/ 장영태 역, 『서정시 : 이론과 역사』, 문학과지성사, 1995.
Huizinga, Johan/ 권영빈 역, 『놀이하는 인간』, 기린원, 1989.
Hutcheon, Linda/ 김상구, 윤여복 옮김, 『패로디 이론』, 문예출판사, 1992.
Heidegger, Martin/ 소광희 역, 『시와 철학』, 박영사, 1972.
Waugh, Patricia/ 김상구 옮김, 『메타문학』, 열음사, 1989.
Rilke, Rainer Maria/ 안문영 옮김, 『두이노의 비가/ 오르페우스에게 바치는 소네트』, 문학과지성사, 1991.

Eco, Umberto. *The Role of Reader*, Bloomington ; Indiana UP. 1979.

Eliade, Mircea. *Patterns in Comparative Realigion*, trans. by Rosemary Sheet, New York, Harcourt, Brace and Worad, Inc. 1963.

Jakobson, Roman. *Linguistics and Poetics, Selected Writings III*, New York : Mouton Publisher, 1981.

Preminger, A.(ed), *Encyclopedia of Poetry and Poetics*, Prinston Univ. Press, 1965.

Todorov, Tzvetan. *Symbolism and Interpretation*, trans. by Catherine Portor, Cornell Univ. Press, 1982.

작품 패러디의 시학적 의미와 실제
—— 창작방법과 관련하여

Ⅰ. 서 론

문화의 창조는 부단한 자기 반성을 토대로 삼는다. 기존의 문화에 대한 반성적 사유가 없이는 새로운 문화 역시 기대할 수 없다. 이런 맥락에서 패로디가 오늘날 새로운 문화 생산의 한 방식으로 전경화되고 있다. 린다 허천이 패러디에 관한 자신의 저서에서 니이체의 '패러디가 시작된다'[1]라는 문장을 끌어들여 제사로 삼고 있음은 흥미롭다. 그런데 이 진행형의 문장은 이제 과거형의 문장으로 바뀌어야 할 단계에 와 있다. 오늘날 우리 주위를 에두르고 있는 제반 문화 현상들을 볼 때, 패러디는 이제 시작의 단계로부터 멀리 벗어나 있다. 패로디는 시작되 '었'고, 그 새로운 문화의 가지가 뻗어 나가고 있다.

현대시에 있어서 패러디는 80년대 이후 적극적인 창작 원리로 작용

---

1) Linda Hutcheon/ 김상구, 윤여복 옮김, 『패로디 이론』, 문예출판사, 1992.

하고 있다. 오규원, 박상배, 문병란 등의 중견 시인들은 물론 박남철, 장정일, 유하, 이승하, 장경린 등 비교적 젊은 시인들에게 시적 표현의 다양성 확보와 시의 위기를 극복하기 위한 하나의 방법으로 수용되고 있다. 그런데 이들 이전에 김춘수 시2)에서 이미 패러디를 적극적인 창작 방법으로 활용한 예를 발견할 수 있다. 또한 그 자신의 작품이 다른 시인들의 빈번한 패러디 대상이 되기도 했다3)는 점에서 김춘수가 생산한 텍스트는 패러디의 주체인 동시에 객체로서 기능한다. 따라서 현대시에 있어서의 패러디에 대한 적극적 인식과 창작에의 도입은 김춘수를 꼭지점으로 잡아야 할 것으로 보인다.

김춘수는 해방 이후 우리 시단에서 서성주, 김수영과 함께 가장 강력한 영향을 끼친 시인4)으로 평가되어 왔다. 그의 실험적이고 전위적인 시정신은 우리 문학의 새로운 담론 형성을 위해 일정 부분 기여를 했고, 적지 않은 사람들이 그에 동조를 하여 문학상의 한 그룹을 형성하기도 했다. 때로는 반역사성과 배타성으로 인해 그렇지 않아도 옹색한 우리 시단을 더욱 협소하게 만들었다는 평가도 없지 않으나, 그의 전위적 실험 정신이 담당해 온 새로운 전통의 구축 작업은 우리시의 발전적 전개를 위해 중요한 몫을 담당했다. 이 글은 무의미시와 더불어 그의 실험적인 시정신의 한 축을 형성하는 패러디 시학의 실천 양상에 대해 고찰하고자 한다.

이와 관련된 선행 연구는 장편 연작시 「처용단장」의 처용설화의 차용에 관해 주목한 김준오5), 자신의 작품에 대한 패러디 양상을 정리한

---

2) 이 글의 텍스트는 『김춘수시전집』(민음사, 1995)과 『들림, 도스토예프스키』(민음사, 1997)로 한다. 이하 『전집』, 『들림』으로 각각 약칭한다.
3) 신익호, 「현대시에 나타난 「꽃」의 패러디 수용 양상」, ≪한국언어문학≫제40집, 1998, pp.443-464.
4) 김윤식, 김현, 『한국문학사』, 민음사, 1982, p..271.
5) 김준오, 「처용시학」 ; 권기호 외, 『김춘수 시 연구』, 흐름사, 1989, pp.255-293.

이은정6), 회화에서 차용한 이미지 패러디를 집중적으로 분석한 정끝
별7), 패러디를 초점화하지는 않았으나 논의의 일부에서 관심을 표명한
김두한8) 등의 업적이 있다. 그런데 이들은 김춘수 시의 패러디 양상을
부분적으로 다루고 있는 바, 이들의 연구를 토대로 타인의 시나 소설에
대한 작품 패러디 양상을 포함하여 종합적으로 고구하려는 것이 본고
의 목적이다. 그럼으로써 김춘수의 패러디텍스트가 그 자신의 시 세계
에서 담당하고 있는 역할을 살피고, 나아가 한국 현대시에서 차지하는
패러디의 시학적 의미와 맥락을 가늠해 보려 한다.

Ⅱ. 본 론

1. 작품 패러디의 시학적 의미

　동서양을 막론하고 패러디의 역사는 멀리 거슬러 올라갈 수 있다. 그
렇지만 패로디가 이제까지의 문화적 한계를 극복할 수 있는 일종의 적
극적인 대안 문화로서 자리잡아 가고 있는 현상은 20세기 후반의 포스
트모더니즘 문화와 깊이 관련된다. 포스트모더니즘은 가치관의 다양성
과 상대성을 강조하는 후기산업사회의 문화 논리이다. 텍스트의 고유성
과 권위를 해체하고자 하는 포스트모더니즘은 이념적으로 열린 정신을
함의한다. 이때 열린 정신이란 고정된 텍스트의 내향성을 초월하여 텍
스트 외적인 것들과의 상호텍스트성을 부단히 추구해 나가려는 성향이
다.

---

6) 이은정, 「김춘수와 김수영 시의 대비적 연구」, 이화여대대학원, 1993, pp.49-61.
7) 정끝별, 『패러디 시학』, 문학세계사, 1997, pp.170-195.
8) 김두한, 「김춘수 시 연구」, 효성여대대학원, 1991, pp.128-139.

　시에 국한해서 살펴보더라도 전통 시학에서 강조되었던 주체, 동일성, 표현 등을 대신하여 패러디 시학에서는 타자, 차이성, 재현 등이 도입[9]된다. 이런 관점에서 보면 작가나 텍스트가 가졌던 절대적 권위란 더 이상 존재하지 않는 허상에 불과한 것인 바, 패러디는 그 상대적 다양성을 강조하는 롤랑 바르트의 저자의 죽음, 존 바쓰의 고갈 의식, 미하일 바흐찐의 대화성, 줄리앙 크리스테바의 상호텍스트성 등의 개념과 일정 부분 관련된다. 우리 시대의 패러디는, 그러므로 리얼리즘과 모더니즘의 이원적 가치관을 극복하기 위한 포스트모더니즘의 다원적 문화 논리[10]를 배경으로 삼는다.

　패러디의 특징은 논자에 따라 다양하게 제시하고 있으나, 린다 허천에 의하면 '차이를 가진 반복'[11]에 있다. 이것은 패러디의 어원인 희랍어 paradia(counter-song)에 이미 내포된 특징이다. para는 '반대, 이외'라는 의미와 '일치, 친숙'이라는 상반된 의미를 동시에 함의하는데, 전자가 차이와 관련된다면 후자는 반복과 관련된다. 또한 dia는 노래를 뜻하는 odos에서 비롯되었다고 전해지는데, 이때 노래는 예술작품이나 문화양상 전반을 뜻하는 것으로 볼 수 있다. 그러므로 패러디란 기존의 문화 텍스트를 반복하되, 새로운 창의적 요소를 가미하여 차이를 드러내는 창작 방법이라고 정의할 수 있다. 이를 달리 말하면 초문맥화(trans-contextualization)[12]라고 할 수 있는데, 원텍스트를 새롭게 해석하여 그것을 새로운 텍스트의 문맥에 편입하여 작품을 생산하는 원리로서, 기존의 텍스트에 대한 치열한 비판 정신과 변증법적 진보 정신이

---

9) 구모룡, 「패러디 시학의 이데올로기」 ; 김준오 편, 『한국현대시와 패러디』, 현대미학사, 1996, p.68.
10) 김준오, 「현대시의 패러디화와 이데올로기」, 《현대예술비평》 창간호, 1991, p.141.
11) Linda Hutcheon, op.cit., p.15.
12) Ibid, p.55.

요구되는 창작 방법이다.

패러디는 원텍스트를 인유하여 모방하는 데 그쳐서는 진정한 가치를 발휘할 수 없다. 패러디 대상의 주제나 기법 또는 장르를 넘어서는 재창조의 기능을 발휘해야 한다. 패로디가 전통적으로 중요하게 취급되어 온 문화 책략인 풍자, 아니러니, 은유 등과 관련13)될 때 효과를 발휘하는 것은 이 때문이다. 즉 패러디는 대상의 허위에 대한 비판적 인식이라는 점에서 풍자적이고, 대상에 대한 전도와 평가를 한다는 점에서 아이러니를 수사적 장치로 수용한다. 또한 외적 진술을 통해 제2의 내적 의미를 만든다는 점에서 기법적으로 은유와 유사하다. 그러나 이들 모든 요소가 필수적인 것은 아니며 때로는 미미하고 부분적인 수준에서 이루어지는 경우도 있다.

패러디의 유형은 원텍스트에 대한 패러디텍스트의 태도에 따라 분류14)할 경우, 원텍스트의 권위와 규범을 계승하는 모방적 패러디, 원텍스트의 권위와 규범을 문제시하여 공격하고 풍자하는 비판적 패러디, 원텍스트의 권위와 규범 자체가 불가능하다고 가정하여 원텍스트를 발췌, 혼합하는 혼성모방적 패러디15) 등이 있다. 시에 있어서 패러디의 대상인 원텍스트는 언어 텍스트로 한정할 수도 있고, 언어뿐 아니라 그 이외의 선기호화된 모든 텍스트를 대상으로 할 수도 있는데, 김춘수 시를 기준으로 보면 더욱 광의의 대상을 포괄하는 후자의 범주로 확대하는 것이 합리적이다. 따라서 시 장르뿐 아니라 여타의 문학 장르, 나아가 비문학 예술 장르를 포괄해서 패러디의 대상이 될 수 있다는 전제를 둔다. 다만 논의의 집중을 위해 이 글에서의 주된 분석 대상은 예술

---

13) Ibid, pp.51-83.

14) 정끝별, op.cit., pp.69-71.

15) 제임슨은 이를 패러디와 구분하여 패스티쉬(pastiche)라고 한다. Fredric Jameson, *Postmodernism on the Cultural Logic of Late Capitalism* (Univ. of Duke Press. 1991), p.17.

적 장르로만 한정하고자 한다. 이에 따른 패러디의 범주는 (1) 장르 전체에 관한 패러디, (2) 한 시대의 조류나 문체에 관한 패러디, (3) 특정 예술가에 관한 패러디16) 등이 있다. 필자는 시 장르를 중심축에 놓고 대상에 따라 다음과 같이 다시 정리하여 분석의 틀로 삼고자 한다. 즉 시에 있어서 패러디의 대상은 선행 텍스트로서의 장르와 작품이 되는데, 이 대상에 따라 (1)과 (2)를 포함하는 의미의 장르 패러디와 (3)과 유사한 의미의 작품 패러디로 나누고자 한다.

예술 장르 자체의 특성을 차용해 오는 장르 패러디란, 선행 장르의 형식, 구조, 문체, 어법 등을 모방하여 변형시키는 것으로서 필연적으로 장르 혼합이나 장르 변이의 양상17)이 나타난다. 또한 구체적 예술 작품의 특성을 차용해 오는 작품 패러디도 마찬가지로 선행 작품의 내용과 형식을 모방하여 변형시키는 것이지만 장르적 넘나듦은 없다. 혹 다른 장르의 작품을 차용해 오더라도 그 장르적인 특성보다는 작품 자체의 내용이나 표현법을 대상으로 한다. 이 글에서는 김춘수 시의 패러디적 특성과 관계 깊은 작품 패러디를 중심으로 논의할 것인데, 시 장르를 중심 축으로 삼아 장르 외적 작품 패러디와 장르 내적 작품 패러디로 구분한다. 이때 전자는 회화, 소설 등 시작품 이외의 다른 예술 장르 작품을, 후자는 타인의 것은 물론 자신의 시작품을 원텍스트로 삼는 경우를 지칭하고자 한다. 김춘수는 이러한 패러디에 대해 시학적으로도 분명히 인식을 하고 있었는데, 산문시론 「장편연작시 '처용단장' 시말서」나 시론시 「바꿈노래 – 베레모」, 「바꿈노래 – 나의 시」 등에 잘 드러난다.

---

16) Linda Hutcheon, op.cit., p.33.
17) 고현철, 『현대시의 패러디와 장르 이론』, 태학사, 1997, p.26.

2. 장르 외적 작품 패러디

　김춘수 시에서 시 장르의 이외의 예술 작품을 원텍스트로 삼고 있는 패러디텍스트가 다수 발견된다. 패러디의 대상은 문학의 한 갈래인 소설이나 설화 작품뿐 아니라 문학 외적인 회화와 음악 작품에 이르기까지 다양한 양상을 보여준다. 이들 중 먼저 회화를 원텍스트로 삼고 있는 경우를 살펴보자. 김춘수 시에는 많은 화가들의 이름이 등장하는데, 이중섭, 샤갈, 반 고흐, 루오, 살바도르 달리, 강화백 등이 그들이다. 이들의 실제 생활이나 작품이 시의 소재나 상상력의 모티브로 작용하는 경우가 산견된다. 다음은 다른 예술가의 삶이 시에 인유되는 경우이다.

> 아내는 두 번이나
> 마굿간에서 아이를 낳고
> 지금 아내의 모발은 구름 위에 있다.
> 　　…중략…
> 서귀포 남쪽
> 아내가 두고 간 바다,
> 게 한 마리 눈물 흘리며, 마굿간에서 난
> 두 아이를 달래고 있다.
> 　　　　　　　　　　　　　　——「이중섭 2」 부분

　이 시는 화가 이중섭의 사생활을 대상으로 삼고 있다. 김춘수는 사적으로 가까운 사이였던 이중섭에 관한 개인적인 정보를 시에 차용한 것이다. 이중섭은 시대가 가져다주는 고통스런 가난과 유랑 생활도 마다않고 예술을 위해 평생을 바친 위대한 예술가였다. 그는 김춘수에 의하면 화가치고는 문학성이 강하며, 시대적이고 개인적인 정황을 염두에 둔다면 하나의 기적과도 같은 사람[18]으로 간주된다. 이 시에는 그와 그의 가족이 겪은 고독과 가난이 형상화되어 있는데, 그 와중에 '아내는 두 번이나/ 마굿간에서 아이를 낳'는 고통을 겪다가 이승이 아닌 '구름 위'로 가 버리고 말았다. 그런 아내의 빈자리인 제주도 '서귀포'에 남아 '마굿간에서 난/ 두 아이를 달래고 있'는 '게 한 마리'는 바로 화가 이중섭의 표상으로 볼 수 있다. 이 슬프고도 고독한 예술적 자아는 세상에 존재하는 수많은 예술가들의 그것과 다르지 않은즉, 김춘수는 이같은 예술가의 시대적 정체성을 이중섭의 생활에 대한 인유를 통해 형상화하고 있다. 문제는 이러한 인유가 예술 작품으로서의 원텍스트도 없을 뿐더러 대상과의 비판적 거리도 유지되지 않아 재창조의 기능이 분명치 않다는 점이다. 그리하여 인유의 대상을 구체적인 회화 작품으로 삼을 때 비로소 본격적인 작품 패러디가 이루어진다.

> 저무는 하늘
> 동짓달 서리 묻은 하늘을
> 아내의 신발 신고
> 저승으로 가는 까마귀,
> 까마귀는
> 남포동 어디선가 그만
> 까욱 하고 한 번만 울어 버린다.
> 오륙도를 바라고 아이들은
> 돌팔매질을 한다.
> 저무는 바다,
> 돌 하나 멀리
> 아내의 머리 위 떨어지거라
>
> ——「이중섭 4」전문

---

18) 김춘수, 「「이중섭」 연작시에 대하여」 ; 문학비평사 기획, 『시집 李仲燮』, 탑출판사, 1987, p.138.

이 작품은 이중섭의 명작 「달과 까마귀」라는 그림을 패러디 한 것이
다. 청회색 밤하늘과 둥근 달을 배경으로 네 마리의 까마귀(세 마리는
전선줄에 앉아 있고, 한 마리는 하늘을 날고 있다)가 그려져 있는 원텍
스트는 적요한 가운데 동적인 이미지를 보여준다. 이들 내용과 시의 내
용을 비교해 보면 다음과 같다.

원텍스트 「달과 까마귀」	패러디텍스트 「이중섭 4」
① 밤하늘의 달	①' 서리 묻은 하늘
② 전선 위의 까마귀	②' 한 번만 울어 버린다
③ ( )	③' 아이들은 돌팔매질을 한다
④ ( )	④' 저무는 바다
⑤ ( )	⑤' 아내의 머리 위

이들 사이의 관계를 살펴보면, 여러 가지 의미로 해석하거나 감상할
수 있는 그림 「달과 까마귀」를, 김춘수는 「이중섭 4」라는 시로 인유하
여 자신의 주관 속에서 판단하고 있다. 이 판단의 시적 진술이 바로 패
러디의 비평적, 창조적 기능[19]이다. 우선 ①'은 원텍스트의 '달'이 어디
론가 사라지고 '밤하늘'이 패러디텍스트에서 '서리 묻은 하늘'로 변형
되었다. 이것은 시적인 함축미를 발휘하기 위한 것이지만, 패러디의 소
통 구조로 볼 때는 원텍스트의 고독감과 고통을 더욱 강조하기 위한
것으로 보인다. 또한 ②'는 원텍스트의 예술적 대상인 '까마귀'를 주관
적으로 해석하여 패러디텍스트를 만들었다. 즉 적요한 달밤에 보금자리
도 없이 방황하는 '까마귀'를 그린 이중섭의 「달과 까마귀」라는 그림
속에서, 김춘수는 예술가 이중섭의 삶의 비애감을 읽어내어 시적인 형

---

19) Patricia Waugh/ 김상구 옮김, 『메타픽션』, 열음사, 1989, p.211.

상화한 것이다.

그런데 ③', ④', ⑤'에 이르면 원텍스트에 분명히 제시되어 있지 않은 것까지 형상화하여 새로운 의미를 구축한다. 원텍스트에서는 공백으로(혹은 암시적으로) 남아 있던 것을 패러디텍스트에서 시적 의미로 보충하고 있다. 이들 중 ③'의 '아이들의 돌팔매질'은 이중섭 자신에게 가져다 준 현실적, 시대적 고통과 예술적 좌절감 속에서 그것을 떨쳐 버리기 위한 시도를 비유한 것이며, ④'의 '저무는 바다'는 시인이 유추하고 목격하기도 한, 이중섭이 원산에서 월남하여 부산 피난 시절에 겪었던 생활고의 울적함을 표상한 것으로 볼 수 있다. 그리고 ⑤'의 '아내의 머리 위'는 '아이들의 돌팔매'로 표상된 현실 초극의 의지가 지향하는 곳이다. 여기서 '아내'를 평화로운 삶의 동반자로 읽을 경우 이중섭은 가족과 함께 평화로운 삶을 살고 싶었으나, 시대적이고 예술적 여건 때문에 그리하지 못하고 불행한 삶 속에서 그저 염원만 하고 말았던 전기적 사실[20]과 관련된다. 이런 슬픈 예술가의 초상을 김춘수는 그림을 매개로 삼아 시적 언어로 다시 형상화한 것이다.

김춘수가 시도한 이같은 회화 작품에 대한 패러디는, 초기의 시 「나르시스의 노래 - 살바도르 달리의 그림에」에서 달리의 「나르시스의 변신」이라는 그림을 패러디한 것에서 시작하여, 위의 작품을 전후하여 다양한 양상으로 전개된다. 이외에 「이중섭 5」, 「이중섭 6」, 「이중섭 7」, 「이중섭 8」 등에서도 이중섭의 잘 알려진 그림 「새와 나무」, 「바닷가의 아이들」, 「소」, 「동자상」, 「부부」[21) 등을 각각 패러디하고 있으며, 「샤갈의 마을에 내리는 눈」은 샤갈의 그림 「나와 마을」을, 「루오 할아버지가 그린 유화 두 점」은 루오의 그림 「다친 어릿광대」, 「수난받은 예수」, 「교외의 예수」, 「풍경」[22) 등을 각각 원텍스트로 삼고 있다.

---

20) 문학비평사 기획, op.cit., pp.180-181.
21) 김두한, op.cit., p.136.

　　김춘수 시의 패러디는 설화와 소설 등 다른 문학 장르 작품을 대상으로 해서도 이루어진다. 원텍스트를 설화로 삼은 경우로는 「처용」, 「처용3장」, 「잠자는 처용」, 「처용단장 1부~4부」 등이 두드러지며, 소설로 삼은 경우는 최근의 시집 『들림, 도스토예프스키』의 시편들이 대표적이다. 먼저 처용설화의 내용을 차용한 「처용단장」을 살펴보면 그 전체가 일련의 패러디텍스트임을 알 수 있다.

> 네 꿈을 훔쳐 보지도 못하고, 나는
> 무정부주의자도 되지 못하고
> 모난 괄호
> 거기서는 그런 대로 제법
> 소리도 질러 보고
> 부러지지 않는
> 달팽이뿔도 세워보고,
>
> 역사는 나를 비껴가라,
> 아니
> 맷돌처럼 단숨에
> 나를 으깨고 간다.
>
> 신미 4월 초이레
> 지금은 자시,
>
> ──「처용단장 4-17」 전문

　　이 작품은 「처용단장」 4부의 마지막에 배열된 작품이다. 20여 년에 걸쳐 창작된 100여 편에 달하는 「처용단장」 전체의 작품을 일련의 콘텍스트로 읽어보면, 그 기본 줄거리나 구성법에 있어서 『삼국유사』 소

---

22) 정끝별, op.cit., pp.170-195.

재 「處容郎·望海寺」 조에 전하는 '처용설화'를 패러디하고 있음을 알 수 있다. 특히 위의 인용 부분은 원텍스트로서의 설화 전체와 패러디텍스트로서의 시 전체 내용의 골격을 함의하고 있다. 알다시피 처용설화의 핵심 내용은 역신(疫神)으로 표상된 폭력적인 역사와 그것에 의해 희생당하는 선량한 인간상의 제시라 할 수 있다. 여기서 희생자는 설화에서 동해에 살던 용의 아들인 '처용'으로 표상되며, 시 속에서는 김춘수 자신의 개인적 삶23)과 관련된 시적 화자가 된다. 시에서 '무정부주의자'가 되어 인류의 부정한 역사 자체에 저항하고 싶지만, 그저 '소리'를 지르거나 '부러지지 않는/ 달팽이 뿔'을 세워보는 내면적 부정에 그치고 마는, 시적 화자의 자의식은, 설화 속의 순수하고 선량한 처용의 그것과 다르지 않다. 그리하여 연작시 「처용단장」의 지배적 화자는, 두 번째 연에서처럼 '역사는 나를 비켜가라'고 역사를 거부하는 자이거나, 역사에 의해 '맷돌처럼 단숨에/ 나를 으깨'임을 당하는 희생자이다. 또한 시의 종결부를 '지금은 자시'라고 하였는데, '자시'는 하루의 시작이자 끝의 시간이다. 이 시간 상징은 그러한 역사가 결국은 끝없이 반복될 것이라는 점을 암시하고 있는데, '처용'의 수난은 인류가 간직하며 살 수밖에 없는 영원한 업보라는 운명론을 표현한 것이다.

원텍스트인 처용설화는, 처용이 바다 속에서 유토피아적 생활을 영위하다가 인간 세계로 진입하면서부터 갖은 고난과 고통을 겪게 되는 이야기다. 이 처용은 시에서 화자로 변용되어 역사 속의 인간 전체를 제유하는 문맥을 형성한다. 그리하여 1, 2부와 3, 4부는 내용상 성(聖)과

---

23) 김춘수, 「장편 연작시 「처용단장」 시말서」 ; 『전집』, pp.520-521. "손목에 수감이 차인 채 不逞鮮人의 딱지가 붙여져서 서울로 송환되었다. 그때부터 8.15 해방까지 징용을 피해서 여러 곳을 옮겨가며 두더지 생활을 해야 했다. 해방이 되자 이데올로기의 들쌀에 시달려야 했고, 6.25때는 영문도 모른 채 식솔을 거느리고 생사를 건 피난 생활을 해야만 했다.…중략…나는 폭력, 이데올로기, 역사의 삼각 관계를 도식화하게 되고, 차츰 역사의 허무주의로, 드디어 역사 그것을 부정하는 지경에 이르게 되었다."

속(俗)의 이원적 대립 관계를 형성한다. 즉 「처용단장」의 1부와 2부는 설화 속의 처용이 살았던 바다 밑처럼, 화자가 현실과 역사의 장으로 편입되기 이전의 상태인 순수한 세계를 그리고 있다. 시에 등장하는 화자의 유년기란, 시인 김춘수가 체험했던 어린 시절과 밀접히 관련을 맺으며, 이데올로기로 얼룩진 우리 나라의 역사에 편입되기 이전의 원초적인 시기를 표상한다. 이런 어린 시절의 순수한 기억들은 1부와 2부에서 절대적 이미지로 구현되는 물질시와 무의미시의 모습을 띠고 집중적으로 나타난다. 그러나 처용이 바다 밖에서 그랬던 것처럼, 화자가 성년기로 접어들면서 역사와 이데올로기는 시인에게 처참한 봉변을 가져다주었다. 3부와 4부에 일제 시대와 6.25 전쟁이라고 하는 질곡의 시대와 관련된 그런 시편들이 시대적 리얼리티와 함께 자주 드러나는 것도 그 때문이다. 이같은 설화와 시의 대응 맥락을 비교, 정리해 보면 다음과 같다.

원텍스트 「처용 설화」	패러디텍스트 「처용단장」
① 처용	①' 화자(혹은 김춘수)
② 바다 밑의 생활	②' 유년기(역사 이전의 시기)
③ 인간 세계의 생활	③' 성년기(역사 체험의 시기)

여기서 ①의 '처용'에 대응하는 ①'의 '화자'는 한 시절은 순수하고 평화로운 삶을 영위하기도 했지만, 결국은 역사와 이데올로기에 의해 영원히 수난을 당하는 존재이다. 또한 ②와 ③은 설화 내용의 골간을 이루는 공간적 상징성을 띠는 바, 그에 대응하여 시에서 시적 화자의 삶도 두 시기로 나뉘어 인식된다. 이 점은 바로 이 시가 기본적으로 처용설화의 패러디라는 점을 방증한다. 그러므로 ②'가 화자로 변용된 시인 스스로가 고향 통영에서 보낸 순수한 어린 시절과 견줄 수 있다면,

③'은 그곳을 벗어난 서울 등에서 지내면서 역사와 이데올로기의 악을 경험한 성인 시절에 비견된다.

그리고 소설 작품을 원텍스트로 삼은 시집 『들림, 도스토예프스키』의 시편들은 러시아의 문호 도스토예프스키의 소설에 등장하는 인물들을 끌어들여 대화를 시키는 방법을 택하고 있다. 김춘수는 이 시집을 통해 도스토예프스키의 도저한 문학 세계에 신들려버린 고급 독자의 모습을 보여준다. 그는 평소 도스토예프스키의 소설을 즐겨 읽었다[24]고 하는데, 이런 점에서 그것에 대한 자유자재한 변용의 조건을 이미 갖추고 있었다. 그가 독자의 위치에서 한 시인으로서 필자의 위치로 나아갔을 때, 도스토예프스키의 소설은 새로운 예술 테스트로서 재창조된다.

> 나타샤,
> 죄는
> 피와 살을 소금에 절인
> 그 어떤 젓갈이다.
> 7할이 소금이다.
> 페테르부르크는 보들레르의 시처럼 어디를 가도
> 나트륨 냄새가 난다
> 나도 한 번
> 차 바퀴에 몸을 던져보니 알겠더라*
> 치통에도 쾌락이 있다.
> 몸을 팔고도 왜 소냐는
> 천사가 됐는가,
> 불빛이 그리워 우리는 지금
> 밤을 기다린다.
>
> ——「나타샤에게」 부분

---

24) 김춘수, 『들림』, p.92.

이같은 시는 소설 패러디의 특이한 형식을 보여주고 있다. 그리하여 이 시는 도스토예프스키의 소설 「죄와 벌」에 등장하는 '나타샤, 소냐'를 비롯하여 메타패러디 텍스트로서의 '보들레르의 시'도 인지하고 있어야만 감상할 수 있다. 패러디란 정예주의적 담론 형식[25]이라는 말을 떠오르게 하는 대목이 아닐 수 없다. 인용구의 뒷부분은 '치통에도 쾌락이 있다'는 부분에 대해 '*도스토예프스키의 소설 「지하 생활자의 수기」에 나오는 말'이라는 각주까지 동원하고, '이승에서는 아무것도 한 일이 없는 건달/ 와르코프스키 공작'이라는 결구로 마무리된다. 이 시가 이처럼 송신자 '와르코프스키 공작'이 수신자 '나타샤'에게 보내는 편지 형식이라는 점은 주목을 요한다. 편지란 '나 - 남' 사이의 소통 구조를 지닌 일종의 대화 형식인즉, 시집 『들림, 도스토예프스키』의 시편들이 모두 이런 형식을 취하고 있다는 점에서 그 자체가 패러디 텍스트적 성격이 짙다. 왜냐하면 패러디도 텍스트 상호간의 대화 형식이라는 점에서 편지의 그것과 유사하기 때문이다. 또한 패러디 대상인 도스토예프스키의 소설들은, 바흐찐의 지적대로, 그것들이 갖는 다성적 특성[26]과도 잘 어울린다.

이 작품 외에 『들림, 도스토예프스키』에 실린 대부분의 시편들은 이같은 패러디의 방식을 취하고 있다. 이들 장르 외적인 작품을 패러디한 텍스트로서는 장화홍련 설화를 모티브로 한 「장화가 홍련에게」, 지귀설화를 부분 패러디한 「타령조 3」과 「古都에서」 등이 있다. 또한 음악과 관련된 것으로서 장르 패러디의 성격이 다분하긴 하나, 「타령조」 연작과 「윤이상의 비올론첼로」, 「리듬 1」, 「리듬 2」, 「노래」 등도 눈여겨 볼

---

25) Linda Hutcheon, op.cit., p.155.
26) M. Bakhtin, *Problems of Dostoevsky's Poetics*, (ed. and trans. Carl Emerson Minneapolis : Univ. of Minnesota Press, 1984), p.5.

만하다.

3. 장르 내적 작품 패러디

김춘수의 패러디시에는 다른 시인이나 자신의 시를 원텍스트로 삼은 일군의 작품들이 있다. 다른 시인들의 작품을 패러디할 경우 그 대상 시인으로는 청마, 소월, 지용, 영랑, 이상, 미당, 천상병, 김영태, 김종삼 ; 릴케, 에세닌, 보들레르, 랭보, 로트레아몽, 투르게네프 등이 있다. 이들의 예술적 삶이나 작품의 일부를 빈번히디 할 정도로 인유하거나 패러디하여 자신의 시 문맥에 끌어들이는데, 그 양적인 만큼이나 방법과 심도에 있어서도 다양한 모습을 보여준다. 가장 초보적인 방식은 원텍스트의 시상과 내용에 대해 비판적 거리를 확보하지 못한 상태에서 그대로 반복하는 경우이다. 예컨대 「蛇」, 「旗」 등의 작품이 그것들이다. 전자는 미당의 「화사」에서 형상화되었던 원시적 생명력과 원죄 의식의 표상으로서의 '배암'의 이미지를 그대로 반복하며, 후자는 청마의 「깃발」에 감동한 화자의 감상을 그대로 토로하는 데 치중하고 있다. 이들은 원텍스트와의 차이를 부각시키지 못하여 비판적 거리감을 충분히 확보하지 못한 것으로 읽힌다. 실상 비판적 거리에 의한 재창조의 포에지가 충분하지 않은 이같은 모방적 인유는 패러디의 본령을 보여주었다고 하기 어렵다. 그러면 다음의 시는 어떠한가 살펴보자.

① 모든 사람들이 위대한 암흑을 구가할 적에 당신은 외로이 <돌담에 속삭이는 햇발>을 노래해야 하는 사명을 지니고 있습니다
　　　　　　──「오전의 山嶺-한스 카롯사에게」 부분

② 안다르시아 구릉의 갈잎들이

소리를 내고 있었다.
엄마야 누나야 강변살자

——「엄마야 누나야」 부분

이들은 잘 알려진 시구들을 직접 인유하여 그 내용을 시에 접목시키는 방식을 취하고 있다. ①에는 영랑의 시구 '돌담에 속삭이는 햇발'이 인유되고 있다. 원텍스트에서 그것은 아름답고 서정적인 심미의 세계를 표상한다. 이 작품에서도 그런 의미를 그대로 수용했지만, 그것을 '위대한 암흑'과 대비시킴으로써 더욱 전경화된 의미를 구현하고 있다. 또한 ②에서는 소월의 '엄마야 누나야 강변 살자'는 시구를 인유하고 있다. 알려진 대로 이 원텍스트에는 평화로운 자연에 묻혀 살고자 하는 서정적 염원이 담겨 있다. 시구의 앞 문맥에 의지하면, 유럽 여행 중에 피카소 미술관을 돌아보면서 화자는 예술적 탈속의 경지를 느끼고 있는데, 이국의 예술적 공간에서 느낀 서정적 느낌이 우리 나라의 자연에서 느낄 수 있는 그러한 정서와 다르지 않다는 점을 소월의 시구를 매개로 삼아 표현하고 있다. 이같은 작품 패러디와 다른 예를 들어본다.

① 넙치 두 눈이 뒤통수로 가서는
　서로를 흘겨본다. 서로를 흘겨본다.
　그래서 또 오늘밤은
　더 가까이 보이는
　세자르 프랭크의 별,

——「이런 경우」 전문

② 잊어다오.
　이제는 노을이 죽고
　오늘은 애기메꽃이 핀다.
　　…중략…

지렁이가 울고
네가래풀이 운다
개밥 순채,
하늘 가재가 하늘에서 운다.
갠 날에도 울고 흐린 날에도 운다.
　　　　　　　　　　　──「처용단장 2-8」 부분

　이 시구들은 앞서 살펴보았던 모방적 인유에서 한 걸음 나간 것으로
보인다. ①은 김종삼이 김춘수에게 보낸 시 「파편」27)의 결구인 '세자르
프랭크의 별'을 인유하고 있다. '세자르 프랭크'는 「앙포르멜」에서도 등
장하는 프랑스 음악가인데, 김종삼의 시에는 다른 예술과 관련된 이같
은 정보가 자주 수용된다. 이 점은 김춘수의 시와 유사한 특징으로서,
김춘수는 평소 김종삼의 이러한 전위적 기법의 시편들을 매우 선호했
던 것으로 전해진다. 김종삼의 시구에 대한 인유는 그만큼 그의 작품
세계에 대한 호의적인 동기를 가지고 이루어졌다고 볼 수 있다. 그럼에
도 불구하고 분명한 것은, 인유한 시구를 반복하는 데 그치지 않고, 그
것과의 의미와 정서상의 차이를 구축하여 미적 거리를 유지하고 있다
는 점이다. 원텍스트에서 김종삼이 구축했던 김춘수의 전위적 시정신에
대한 일방적 찬사가, 김춘수의 시에 와서는 상호간의 동의와 애정을 기
초로 한 '서로 흘겨보'기로 변형되고 있다. 즉 김종삼이 「파편」에서 김
춘수의 시를 일컬어 '초속으로 흘러가는 몇 조각의 詩 破片은/ 아인쉬
타인이, 신이 버리고 간/ 宇宙迷兒들'이지만 '아름다운 화음으로 반짝이
는' 것이라고 했을 때 가진 호의의 일방성을, 김춘수는 그러한 내용을
자신의 시 문맥으로 끌어들여 상호간의 호의적 느낌으로 바꾸려고 했
다. 이 시가 일종의 화답시적 성격을 띠는 것은 이러한 이유에 기인한

---

27) 장석주 편, 『김종삼전집』, 청하, 1990, p.130.

다.

또한 ②의 마지막 행 '갠 날에도 울고 흐린 날에도 운다'는 김수영의 「풀」 1연의 '풀은 눕고/ 드디어 울었다/ 날이 흐려서 더 울다가/ 다시 누웠다'는 부분과 유사하다. 그러나 이같은 어구상의 유사성보다는 그 의미론적 차용과 변형이 문제이다. 알려진 대로 김수영의 시에서 '울음'은 민중적 삶의 시련과 고통, 그리고 그것을 초월하려는 의지를 담고 있다. 이런 내용이 김춘수의 시에 와서도 반복된다. 요컨대 위의 시는 「처용단장」 전체의 시에서 화자가 설화 속의 처용처럼 아직 현실계에 발을 들여놓기 이전인 시원의 공간에서 삶의 순수성을 지키고자 하는 의지를 표현한 부분이다. 다만 이 의지가 김수영의 경우 구체적이고 역사적인 것과의 직접적인 대결마저 불사하는 것이었다면, 김춘수의 경우는 초역사적이고 보편적인 성향을 띤다는 점에서 다르다. 이렇게 볼 때 위의 패러디텍스트는 원텍스트의 어구적 반복과 의미상의 차이로 형상화되었다는 것을 알 수 있다. 또한 '지렁이, 네가래풀, 개밥 순채, 하늘 가재' 등이 뿜어내는 울음의 교향이 형성하는 분위기가 김춘수 자신의 시 「늪」의 그것과 유사하다는 점도 지적되어야겠다. 물론 「늪」에서의 울음은 사물에 대한 애니미즘적 인식28)이라는 점에서 성격이 전혀 다르지만, 울음이 본원적 존재의 의미를 드러내는 모티브 역할을 한다는 점에서는 유사하다.

다른 시인의 시작품을 차용해 오는 이런 방식의 패러디는 김춘수 시에서 빈번하게 등장한다. 특히 국내외 시인들의 작품에 대한 논평을 나열해 놓은 「산문시열전」에서 그 극단적인 형태를 보여주고 있다. '열전'이란 제목도 특이하거니와, 보들레르의 「파리」, 로트레아몽의 「노래」, 랭보의 「지옥」, 투르게네프의 「산문시」, 정지용의 「潭」, 이상의 「꽃나무」 등 여러 시편들을 패러디의 대상으로 삼고 있으며 원텍

---

28) 김용직, 「아네모네와 실험 의식」 ; 권기호 외, op.cit., 1989, p.73.

스트를 분명히 밝혀주고 있는 점도 색다르다. 형식과 내용상의 복합적 패러디를 보여주는 셈인데, 원텍스트가 갖는 산문시적 운율을 수용한 것이 형식상의 패러디라면, 인간의 그늘진 욕망과 세계의 부조리를 테마로 삼고 있는 원텍스트들에 대한 비평적 진술들이 내용상의 패러디이다. 작품의 구체적인 패러디 과정을 일부 분석해 보면 다음과 같다.

· 원텍스트 : 벌판한복판에 꽃나무가하나섰소. 近處에는 꽃나무가 하나도없소 꽃나무는 제가생각하는 꽃나무를 熱心으로 생각하는 것처럼 熱心으로 꽃을 피워가지고 섰소 꽃나무는 제가 생각하는 꽃나무에게갈수없소 나는 막달아났소 한꽃나무를 爲하여 그러는것처럼 나는참그런이상스러운흉내를 내었소.29)

· 패러디텍스트 : 꽃은 다 지고 말았다. 어제의어제의어제의어제 계절은이미바뀌고있었다. (그것도모르고있었나) 혹은내일은無花而無果. (이상의 「꽃나무」)

——「산문시 열전」부분

이들 중 원텍스트 「꽃나무」는 부조리한 현실에 적응하지 못하는 현대인의 내면 세계를 그리고 있는 작품이다. 이로 인해 발생되는 자기 분열적 양상이 띄어쓰기와 구두점의 무시, 동어반복, 추상어의 사용, 의인화 등의 방법을 통해 표현되고 있다. 패러디텍스트에서는 이것을 두 가지 측면에서 차용하고 변용시켰다. 즉 형식적 요소 중에서는 띄어쓰기를 무시하는 것을 차용하고, 내용상으로는 테마를 수용하여 논평하고 있다. 이들 중 패러디의 무게 중심은 내용에 있는데, 원텍스트인 이상의 시에서 보여주었던, 자아 분열을 매개로 한 인간과 현실에 대한 진

---

29) 이상, 「꽃나무」 전문(이승훈 엮음, 『이상문학전집 ① 시』, 문학사상사, 1994 , p.183).

지한 자기 성찰이 사라지고 있는 시류에 대한 우려가 그것이다. 패러디 텍스트에서 이상이 피웠던 '꽃은 다 지고 말았'으며, 그렇기 때문에 '혹은내일은無花而無果'라는 것이 바로 그러한 내용을 함축하고 있다. '無花'면 '無果'인 것은 당연할 터, 현실에 얽매여 진지한 자기 분열을 통한 내면의 '꽃'을 피우지 못하는 현대인들에게, 그 결과로서의 인간 성찰의 '열매'도 불가능할 것이라는 사실을 이상 시에 대한 패러디를 통해 표현한 것이다.

　김춘수 시에는 또한 자기 자신의 시작품을 패러디한 것들이 적지 않다. 시인이 자신의 시구나 시적 모티브를 다른 시에서 다시 반복한다는 것은, 일반적으로 상상력이 고갈된 시인이라는 부정적 인식을 주기 쉽다. 그러나 김춘수의 경우는 그것이 무의식적으로 이루어졌다기보다는 다분히 의도적이며 스스로의 논리를 가지고 이루어진다는 점에서 범상치 않다. 스스로가 나선형적 반복을 통한 신화적 세계관[30]이라고 밝힌 바 있는 이러한 작법은, 진보를 가장한 역사의 폭력이 주는 공포감에서 탈피하기 위한 효과적인 방법으로서의 반복인 것이다. 반복, 혹은 순환 원리에 의지한 패러디는 김춘수 시의 중요한 원리[31]인데, 예컨대 다음과 같은 시를 보자.

① 인간들 속에서
인간들에 밟히며
잠을 깬다.
숲 속에서 바다가 잠을 깨듯이
젊고 튼튼한 상수리나무가
서 있는 것을 본다
남의 속도 모르는 새들이

---

30) 김춘수, op.cit., p.524.
31) 이은정, op.cit., pp.49.

금빛 깃을 치고 있다.

———「처용」 부분

② 겨울이 가도
대구는 눈이 내리고
팔공산이 아마 빛으로 가라 앉는다.
동성로를 가면 꽃 가게도 문을 닫고
아이들 사타구니 사이
두 개의 남근.
마주보며 저희끼리 오들오들 떨고 있다.

———「이중섭 7」 부분

이같은 패러디 양상은 김춘수 시에 대해 지속적인 관심을 가진 독자라면 능히 눈치 챌 수 있을 것이다. ①의 '남의 속도 모르는 새들이/ 금빛 깃을 치고 있다'는 「바람」의 '벽공에/ 사과알 하나를 익게 하고/ 가장자리에/ 금빛 깃의 새들을 날린다'를 인유한 것이다. 또한 ②의 '아이들 사타구니 사이/ 두 개의 남근./ 마주보며 저희끼리 오들오들 떨고 있다'는 시구는, 「冬菊」의 '아이들의 구기자 빛 남근이/ 오들오들 떨고 있다'를 인유한 것을 알아차리기 어렵지 않다. 문제는 이들이 원텍스트의 의미를 어느 정도 변형시키고 있는가 하는 점이다.

우선 ①의 원텍스트에 주목해 보면 '금빛 깃의 새들'은 '사과알'로 표상된 현실 세계와 그 너머의 본질 세계와의 경계[32]를 구성하는 것으로 볼 수 있다. 그 경계의 안쪽에서 바깥쪽으로의 확산을 추구하는 것이 김춘수 시의 일반 문법이라고 간주하면, ①은 그것을 반복적으로 드러낸 것이라 할 수 있다. 그런데 그것이 패러디텍스트에서는 '인간들 속'의 '상수리 나무'와 대비됨으로 인해 더욱 구체적인 형상성을 획득

---

32) 권혁웅, 「어둠 저 너머 세계의 분열과 화해, 무의미시와 그 이후」, ≪문학사상≫, 1997년 2월호, p.304.

한다. 원텍스트의 막연한 인식이 패러디텍스트에서는 더욱 분명해졌다는 점에서 재창조의 기능을 수행한 것이다. 또한 ②의 원텍스트에서 '남근'은 라캉적 의미에서 아버지의 법이 존재하는 상징계[33]를 의미한다고 볼 수 있는데, 그것이 원텍스트에서는 '美 八軍 후문'을 배경으로 '오들오들 떨고 있'는 절망적 상황에 놓여 있다. 그러나 패러디텍스트에서는 '대구, 팔공산, 동성로'를 배경으로 삼음으로써 ①과 마찬가지로 더욱 구체성을 획득한다. 해방 이후 우리 나라는 모든 분야에서 '미 팔군' 주위에서 시작된 '남근' 상실이, 이제 그같은 외래적 공간을 배경으로 하지 않고도 보편화되어 있는 한심한 현실을 드러낸 것이다. 그러므로 패러디텍스트의 '남근'은 원텍스트보다 더욱 심각한 '아버지' 상실 상황을 강조해 주는 효과를 발휘한다. 이같이 원텍스트를 더욱 구체화시키는 재인식의 패러디는 다음과 같은 시에서 더욱 분명해진다.

> 어릴 때는 귀로 듣고
> 커서는 책으로도 읽은
> 천사,
> 그네는 끝내 제 살을 나에게
> 보여주지 않았다.
> 맨발로 바다를 밟고 간 사람은
> 새가 되었다지만
> 그의 젖은 발바닥을 나는 아직 한 번도
> 본 일이 없다.
> ──「처용단장 3-12」 부분

인용시의 뒷부분 '맨발로 바다를 밟고 간 사람은/ 새가 되었다'와 '젖은 발바닥'은 시 「눈물」에서 인유한 것이다. 그러나 이것이 단순한 인

---

33) Elizabeth Wright/ 권택영 역, 『정신분석비평』, 문예출판사, 1995, p.147.

유를 넘어서는 것은 '나는 아직 한 번도/ 본 일이 없다'는 부분 때문이다. 원텍스트 「눈물」의 시구에 덧붙여진 이 내용은, 그가 한동안 추구했던 '천사'로 표상된 이데아를 스스로 부정하는 자기 반성적 의미[34]를 띤다. 또한 이것은 동시에 자신이 추구했던 이데아 자체의 신비성을 확인하는 것이라는 점에서, 단순한 이데아 규명에 대한 회의를 넘어선 심화된 인식의 경지를 보여주고 있다. '천사'로 표상된 궁극적인 이데아가 가시적인 대상이 될 수 없다는 인식은, 그것의 본질에 더욱 가까이 다가섰다는 말과 다르지 않기 때문이다.

이같은 자신의 작품에 대한 패러디는 김춘수의 시학적 입장[35]과 관련되며, 그 구체적 실현인 시작품에서 연작시 「처용난상」을 중심으로 다양하게 변주되고 있다. 특히 「처용단장 4-7」은 패러디의 극치를 보여주는 작품인데, 시인이 밝힌 대로 모두 4연으로 구성되어 있는 이 작품은, 각 연별로 「반가운 손님」, 「겨울 에게해」, 「이월의 어느 날」, 「다시 또 이월의 어느 날」 등의 시구들을 일부 차용해 완성했다. 그런데 이 작품은 다른 패러디 텍스트들처럼 원텍스트의 권위를 계승하는 데 초점을 둔 것이 아니라, 그들을 임의적으로 조합하는 데 목적으로 두었다는 점에서 혼성모방적 패러디의 성격을 띠는 것으로 볼 수 있다.

Ⅲ. 결 론

김춘수 시에 나타나는 작품 패러디의 양상은 다양하다. 그 대상에 있어서 문학 작품을 대상으로 하는가 하면, 문학 이외의 다른 예술 장르를 대상으로 하기도 한다. 문학을 대상으로 할 때 시와 소설, 설화 등이

---

34) 이은정, op.cit., p.54.
35) 김춘수, op.cit., p.530.

원텍스트로 수용되고, 비문학을 대상으로 하는 경우 회화와 음악, 영화 등이 차용된다. 이 글에서는 이러한 예술 작품을 원텍스트로 삼고 있는 패러디텍스트만을 대상으로 삼아, 시 장르 외적 작품 패러디와 시 장르 내적 작품 패러디로 나누어 살펴보았다. 그 결과 김춘수는 모방적 인유와 재맥락화를 통한 패러디 시학을 적극적으로 활용하고 있다는 점을 확인했다.

장르 외적 작품 패러디는 회화의 이미지를 대상으로 이루어지는데, 「이중섭」 연작 중 4에서 8까지는 이중섭의 그림을 패러디하고 있다. 이들은 회화 장르의 특성상 형식이나 기법을 패러디하기보다는, 그 화가의 삶이나 작품의 내용을 시인 나름대로 해석, 수용, 재창조하는 과정을 겪었음이 드러난다. 이같은 양상은 특히 「이중섭 4」에 두드러진다. 이외에 샤갈이나 고흐, 루오 등의 서양화가들의 작품도 패러디하고 있는데, 「샤갈의 마을에 내리는 눈」, 「고흐」, 「다시 반고흐」, 「루오 할아버지가 그린 유화 두 점」 등이 대표적이다. 또한 소설이나 설화를 원텍스트로 삼고 있는 경우도 적지 않은데, 「처용」, 「처용3장」, 「잠자는 처용」, 그리고 연작시 「처용단장 1-4부」가 있다. 이들 중 「처용단장」은 특히 처용 설화의 내용과 공간 구조를 전체적 시 문맥 속으로 패러디하고 있다. 즉 처용의 삶이 바다 속과 바다 밖에서 이루어지는 공간 구조가, 「처용단장」에서 시적 화자의 유년기와 성년기로 변형되어 나타나고 있으며, 순수성을 상실하고 타락한 인간 세계의 현실을 고발하고자 하는 설화의 전체 테마는, 「처용단장」에서 역사와 이데올로기에 의해 고통받는 인간의 모습을 묘사하는 것으로 재맥락화되고 있다. 그리고 소설을 대상으로 한 경우는 시집 『들림, 도스토예프스키』를 들 수 있는데, 소설 작품에 등장하는 인물들을 끌어내어 시인의 의도대로 대화를 시켜서 시 문맥을 구성하는 특이한 패러디 방법을 택하고 있다.

장르 내적 작품 패러디는 다른 시인의 시작품과 자신의 시작품을 대상으로 한다. 타인의 작품에 대한 패러디는 미당, 청마, 영랑, 소월, 김종삼, 김수영, 보들레르, 랭보, 투르게네프 등의 작품을 대상으로 한다. 이들은 원텍스트의 모티브에 동조하며 시상을 덧붙이는 경우(「蛇」,「旗」), 일부분을 직접 수용하면서 그것에 비판적 거리를 부여하는 경우(「오전의 山嶺」,「엄마야 누나야」,「이런 경우」,「처용단장 2-8」), 작품 전체의 내용을 대상으로 그것에 대한 비평을 조합하는 경우(「산문시열전」) 등이 두드러진다. 또한 자신의 시작품을 원텍스트로 삼는 특이한 형식의 작품 패러디가 이루어지기도 한다. 「이중섭 7」과 「처용단장 3-12」,「처용단장 4-7」에서 이런 특징이 단적으로 드러나는데, 이같은 자기반복적 패러디는 시인이 가지고 있는 신화론적 세계관과 미의식의 표현이었다는 점에서 주목을 요한다.

이처럼 김춘수 시의 패러디텍스트들은, 원텍스트에 대한 단순한 인유에 그치는 경우도 있었지만, 전체적으로는 원텍스트의 수용, 그것에 대한 해석, 의미의 덧붙임, 그리고 궁극적으로는 그것을 매개로 한 예술적 재창조라고 하는 패러디의 미학적 목적을 충실히 반영하고 있다고 평가할 수 있다. 또한 김춘수 시의 패러디는 풍자적 기능이나 아이러닉한 거리감이 분명치 않고, 원텍스트에 대한 호의적인 반응을 동반한 은유적인 차용이 많다는 점에서, 모방적 패러디의 성격이 강하다는 특징이 있다. 덧붙어 앞서 살핀 작품 패러디 외에도 성서나 철학 서적, 일반 서적도 자주 패러디하고 있다는 점도 관심을 끈다. 이 글에서는 미처 다루지 못했으나 이들에 대한 체계적인 고찰도 해 봄직하다. 특히 성서를 패러디한 「서녁 하늘」,「아만드꽃」,「셋째번 마리아」,「가나에서의 혼인」,「겟세마네에서」,「가나 마을에서」,「둘째번 마리아」,「서쪽 포도밭 길을」,「나자로여」,「메시아」,「마약」 등은 고도의 종교적 패러디 양상을 보여주고 있어 주목된다.

요컨대 현대시에 있어서 김춘수의 패러디텍스트는 자못 선구적인 업적을 지닌다. 우리 시단에서 '8,90년대 들어 본격적으로 실천된 패러디 시의 창작은 이전의 김춘수 시에서 중요한 동기와 자양을 공급받았다.

또한 김춘수 시인 개인적 의미로 볼 때도, 패러디 기법의 적극적인 도입은 그간 무의미시로만 특징지워졌던 실험주의자와 기교주의자로서의 위치를 더욱 분명히 하는 역할을 했다. 이것은 문학 행위란 일과적인 시간성을 넘어서는 영원한 신화적 반복 작업이라는, 그의 시론적 입장을 더욱 공고히 해 준다. 따라서 패러디의 효용을 신뢰하는 한, 그의 시적 도정이란 완성이 아니라 재창조를 향한 영원한 반복이 될 것이다. 왜냐하면 그는 적극적인 패러디스트이기 때문이다.

■참고문헌

고현철, 『현대시의 패러디와 장르 이론』, 태학사, 1997.

권기호 외, 『김춘수 시연구』, 흐름사, 1989.

김두한, 『김춘수 시 연구』, 효성여대대학원, 1992.

김윤식 · 김현, 『한국문학사』, 민음사, 1982.

김준오 편, 『한국현대시와 패러디』, 현대미학사, 1996.

문학과비평사 기획, 『시집 李仲燮』, 탑출판사, 1987.

이승훈 엮음, 『이상문학전집 ① 시』, 문학사상사, 1994.

이은정, 『김춘수와 김수영 시학의 대비적 연구』, 이화여대대학원, 1993.

장석주 편, 『김종삼전집』, 청하, 1988.

정끝별, 『패러디 시학』, 문학세계사, 1997.

Wright, Elizabeth/ 권택영 역, 『정신분석비평』, 문예출판사, 1995, p.147.

Hutcheon, Linda/ 김상구, 윤여복 옮김, 『패로디 이론』, 문예출판사, 1992.

Waugh, Patricia/ 김상구 옮김, 『메타픽션』, 열음사, 1989.

Bakhtin, M. *Problems of Dostoevsky's Poetics*, ed. and trans. Carl Emerson Minneapolis : Univ. of Minnesota Press, 1984.

Jameson, Fredric. *Postmodernism on the Cultural Logic of Late Capitalism* : Univ. of Duke Press, 1991.

제3부 견자(見者)를 위한 변론

장편서사시『백두산』완간의 의의

[1] 민족시인 고은의 대하 서사시『백두산』완간은 한국 문학의 역사적 상상력의 깊이와 넓이를 유감없이 보여준 일대 사건이다. 김관식, 천상병과 함께 한국 시단의 3대 기인으로 알려져 온 저자는, '기이한' 여러 가지 기록을 남긴 것으로 유명하다. 약관의 나이에 승려가 되어 입산 수도를 한 경력이 있고, 환속하여서는 여러 차례에 걸쳐서 자살을 기도했으며, 유신 이후에는 민주화 투쟁의 선봉에 선 대가로 수 차례의 구금과 투옥, 그리고 고문을 당한 경험이 있다. 이처럼 그 삶의 이력을 조금만 들여다보아도 어느 한 구석 평범한 데라곤 찾을 길 없다. 여기에 폭음, 괴변, 기행 등의 사소한 것들까지 합하면, 고은이라는 이름은 차라리 흥미롭고 긴박감 넘치는 한 편의 드라마다.

이러한 삶의 여정은 에고이즘을 뛰어넘는, 역사와 사회라고 하는 공동체적 의식과 깊이 관련된다. 첫 시집인『피안감성』을 출간(1960년)할 무렵만 해도 그는 역사적 현실에 그토록 민감하지 않았지만, 1972년 반민주적 유신 정권이 들어서면서부터 사정은 크게 달라진다. 이후 18년 동안 지속된 독재 정권의 장기 집권과, 다시 이어진 5공화국의 폭압적

철권 통치는 이 시인으로 하여금 평범한 서정 시인으로 머물러 있는 것을 허락하지 않았다. 이 땅의 척박한 역사적 현실은 이 시인의 기이한 삶의 원인이 되었을 뿐 아니라, 암울했던 그 시절에 민중적 민주화 투쟁 의식을 풀무질해 주던 「화살」과 같은 그의 저항 시편들의 원천이 되기도 했다. "우리 모두 화살이 되어/ 온몸으로 가자"던 불의에 대한 열정적 저항 의지는 아직도 우리의 심장 소리를 고무한다. 이러한 문학적 현실주의의 연장선상에 『백두산』이 있다.

　2 『백두산』은 우여곡절 끝에 비교적 오랜 시간에 거쳐 간행되어 왔다. 1985년 《실천문학》지에 연재를 하다가 동지의 폐간으로 중단되어, 1987년에 와서야 제1부 1·2권이 일차적으로 간행(창작사)되었다. 방대한 파노라마적 인물시인 『만인보』 9권(1986년-1989년), 백두산을 소재로 한 사진시 90여 편이 실린 『천년의 울음이여 사랑이여』(1990년) 등을 출간한 다음, 1991년에 이르러서 제2부 1·2권이 2차로 세상에 나왔다(창작과비평사). 그로부터 다시 3년 후인 1994년에 와서야 비로소 제3부 1·2·3권을 상재(창작과비평사)했으니, 3부 7권에 이르는 한 작품의 완성에 꼬박 10년이 걸린 셈이다. 35년 가량의 문단 생활 중 100여 권을 상회하는 각종 저서를 낸 저자의 다작 습관에 비하면 많은 시간을 공들인 셈이다.

　이 시는 처음에 4부 10권으로 계획된 것이었지만(1권의 머리말), 3부 7권으로 마무리되었다는 점에서 다소 아쉬움이 남기도 한다. 그러나 7권을 모두 합하면 1,904면에 달하고, 이들 각각의 면마다 28행을 유지하고 있으니, 이 방대한 규모는 한국 현대 시사에서 당분간 극복되기 어려운 기록으로 남을 것이다. 이 작품이 기록적이라는 점은 단지 그 분량에 있어서만 그런 것이 아니다. 백두산을 그리워하는 것조차 자유롭지 못했던, 공안 통치의 서슬이 푸르렀던 1980년 겨울의 사늘한 육군

교도소 감방에서 구상되었다는 점에서 역사적 현장성을 지닌다. 뿐만 아니라 1권과 2권을 출간한 후 "이제야 나는 고려의 자식이다. 이 시와 더불어."라고 밝힌 저자의 열렬한 민족적 자긍심을 함의하고 있다는 점에서도 각별한 의의를 지닌다. 이 시를 통해 표현된, 조국과 민족의 정의로운 역사에 대한 그의 불덩이같은 열망은, 한국 문학사에서 근래 찾아보기 어려운 사례 중의 하나이다.

우선 이 시를 개관하는 의미에서 소제목을 통해 전체 내용을 소개해 보면 다음과 같다.

제1부 제1권(총 245쪽) : 머리말, 서시, 불귀, 먼 길, 북관, 삼지연, 꿈, 큰 눈, 아기장수, 천지, 그 사람들, 함성

제1부 제2권(총 252쪽) : 첫 출진, 난관, 매복, 격전

제2부 제1권(총 342쪽) : 머리말, 황진 만리, 탈출, 다시 삼지연, 두만강 건너, 용정 며칠, 밀산, 그들은 병사였다

제2부 제2권(총 291쪽) : 싸움, 서간도, 역사는 가고 삶이 왔다, 젊은 바우, 밤하늘, 만주벌판, 봉오동 뒷산

제3부 제1권(총 248쪽) : 머리말, 그들의 일출봉, 복대황, 싸움 이후, 무오 기미 그리고 경신, 퇴각, 여기도 저기도, 보가뜨이리! 보가뜨이리!, 피범벅 재범벅, 이 죽음의 세월도 세월인가, 밀영, 싸움 전야, 청산리

제3부 제2권(총 254쪽) : 웅거, 청산리 회전, 승전 이후1, 승전 전후2, 천리행군, 눈보라, 다시 장정(長征), 우수리강, 자유시 상잔, 그 이후, 빼앗긴 봄

제3부 제3권(총 272쪽) : 동북항일련 전후, 유격대를 찾아서, 동만의 구월봉기, 멀리멀리, 동북항일련군 빨치산, 식민지의 거리, 그들의 그림자, 보천보, 그의 최후, 퇴각, 우등불

이처럼 대하소설 못지 않은 방대한 내용을 담고 있는 것이 서사시

『백두산』의 세계다. 이 시의 중심 소재로 취택된 것은 항일 투쟁사인데, 자칫 딱딱해지기 쉬운 내용을 진지한 사랑 이야기로 감싸 안으면서 펼쳐 나가고 있다.

이 시의 전체적 서사는 일본 제국주의에 맞서 온몸을 던져 싸우는 추만길 일가의 투쟁담이다. 3부로 나뉘어진 서사의 골격은 다음과 같다. 제1부는 머슴인 추만길과 한양아씨 조화연의 사랑으로 시작하여 삼지연을 중심으로 한 의병 투쟁의 실상을 적나라하게 드러내고 있다. 추만길은 김투만으로 개명을 하고 그 아들 바우를 얻어 백두산 의병대에 적극 동참한다는 내용이다. 제2부는 공간 배경이 북간도로 옮겨가는데, 그곳에서 김투만 일가는 홍범도 장군의 정예 의병대에 가담하여 항일 투쟁을 계속한다는 내용이다. 그 와중에 김투만의 아내 조화연이 한 많은 삶을 마감한다. 제3부는 김광수로 다시 개명한 추만길이 밀산에서 러시아에 걸치는 공간을 배경으로 하는 항일 투쟁의 혁혁한 활약상을 내용으로 삼고 있다. 그러나 그칠 줄 모르는 열정으로 제국주의의 팽창에 맞서던 김광수 자신뿐 아니라, 그의 아들 바우, 그리고 딸 옥단이마저 각각 비극적인 최후를 맞이하면서 대단원의 막을 내린다.

여기서 가장 상징적 의미를 획득하고 있는 화소는 양반집 딸인 조화연이 그 집의 씨머슴이었던 추만길을 사랑한다는 내용이다. 이 시의 모든 이야기는 여기서 출발하는데, 이것은 단순한 남녀간의 사랑 이야기를 뛰어넘어 항일 투쟁을 위한 민족 내부의 계층적 결합을 상징한다고 볼 수 있다. 신분상으로 도저히 어울릴 수 없는 이들의 과감한 결합과 도피 행각 그리고 유랑은 당시의 민족적 시련과도 맞물리면서 민족 문학으로서의 가치를 충분히 획득하고 있다. 더구나 그들의 사랑으로 인하여 한 가족이 형성되고, 그 아들인 바우와 그 딸인 옥단이까지도 항일 운동에 적극 가담하고, 이로 인해 명실공히 온 가족이 민족 독립 운동에 참여하고 있는 셈이 된다. 일찍이 한 가족의 구성원 전체가 항일 운동에 직접 참여한다는 이야기는 우리의 현대 서사물에서 찾아보기 힘든 독특한 일면이 있다.

이렇게 영웅들의 일대기 형태로 지속되는 이 작품의 텍스트 내적 시간은 1900년대부터 1940년대까지로 되어 있다. 그러니까 구한말부터 해방 직전까지의 민중적 반제 투쟁의 실상을 역력히 보여주고자 한 작품이다. 또한 이 작품의 공간적 배경인 백두산과 만주, 간도와 용정 등 한반도 동북 지역은 역사적 사실의 측면에서도 당시 항일 의병 투쟁이 상당히 치열했던 곳이다. 그럼에도 불구하고 그 동안 이 지역의 항일 운동은 일제하 공산주의자들과의 관련이 밀접하기 때문에 남한에서 문학적 소재로 다루어지는 데는 어려움이 있었다. 저자의 민족사에 대한 열정과 용기로 인하여 동북 지역의 항일 운동사가 민족 문학의 세례를 받게 되었다는 사실은 커다란 의의를 발휘한다고 하지 않을 수 없다.

이러한 묵직한 역사적 배경을 간직한 『백두산』의 문학적 의의는 대략 세 가지 정도로 요약, 정리될 수 있다.

첫째는 우리의 민족사적 현실에 비추어 볼 때 분단 극복 문학의 한 전범이거나 혹은 그 향도라고 평가할 수 있다는 점이다. 해방 50주년을 앞에 두고 완성된 이 작품은 이 땅의 분단 이후를 장악했던 이데올로기나 권력이 아닌, 그것을 뛰어넘는 '민족'이라는 지상 명제에 충실한 인물들의 이야기이기 때문이다. 분단 반세기를 바라보는 이 시점에서 우리가 추구해야 할 문학이라면 의당 통일문학이 그 앞자리를 차지해야 할 것이며, 문학을 통한 민족의 정서적 통일은 이데올로기나 정치적 통일에 앞서 이루어야 할 민족적 과제이다. 이 중차대한 명제에 부응하고 있는 것이 서사시 『백두산』의 세계다. 여기서 보여준 제국주의에 대한 통일된 민중적 투쟁의 역사는, 분단된 조국의 민족적 정서를 하나로 결집시켜 줄 고귀한 정신적 자산이 아닐 수 없다.

둘째는 우리 나라 현대 서사시의 새 장을 열었다는 점이다. 어느 나라보다도 풍부한 역사적 재료를 가지고 있음에도 불구하고, 장편 서사 시의 창작 경험이 풍부하지 못한 우리의 문학적 현실에 비추어 볼 때 『백두산』이 갖는 의의는 각별하다. 김동환의 『국경의 밤』, 신동엽의 『금강』, 신경림의 『남한강』, 그리고 북한에서 출간된 조기천의 『백두 산』 등 몇몇을 제외하고는, 문학적 성과가 뚜렷한 서사시를 발견해 내 기 어려운 것이 우리 문학의 현주소라는 점을 상기할 때 더욱 그러하 다. 각론상으로도 『백두산』은 서사적 일관성, 역사적 진실성, 문학적 창 의성, 그리고 고유 어휘의 풍부한 구사, 각종 민요의 발굴과 수용, 동북 지역 민중의 생활상 규명 등의 서사시에서 요구되는 의미 있는 성과들 로 가득 채워져 있다는 점에서 주목받아 마땅하다.

셋째는 "문학의 무한한 반향"(5권 6쪽)을 추구해 온 고은의 시적 도 정에서 그의 문학적 역량을 총결산했다는 의의를 지닌다. 역사와 현실 에 민감하게 작용해 왔던 그의 서사적 성격의 서정 시편들은, 언젠가는 웅장한 서사시적 세례를 받을 것으로 예견되어 왔었다. 그 결과가 바로 『백두산』에 와서 이룩되었다는 점은 시인 고은이라는 이름을 민족 문 학의 반석에 올려놓는 근거로 충분하다. 고은을 일컬어 진정한 의미의 민족 시인이라고 일컬음은 『백두산』이 있어서야 가능하다.

그러나, 흔들릴 수 없는 이같은 큰 성과에도 불구하고 몇 가지 아쉬 운 점이 없는 것은 아니다. 김재홍에 의해 일부 지적되었듯이, 구체적 사료의 뒷받침이 부족하여 추측과 상상에 지나치게 기대고 있다는 점, 이와 관련되는 것으로 김투만 일가를 지나치게 영웅화시키다 보니 문 학적 리얼리티에 다소 손상이 있었다는 점, 또한 영탄법과 반복법의 지 나친 사용으로 인해 시적 긴축미가 다소 훼손되었다는 점 등이 그것이 다. 다만 이런 점들이 옥의 티 이상의 것은 아님은 물론이다.

이 시가 궁극적으로 지향하는 주제는 마지막 장 '우등불'의 마지막 연에 상징적으로 드러난다. 진정 고은다운 스타일을 보여주는 서정과 열정의 포에지가 적절히 조화를 이루고 있는 부분이다.

> 마침내 눈 쌓인 세상 하나
> 그칠 줄 모르고
> 눈 퍼붓는 세상 하나
> 높은 곳 낮은 곳
> 다 없어지는 세상 하나
> 아니 그것이야말로
> 한 나라가 아니라
> 온 세상 여러 나라의 새로운 시작이므로

 "어떤 이념보다 민족이/ 그녀의 궁극이었다"(3부 3권 270쪽)던 '김옥단'의 장렬한 죽음과 함께 하는 이 시구는, 시인 자신이 이 시를 통해 추구하고 지향하려는 바가 무엇이었던가를 단적으로 드러내 준다. 항일 투쟁에 자신의 일생을 던져 버렸던 한 여전사의 죽음—이는 동시에 김투만 일가의 최후이기도 하다—이 '높은 곳 낮은 곳/ 다 없어지는 세상 하나'를 이루게 했다는 것인데, 문제적 의의는 이것이 단순한 배타적 민족주의에 그치지 않는다는 데 있다. 즉 투쟁의 주체인 우리 나라뿐 아니라 투쟁 대상인 일본마저도 이제 눈의 색깔과도 같은 평화와 평등의 나라로 '새로운 시작'을 해야 한다는 메시지가 그것이다. 이것이 『백두산』이 편협한 민족주의의 소산이 아니라 세계 평화와 인류 평등이라고 하는 고상하고 광대한 주제 의식이 배어 있다고 볼 수 있는 근거이다.

 ③ 요컨대 『백두산』은 그대로가 우리의 역사인 백두산, 그 영산의 영원한 영혼들의 실상을 형상화한 장편서사시이다. 이 대작에는 일제 치하의 가장 순수한 민족혼의 울림과 그것을 계승해 역사적 전망의 시금

석을 마련해 보고자 하는 값진 인식이 담겨 있다. 이 시에서 보여준 역사적 상상력의 깊이와 넓이는 한국 현대 시사의 기념비적 수준이라 할 만하다. 이 대작을 일관하고 있는 것은 "보아라 우렁찬 천지 열 여섯 봉우리마다/ 내 목숨 찢어 걸고/ 욕된 오늘 싸워 이 땅의 푸르른 날 찾아오리라"(1권 7쪽)와 같은 준열하고도 희망에 찬 의지임을 기억해야 하리라. 역사는 단지 과거의 반추가 아니다. 일제하의 굽힐 줄 몰랐던 민족적 자긍심. 이것은 세계 유일한 단일민족 분단국가를 살아가고 있는 오늘의 우리들에게도 저마다의 가슴에 요구되는 가열찬 시대 의식으로 살아 숨쉬어야 함을 잊지 말자는 것이다.

그렇다. 우리는 분단 시대를 뛰어넘는 민족사의 깊고 넓은 진실을 고은의 서사시 『백두산』을 통해 만날 수 있다.

디오니소스의 여행
—최원규의 시 세계

[1] 두 가지 질문이 있다. 하나는 "시를 왜 읽는가?"이고, 다른 하나는 "시를 어떻게 읽을 것인가?"이다. 앞의 것은 시를 읽는 목적에 관련된 질문이고, 뒤의 것은 시를 읽는 방법과 관련되는 질문이다. 이들은 또한 시 읽기뿐 아니라 시 쓰기와도 결부되는 문제이다. 어떤 시인은 왜 써야 하는 것일까를 부단히 사유하면서 창작에 임하는가 하면, 어떤 시인은 어떻게 쓸 것인가에 대해 끊임없이 고민한다. 자칫 시란 목적인가 방법인가라는 관념적 환원론으로 돌아갈 수도 있는 이같은 질문으로부터 이 글을 시작하는 이유는, 이 두 질문을 변별적으로 이해하는 데서부터 최원규 시인의 최근 시 세계를 이해할 수 있으리라는 생각 때문이다.

최원규 시인은 지금까지 "시를 왜 쓰는가?"와 "어떻게 쓸 것인가?"라는 두 명제, 즉 시의 테마와 표현 사이의 조화를 추구하며 험한 창작의 여정을 걸어왔다. 그는 또한 "일상의 모든 생활 속에서 항상 시를 생각하는 사람"(조연현)이었다. 『금채적』, 『겨울가곡』, 『순간의 여울』, 『자음송』, 『비 속에서』, 『불타는 달』, 『바다와 새』 등 시선집을 포함하여 12

권의 시집을 상재한 그는 그 양적인 만큼이나 다양한 시의 세계를 구
축해 온 시인이다. 그 동안 그의 시에 대해서는 "은유의 독자적 경지"
(정한모), "불교적 니힐의 세계"(송재영), "동양적 불교 세계와 서구적
니힐 감성의 원적 조화"(오세영), "은유의 명수가 보여주는 슬프고도 황
홀한 삶과 그 삶의 진폭에서 오는 뭇 현상"(성찬경) 등으로 요약되어
왔다. 그의 시에는 시를 종교처럼 여기는 고고한 구도자의 모습이 드러
나는가 하면, 희로애락으로 얼룩진 삶과 현실 자체가 시라고 하는 생활
인의 체취가 묻어나기도 한다. 또한 그러한 것들을 형상화하는 방식에
있어서도 고도의 메타포를 동원하는가 하면, 대상을 자연스런 운율로
휘감거나 섬찟할 정도의 강렬한 이미지로 포착해 내는 경우도 있다.

이 글의 대상인『山房에 다녀와서』(문경출판사, 1998)는 시인의 열세
번째 시집인데, 여기에 실린 시편들은 그러한 시 세계의 큰 흐름에서
벗어나지 않았으나, 이전의 시편들에 비해서는 시의 방법보다는 내용적
깊이에 초점을 두고 있는 것으로 읽힌다. 다시 말해 시를 '어떻게' 쓰는
가 보다는 '왜' 쓰는가에 관심을 집중한 것으로 보인다. 따라서 시인이
한때 즐겨 추구했던 감각적이고 현란한 기교보다는 존재의 본질이나
인생 문제에 대한 깨달음의 문제를 범박하게 진술하는 방식을 취하고
있다. 이와 관련하여 이 시집의 시편들은 크게 세 가지의 특징적 유형
을 보여준다. 하나는 특정 사물이나 자연물을 매개로 삼아 그 존재의
근원을 탐색하는 유형이다. 이들은 제1부에 집중적으로 나타나는데, 시
인의 오랫동안 즐겨온 창작 방법론과도 관련된다. 일상적으로 보면 사
사로와 보이는 사물이나 자연물을 매개로 이루어지는 깊은 존재론적
사유의 편린들이 반짝인다. 다른 하나는 지금까지 살아온 인생 여정을
회고적으로 성찰하는 유형이다. 제2부의 시편들이 해당되겠는데, 이들
은 시인의 삶이나 가족, 또는 일상적인 생활을 모티브로 삼고 있다. 특
히 한평생 시를 쓰고 가르치며 열정적으로 살아온 자신의 삶을 고요히

관조하고 포용하는 자세가 두드러진다. 마지막 하나는 실제적인 여행을 통해 얻은 견문을 형상화한 유형이다. 제3부에 실려 있는 시편들이 대부분 여기에 속한다고 할 수 있는데, 올 여름 한달 여의 짧지 않은 기간을 중국과 일본 여행길에서 보냈던 시인의 실제적 경험에 토대를 두고 있다. 이들 외에 자신의 시 쓰기에 대한 태도와 의미를 정리한 시론시의 성격을 지닌 것들도 몇 편 보이는데, 2부에 실려 있는 「나의 방 세 개」, 「어느 달 어느 날」 등은 시인의 체험적 시론으로 읽을 수 있다.

2 이 시집의 아우르는 모티프는 여로 의식에 있다. 여행과 일상 속에서 존재의 본질을 찾아 끝없이 떠도는 자의 비애감과 탐구심이 골간을 이루고 있다. 이국에서의 낯선 체험, 지나간 삶에 대한 성찰, 사물을 통한 존재의 발견 등 시집의 주요 테마는 모두 노마드적 상상력과 관련된다. 이 시집의 시편들은 그러므로 길 위에서 펼쳐지는 존재론적 만화경이다. 인간은 유한자로서 언젠가는 사라질 존재이므로 그에게 영원한 집은 있을 수 없듯이, 시인에게 길 가기를 포기하게 할 만큼 완전하고 만족스런 세계란 있을 수 없다. 이 불만족이 시인으로 하여금 문을 열고 안주의 집을 나서게 하여, 끝나는 곳에서 다시 이어지는 기약 없는 길의 여행을 하게 한다. 그런데 시인의 여행은 일상인의 여행처럼 탈일상의 일과적 행위나 즐거운 유희, 또는 여가의 방편일 수 없다. 오히려 세상만사의 견문을 통해 깨달음을 얻어야 하는 고통스런 정신적 이니시에이션의 과정이다.

나는 최원규 시인의 삶과 시가 디오니소스의 여행에 잇닿아 있음을 발견한다. 디오니소스의 여행! 디오니소스는 희랍신화에서 포도 재배법과 즙 짜는 법을 발견한 죄로 자신이 살던 곳에서 쫓겨나 세계 각지를 떠돌다가 인도를 여행하면서 깨달음을 얻었던 주신(酒神)이다. 그런데 그는 이성의 신 아폴론을 멀리하며 방랑하는 시인들에게 감성과 정열의 시심을 불어넣어 주는 주신(主神)이기도 하다. 시인은 디오니소스처럼 사람들에게 허위로 가득한 의사(疑似) 진리의 세계를 무너뜨리고 새로운 진리를 찾아 나서는 존재이다. 일찍이 니이체가 디오니소스를 찬양하며,

> 모든 진리에서
> 추방되기를 얼마나 애타게 바랬던가를!
> 어릿광대일 뿐! 시인일 뿐!

이라고 격정적으로 읊었던 것도 새로운 진리를 찾아 떠도는 자의 열정과 방랑에 대한 관심이었다. 고정된 진리의 세계에 안주한 사람들은, 그를 세상의 질서에 안주하지 못하는 '어릿광대'라 놀리지만, 그러한 놀림이란 얼마나 어리석은 일인가? 세상의 질서에서 일탈한 초인으로서의 '어릿광대'를, 시인 디오니소스를 이해 못한 탓이다. 디오니소스의 영혼은 인간적 한계의 어리석음을 벗어나 차라리 기존의 '모든 진리에서 추방되기를 애타게 바라는' 시심으로 가득하다. 굳어버린 진리, 관습화된 진리, 창조성이 결여된 진리는 더 이상 진리일 수 없다. 랭보가 시인이란 견자(見者)라고 한 것도 결국 창조적 진리를 향한 디오니소스적인 열정과 다르지 않다. 불변의 진리를 인정하지 않으며 곧 부동의 자리에 머물지 않는 시인의 살아가는 방식은 따라서 여행이다. 시인은 욕망과 고통과 절망의 늪에서 자신을 건져 올려 자신을 길 위에 올려놓는다. 때로 자신의 육신을 벗어 던지고, 때로 이성을 학대하면서 새로운 진리가 있을 법한 곳을 찾아 나서는 방랑자이다. 이같은 삶의 방식에서 한시도 벗어날 수 없었던 최원규 시인은 자신의 인생 여로에 대해 다음과 같이 말한다.

암 그렇지
많이 다녔지, 하늘로
바다로, 숱한 길을 따라

그려!
많이 마셨지
술과 물, 몇 섬지기
논밭을 적실 만큼

그렇다말고
아름다움을 찾아
숲을 누비고 계곡에 올라 보았지
　　　　　　　——「오늘의 자화상」 부분

　기나긴, 그러나 돌아보면 일순간에 불과한 것이 인생이던가? 60여 성
상을 열정적으로 살아온 시인의 이같은 고백은 의미심장하다. 시인의
회고적 인생론으로도 읽히는 이 시구에서 나는 이 시집을 아우르는 의
미망을 발견한다. ‘암 그렇지, 그려!, 그렇다말고’의 투박한 일상적 어구
를 각 연의 모두에 세워놓고 자연스런 어법으로 자신의 인생 여정을
밝히고 있다. 이것은 동시에 시적 여정을 말한 것으로 볼 수 있는데,
그 근거는 3연의 ‘아름다움’에 있다. 1연에서 말하는 ‘길’을 따라 가는
‘하늘, 바다’로의 일평생 여정이나, 2연에서 말하는 ‘몇 섬지기/ 논밭을
적실 만큼’ 마신 ‘술과 물’의 체험은 다름 아닌 ‘아름다움’을 찾기 위한
것이었다. 예술가로서 시인에게 아름다움이란 곧는 진리이고, 시인은
그것이 있을 법한 ‘숲’과 ‘계곡’을 찾아 천지사방을 마다 않고 떠돌아다
녔던 것이다.
　그러나 길은 영원한 길일 따름. 길 위에 집을 지을 수 없는 것처럼,
시속에서 아르케로서의 아름다움을 찾고자 하는 시도는 늘 빗나가기

마련이다. 사실 어떤 위대한 시인이나 철학자의 시도도 늘 빗나갔다. 만일 그것이 단숨에 가능했다면 인류 역사에 그 많은 철학자도 시인도 존재하지 않았을 터이다. 그러니 영원한 추구심과 용기 그 자체가 유한계인 인간 세계에 철학과 시를 존재케 하는 소중한 질료이다. 시인이 위의 시를 "내 몸 한 구석에 남아 있는 것은/ 한 가닥의 담배 연기와/ 더러운 가래와 먼지가 남아 있을 뿐"이라고 마무리하는 것은 바로 이 같은 유한한 인간계의 본질을 깨달았기 때문이다. 이 깨달음은 유한자로서의 인간이 도달할 수 있는 최고의 경지 아니던가? 그리하여 다시 여행은 시작될 수밖에 없다. '가까울수록 부딪치며 아득히 멀어져 가는'(「파도를 보며」 부분) 진리를 향해 가다 보면, 언뜻 진리는 자신의 모습을 살짝 드러내 보여주기도 한다.

> ① 구천에서 솟아난 한 가닥 빛줄기
>   환히 산의 이마를 번쩍 비춘다
>
> ——「장백의 산정에서」 부분

> ② 지옥과 열반
>   너희는 실려가도
>   햇살이 남아 있어
>   황홀하고나 아름답구나
>
> ——「햇빛에 얽힌 어항」 부분

> ③ 아승기겁 오랜 세월 바다를 넘고 산을 건너
>   흙이나 돌이나 나무로 지탱되어 있다는 생각이 든다
>
> ——「바닷가 모래밭」 부분

이처럼 시인은 존재의 본질을 잡을 수는 없으나 언뜻 엿보는 즐거움으로 시를 쓴다. ①에서 시인은 '구천에서 솟아난 한 가닥 빛줄기'를 본

다. 빛이란 카오스적 상태에서 널부러져 있는 삼라만상에 우주의 질서를 부여하는 코스모스의 원리이다. 또한 ②에서 인간사의 최종 관심사인 '지옥과 열반'을 넘어서는 '햇살'이 황홀하고 아름다운 것도 그러한 본질적 질서의 세계를 엿본 자가 느끼는 즐거움에 다름 아니다. 그리하여 마침내 ③처럼 미물에 불과했던 '흙, 돌, 나무'가 '오랜 세월 바다를 넘고 산을 건너'서 '아승기겁'(阿僧祇劫)이라는 무한한 시간을 견디어내고 이승을 지탱하는 힘임을 발견하는 것이다. 이때 시인은 행자(行者)이자 견자(見者)가 된다. 시인은 세월을 따라 끝없이 걸어가는 여로에서 과거의 만남마저 '지금, 여기'와 함께 보는 능력을 가진다. 예컨대 시인이 현재 살고 있는 '갑천'이라는 자연과 젊은 시절 만났던 한성기 시인과의 만남을 하나의 문맥으로 형상화한 시에서 그런 능력을 단적으로 보여준다.

그대의 느슨한 허리 완만한 숨결
부드런 머리 포근한 가슴
풀섶으로 허리띠를 푼다

허망한 항구 선술집보다
정답게 잔 나눌 수 있는 허드렛집
빈 방에서 허리를 푼다

엉겅퀴 휘날리던 가을 강가
길고 아득한 강둑길
마음 놓고 허리띠를 푼다

거칠게 왈칵 큰 소리 내던
함경도 출신 서도 선생 한성기
대취하여 흰 고무신 벗어 던진 곳

안으로 흐르는 더운 숨결
한겨울 흩날리는 눈송이
쏟아져 범벅되어 흘러간다

　　　　　　——「갑천을 바라보며」 전문

이 아름다운 시에서 시인은 평소 간직하고 있던 자연과 인간에 대한
신뢰와 애정을 바탕으로 한 세상 읽기의 탁월한 능력을 보여 준다. 그
탁월함이 어디서 오는가를 알아보기 위해 각연을 분석적으로 읽어 보
자. 1연에서 갑천의 흐름을 인체의 허리, 머리(카락), 가슴 등의 메타포
로 형상화하고 있으며, 그것을 또한 허리띠를 푸는 자유와 평안의 이미
지로 제시하고 있다. 그리하여 마치 세상사에 지친 사람들이 허리띠를
푼 채 풀섶에 누워 휴식을 취하듯 갑천은 흐르고 있다는 것이다. 2연에
서는 술집 중에 가장 편안한 '허드렛집'에서의 음주 분위기와 갑천의
흐름을 대비시키고 있다. 복잡한 세상사를 잊고 가장 편안한 사람과 술
잔을 나눌 때 허리띠를 풀 듯 갑천은 그렇게 흐른다고 보는 것이다. 3
연에 오면 '강둑길'이 지배적 이미지로 제시되고 있는데, 갑천을 따라
펼쳐진 강둑길이 마치 허리띠를 풀어놓은 듯 '길고 아득'하게 느껴진
다. 물의 흐름과 긴 둑, 그리고 '허리띠'의 이미지가 자연스럽게 융합되
고 있다. 한가로운 천변이나 강가에 나가보면 물을 따라 둑과 사람이
함께 흘러가듯이.

　4연에서는 앞부분과는 달리 갑천의 흐름과 구체적 인간 이미지를 결
합시키고 있다. 여기 등장하는 '서도 선생 한성기'는 지금은 생존하지
않으나 이 시인이 살고 있는 고장 대전의 잘 알려진 시인이다. 지금은
저승으로 흘러간 그와의 만남을 회상하고 있는데, 시 전체에서 물의 흐
름 이미지가 유일하게 생략된 부분이다. 이것은 시상 전체의 휴지 기능
을 하면서, 동시에 갑천의 흐름은 속된 인간사의 인위로부터 해방됨을

뜻하게 된다. '대취하여 흰고무신을 벗어던지'듯 가야 할 인생길마저 잊어버릴 수 있는 갑천은 자유가 흐르는 공간이다. 그렇지만 무심한 갑천은 그래도 흐르니 따라 흐를 수밖에 없는 것이 자연의 이법이다. 물론 이때의 행려(行旅)는 무위자연의 이법에 맡겨진다.

그리하여 5연에서 인간의 '안으로 흐르는 더운 숨결'이 '한겨울 흩날리는 눈송이'와 함께 갑천의 물결과 '범벅되어' 흐른다고 본다. 즉 자연물로서의 '갑천'이 흐르는 이미지를 '허리띠를 푼다'라는 메타포를 통해 인간의 것으로 환치, 그것이 결국 자연과 인간의 변증법적 융합이 된다. 특히 이 시에서의 종결어인 '흘러간다'는 시의 테마 형성에 중요한 역할을 하고 있는데, 그것은 삶과 자연과 사물 모두가 행자(行者)의 속성으로 어우러져 있다는 세계 인식을 드러낸 것이기 때문이다. 여기서 하나의 의문이 생긴다. 이렇게 흘러가다 보면 어디에 다다를 것인가?

물의 흐름이란 결국 삶이란 더 큰 강줄기가 아니면 바다에 이르는 과정이다. 그러면 바다에 이르러 물의 운명은, 그 흐름은 끝나는 것일까? 그렇지 않다. 그 바다는 삶을 다시 일으켜 세우는 자정(自淨)의 공간, 혹은 더 큰 삶이 시작되는 새로운 공간이 아닐 수 없다. 그리하여 시인은 삶의 여행길, 그 끄트머리에 서 있는 죽음에 대한 인식을 적극적으로 수행한다. 즉 물의 종착역인 바다가 그러하듯이 죽음은 소멸의 공간이 아님을 시인은 말한다. 인생은 짧고 예술은 길다고 하지 않던가? 육신의 소멸 뒤에도 예술혼은 영원히 빛을 발하는 바, 시인의 죽음 뒤에는 시가 남는다. 어릴 적뿐 아니라 얼마 전에도 육신의 병고로 인하여 사경을 헤맨 적이 있는 시인의 이같은 의식은 자연스런 시적 형상화를 거친다. 인간이란 나이와 상관없이 늘 죽음과 곁에 사는 것일 뿐, 그렇기 때문에 인생은 더욱 가치 있고 소중한 것이다. 남는 문제는 그것을 정신적으로 초월하여 고귀한 인생론으로 승화시킬 수 있는가

하는 점이다.

> ① 죽음은 가장 멀리 있으면서
> 가까이 있는 돋보기 같다
>
> ——「병상일지에서」 부분

> ② 아, 그러나 산 자와 죽은 자
> 모두 조용히 썩고 나면
>
> 이승의 아침에 가장 향내 나는
> 이슬로 빚은 맑은 술이 가득하리
>
> ——「모두 조용히 썩고 나면」 부분

> ③ 아 이승에 남긴 흔적
> 바람에 날려간 깃털처럼
> 나도 쬐그만 풀씨로 남아
> 어느 하늘 날아다닐까
>
> ——「봄 뜰 앞에서」 부분

이 시집에 자주 드러나는 이같은 죽음의 이미지들은 하나의 생물학적 현상을 벗어난 자리에 있다. 또한 최근 젊은 시인들의 시에서 보이는 세기말적 죽음 의식이라는 시류적 엄살과도 다르다. 가령 ①에서 보이는 죽음의 인식은 삶의 가장 가까이 있는, 그리하여 삶의 일부로서의 죽음이다. 그 죽음은 마치 "이승의 보따리 두어 개/ 앞에 두고 어디라도 떠날 채비를 하"(「병실에서」 부분)듯이 자연스럽게 맞이할 수 있는 것이다. 이것이 삶의 소멸이라면 이토록 태연히 죽음을 말할 수 있을까? 그리하여 ②에서 '산 자와 죽은 자'는 큰 차이가 없다는 인식에 이른다. 산 자든 죽은 자든 절대적인 시간 앞에서는 모두 '조용히 썩'을 것이기 때문이다. 그 썩음은 마치 한 알의 밀알이 썩어 또다른 밀알을 만들 듯 "숨죽이고 어둠 속에 묻히는 것은/ 태어난 것"(「죽어가는 것들에 대하여」 부분)이라는 이치에 기대고 있다. 결국 시인이 사는 이승을 '맑은 술'로 가득 채워주며, 물과 누룩의 조화처럼 삶과 죽음마저도 혼곤히 하나가 되게 하는 것이다. ③에서 '쬐그만 풀씨'가 되어 '하늘'을 날아다니게 될 것이라는 죽음에 대한 가벼운 이미지는 이런 과정을 거쳐 태어난다. 삶과 죽음을 동일한 맥락에서 포용하여 이승의 삶을 더욱 고고하게 만들고자 하는 높은 정신의 표현이 아닐 수 없다.

이러한 죽음의 이미지는 겨울이라는 계절이나 황혼의 시간에 의지하기도 한다. 겨울이나 황혼은 흔히 죽음이라든가 몰락을 상징하지만, 이 시집에서는 그러한 일반적 표상성을 뛰어넘어 오히려 자연과 우주의 비의(秘義)를 읽을 수 있는 시간이다.

> ① 나뭇잎이 우수수 쏟아진
>   빈 가지에 걸려 있는 회색빛 하늘
>   겨울산 깊이 들어서면
>   갈수록 더욱 크게 눈을 뜨고
>   산짐승의 놀라운 울음만
>   깔려 있구나
>   이제사 네 눈처럼
>   뚜렷이 떠 있는 달아.
>
> ──「겨울산에 들어가며」 부분

> ② 모두 떠난 자리
>   아득한 고요
>   나는 별자리를 찾아 이곳에 왔네.
>
> ──「해질 무렵」 부분

겨울산은 울창하지 않다. ①에서 '나뭇잎이 우수수 쏟아진/ 빈 가지'
로만 남아 있는 겨울산으로의 여행은, 그러므로 '회색빛 하늘' 틈으로
들려오는 우주의 신비를 찾는 구도자의 공간이다. 인적이란 찾을 길 없
고 '산짐승의 놀라운 울음만 깔려 있'는 겨울산은 그대로 하나의 경건
한 성전이다. 어둠 속을 헤집고 '떠 있는 달'이 겨울산의 '눈'처럼 보이
는 것은 산 자체를 하나의 유기체로 읽어낸 결과이다. 이 논리적으로
설명될 수 없는 비경이 바로 온갖 사물이 나름대로의 존재 의의를 스
스로 간직하고 있을 뿐이라는 우주의 원리를 그대로 전해주는 공간이
된다. 마치 18세기 유럽의 낭만주의자들이 보았던 세계의 연속적 원리
를 다시 본 것이다.

그런데 이러한 발견은 어둠의 속세를 탈각하여 ②처럼 '별빛'에 이르
기 위한 구도의 몸짓으로 이어진다. 모든 것을 떨쳐버린, 모든 것이 홀
러가 버린 '아득한 고요'에서 새로운 존재의 의미를 찾아내려는 것이
다. 이 '고요'함은 인간적 오욕의 소리가 물러난 빈 상태로서 불가에서
말하는 제행무상(諸行無常)의 철저한 자기 부정을 통해 다다르는 참된
진리로서의 '空', 즉 진여(眞如)의 경지와 통할 수 있다. 색불이공 공불
이색(色不異空 空不異色)의 역설적 진리에 다다르고자 하는 의지가 '모
두 떠난 자리'에서 오히려 삶의 진리로서의 '별자리를 찾'고자 하는 실
천적 행위로 이어진 것이다. 이 '고요'를 향한 몸짓은 사물이나 자연물
을 통해서 그 속에서 인생과 생명의 신비를 인식하고자 하는 의지로
구체화된 행위로 나간다. 이런 구도의 발걸음 앞에 한낱 미물일지라도
의미심장한 영혼의 울림으로 다가든다.

　　　① 놈들은 마침내
　　　　문으로 들어선다
　　　　아픈 뼈마디를 절룩거리며

어디론가 가야 할 바람을 의지한 채
부질없이 뿌려대는 빗속을 가르며.

——「개미를 보며」부분

② 그냥 놓인 대로
그냥 쓰러진 채
꿈속의 꿈 그 갓으로
밀린 채 엎드려 산다

——「돌」부분

③ 너의 뼈 속에서
살갗을 뚫고 우러나오는
영혼을 부르는 목소리
다시 돌아와
내 귓전에 깊이 고인 채
나의 아픈 창자를 돌아
내 앞에 주저 앉는다

——「여름 까마귀」부분

　이들 시의 대상인 '개미'나 '돌', '까마귀' 등은 지상의 아무 곳에서든 쉽게 발견할 수 있는 무의미한 존재들이다. 즉 시적 대상이 될 만한 특이성이나 희귀성과는 전혀 거리가 먼 것들이다. 그러나 시인의 눈에는 이들이 존재의 본질적 형상을 드러내 주는 의미 깊은 것들이다. 삶과 자연의 진리는 어쩌면 이처럼 평범한 것들의 현현이다. ①은 위 시구의 앞부분과 함께 읽으면 무너진 건물터라는 폐허의 공간에서도 '아픈 다리를 절룩거리며' 마침내 자신의 보금자리인 개미굴의 '문'에 '들어서'는 것으로 되어 있다. 이때 '바람'이나 '비'로 표상된 반생명적인 것들이 강인한 생명력으로 무장한 개미의 삶을 방해하지 못한다. 생명의 원리란 이처럼 그 자체가 강렬한 것임을 시인은 말하고자 한 것이다. 또한 ②에서는 '돌'이라는 무생물적인 사물을 통해서도 존재의 의미를 밝히고 있다. '돌'로 제유된 우주의 온갖 사물들은 '그냥 놓인 대로' 있을 뿐이라는 즉자적(即自的) 존재 의의를 인식하고 있다. 때로 "흘러가는 물결 속에서/ 나도 그 속에 곤두박질치고 싶"(「벼랑에 박힌 돌」 부분)은 염원도 사물들이 어느 곳에 자리잡든 문제가 아니라는 인식과 관련된다. 다만 그들은 현실적 욕망을 초월하는 '꿈속의 꿈' 주위를 맴돌기에 더욱 의미 깊은 존재태가 된다. '꿈'이 현실의 공간에서 구체성을 띠고 나타난다면 그것은 이미 속된 욕망일 뿐, 더 이상 꿈일 수 없기 때문이다. 인간사의 궁극적인 도달처는 저마다의 가슴에 품고 사는 '꿈'의 세계가 아니던가. 이같은 존재태가 이제 시인의 내면으로까지 깊이 파고들 때, ③과 같이 '나'의 존재 의미를 구현해 준다. 여기서는 한동안 이 시인이 즐겨 사용했던 '뼈'와 '살'의 메타포가 등장하여 흥미로운데, 이들 중 '뼈'는 '영혼'이라는 정신성의 근원지로서, '살'은 그것을 잠시 감싸고 있던 껍데기로서 의미가 있다. 한때 김현승 시인에 의해 견고한 고독의 표상으로 읽혔던 '까마귀'가 여기서는 존재의 영혼을 표상하는 확산된 의미 영역을 구축하고 있다. 따라서 시인이 그 '까마귀'를 자신의 삶 '앞에 주저 앉'게 하고 있다는 사실은 이 시가 내면화된 인식의 시임을 말해 준다.

그런 인식은 이곳저곳 산만하게 흩어진 사물들의 의미를 밝혀 그것을 자신의 존재 의의로 수렴해내고자 하는 의도와 맞닿는다. 즉 이러한 사물 인식의 배후에는 시인이 스스로의 존재 의미를 반추하는 일과 마주친다. 내가 미물에 의미를 부여하는 것이 아니라 이제 미물이 나를 규정기도 하여 나와 미물이 하나가 된다. 가령,

매미는 여름 속을 헤집고 다니며 운다
매미는 날아간 새의 향방을 뒤쫓아 다니며 운다

> 매미는 절간의 뒷뜰 떡갈나무를 찾아다니며 운다
> 매미는 공회당 벽보 고시문을 찾아다니며 운다
> 매미는 공사장 인부를 찾아다니며 운다
> 매미는 한달 내내 나를 찾아다니며 운다
> ──「매미는 나를 찾아다니며 운다」 전문

라고 읊을 때, '매미'와 끝없는 탐구길 위에서 시적 대상을 '찾아다니며' 추구한다. 이 시는 시인의 시론시로 읽어도 무방하다고 여겨지는데, '매미'를 시인으로 규정할 경우 '매미'가 찾아다닌 '새의 향방'이나 '절간의 뒷뜰 떡갈나무', '공회당 벽보 고시문', 그리고 '공사장 인부'와 '나'는 모두 시를 통한 추구 대상을 밝혀준다. 시인이 '무엇'을 추구하는지 밝히는 일이 곧 비평의 중요한 임무 중의 하나라고 할 때, 이들이 어떠한 의미 표상을 담고 있는지를 알아보는 일은 시인의 시 세계를 정리하는 데 있어서 매우 긴요한 부분이다. 우선 '여름 속'이라는 무성한 계절에 '매미' 찾아다니는 것의 진폭을 주목할 필요가 있다. 공교롭게도 그 대상은 동식물과 인간, 그리고 자아의 정체성이라고 하는 자연과 삶의 영역을 총망라하고 있다. 즉,

    새 = 동물계
    떡갈나무 = 식물계
    공회당 벽보 고시문 = 현실계
    공사장 인부 = 인간계
    나 = 내면세계

와 같이 시어와 표상하는 세계와의 연관성을 상정할 때, 이 시는 시인이 탐구하고 있는 세계의 넓이를 말하는 것이다. 이같은 넓이가 최원규 시인의 시를 지탱한다. 이것은 "해와 달, 눈과 비, 밤과 낮/ 잠든 가슴의

그늘처럼/ 익히고 또 삭후"(「노간주나무」 부분)는 일에 매진하고 있는 시인을, "어디선가 낯익은 산새/ 후드득 하늘 속을 날으며/ 나를 돌아보"(「산에 오르며」 부분)는 것과 동일한 문의를 형성한다. 바로 그 같은 사물과 시인이 물아일체의 경지로 융화되어 글재의 비의를 읽어내는 작업의 클라이막스를 이룬다. 이제 시인은 어둠 속의 세상에서 다시, 아니 영원한 깨달음을 찾아 나선다. '벌레'로 표상된 스스로의 고뇌를 향해,

> 나의 몸 구석구석 쌓이는
> 고뇌처럼 뒹구는 한 마리 벌레
> 자꾸 안으로 움추리지 말며
> 환한 햇빛 속으로
> 날개를 달고 서서히 기어 나오렴
>
> ——「벌레에 대하여」 부분

이라고 했듯이, 시인은 때로 미물로 변신하여 '햇빛'이라는 코스모스의 삶과 그것에 대한 깨달음을 지향하며 자신을 부른다. '집'에서 움추리지 말고 '길'을 나서야 '햇빛'을 볼 수 있을 것인데, 사람과 세상의 본질에 대한 깨달음의 추구는 이같이 끝없는 길 가기의 시도를 통해서만 이루어진다. 시인은 '나'를 길 위에, 혹은 길의 종착역인 하늘에 "던질수록/ 거기는 하늘의 문턱/ 어두운 장막을 찢어버리고/ 햇빛은 몰려온다"(「자갈밭에서」 부분)고 하지 않는가?

③ 나는 앞서 시를 읽거나 쓸 때의 두 가지 문제를 말했다. 그들 중 나는 이 시집을 읽으면서 의도적으로 '어떻게'보다는 '왜'의 문제에 초점을 맞추려고 했다. 그것은 이 시집의 시편들이 미세한 감각이나 기교적 표현에 의지하기보다는 선 굵은 인생론적 성찰에 무게 중심을 두고

있다는 느낌 때문이었다. 사실 나는 최원규 시인의 시를 대할 때면 나름대로 긴장감을 느끼는 경우가 많았는데, 그 이유는 예상을 넘어서는 과감한 메타포나 불교적 색채가 물씬 풍기는 형이상학적 세계 때문이었다. 그러나 이번 시집은 그러한 긴장감을 하지 않아도 되었는데, 선남선녀를 향해 깊은 산사에서 울려 퍼지는 노스님의 설법처럼 고요한 관조와 통찰의 세계가 자연스럽게 펼쳐졌기 때문이다.

나는 이제 시인과 함께 한 여행을 마치려 한다. 논리와 이성보다는 직관과 통찰에 의지한 이 여행은 디오니소스가 세계 각국을 떠돌며 마침내 깨달음을 얻어 종교의 경지에까지 이르렀다는 사실과 대비된다. 다시 희랍에 돌아와 그 깨달음을 전파하며 사람들에게 삶과 사물의 본질을 깨닫게 전해 준 것처럼, 이 시인의 앞길에도 한 가지 일이 남아 있다. 시로써 사람들로 하여금 삶에 대한 깊은 성찰을 할 수 있도록 이끄는 일이 그것이다. 그러므로 시인은 다시 시를 쓸 것이고 써야 할 의무를 부여받는다. "제일 먼저 깨어나는 풀잎처럼/ 새벽 잠을 설친 잠에서 깨어나"(「나의 방 세 개」 부분) 시를 계속 써야 한다. 그러다 보면 "술을 권하는 사람"과 "시를 짐작해 주는 사람"을 만나 "어둠 속 알파를 그어가는/ 반딧불"(「어느 달 어느 날」 부분)을 계속 밝힐 수 있을 것이다.

여행은 끝났다. 볼 것도 많고 들을 것도 많았던, 오래도록 기억에 남을 만한 이 여행길에 독자들을 초대하고 싶다. 시인과 함께 여행길에서 만난 온갖 사물과 자연물, 그리고 사람들은 모두가 삶과 존재의 원리와 비의(秘義)를 간직한 것들이었다. 아니 정확히 말해 시인은 평범한 사람들의 눈으로는 미물 이상의 것으로 보이지 않는 그런 것들로부터 그 존재의 비의를 읽어내고 있었다. 따라서 시인은 떠도는 견자(見者)였다. 쉽사리 드러나지 않는 존재의 내밀한 원리를 포착하는 힘이 느껴지는 것이다. 다시 말해 이 시인의 삶과 시에는 큰 강물의 저류처럼 심연에서 울리는 깊이와 힘을 간직하고 있음을 발견할 수 있었다. 한편으로 고도의 존재론적 사유가 번뜩이는가 하면, 다른 한편으로는 인생에 대한 원숙한 통찰이 일종의 화두처럼 가슴으로 다가든다. 나는 이제 말하고 싶다. 최원규 시인은 그 동안 많은 길을 걸어 왔고 또 앞으로도 무수한 길을 걸어갈 것이다. 돌고 도는 윤회의 비밀도 알고 보면 뫼비우스의 띠처럼 끝없이 이어지는 길의 순환과 다르지 않다. 이제 지금까지 걸어온 길을 더욱 다지고 고르는 일과 새로운 길을 트는 일이 남았을 뿐이다.

나는 언젠가 시인이 내게 건네준 말을 소중한 말을 기억한다. 훌륭한 시란 독자에게 감동을 주는 것이어야 한다고 한 적이 있다. 이 말은 잡스런 해설이나 현학적 분석에 의지하지 않고도 그 자체가 놀라운 감동을 주는 시를 지향한다는 말과 다르지 않다. 그의 말에 동감하는 나는 독자들에게 이 글은 읽지 않아도 좋다고 말하고 싶다. 다만 혹시 시집를 다 읽고 난 후에 느끼는 감동의 여운을 연장하고 싶거든 여유롭게 읽어보라고 말하고 싶다. 횔더린과 릴케 시의 재창조자 하이데거는, 모든 해설의 최후의 가장 어려운 대목은 시의 순수한 존립 앞에서 해설의 언어가 자취를 감추는 일이라고 말한 적이 있다. 옳은 말이다. 나는 해설보다는 재발견을 하려고 노력해 왔으나, 이 글이 나의 뜻과는 일치했는지는 내가 판단할 일이 아니다. 왜냐하면 나의 이 글도 역시 시에 놓여진 무수한 길의 한 귀퉁이를 따라가 본 여정이었으니까. 그렇지 않은가, 떠도는 디오니소스여!

어느 정신주의자의 사랑 노래
—신협의 시정신과 사랑

[프롤로그] 나는 지금 어느 정신주의자를 만나러 간다. 그를 만나기로 한 곳은 『다시 사랑을 위하여』(새미, 1998)라는 시의 집이다. 그곳에 가면 아름답고 웅숭깊은 사랑 노래를 들을 수 있으리라. 삶과 죽음의 씨알이 될 법한 노래를. 나는 그 노래를 들으며 깨끗하고 하이얀 사기 찻잔에 따뜻한 녹차를 담아 마시고 싶다. 노랗게 우러난 녹차의 은은한 향기와 어우러지는 노래를 듣고 싶은 욕망으로 나는 아침 햇살을 걸어 시집의 문을 연다.

결코 화려하지 않은 시의 집에 한 정신주의자가 살고 있다. 그는 오래된 탁자가 놓인 어두운 공간의 구석에서 조용히 스스로를 불태우는 촛불을 바라보고 있다. 나는 촛불 곁에 앉아 있는 그를 바라본다. 그가 촛불을 바라보는 표정은 바슐라르를 닮았다. 명상에 잠긴 듯 들릴 듯 말 듯 시를 노래하던 그도 시간의 흐름에 따라 어느새 촛불이 된다. 촛불의 안쪽, 그 내연(內燃)의 공간에서 불타는 심지처럼, 그는 불꽃 안으로 들어가, 뜨거운 불의 씨가 되고자 한다.

① 신협 시인은 지금까지 『변명』, 『낙엽으로 돌아와서』, 『물가에 앉아서』, 『어린 양에게』 등 4권의 시집을 상재했으며, 이들 중 특히 『물가에 앉아서』는 노장적 달관의 경지를 수준 높게 보여주어 시단의 관심을 끈 바 있다. 그 동안 이 시집들에 대해서는 "표현의 묘미보다는 의미의 내면에 깊이 뿌리를 내리고자 소망"(정한모), "언어에 대한 극도의 정신적 집중을 통해서 서정시의 본령을 잃지 않았던 것"(권영민), "순리주의자이자 윤리 의식의 시"(이숭원), "비움과 버림의 시"(서정학) 등으로 평가되어 왔다. 이들 평가의 공통 분모는 경박스런 기교주의를 멀리하여 정신적 가치를 중시한다는 점으로 정리될 수 있을 것인데, 이런 점에 있어서 신협 시인은 초지일관한 시 세계를 일구어 왔다고 볼 수 있다. 무게 중심이 분명한 이 시인의 시는 이런 의미에서 선비 정신의 꼿꼿함을 그대로 빼 닮았다.

이번에 출간하는 시집도 큰 테두리에서 보면 앞의 시집들과 같은 맥락으로 읽힌다. 다만, 앞의 것들에 비해 삶의 연륜으로부터 우러난 인생론적 성찰이 더 넓고 깊은 정신 세계를 구축하는 질료로서 작용하고 있다는 점이 미세한 변화로 읽힌다. 이 시집을 세상에 내놓는 시기가 공교롭게도 시인의 나이가 화갑에 이르는 해임은 예사롭지 않다. 이순(耳順)을 넘긴 시인답게, 그의 귀와 시는 순하지만 그렇지 못한 것들에는 단호하다. 그의 이순은 그 동안의 인생 역정에서 우러난 경험의 소산이기도 하지만, 기어이 순한 세상을 듣고자 하는 그의 의지에서 비롯된 것이기도 하다. 전자가 시로 옮겨질 때 세상 만사를 관조하는 상상의 세계가 펼쳐지며, 후자가 시로 옮겨갈 때 부정한 세상에 들이미는 강한 비판의 칼날이 번쩍인다. 지금까지 그래왔듯이 그의 시는 부드럽지만 심지 없는 연약함을 동반하지는 않는다. 부드러운 물이 물대포 같은 폭포를 만들고, 그 부드러운 물이 혁명과 같은 분수를 이루듯이, 그

의 부드러움은 힘의 원천이다. 외유내강(外柔內剛), 혹은 강한 부드러움
의 시학이 그의 시를 지탱한다.

　나는 앞서 신협 시인을 정신주의자라 했다. 그의 정신주의는 시의 입
장에서 말할 때 포에지, 즉 시정신이 된다. 다음과 같은 시인의 말은 그
의 시정신을 이해하는 데 도움을 준다. 가령,

　　시정신은 살아있는 정신이요, 깨어있는 의식이다. 따라서 **불꽃처
**　**럼 타오르는 정신이요, 칼날처럼 날카로운 비판 정신인 동시에 모
**　**든 것을 포용하는 사랑의 정신**이다. 그러므로 시정신은 **감성과 지성
**　**의 조화**에서 찾을 수 있다. 또 **현실 인식이나 역사 의식**도 비판정신이
　있다는 점에서 시정신과 같다고 할 수 있다.(강조-필자, 이하 마찬가지)

라고 말했을 때, 시에서 가장 중요한 것은 형식적인 의장이 아니라 정
련된 포에지라는 것이다. 이 발언은 시정신에 관한 시인의 여덟 가지
정의(시인이 스스로 정의한 시정신을 요약하여 제시해 보면 다음과 같다. 시정
신은 첫째, 내용을 중심으로 한 형식과의 총화이다. 둘째, 한 시인의 모든 작품에
흐르는 주제의 총화이다. 셋째, 사상의 시적 형상화를 통해 시를 시답게 만드는
시의 본질이다. 넷째, 살아있는 정신, 깨어있는 의식으로서 비판과 사랑의 정신이
다. 다섯째, 진실성 위에서만 나타날 수 있는 미적 감동의 상태이다. 여섯째, 시
대를 초월하는 불멸하는 시인의 혼이다. 일곱째, 체험에서 얻어진 현실의식이나
역사의식을 바탕으로 한다. 여덟째, 생명있는 정신이다. ; 『현대한국시연구』, 국
학자료원, 1994, 20-22쪽) 중 네 번째의 것이지만, 이번 시집 전체의 내용
을 함축하고 있기도 하다. 강조한 부분을 보면 그가 말하는 시정신의
요체가 잘 드러난다. 즉 시정신이란 '불꽃처럼 타오르는' 정열, '칼날처
럼 날카로운' 비판, '모든 것을 포용하는' 사랑의 정신이라는 것이다.
이때 정열과 비판은 사랑의 기본 자질이며, 그 사랑은 그가 오랫동안
강조해 온 시정신의 고갱이이다. 이런 입장에 선 이 시인에게 시의 기

교적, 형식적 의장은 중요하지 않다. 그는 '육체를 버리고 영혼이 되'(「변신」)고자 하며, '육신은 없이 다만 영혼으로 존재'(「제오계절」)하는 세상을 꿈꾼다는 사실이 이를 증거한다. 시의 '육체(육신)'가 기교라면 '영혼'은 정신이므로, 정신주의자인 그는 시에서 시정신을 의도적으로 지향할 수밖에 없다.

그런데, 신협 시인의 정신주의는 편벽스런 관념주의와는 다르다는 점을 지적해야겠다. 그가 추구하는 정신주의란 근대적 이성주의나 정치적 이데올로기가 아니다. 그것은 광기어린 집단적인 열정과는 거리가 먼, 차라리 자기 안을 다스리는 단단하고 뚜렷한 개인적 신념이다. 그것은 일찍이 임마누엘 칸트가 말하고, 시인이 다시 말한 '감성과 지성의 조화'를 매개로 하는 미학적 차원(마르쿠제/ 김인환 역, 『에로스와 문명』, 나남, 1987, 154쪽)이다. 시가 미학을 바탕으로 삼지 않으면 생경한 구호나 관념의 진술, 내지는 일상어의 수준을 벗어날 수 없다. 아무리 고상한 정신주의도 시적 형상화의 과정을 거치지 않는다면 예술적 미감을 발휘할 수 없다는 것은 상식에 속한다. 이것이 바로 시인의 시정신이 관념적 정신주의와 구별되는 자질이다.

또한 이 시인이 강조하는 '현실 인식과 역사 의식'도 현실과 역사에 대한 사랑을 바탕으로 한 시정신의 지배소이다. 이 점은 그의 사랑이 단순한 이성애적 에로스를 넘어 더 큰 세계를 향하는 큰사랑이라는 사실을 말해 준다. 그의 현실과 역사에 대한 사랑은 찬양보다는 비판의 포즈를 취한다. 부정한 시대 현실에 대한 단호한 비판 의식을 그의 시에서 찾아내는 일은 어렵지 않다. 그런데 진정한 비판이란 그 대상에 대한 애정을 밑자리에 깔고 있어야 하는 것이다. 그렇지 않을 경우 그것은 객쩍은 비난의 수준을 넘어서지 못하는 법이다. 따라서 그의 시대에 대한 비판은 그것에 대한 깊은 사랑으로부터 나온다. 사랑의 시정신은 이처럼 넓고 깊다.

　시인은 다른 산문을 통해서도 이러한 시정신의 중요성을 자주 강조해 왔다. 가령 제3시집 『물가에 앉아서』에서 시인이 스스로 '맹물시론'으로 제시했던 '시정신이 풍부한 시'나, 제4시집 『어린 양에게』에서 제시했던 '쉽고도 어려운 시'는 모두가 자신의 시(혹은 창작 과정)에서 시정신에 무게 중심을 두고 있음을 말한 것이다. 그러니까 신협 시인의 시정신에 대한 집착은 아주 오래된 옹두리처럼 단단하며, 그것은 그의 말대로 '한 시인의 모든 작품에 흐르는 주제의 총화'로서 그의 시에서 아직도 변하지 않는 기본틀로 작용한다.

　② 신협은 사랑의 시인이다. 마땅히 그의 시정신은 사랑을 고갱이로 삼는다. 에리히 프롬은 오늘날과 같은 비인간화 사회를 인간적인 사회로 돌려 놓기 위해서 우리 인간이 진정으로 추구해야 할 것은 사랑(에리히 프롬/임영빈 역, 『사랑의 기술』, 민우, p.171)이라고 말한다. 사랑을 매개로 삼아 자기 자신을 세계와 관련시키려고 부단히 노력하는 인간을 지향해야 한다는 것이다. 이를 위한 사랑의 방식은 다양하다. 사랑에는 대상이나 지향점, 혹은 특성에 따라 여러 가지 형식이 가능하다. 조국애, 민족애, 가족애, 종교애, 운명애, 자연애, 자기애, 이성애 ; 플라토닉 러브, 에로틱 러브 ; 아가페, 에로스 등이 모두 사랑의 외연적 범주이다. 신협 시인의 이번 시집의 경우 이들 사랑의 항목들이 다양하게 변주되고 있다.

　사랑이란 남녀노소를 가릴 수 없는 인간의 보편적 욕망이자 시의 영원한 테마이다. 위대한 시인일수록 사랑을 적극적으로 노래하는 까닭이 여기 있다. 일류 시인은 멋진 사랑시를 쓸 수 있는 능력을 가진다. 사랑을 모르는 자 어찌 시인이라 할 수 있을까? 일찍이 신협 시인은 「물」 연작시의 모두(冒頭)에서 사랑에 대해 "물에서 사랑을 빼면/ 우주는 빈 껍질"이라 노래한 바 있다. 물은 곧 우주이고 여기서 사랑을 제거하면 빈 껍질에 불과하다는 이 거대한 메타포에서 그의 사랑에 대한 오래된 신뢰감을 엿볼 수 있다. 이번 시집『다시 사랑을 위하여』에도 사랑이 넘친다. 천박하고 멋모르는 사랑이 아니라, 고상하고 따뜻한, 그러나 정열적인 사랑으로 가득 채워져 있다. 그 사랑을 슬그머니 엿보자.

이번 시집의 세부 테마는 우선 이성애의 형식을 취한다. 그러나 이들 사랑 노래의 내용이나 지향마저 이성만을 지향하는 것은 아니다. 이성애적 표현을 빌린 형이상학적 사랑이 내포되어 있다고 볼 수 있는데, 그 이유는 이성애에서 흔히 나타나는 독점의 욕망이나 에로틱 이미지가 드러나지 않기 때문이다. 그만큼 그의 사랑시는 안으로 들어갈수록 미지의 것들로 가득찬 비밀의 세계이다. 그의 사랑은 그만큼 내밀함을 특징으로 삼는데, 제1부인 "사랑하는 법" 연작시를 통해 시인은 사랑에 대한 인식을 뚜렷이 보여준다.

> 사랑은 눈에서 마음으로
> 배가 항구에 다다르듯이
> **은밀하게** 건너가는 법
> 아니면 속삭이듯이
> 사랑은 그렇게 **은밀한** 눈짓으로
> 건네주는 법
>
> ——「사랑하는 법 1」 전문

이처럼 시인의 사랑에 대한 생각은 감각적 육체성에서는 멀리 떨어져 있다. 위에서 '항구'라든가 '눈짓'이라는 말 등의 구체어들이 등장하지만, '은밀'이라는 말의 함축적 의미를 따라잡지 못한다. 최근의 젊은 시인들에게서 보여지는 육체적 이미지의 감각화를 통한 탈정신적 사랑

시와 구별되는 대목이다. 그러나 분명한 것은 진정한 사랑이란 육체적 본능이 아니라 정신적 승화이다. 정신이 없는 육체는 물질 이상의 의미를 지니지 못한다. 이 시에서 시인의 사랑이 '은밀한 눈짓'이 되어 광막한 사랑의 정신 세계를 응시하고 하는 것은 이러한 까닭이다.

자신의 모든 것을 조건 없이 드러내 주는 것이 사랑일진대 은밀하지 않을 수 없다. 은밀은 오직 하나뿐인 진실한 사랑의 소통 방식이다. 진실은 복제될 수 없는 하나뿐이기에 은밀하지 않고는 사랑하는 이에게 전할 수가 없다. 세상엔 아직, 안타깝게도, 거짓 사랑이 더 많고, 진실은 누구에게나 아무렇게나 나누어 줄 수 있는 거친 빵 조각이 아니기 때문이다. 이 짧은 시에서 두 번이니 사용된 '은밀'이라는 말은 그러므로 진실과 이음동의어이다. 다른 시에서도 '사랑은 오직 진실한 것'(「사랑하는 법 7」)임을 천명하고 있지 않은가?

또한 진실은 은밀하므로 시끄럽지 않고 조용한 법이다. 진실이 말 없는 침묵의 모습이라면, 거짓은 자신을 시끄러움이라는 변장술로 포장하기 마련이다. 따라서 진실한 사랑은 무형의 마음을 그저 건네줄 뿐이다.

> 사랑은 **말없이도**
> 꿀벌이 꽃에서 꿀을 옮기듯
> **넌짓이** 가슴으로 건너가는 법
> 달빛이 강을 비추고
> 물결은 잠들어
> 바람 소리 들리지 않는데
> 사랑은 물안개처럼 **남모르게**
> 건네주는 법
>
> ——「사랑하는 법 2」 전문

이 사랑도 은밀하다. 여기서 ‘말없이’, ‘넌짓이’, ‘남모르게’ 등은 앞의 시 ‘은밀’과 계열체를 이루는 시어들이다. 이들은 다시 시인의 사랑이 내밀한 깊이를 간직하고 있음을 드러내 준다. 깊은 강물의 은은한 흐름 속에 역동하는 힘이 내재하는 것처럼, 시인의 사랑도 조용하지만 내연의 불꽃처럼 안으로 안으로 타 들어간다. 불씨가 확대되어 불이 되는 것이 아니라, 무변의 불꽃이 단단한 불씨가 된다. 블랙홀과 같은 흡인력을 머금고 있는 이 불씨가, 때에 따라서는 화이트홀과 같은 무한한 폭발력을 발휘할 수도 있다. 사랑은 거대한 힘도 되고 뜨거운 열정도 되는 것이다.

> 사랑은 물방울처럼
> 바위도 뚫는 힘이 있다.
> 폭포 아래 바위처럼
> **물의 힘**은 바위조차 뚫는 법
> **사랑의 힘**은 산을 움직이고
> 바윗돌을 뚫고 쇠도 녹이는 법
> 사랑은 **만유인력**
> 서로 끌어당기는 힘
> 별은 별을 끌어당기고 쇳물은 쇠를 먹어버리는 법
> ——「사랑하는 법 8」 전문

이토록 강렬한 사랑이 있다. 사랑은 ‘바위조차 뚫는 물의 힘’처럼 위대하다. 따라서 ‘사랑의 힘’은 곧 물의 힘이고 그것은 ‘만유인력’과도 같이 서로를 끌어당긴다. 이 부분에서 나는 재미있고 의미 깊은 사실을 한 가지 발견한다. 이것은 시인이 한동안 몰입했던 ‘물’의 시학도 따지고 보면 ‘사랑’에 그 뿌리를 내리고 있었다는 사실이다. 그랬다. ‘물’과

같은 자연의 변화무쌍하고 다의적인 형질이 인간사로 흘러들면 ‘사랑’
이 되는 것이다. 노자가 『도덕경』 8장에서 말한 ‘상선약수(上善若水)’의
경지는 다름 아닌 ‘물’ 시학의 끝간데이고, 인간이 가장 선한 경지에 이
르고자 하는 욕망은 ‘사랑’ 시학의 클라이막스이다.

　사물과 사물이 당기는 힘이 거역할 수 없는 우주의 원리인 것처럼,
사랑하는 이들이 서로를 갈구하는 마음은 어쩔 수 없는 세상의 이치이
다. 사랑은 ‘스스로 내연하는 몸짓으로 불태우는’(「사랑하는 법 6」) 힘
으로 그(녀)에게 다가가려는 것이다. 왜? 사랑은 삶과 죽음의 씨알이 되
는 가열찬 정신 활동이기 때문이다. 그 씨알에서 인간의 삶은 가지를
뻗고 뿌리를 내린다. 시인은 사랑으로 시를 쓰며 살고 죽는다.

　　　　사랑할 때 눈빛은 맑아지고
　　　　사랑할 때 말은 힘이 있었다
　　　　사랑했기에 후회없었고
　　　　사랑했기에 행복했었다

　　　　기다림은 아름다운 것
　　　　기다림보다 더 아름다운 건
　　　　사랑 때문에 죽는 일이다.

　　　　아카시아 꽃향기는 그윽한데
　　　　또 어쩌자고 꽃잎은 강물따라 흘러가는가

　　　　사랑은 아름다운 것
　　　　사랑보다 아름다운 것은
　　　　사랑을 위하여 사는 일이다.
　　　　　　　　　　　──「사랑보다 아름다운 것」 전문

보라. 세상에서 가장 아름다운 것은 '사랑 때문에 죽는 일'과 사랑 때문에 사는 일'이라 하지 않는가. 이것은 스무 살 청년의 말솜씨이다. 사랑은 연륜을 초월한다. 사랑은 청년의 심장처럼 뜨거운 피가 용솟음치는 온혈 동물과 같다. 이때 '기다림'의 지루함과 소극성은 '사랑 때문에 죽는 일'로서 끝장 난다. 이 끝장은 물론 사랑의 종결이 아니라, 사랑의 승화요 완성이다. '사랑은 영원을 부르며/ 오늘을 살아갈 때/ 죽음도 넘어서는 법'(「사랑하는 법 3」)이니까.

그런데 진정한 사랑을 간직한 이는 사랑하는 사람의 죽음을 원치 않는다. 죽어 혼령이 되어서도 사랑하는 이의 남아 있는 삶마저도 소중히 사랑한다. 사랑은 소유가 아니고, 사랑은 욕망이 더더욱 아니기 때문이다. 이 시에서 화자의 사랑하는 이는 죽었으나, 자신의 죽음을 목전에 두고 아마도 화자에게 더욱 아름답게 살아야 한다고 말했을 것이다. 이것이 사실이라면 '사랑을 위하여 사는 일'은 사랑하는 이의 간절한 소망을 사는 아름다운 일이다. 남아있는 자는 먼저 떠난 이가 간직한 죽음마저 괘념치 않는 깊은 사랑을 가슴에 품게 되고, 이때 '모든 것을 가진 듯이 풍성'(사랑하는 법 4」)해진다. 시인의 삶은 죽음마저도 초월하는 사랑으로 동력을 얻고 있었던 것이다. 시인이 사랑하는 이에게 주었던 그 사랑처럼.

나는 이제 말할 수 있다. 사랑하는 이의 부재(不在)는 더 큰사랑의 씨알이라고. 진정한 사랑은 사랑하는 사람의 부재까지도 사랑하는 것이다. 이 말은 말로서는 평범하지만, 그것을 체험적 삶으로 산다는 것은 오랜 이별의 고통을 감내하며 사랑을 승화시켜 본 자만이 할 수 있다. 왜냐하면 그(녀)와의 이별 뒤에 파도처럼 밀려드는 공허감이나 그리움도 사랑의 내밀한 공간을 구성하는 질료이기 때문이다. 나는 시에 의지해 다시 말할 수 있다. 이별 없는 사랑이 어디 있으며, 이별 후에 망각되어 버리는 것이 어찌 사랑일 수 있는가? 사랑은 오히려 이별 후에 더욱 깊어지는 법이다.

> 임 떠난 **빈 자리**
> 바다만큼 넓고
>
> ——「늦가을」 부분

> 하늘에 박혀 있는 **별**을 보며
> **당신의 눈동자**를 그려봅니다.
>
> ——「별을 바라보며」 부분

　이처럼 임의 부재에 대한 인식은 시집에 자주 보이는데, 특히 2부인 "목숨의 불빛으로 부르는 노래" 부분에 집중되어 있다. 위의 인용시 외에도 2부의 13편 모두와 「별을 바라보며」, 「목숨의 불빛으로 부르는 노래」, 「빈 자리」, 「코스모스」, 「우리는 가끔 강물을 들여다 본다」 등은 사랑하는 이와의 이별로 인한 허무감을 노래하고 있다. 이것은 시인의 개인사를 굳이 끌어오지 않더라도, 인간 보편의 심사, 즉 사랑하는 이의 부재로부터 오는 아쉬움과 아픔을 형상화한 것으로 볼 수 있다. 그대 떠난 '빈 자리'가 어찌 '바다'만 할까. 하늘의 '별'에서도 '당신의 눈동자'를 그리며 그리움으로 사랑을 한다. '가버린 사랑'(「코스모스」 부분)의 상실감과 쓸쓸함은 크지만 시인에겐 그것마저 사랑이다. 사랑은 만남과 이별, 삶과 죽음마저 감싸 안을 수 있는 거대한 힘이니까.

　그리하여 시인은 오르페우스와 닮는다. 그리이스 신화에서 아내 유리디케의 죽음 앞에 망연한, 그러나 쉽게 포기하지 않는 오르페우스의 모습과 다르지 않다. 오르페우스가 리라를 연주하며 하계(下界)의 신들 앞에서 불렀던 노래처럼, 시인의 아내에 대한 사랑은 모든 살아 있는 삶(또한 죽음마저도)을 지배하는 열망이 된다. 그런 사랑으로 혼자 남아 시를 쓴 것이다.

이제 이 사랑의 수행자는 사랑하는 이와의 이별에서 더 큰사랑을 얻었다. 나아가 '사랑하던 그대/ 이 세상엔 안 보이'(「조각달 임아」)지만, 진정한 '사랑은 멀리 떨어질수록 커지는 것'(「사랑 3」)이라는 인식에 닿는다. 이 커다란 사랑은 드디어 초시간적 영원의 경지에 다가선다. 사랑은 시간의 계곡을 뛰어넘는다.

> 아름다운 천국
> 이승의 괴로움 사라지고
> 영혼은 하나님 곁에서
> **영원한 사랑**
> 찬란한 아침 햇빛처럼
> 그대는 한 송이 꽃으로 피어나리
> ——「그대는 꽃으로 피어나리」 부분

시인의 사랑은 이처럼 '이승'과 '천국'을 넘나드는 '영원한 사랑'이다. 그러니까 사랑하는 이의 부재는 사랑의 유무에는 전혀 지장을 초래할 수 없는 것인 바, 오히려 사랑의 영원성을 지탱해 주는 버팀목이 된다. 더구나 '하나님 곁에서' 이룬 사랑 아닌가? 이 시구는 시인의 사랑이 속세의 순간적인 것이 아니라, '살아있는 주님'(「밤하늘의 별」 부분)을 향한 것과 다르지 않은 것임을 드러낸다. 아니, 이성에 대한 것마저도 절대적인 신앙의 경지에까지 근접시키는 힘이 있다.

따라서 시인의 사랑은 아가페적 속성을 갖는다. 사랑은 자신의 것을 송두리째 던지는 끝없이 주는 것이며, 오직 자신을 불태워 상대를 밝히는 희생적인 속성을 지닌다. 이 아름다운 사랑은 경박스런 속물성에서 멀리 달아난다. 속된 사랑은 주는 만큼 받기를 원하지만, 진정한 사랑은 주기만 할 뿐 받으려 하지 않는다. 아니, 받으려 하지 않을수록 오히려 많은 것을 얻는 역설적 사랑이다. 무엇을 얻는가? 그것은 사랑의 기

쁨이다. 사랑하는 이가 아무 것도 주지 않아도 이미 기쁨이라는 큰 선
물을 받으니 더 이상 무엇을 바라겠는가?

<blockquote>
사랑은 받는 것이 아니라 **주는 것**

──「사랑하는 법 4」 부분
</blockquote>

<blockquote>
셈도 모르고 **희생**만이 즐거운 법

──「사랑하는 법 9」 부분
</blockquote>

어떠한 표현 기교도 찾을 길 없는 이 평범한 말은, 같은 말일지라도
세상을 속없이 떠도는 말과는 다르다. 이것은 이미 삶과 유리되지 않는
인생관이자 세계관으로 시인의 가슴 깊은 곳에서 우러나왔기 때문이다.
시인은 다른 시에서도 거듭 말한다. '사랑이란 받는 것이 아니라 오직
주는 것'(「사랑하는 법 6」 부분)이고, 사랑은 '어머니의 희생같은 것'(「
사랑하는 법 10」 부분)이라고. 이같은 동어 반복은 시인의 사랑이 '주
는 것'과 '희생' 이외에는 다른 그 무엇일 수 없다는 사실을 다시 한 번
확인시켜 준다. 이런 사랑이 시를, 아니 삶을 지탱한다.
　시인의 사랑은 이성애, 혹은 이성애로 포장된 형이상학적 사랑에 그
치지 않는다. 그의 은밀했던 사랑은 역사와 현실이라는 개방된 공간으로
나서기도 한다. 시인은 단아한 서정시를 즐겨 써 왔고 그러한 속성은 이
시집에서도 변함없지만, 어지럽고 부정한 세상을 발견할 때는 날카로운
칼날 같은 사랑을 치켜든다. 이때 그의 사랑은 단호하고 냉철하다.

<blockquote>
서른 여섯 해 동안의 **치욕**을 **상기**하면서
오늘은 이렇게 네 머리를 밟고 서서
후지산 정상에 태극기를 꽂았다.

──「후지산 분화구」 부분
</blockquote>

> 불을 삼키면서 쇠를 두들겨 본 사람만이
> **혁명**이 얼마나 뜨거운가를 안다
> **도가니 속에 설설 끓는 쇳물**
> 쇳물은 식으면 **쟁기도** 되고 **호미도** 된다
>
> ──「대장간에서」 부분

  시인은 그 동안 「산」 연작시를 통해 보여주었듯이 산을 매개로 시 쓰기를 즐겨했다. 시인에게 산은 숨가쁜 일상을 벗어나 정신적 초월을 통해 삶의 진솔함을 추구하는 공간이었다. 국내외의 명산을 답사하며 그는 구도자와도 같은 명상을 시로 생산해 낸 바 있다. 그러나 「후지산 분화구」에서의 산은 그러한 산과는 사뭇 다르다. 아마도 일본 관광 길에 후지산에 갔지만 그의 마음은 더욱 무겁고 복잡해진다. 산에 와서 마음이 무거워진다? 그럴 수 있다. 한때 우리 민족의 정기를 짓밟았던 이민족의 영산이기에 그러하다. 아마도 시인은 이등박문은 조선 땅에 들어오기 전 이 산에 머리를 조아리고 배에 올랐을 것이라는 생각을 했는지 모른다. 그리하여 시인은 후지산에서 다른 산에서와는 달리 민족적 울분과 극일 정신을 가다듬는다.

  이같은 민족애가 뒤의 시에서는 역사에 대한 거시적 안목으로까지 확산된다. 혁명가적 상상력을 기반으로 대장간의 '설설 끓는 쇳물'에서 혁명을 유추하는 시인의 역사 의식은 독특하고 뜨겁다. 신동엽의 「껍데기는 가라」에 비견되는 이같은 상상력은 문학의 역사에 대한 성찰과 전망의 우수성을 보여준다. '향그런 흙가슴만 남고/ 그 모든 쇠붙이는 가라'고 외쳤듯이, 정의로운 역사를 멍들게 했던 '음모와 반란'(「대장간에서」 부분) 등 모든 부정한 것을 녹여버릴 수 있는 정의의 불도가니가, 우리의 역사에 필요불가결한 것임을 시인은 말한 것이다.

요컨대 위의 시에는 '쇳물'이 그 뜨거운 혁명적 열정으로 반역사적인
것들을 무너뜨리고 흙과 조화를 이루는 '쟁기'나 '호미'와 같은 평화와
생명의 도구로 변전해야 한다는 의지가 담겨 있다. 이와 관련, 시인이
간직하고 있는 당대적 시대 의식 또한 열렬하다.

> 배를 막아서자
> 비린내를 막아서자
> **우루과이 라운드**는 홍수처럼
> 우리의 옥토를 황폐하게 한다
>
> ——「홍성에 가서」 부분

> **아이·엠·에프** 한파 속에
> 초췌한 얼굴 허탈한 어깨
> 넥타이는 가방 속에 구겨넣고
> 치솔과 치약만은 체면을 내세운다
>
> ——「1998년 봄-②서울역 대합실」 부분

무역 개방이라는 미명하에 농촌을 황폐화시켰던 '우루과이라운드'와
국가경제를 도탄에 빠뜨린 '아이·엠·에프'는 최근 우리 사회에서 산다는
것을 고통스럽게 만들었다. 이들은 단지 경제적인 어려움에 그치지 않
는다. 민족 자존심을 상하게 하고, 생존 자체를 위협하는 처절함을 가
져다주었다. 다시 말해 '우루과이라운드'는 우리의 식탁과 정신을 국적
도 없는 미아처럼 만들었으며, IMF는 우리의 많은 부모형제를 어둡고
불안한 거리를 떠도는 방랑자로 만들었다. 이러한 삭막한 현실에서 시
인은 순수하고 정의로운 자, 가슴 뜨거운 자만이 가질 수 있는 시대에
대한 고발 정신을 갖는다. 그러므로 시인이다.

이들 작품 외에도 「송충이는」도 우루과이라운드의 삭풍 앞에 고통받

는 농민들의 모습과 이를 극복해야 한다는 의지를 드러내고 있다. 또한 「난초」, 「그해 가을 바람」, 「1998년 봄-③여의도 벚꽃길」에서도 IMF로 인한 황량한 시대 현실을 고발하고 있다. 여기에 「로보트 시대」에서는 '우리는 지금 로봇에 나를 빼앗기고 있'는 현대인의 몰주체적 삶을 그린다. 오늘날 자동화된 인간의 삶에 대한 우려 어린 목소리가 큰북을 치듯 굵게 울린다. 모든 첨단 메커니즘을 제유한 것으로 읽히는 '로보트'는 시인의 말대로 인간의 미래에 대한 '불길한 예감'으로 다가오고 있다. 이런 시대, '참사랑'을 모르는 '로보트' 시대에 살고 있다는 것이 시인으로서는 큰 불만이다. 이같은 불만의 깊은 곳에서는 물론 시대에 대한 사랑의 샘이 출렁인다.

이 시집에서 시인의 환경 문제에 대한 관심도 남다르다. 이 시집에는 이른바 생태시의 범주에 들 수 있는 시편들이 다수 등장하고 있다. 시대 현실에 대한 애정과 공동체 의식은 저버리지 않는 시인이라면 날로 심각해지는 환경 문제에 관심을 가져야 할 것이다. 시인이 노래할 꽃, 강, 산 등 그를 둘러싼 모든 것들이 총체적으로 오염되어 더 이상 그것들을 대상으로 노래할 수 없는 이 시대. 이런 시대에 시인은 그 무엇보다도 시를 쓰기 위해서 환경 문제에 관심을 기울여야 한다. 이런 점에서 생태시는 이 시대를 노래하는 시의 당위적 형식이다. 그러므로 다음과 같은 시구에서 보이는 시인의 환경에 대한 관심은, 자신이 살고 있는 삶의 터전에 대한 사랑이자 시에 대한 사랑이다.

> 아! 지구는 하나뿐인데
> 남해의 그 청정 해역에
> **죽음의 검은 그림자를** 드리웠네
>
> ——「검은 바다」 부분

> 오늘은 비오는 오후

> 대기에 **오염된 빗물** 속에서
> 낙진처럼 끈끈한 삶을 건져내어
> **해뜨거든 빨랫줄에 다시 널자**
> ──「대전 1997년 여름」 부분

최근 한두 세기 동안 이루어진 인간 사회의 산업화는 하나뿐인 지구를 크게 위협하고 있다. 누구나 다 아는 일이다. 그러나 그렇다고 하여 그것의 심각성을 모두가 자신의 문제로 인식하는 것은 아니다. 오늘날 우리가 살고 있는 그 어느 곳, 땅이든 강이든 산이든 바다든 온전치 못하다. 앞의 시구에서 바다 오염의 심각성을 '죽음의 검은 그림자'로 형상화하고 있고, 강 역시도 '페놀에 놀라고/ 벤젠에 썩어/ 이제는 병들고 썩'(「금호강」 부분)어가고 있다. 갈수록 죽음의 공간으로 변해 가는 그러한 지구에는 생명 정신으로서의 사랑이 있을 수 없다. 모든 사랑은 살아있는 사랑이므로, 이성애든 조국애든 환경의 건강함이 담보되지 못하면 존재마저 불가능하다. 당연하지 않은가? 삶이 없으니 사랑도 없을 수밖에. 바로 이 점이 시인이 환경 사랑을 실천하는 이유이다.

이같은 환경 문제에 대한 인식에서 한 걸음 더 적극적인 데로 나가, 시인은 환경 오염의 심각성을 타파해 보고자 하는 의지를 갖는다. 뒤의 시에서 우리의 삶이 '오염된 빗물'에 노출되어 있지만 '해 뜨거든 빨랫줄에 다시 널자'라고 했을 때, 시인은 이미 환경 운동가다운 의지로 충만해 있다. 환경 문제는 개인적 소극성을 넘어 다중적 운동의 차원에서 확산되지 않으면 해결되기 어려운 난제임을 시인은 깨닫고 있었던 것이다. 청유형의 '-자'가 힘을 발휘하는 대목이다. 인용시구들을 비롯한 몇몇 생태시에서 개성적 메타포를 의도적으로 포기하며 일상어에 가까운 언어를 구사하는 것도 그러한 시인의 인식에 잇닿아 있는 것으로 읽힌다. 생태시를 환경 문제를 대상으로 삼아 그것을 고발하는 시, 비판하는 시, 극복하려는 시로 유형화할 수 있다면, 이 시는 마지막 유형에 포함될 수 있을 것이다. 시인이 힘주어 읊조리는 환경에 대한 시적 발언도 역시 내연하는 불꽃처럼 우리의 가슴을 파고든다.

③ 나는 지금 듣고 있다. 어느 정신주의 시인의 사랑 노래를. 그 사랑 노래는 이성애적 어법을 차용하지만, 이성뿐 아니라 종교, 역사, 시대, 환경 등을 감싸 안는다. 중요한 것은 그 저류에 형이상학적 정신성을 바탕으로 하는 아가페가 흐른다는 점이다. 따라서 그의 사랑 노래에서 주목할 것은 그 대상이 아니라 사랑 자체의 깊이다. 그러면 시인은 왜, 이처럼 육체성을 넘어선 정신성의 사랑 노래를 고집하는가? 물론 삶의 문제이다. 어떠한 삶? 시인이 지향하는 삶은 조용한 삶이다. 시인은 때로 생태시나 시국에 관한 시에서처럼 시끄러운 사랑 노래를 부르기도 하나, 그것은 어디까지나 조용하고 평화로운 삶에 대한 열망일 뿐이다. 이 시인이 시에서, 그리고 현실에서 지향하는 삶은 결코 화려하거나 거창하지 않다.

> 내가 오직 바라는 것은
> **낮게**
> **작게**
> 그리고 **가볍게** 살아가는 것이다
> ——「꽃과 나」 부분

이런 삶을 살기 위해 시인은 사랑을 정의하고 갈구해 왔다. 위의 시에서 시인이 '낮게, 작게, 가볍게' 살고자 하는 것은 세상 사람들이 너무 높게, 크게, 무겁게 살려 하기 때문이다. 그렇다고 시인이 세속적 경박성의 가벼움에 관심을 갖는 것이 아님은 물론이다. 낮고 작고 가벼운 것이 겸손, 진실, 자유 등을 뜻한다면, 높고 크고 무거운 것은 오만과

가식, 그리고 부자유를 의미한다. 겸손과 진실과 자유는 원숙한 인격을 갖춘 자만이 지향할 수 있는 삶의 태도이며, 시인은 그렇게 살고자 하는 것이다. 값싼 타협을 거부하며 '오로지 곧게 살기만을 바라는 마음'(「폭포」 부분)으로.

  마지막으로 이 시집에서 간과할 수 없는 형식적 특징들을 지적해야겠다. 우선 이전의 다른 시집들과 마찬가지로 이 시집에서도 연작시 형태를 많이 발견할 수 있다. 「물」과 「산」, 「하늘」 등으로 대표되어 왔던 그의 연작시가, 이번 시집에서도 그 분량이나 성격에 있어서는 차이가 있지만 「사랑하는 법」, 「사랑」, 「1998년 봄」 등으로 이어졌다. 이 점은 시인이 선택하는 주제나 시에 대한 생각이 직간접적으로 드러내는 셈이다. 한 편의 시로 형상화할 수 없는 복잡하고 다기한 상상의 세계는 단편적인 서정시보다는 연작시의 형태가 바람직하다고 생각한 결과일 것이다. 연작시란 일종의 옴니버스식 구성법에 의지하는 작품이다. 커다란 하나의 테마를 설정하고, 그에 따른 세부적인 테마들을 연쇄적으로 이끌어 감으로써, 결국 대상에 대한 다양한 시각과 표현법을 확보하는 시적 방식이다. 이런 연작시를 즐겨 쓴다는 사실은, 시를 창작할 때 시적 대상에 대한 순간적인 포착보다는 집요하고 정밀한 응시를 중시한다고 볼 수 있다. 달리 보면, 번뜩이는 감각이나 기교에 의한 시를 거부하고, 넓고 깊은 정신적 사유를 바탕으로 삼는 그의 시정신과 자연스럽게 어울린 결과라고 하겠다.

  또한 이 시집의 시편들이 잠언적인 성격을 다분히 간직하고 있다는 점도 관심을 끈다. 이 점은 인생의 온갖 풍상을 겪고 난 사람만이 가질 수 있는 인생론적 무게를 간직케 하는 요소이다. 이 시집이 널리 실려 있는 사랑에 관한 잠언들은 사랑의 본질을 체험적으로 터득하지 못한 자들은 함부로 할 수 없는 언술 체계를 구축한다. 그러므로 이별의 상황을 초월적으로 극복하고자 했다는 점에서 소월보다는 만해에 가까운 그의 정신적 사랑 노래는 육체성을 지나치게 경계함으로 인해 다소간 관념적 성향을 띨 수밖에 없었다. 그럼에도 불구하고 중요한 것은 만해의 지사적 올곧음과 부드러운 사랑, 그리고 미래에 대한 낙관 등의 시 정신을 또 다른 맛으로 음미할 수 있었다는 점이다. 이것은 신협 시인이 있음으로 가능한 것인데, 육체성에 대한 과도한 집착이나 노출이 아니면 전근대적 문화의 찌꺼기로 여겨지는 오늘날의 경박스런 시의 세태에 정면으로 맞선 결과로 볼 수 있다. 요컨대 정신성의 고갈 상태에서 육체성만 꿈틀거리는 외화내빈(外華內貧)을 넘어, 육체성은 외빈(外貧)할지라도 정신성은 내화(內華)한 옹골찬 사유의 흔적들이 이 시집을 관류하는 소중한 포에지이다.

[에필로그] 나는 이제 시의 집을 나선다. 문밖까지 배웅 나온 시인은 내게 따뜻한 미소를 보낸다. 언제든 다시 찾아오라는 그의 목소리는 편안하다. 뒤돌아 가려다가 나는 머뭇거린다. 노을을 배경으로 서 있는 시인의 모습이 흡사 촛불의 심지처럼 단단해 보이지 않는가? 그렇다. 심지가 된 그는 앞으로도 그치지 않고 안으로 안으로만 불탈 것이다. 아마도,

> 한 알의 밀알이 썩어
> 곡간 가득히 채우는 날을 위하여
> **위대한 촛불**의 제단 위에
> 나를 불타게 하소서
> ——「당신의 피가 우리들 몸 속을 흐르게 하소서」 부분

라고 했던 염원을 이루기 위해. 그리하여 마침내 시인의 사랑 노래는 '위대한 촛불'임을 증거하려고.

리리시즘과 탈리리시즘의 시학
——김용재론

[1] 김용재 시인은 1973년 '호서문학' 동인에 참여하여 활동하다가 1974년 《시문학》지에 「겨울 散策」으로, 1975년 같은 잡지에 「파도 앞에서」로 추천을 받아 등단했다. 이 글에서 다룰 텍스트는 처녀 시집 『겨울 散策』, 제2시집 『아침바람 行次』, 제3시집 『휴일의 새』, 제4시집 『저무는 날의 명령법』 등 네 권의 시집*으로 한정한다. 이 외의 개별 작품들이 다수 있으나 그것들은 이후 본격적인 작가론에서 다루기로 한다.

상기한 네 권의 시집을 읽으면서 우선 느낀 것은 삶에 대한 진지한 태도이다. 시를 자신의 삶에서 거역할 수 없는 숙명으로 받아들이면서, 그 속에서 인간과 삶에 대한 깊은 애정을 보듬고 있다. 또한 그의 시편

* 텍스트는 (가) 『겨울 散策』(현대문학사. 1976), (나) 『아침바람 行次』(시문학사. 1980), (다) 『휴일의 새』(호서문화사. 1985), (라) 『저무는 날의 명령법』(호서문화사, 1988)이며, 참고 저서는 (1) Matthew Arnold/ 윤지관 역, 『삶의 비평』(민지사. 1985), (2) 김준오, 『도시시와 해체시』(문학과비평사. 1993), (3) 이건청, 『한국 전원시 연구』(문학세계사. 1986), (4) 이승훈, 『문학과 시간』(이우출판사. 1983) 등이다. 이후 이들의 인용은 부호와 페이지만을 밝힌다.

들에는 인물시가 상당수 포함되어 있는데, 이 점은 그의 폭넓은 인간 관계와 포용력을 보여주는 것으로 이해된다. 자신의 삶과 인간에 대한 진지한 성찰을 기본 내용으로 삼고 있는 그의 시 세계는 전체적으로 큰 변화의 흔적이 보이지는 않는다.

다만, 미세하지만 시의 대상과 퍼소나 사이의 거리, 다시 말해 서정적 인식 차원에서 주관성의 정도가 완만하게 변모되고 있음이 발견된다. 1,2시집과 3,4시집의 차이가 그것인데, 전자가 주관적 서정을 강조하는 리리시즘에 침잠해 있다면, 후자는 현실과 시대 혹은 역사에 대한 냉철하고 객관적 인식에 접근해 가는 탈리리시즘의 성향을 보여준다. 경우에 따라서는 적극적 리얼리티의 징후가 나타나기도 하나, 그것은 부분적인 현상으로서 주된 흐름을 형성하지는 못한다. 요컨대 리리시즘과 탈리리시즘의 시학은 인생 비평이라는 김용재 시의 다리에 세워진 두 교각의 역할을 담당한다. 이제 그 구체적 형상을 자세히 살펴보자.

② 김용재 시의 리리시즘은 우선 일상성에 대한 진지한 성찰을 내용으로 하는 시편들에서 찾을 수 있다. 그동안 시를 논의하는 자리에서 일상성은 비시적인 요소로 간주되어 왔다. 시에 대한 고전적 관점에 다가갈수록 일상성의 가치는 크게 폄하되며, 오히려 삶의 본질과 진실을 외면하는 반시적 요소로까지 취급되어 왔다. 개성과 창의성을 발휘해야 하는 시에서 일상성이 그러한 대접을 받아온 것은 당연한 귀결인지도 모른다. 피상성, 무목적성, 반복성 등을 특징으로 하는 일상에의 집착은 속물적 인간의 속성이고, 시인은 그와 다른 차원—일상의 이면에 감추어진 삶의 진실과 아름다움—에서 세계를 인식해야 하는 존재이기 때문이다.

그러나, 최근 들어 일상성이 시의 중요한 관심 대상으로 부각되고 있다. 김준오가 지적하고 있듯이, 현대시에서 일상성의 비개성적 존재 방식은 가장 중요한 문제 양식(2:29)으로 수용된다. 몰개성을 특징으로 하는 현대 사회에서의 인간의 삶 속으로 시를 끌고 들어가 그것과 정면 승부를 하겠다는 것이다. 산에 가야 범을 잡듯이, 시인은 부조리한 일상성이라는 가장 현대적인(?) 삶의 원리를 파헤치기 위해 그곳에 뛰어들어 시를 쓰는 것이다. 오늘날 시인들은 무기력한 일상 생활 속에서의 자기 반성, 인간성마저도 물화되고 있는 거대한 후기 산업 사회의 메커니즘에 대한 저항, 자동화된 일상적 삶의 비판적 반영 등을 추구한다.

그런데, 1970년대 김용재의 시에 있어서 일상성이 시의 전 문맥 속에서 세부적으로 작용하여 시적 이데올로기의 층위를 형성하는 것은 아니다. 그것은 1960년대 김수영 시의 시민 의식을 토대로 한 사기 성찰이나 1980년대 오규원 식의 상업주의적 일상에 대한 반어적 비판과는 거리가 멀다. 다만 일상 생활을 주관적 정서로서의 심미적 체험, 즉 리리시즘으로 수용하고 있다. 가령, 다음 시구들을 보자.

① 아, 수목 사이로 비집고 들어온
　　파란 마음 파란 향수
　　날개 돋히면서
　　자즈라지는
　　日常, 오늘 하루의 북소리

——「편지」 부분(가:34)

② 그 날 저녁 우리는
　　醉氣로 시달리며
　　멋지게 걷는다 했지
　　歸家의 노래 부르고 있었지
　　단단하게 죽은 뼈와
　　지글거리는 눈물과
　　피 냄새와, 무슨 돈 냄새와

우리 곁 여인의 속살에선
무슨 슬픔이 삐져나왔고
그래도 우리는 웃으며
세상을 멋지게 보며
큰 길로 나서고 있었지
　　　　　　——「그래도 세상을 멋지게 보며」 부분(나:24)

③ 바람에도 핏줄로 있나 봅니다.
그녀의 새벽을 굽어본 이는 없으나
막 치운 아침 밥 그릇에
그녀는 자취없이 찾아와서
나의 하루는 채워주고
그리고 나서
나는 나의 하루가 빈 밥그릇에
채워져 있음을 확인하게 되니까요
　　　　　　——「아침 바람 行次」 부분(나:60)

　　이 시구들은 공통적으로 일상 생활에서 모티브를 구하고 있다. 최원규의 지적대로 생활에 대한 끈질긴 자기 극복의 수단으로서(가:98), 또는 일상에 대한 따뜻한 애정 표현의 통로로서 시를 쓰고 있음이 확인된다. ①은 군인으로서의 퍼소나가 '중부 전선'에서 고향의 어머니를 그리는 것을 내용으로 하고 있는 시의 일부인데, 고된 일상적 생활에 대한 푸념이나 불평을 찾아볼 수 없다. 무료한 생활이지만, 아름다운 자연 속에서 어머니에 대한 애틋한 정을 느끼는, 그래서 희망을 간직한 '파란 마음'이 있는 일상이다. 그리고 ②에서는 생활에 대한 낙관적 인식이 ①보다 더욱 적극적으로 표출되었다. '죽은 뼈'와 '눈물'과 '피 냄새'와 '돈 냄새', 그리고 '여인의 속살'로 표상되는 생활의 파편들이 괴롭히지만, 내적으로는 '그래도 세상을 멋지게' 보고자 한다. 또한 ③은 견고한 구성을 토대로 아침밥을 먹고 난 후에 그 그릇에 채워진 '바람'을 '그녀'로 의인화하여 표현하고 있다. '바람'으로 표상된 '그녀'가 '나'의 빈 밥그릇에 채워짐으로써 그것이 '나의 하루'가 된다는, 논리적 인식을 뛰어넘는 시적 직관을 보여주고 있다. '바람'은 여기서 여러 가지로 해석이 가능하겠지만, '바람에도 사랑은 있었던 것입니다'라는 결구로 미루어 볼 때, 일단 '사랑'의 비유로 볼 수 있다. '바람'이라는 물리적 현상을 시인 자신의 내적 인식으로 끌어들여 '사랑'이라는 주관적 정서로 치환시킨 다음, 그것을 통해 일상적 '하루'의 소중한 의미를 표현하고 있는 셈이다. 이와 같은 일상과 생활에 대한 긍정적 인식은 다음과 같은 시에도 나타난다.

> 사는 것, 산다는 것
> 그런 게 다 무어냐고
> 답이 없는 아내의 눈 앞에서
> 나의 손 끝에서
> 바람이 너그럽다
> 따뜻해진다.
> ──「아내와 바람과 함께 쓴 詩」 부분(나:75)

인용 시는 '슬픔이 있어도 오직 아름다운 슬픔으로 끝나기를 바라는 마음'(나:113)으로 시를 써 왔다는 시인의 말과 동질의 세계관이 드러난다. 이 시를 읽으면서 필자는 아무리 고달프고 힘겨운 삶이라도 그것을 정서적으로 미화하여 포용하려는 시인의 자세를 발견한다. 그의 시에는 이처럼 일상과 생활, 그 삶의 굴레를 경시한다거나 외면하지 않고, 그곳에 뛰어들어 감싸안으려는 진지한 인생관이 담겨 있다.

③ 김용재 시의 리리시즘은 또한 고향에 대한 그리움과 함께 한다.

‘고향’, 과 ‘향수’는 김용재의 시에서 가장 빈번하게 등장하는 시어들에
속한다. ‘고향’이 공간적 이미져리의 형식이라면, ‘향수’는 그곳을 향한
그리움으로서 현대인의 원형적 내면 구조다. 하이테크로 번뜩이는 현대
사회에서 흙 내음을 풍기는 이 시어들이 인간에게 전하는 평화와 안식
의 의미는 절대적이다. 모든 현대인은 실향민이라는 말도 있거니와, 인
공의 메카니즘 사회에서 인간다운 삶을 위해서도 마음의 고향을 회복
하는 일은 현대인의 시급한 과제다.

잃어버린 고향을 다시 찾기 위해서 무엇보다 중요한 것은 그곳을 지
향하는 의지이다. 이를 귀향 의지라 할 수 있거니와, 향수의 일반적 패
러다임인 ‘고향-이향(離鄕)-타향-귀향’의 연쇄 구조에서, 앞의 단계
를 극복하여 마지막 단계에 이르고자 하는 절실한 의지가 문제인 것이
다. 그런데 그것은 두 번째와 세 번째 단계에서 느끼는 소외감의 크기
와 비례한다. 자의적이든 타의적이든 고향을 떠나 타향에 있는 사람은
자신이 느끼는 소외감이 크면 클수록 귀향 의지는 강화될 수밖에 없다.
이같은 고향 회복을 노래한 시편들은 네 권의 시집에 고루 분포되어
있지만, 특히 제2시집 『아침 바람 行次』에 자주 나타난다.

> ① 둥지 속 체온같이
>   잘견딘 불씨 하나와
>   새벽 달무리 속으로 번지던
>   할아버지 기침 소리가
>   어진 생활을 길러내고
>   마음이 더 밝아서
>   故鄕에는 겨울이 무너지고 있을까?
>   ——「故鄕에 띄우는 葉書」 부분(나:58)
> ② 그대여
>   단호한 세상을 말하라
>   고향 땅

> 종소리를 연주하라
> 산고 더불어
> 마음이 있어 볼메는 소리
> 그렇다, 물소리 숲소리
>
> ——「산과 더불어」 부분(나:48)

③ 순례의 한 나그네와
> 따뜻하게 봄날을 지피고
> 다만 쓰러진 것들을 위하여
> 고향땅 휘파람을 살려내는
> 타관의 풀잎 노래
> 이젠, 뒷골목 고기만 씹는 개가
> 컹컹 그 노래 찢는다.
>
> ——「他官 풀잎」 부분(다:13)

이들은 모두 현재는 타향에 머물러 있지만, 낙원으로서의 '고향'을 지향하는 마음을 담고 있다. ①에서 화자는 '할아버지 기침 소리'가 친근하게 살아 있는 '둥지'와 같은 '고향'에 '겨울이 무너지고 있을까'라고 묻는다. 이 물음에는 삭막한 삶의 현실인 '겨울'이 무너지지 않음에 대한 비판 의식이 배후에 깔려 있다. 삶의 안식처로서의 '봄'은 '고향'처럼 먼 곳에서만 서성이고, 그와 상반되는 '겨울'만이 존재하는 현실에서 벗어나고자 하는 의지가 설의적 표현으로 형상화된 것이다. 또한 ②에서 '고향 땅'은 '단호한 세상'의 삭막함을 벗어 던질 수 있는 공간이다. 자연물로서의 '산'과 인간적 정서로서의 '마음'이 있으며, '물소리 숲소리'가 어우러진 탈속의 순수 공간이다. 이러한 점은 김대현 시인이 동양의 감성미, 즉 무기교와 전원의 아름다움이라고 한 지적(나:표지)을 뒷받침한다. 더구나 어법상으로 명령형의 강한 어조가 '고향 땅'의 평화로운 '종소리'에 대한 염원의 절실함을 반영한다. 그리고 ③에서 '고향 땅'은 그곳을 떠난 자를 표상하는 '풀잎'이 인간에 대한 본원적 애정을 느끼는 곳이다. 세파에 시달리며 '삶의 무게'를 감당하지 못하고 '쓰러진 것들을 위하여' 고향이라는 휴머니즘의 공간을 되살리려 한다. 그러나, 고향에서 멀어진 현실적 공간인 '뒷골목'에서 그러한 되살림을 이룬다는 것은 쉽지 않다. 그 되살림의 노래를 '찢는' 속된 방해자로서 '개'가 있기 때문이다. 순례처럼 인생을 살아가는 '나그네'와 함께, 가장 인간적 삶의 터전인 '고향 땅'의 인간적 정감을 되살리는 일이 얼마나 힘겨운가를 보여주는 대목이다. 천국에 이르는 계단이 높고 험할수록 그 가치가 더욱 소중해지는 것처럼, '고향 땅' 혹은 그곳에 이르기 위해 겪어야 하는 고통이 클수록 값지다는 인식이 여기서 발견된다.

　이처럼 '고향'은 각박하고 타락한 현실적 삶의 고통을 일탈하기 위해 지향하는 평화와 안식의 공간이다. 그곳은 가장 인간적인 정서가 깃들여 있는 일종의 낙원으로서, 정서적으로 유년기의 의식과 결합함으로써 그 순수한 아름다움의 빛을 더한다.

① 강둑
시계꽃 채워주던
어릴적
고운 애 이름
오늘은 물가에 내려와
돌을 뒤집고 햇살을 캐는가

——「강나루」 부분(가:40)

② 기억의 뿌리와도 같은
소심한 가슴 틈새기
한 줌 어둠을 밀어낸다.
풀잎에 쌓이는
나의 詩는 어떻게 할까
아이들의 노래 다시 들린다

——「봄 이미지」 부분(가:66)

　　아이들은 깨끗하고 순수한 인간의 전형적 모습이다. 영국의 시인 워즈워드에 따르면 '어린이는 어른의 아버지'이다. 근엄한 유교적 관념으로 보면 늘 어른이 아이의 모범이지만, 서구의 낭만주의적 관점에서는 순수한 아이가 타락한 어른의 모범이다. 따라서 유년 동경은 이데아 지향과 깊이 관련(2:120)된다. ①에서 '어릴 적'의 순박한 추억을 동경하고 있는 것이나, ②에서 '아이들의 노래'가 다시 들리는 환청의 상태는, '어둠'이 가득한 현실 속에서 유년기적 낙원을 지향하는 퍼소나의 내면의식이 반영된 결과이다. 특히 ②에서는 '나의 시'의 테마가 그러한 세계에 대한 동경에 있음을 말한다. 고향 의식이 내면화의 과정을 거쳐 시의 낙원, 또는 삶의 낙원 지향으로 이어진 셈이다. 이렇게 볼 때, 김용재의 시에서 고향은 단순히 옛 삶의 터전을 넘어 일종의 이데아에 해당하는 것으로 파악된다.

　　④ 김용재 시의 탈리리시즘은 우선 과거 사실의 현재화를 통한 역사의식에서 발견된다. 제2시집의 『鳳凰洞 까치소리』 이후, 특히 제3시집과 제4시집의 다수의 시편들에서 역사에 내한 객관적 인식의 징후들이 산견된다. 역사학자 카아(E.H. Carr)의 '현재는 과거와의 대화'라는 명제처럼 오늘 우리의 현대적 삶은 역사라고 하는 광활한 토양에 뿌리를 두고 있다는 인식을 다양하게 변주한다. 이 점은 김용재 시가 리리시즘이라고 하는 주관적 정서의 우물만을 파는 것이 아니라, 동시에 탈리리시즘의 냉철하고 견고한 시학을 탐색하고 있음을 증명한다. 문제는 이것이 과연 현재적 삶의 진정성을 확보하여 시적 리얼리티와 역사적 전망에까지 이르는가 하는 점이다. 이에 대한 응답은 다음과 같은 시에서 구할 수 있다.

退色해 가는 전설을 흔들어
일렁이던 백제를 부르고
노을지던 백제를 다시 부르며
그리고, 둥그런 해를 띄운다
봉황동에 밀려 온 까치야
우리의 생명은 아침을 낚는 영혼
촘촘한 네들 소리를 들으며
祥瑞로운 큰샘 물
하얀 물을 마신다.

——「봉황동의 까치소리」 부분(나:47)

　이 시는 ‘퇴색해 가는 전설’로서, 역사적 리얼리티를 부여받지 못했던 ‘백제’를 다시 기억하며 그것의 새로운 의미를 구현하고자 한다. 김병욱에 의해 가장 탁월한 시의 하나로 평가되기도 했던 이 작품에서, ‘백제’는 질곡의 현실을 뿌리치고 들어가고 싶은 영원한 시간이며 공간(나:12)이다. 여기서 ‘까치소리’라고 하는 생동감 있는 청각적 이미지는 새로운 역사 인식의 중요한 매개체로서, 지나간 역사 속에 추상적 관념으로만 남아있던 ‘백제’를 오늘의 생생한 현실 속으로 끌어당기는 역할을 한다. ‘까치소리’를 통해 살아있는 역사 감각의 촉수를 세운 ‘우리의 생명’은, 희망으로 가득 찬 ‘둥그런 해’를 띄워 올려 ‘아침을 낚는 영혼’이 되고, ‘상서로운 큰샘 물’을 마실 수 있게 된다. 이 물은, ‘백제’라는 화석화된 과거의 역사를 되살려, 현재의 삶에 드리워진 부정성을 순화시켜 주는 정화수이다. 이 물에는 또한 다른 시에서도 보이듯, ‘너무 무거운 욕망이나 원망의 그릇’(다:50)을 깨끗이 씻어내고, ‘애써 봄을 담으려는’(다:19) 시인의 의지가 스며 있다. 현재적 삶을 인식하는 통로로서의 이러한 과거가 더 나아가면, 미래에 대한 전망으로까지 이어지기도 하는데, 다음의 시가 그러한 모습을 보여준다.

> 강물을 보며
> 그 금강을 보며
> 말없는 역사의 대열,
> 다시 유유한 물소리를 듣는다
> 나루에 매어 둔 조각배 한 척의 한나절과
> 가로지른 철교의 쇠붙이 소리를 느낀다.
> 내일은 다만 구비진 길
> 새까만 물소리를 들어야 하는가
>
> ——「錦江을 보며」 부분(다:44)

강물의 흐름에 역사를 빗대고 있는 이 작품은, 메타포상의 의미 전이가 특이하다고 볼 수는 없다. 또한 강가의 화자가 일정한 거리를 두고 강물을 바라보며 말하는 방식은 일반적인 서사시의 어법(3:139-140)과 다르지 않다. 그러나 이 작품은 서사시가 아니므로 그런 것들이 문제되지는 않는다. 다만 짧은 서정시임에도 불구하고 장구한 시간 영역을 수용하여 진지한 역사 의식을 담아내고 있다는 점이 중요하다. 즉 '내일은 다만 구비진 길/ 새까만 물소리를 들어야 하는가'라는 물음을 던지며, 미래에는 '구비진 길'이나 '새까만 물소리'로 표상된 어두운 역사의 그늘이 있어서는 안되겠다는 결의를 내포하고 있음이 주목된다. 이같은 인식은 '금강'을 바라보며 '동학 야전군/ 살붙은 작업복 녹슨 쇠붙이/ 피묻은 돌멩이 돌 팔매질/ 시대의 노을물 부서진 꽃잎'(다:40)과 같은 질곡의 역사를 넘어, '금강'과 함께 정의롭고 올바른 역사의 '싱싱한 내장/ 투명한 혈관'을 '바른 길 증인의 뜻으로'(다:46) 영원히 흐르고 싶다는 부분에서도 반복, 강조된다. 미래에는 결코 그러한 비극이 다시 반복되지 말아야 한다는, 투철한 역사적 전망이 아닐 수 없다.

이와 달리 제4시집에는 당대적 시대 의식을 형상화하는 시편들도 다
수 발견된다. 1980년대 초반의 정치적 암흑기에도 순수 서정의 세계에
침잠해 있던 이 시인이, 1985년부터 1987년 사이에 발표된 작품들을 모
아놓은 시집에서 이같은 관심을 드러낸 점은 특이하다.

> ① 펜은 칼보다 강하다고 했는데
> 　요즘 세상이야 어디
> 　칼이 펜보다 강한 것이라고 한다면
> 　그것도 어디 그렇게 두고 볼 건가
> 　　　　　　　　——「펜과 칼에 대한 解說」 부분(라:32)

> ② 그 세월 속에 서성이고 있는 아픔의 기억들
> 　양심 위에 떠 올리며
> 　우리는 모국어의 바람결에 귀를 세운다
> 　무상한 눈을 비빈다
> 　군중 집회로부터 인천 사태
> 　오월의 그 음성이 들린다
> 　대학생 연합의 농성 사건
> 　지독한 가을의 그 음성이 들린다
> 　허물로 불타던 독립기념관
> 　뜨겁게 퍼덕이던 소리가 들린다
> 　　　　——「새해맞이, 1987년의 이데올로기」 부분(라:55-56)

이들은 이 시인의 일반적 어법에서 벗어나 있다. ①에는 '칼'의 힘,
즉 무력이 앞서는 '요즘 세상'을 그냥 '두고 볼' 수만은 없다는 적극적
시대 인식이 나타나고, ②에서는 1980년대의 구체적인 정치적 사건들이
언급되고 있다. 그러나 이런 것들이 시적 대상과 어울리는 어떤 현장
감각이나 설득력 있는 리얼리티를 구축하고 있지는 못하다. 그 사건들

은 시의 퍼소나와 함께 있는 것이 아니라, '기억들'로서 남아 있으며 '양심'을 호소하는 데 머물고 있기 때문이다. 이 경우 시의 퍼소나를 '귀를 세'우고 '눈을 비'벼 '아픈 기억들'을 '들리'는 대로 듣게 하는 데서 한 걸음 적극적으로 나아가, 시대의 현장에서 함께 행동하거나 그 한가운데서 시대의 의미를 인식하는 자로 등장시켰다면 어떨까? 그러면 더 구체적이고 진정한 리얼리티의 획득에 성공했을지 모를 일이다. 시는 리얼리티이며 철학은 환상(1:185)이라는 말처럼, 시대 인식을 다루는 시에서 항상 문제가 되는 것은 현실에 대한 총체적이고 변증법적 인식임을 지적해 두고 싶다.

⑤ 김용재 시의 탈리리시즘은 또한 문명 비판을 통한 인간성 회복 의지와 함께 한다. 오늘날 도시 공간에서 펼쳐지는 문명의 카니발은, 날이 갈수록 인간을 비인간화의 길로 안내한다. 그럼에도 불구하고 대다수의 인간들이 살아가는 삶의 터전은 도시일 수밖에 없다는 데 현대 사회의 비극이 있다. 이를 극복하기 위해 시급히 요청되는 것은 더 이상의 세속적 타락과 비인간화의 진행을 막아 본래적 인간성을 회복하는 일이다. 세속 도시의 즐거움에 빠져들 것이 아니라, 그 부조리한 실상을 정확히 인식, 그것을 토대로 비판적 전망을 찾아 나서는 일이다. 가령, 다음 시를 보자.

> 신문지같이 총총한 도시에
> 어둡던 눈이 트이고 있다.
> 내내 깨어있는 도시였으랴
> 제 꿈도 없었으랴,
> 수런대는 세상에
> 가슴도 귀도 다 열리고
> 참으로 환한 공간을 지켜 본

> 오늘은 휴일
> 어쩌다, 치솟은
> 건너편 옥상의 높이
> 하늘이 내려와 앉아
> 구름을 뚫지 못하는 한 마리 새
> 깃을 치며 숨결만 푸른가,
> 출렁이는 햇빛의 눈
> 따라가는 飛翔

——「휴일의 새」 전문(다:26)

이 시는 휴일을 맞아 답답한 도시적 일상을 성찰하는 화자를 등장시키고 있다. 그는 분주한 도시의 자동화된 삶에서 일탈하여 진솔한 삶에 이르고 싶다는 욕망을 드러내고 있다. '휴일'을 단지 도시적 삶의 무료한 반복성에서 벗어나는 휴식의 시간으로 소비하지 않고, 삶의 본질적 가치를 생각해 보는 계기로 삼고 있다. 그 구체적인 맥락은 두 부분으로 나누어 읽을 수 있다. 전반부(1-8행)는 도시 생활의 몰개성적이고 자동화된 일상에서 벗어났다는 안도감을 표현하고 있다. '신문지같이 총총한 도시'에서 자신의 본질을 망각하고 살았던 퍼소나는, 휴일을 맞아 '어둡던 눈이 트이고', '가슴도 귀도 다 열리고' 있음을 느낀다.

그런데 그 트임과 열림은 바로 후반부(9-15행)에서 삶의 진정성을 인식하여 인간적 세계를 지향하는 것으로 이어진다. 이런 점은 앞서 살펴보았던 낙원으로서의 고향을 지향하는 시편들과 유사하다. 다만 그것들이 수평적 상상력에 의존하고 있다면, 이 시는 수직적 상상력에 의존하고 있다는 점이 다르다. 12행은 그런 사정을 단적으로 드러낸다. 즉 '한 마리 새'로 표상된 인간은 '구름을 뚫지 못하는' 존재다. 그런데 그는 도시 문명이라는 거대한 '구름' 속에서, 오리무중을 헤맬 때와도 같은 지독한 근시안 때문에, 자신의 본질을 찾을 수 없다. '문명'의 '구름'에

갇혀 오히려 안락함을 느끼는 인간이 대부분인 오늘날의 문명 현실을
그대로 반영한 것이다. 그러나 이 시는 그러한 현실의 모사를 초점화하
여 읽을 필요는 없다. 마지막 두 행의 '출렁이는 햇빛의 눈/ 따라가는
飛翔'이 전체 시상을 집약하며 일상적 현실을 넘어서기 위한 초극 의지
를 보여주기 때문이다. 다시 말해 '한마리 새' 혹은 '햇빛의 눈'으로 표
상된, 인간이 추구해야 할 지고지선(至高至善)의 가치와 현실적 삶을
고양시켜 줄 진리가 있기 때문이다. 신정식 시인이 밝힌 대로(라:107)
'햇빛의 눈'이 개작 이전에는 '햇빛의 말씀'이었다는 사실도 이러한 의
미 파악에 도움을 준다. 이처럼 도시 문명을 비판적으로 바라보는 시각
은 다른 시편들에서도 자주 형상화된다.

    ① 울울한 도시
      머리의 숲을 해치고 일어나는
      바람에 흘려,
      참 간지러운
      불면의 아랫도리
      탈취해 더 아픈 사랑으로
      당신 곁에 소리를 세운다.
          ──「당신 곁에 선 나무의 생각」 부분(다:28)

    ② 유식한 시대의 깡마른 믿음이 어른대는
      흐미한 침대 위에
      부대끼는 소리들이 모여
      마침내 한 밤을 찢어내고
      수척한 문명이 나를 안고 있다.
          ──「병실 서한(1)」 부분(다:48)

    ③ 도시의 나무는 먹을 것이 없습니다.
      빌딩들이 제 높이만큼

> 영양분을 다 빨아 먹었습니다.
> 어둠속을 거닐던 할아버지가
> 그래서인가
> 나무밑에 오줌을 갈겨댔습니다.
> ──「나무와 할아버지」 부분(라:38)

이 시들도 '도시 문명'에 대한 비판을 테마를 다루고 있다. 이들이 「휴일의 새」처럼 현실 초극의 의지로까지 나가지는 못하고 있지만, 현실 비판의 강도는 더욱 강화되고 방법적인 다양성도 보여준다. ①에서 다룬 도시의 '사랑'은 '덜 취해 더 아픈', 다시 말해 취하지 않고는 그 고통을 감내하기 어려운 것으로 제시되고 있고, 그 으뜸 원인은 '울울한 도시'의 메카니즘 때문이다. 진실한 이는 사랑이 사라진 도시 문명에 대한 의미심장한 비판이다. 또한 ②에서는 병실에 있는 퍼소나가 병에 걸려 신음하고 있는 것을 '수척한 문명이 나를 안고' 있다고 한다. 편리와 이기의 대명사인 문명이 심신의 병을 가져다주었을 뿐임을 지적한 것이다. 그리고 ③에서는 희화적 표현에 의지해 도시 문명을 비판하고 있다. 여기서 '나무'의 함의를 인간적 정서의 아름다움이라고 본다면, 도시 문명인 '빌딩들'이 높아갈수록 '나무'는 왜소해지고 야위어갈 수밖에 없는 운명이다. 그래서 도시 문명이 덜 발달한 시대에 살았던 '할아버지'가 '나무'의 성장을 위해 '오줌을 갈겨'대는 상황을 설정, 문명 비판 의지를 드러내고 있다.

이것은 '하찮은 文明에는 눌리지 않을 것'(나:78)이라는 반문명적 인식과 '文明은 그저 쇠소리나 구둣발 소리'(다:69)일 뿐이라는 문명 격하 의식으로 이어지기도 한다. 또한 이런 인식이 더욱 적극화되면 '냉담을 쌓아올린 情없는 문명을 파헤친다.'(다:90)는 문명 거부 의식으로까지 확산된다.

⑥ 한 시인의 문학적 경향에 대해서 말하고자 할 때, 우리는 흔히 이분법적 사고에 익숙해 있다. 모더니스트냐 리얼리스트냐, 형식주의자냐 내용주의자냐 하는 것이 그런 예이다. 그러나, 어떤 시인이 특정한 하나의 경향에 속한다고 하더라도 그것은 상대적으로 그런 성향이 강하다는 것일 뿐 절대적일 수는 없다. 논의의 편리함을 위해 그런 구분법을 끌어들이더라도 이런 점을 염두에 두어야 할 것인 바, 이 글의 리리시즘 시학과 탈리리시즘 시학이라는 구분도 예외일 수 없다.

김용재 시인의 시적 경향을 정리하기 위해, 우리는 독일의 문호 괴테로부터 유용한 시사점을 얻을 수 있다. 괴테의, 시에는 두 종류의 딜레당뜨가 있다(1:27)고 한 진술은 잘 알려져 있다. 한 부류는 기계적 부분을 무시하고 정신성과 감정을 보여주면 그만이라고 생각하는 사람들이고, 다른 한 부류는 직공의 솜씨를 얻을 수 있는 메카니즘에 의해서만 시에 도달하려 들고 영혼과 내용은 없는 사람들이다. 이때 전자는 내용주의자를, 후자는 형식주의자를 가리킨다고 볼 수 있다. 그런데 괴테도 밝힌 바 있듯이, 이들 양자는 모두 예술을 위해서나 자기 자신의 삶을 위해서도 바람직하지 못하다.

따라서 시의 바람직한 생산자는, 이러한 괴테적 이분법을 넘어서는 사람일 것이다. 김용재는 시의 내용과 형식 중 어느 한 쪽에만 집착하고 있다는 점에서 그런 유형의 생산자가 될 덕목의 하나를 갖추었다. 비록 몇몇 작품에서 편내용주의나 형식주의적 성향이 드러나긴 하지만, 그의 시를 전체적으로 보면 두 가지가 적절히 조화를 이루고 있다고 판단되기 때문이다. 그 조화에 기여하는 하위 항목들을 더욱 구체적으로 살피기 위해, 내용과 형식상의 특성을 정리해 보면 다음과 같다.

내용에 있어서는 대체적으로 리리시즘이라는 커다란 줄기에서 벗어나고 있지 않다. 그러나 역사와 문명을 시의 테마로 끌어들였을 때는 탈리리시즘의 시학을 보여주기도 한다. 나아가 간혹 객관적이고 냉철한 현실 인식을 토대로 한 리얼리즘적 전망을 보여주기도 하지만, 이 점을 그의 시의 중심점으로 파악하기는 어렵다. 이같은 리리시즘과 탈리리시즘으로 대별되는 그의 이러한 시학이 시기적으로 명확히 구별되지는 않는다. 굳이 구분한다면 비교적 1970년대의 작품들이 리리시즘에 가깝다면, 1980년대의 작품들은 탈리리시즘에 가깝다고 볼 수 있다.

형식에 있어서 김용재의 시는 다양한 면모를 보여준다.「계룡산 소묘」 연작 10편과「섬」 연작 2편과 같은 4행의 극히 짧은 시형으로부터「금강을 보며」에서 보여주는 117행에 이르는 장시형까지 폭넓게 분포한다. 또한「病室 書翰」 연작 10편과「울릉도」 연작 10편 등에서 보여주는 10+2행형은, 기왕의 시 형식에 나름대로의 창의성이 가미된 모습이어서 관심을 끈다. 즉 10구체 향가의 형식인 8(4+4)+2행 형에서 8행을 10행으로 확대하고, 마지막 두 행이 향가의 그것과 같이 결구의 역할을 하게 하여 전체 시상을 집약하고 마무리하는 역할을 부여하고 있다. 이 외에는 파격이나 실험성이 보이지 않는 바, 시 형식은 다양성 속에 온건한 형태를 유지하고 있다.

마지막으로 강조하고 싶은 것은, 김용재 시의 특징이 이러한 형식과 내용 자체에 있지 않다는 사실이다. 이들의 조화 속에서 이 시인이 보여주고자 했던 것은 궁극적으로 무엇이었던가에 있다. 그것이 바로 김용재 시학의 뿌리가 될 것인데, 성급히 말하면 내용과 형식의 변증법적 통합을 통한 인생 비평이다. 그의 시는 인간에 대한 깊은 애정과 인생에 대한 진지한 성찰로써 상부 구조를 삼는다. 이것은 시의 성패를 넘어선 인간다움의 구현이다. 그러나 이같은 시의 장점이 역으로 문제점이 될 수도 있음을 기억해 두기로 한다. 인간에게 너무 가까이 다가감으로써, 인생의 진실과 거짓을 분별하는 데 필요한 최소한의 비판적 거리감마저 소멸시킬 가능성이, 언제나 그의 시와 삶에 내재해 있다는 점을 적어두고자 한다.

콤플렉스, 혹은 미망의 숲

[1] 인간은 누구나 콤플렉스의 그늘을 드리우고 산다. 콤플렉스는 인간이 유한한 존재이기 때문에 갖는 존재론적 숙명이다. 인간이 신과 같은 완벽한 존재라면 콤플렉스를 가질 까닭이 없다. 그런데 콤플렉스를 갖는다는 것과 그것을 느낀다는 것은 차이가 있다. 많은 콤플렉스를 갖고도 그것을 전혀 느끼지 못하는, 또는 의도적으로 망각하려는 사람들도 있기 때문이다. 스스로의 한계를 알지 못하는 오만불손한 인간들이 얼마나 많은가? 그러나 콤플렉스는 겸손하고 진실한 자만이 할 수 있는 정직과 자기 인식에 맥락이 닿는다. 그렇기 때문에 허식과 과장으로 살아가는 사람들은 결코 느낄 수 없는 깊이 있는 정신 세계를 구축하기도 한다.

시인은 누구보다도 콤플렉스가 많고 그것에 민감한 존재이다. 시인의 정신 세계는 신과 우주, 그리고 자연과 대비를 통해 느끼는 상대적 결핍감으로 가득 차 있게 마련이다. 이것은 완전과 영원의 세계를 열망하며 불완전과 순간의 세계를 사는 인간이 필연적으로 겪는 아픔이기도 하다. 이때 시는 결핍된 것을 채우려는 욕망의 형식이 된다. 이런 점에서 정신분석의 혁명아 프로이트가 말한 예술에 대한 정의는 흥미롭다. 그는 예술이란 '리비도의 승화(sublimation)'라고 규정한다. 즉 예술이란, 리비도를 본능보다 고차적인 문화적 목표를 위해 발산시키는 '승화'의 대표적인 예라는 것이다. 여기서 '승화'란 결핍감을 상상적으로 충족시키자 하는 꿈의 문법과 다르지 않으며, 콤플렉스 극복의 가장 유효한 방식이 아닐 수 없다.

최종원 시인의 경우 콤플렉스는 이번 시집『장미의 뜰』(문경출판사, 1998)에서 시 창작의 중요한 동기로 작용한다. 그에게 콤플렉스는 속된 일상사에서 잠시 물러나 자신을 진지하게 되돌아보는 자성의 계기를 마련해 주는 매개체이다. 이 콤플렉스는 그로 하여금 불가에서 말하는 심우(尋牛)를 지향하게 하고, 그는 그러한 '심적인 헤매임'을 통해 시를 쓰며 마음의 안정을 찾고자 한다. 그러나 콤플렉스가 숙명인 것처럼, 그것의 완전한 극복이란 애당초 성공할 수 없는 것이어서, 시를 쓰며 마음의 안정을 찾는 것은, 시지푸스가 영원히 돌을 밀어 올려야 하듯이, 끝없이 시도해야 하는 또 다른 숙명이다. 그가 숙명처럼 미망(迷妄)의 숲을 헤매며 시를 쓰는 것은 이 때문이다. 이 시집에서 두드러지는, 미망으로 가득한 세상과 자기 자신의 내부를 고샅고샅 파고들어 그것을 파헤치는, 다수의 시편들은 바로 그러한 행위의 결과로 읽힌다. 중요한 것은, 이 시인의 심적인 헤매임이, 그것에 깊이 빠져 허우적거리는 데 머물지 않고, 멀리 반짝이는 빛의 무리를 향해 쉬지 않고 걷는다는 점이다. 따라서 그가 시를 쓰고, 내가 그의 시를 읽는다는 것은, '우리들/ 아직 망각 속에 접혀 있는 꿈을 집어내'(「골프에 대한 소견」 부분)는 일이 아닐 수 없다. 이제 그가 펼쳐놓은 콤플렉스의 심연과 그 곁에 나란히 펼쳐진 미망의 숲에 들어가 보자.

② 먼저 이 시집의 서시부터 읽어보자. 시인이 스스로 「여는 말」이라고 이름 붙인 서시에는 자신의 시에 대한 생각이 집약되어 있다. 서문이란, 출간과 관련된 저간의 사정을 산문의 형식으로 밝히는 것이 일반적이지만, 이 시집에서는 운문적 형식을 통해 자신의 시관을 함축적으로 전해 주고 있다. 즉,

> 고백하거니와 나의 시는
> 대부분이 **열등의 노래**입니다.
> 세상을 건너가다 보면
> 새로운 얼굴과 영혼들을 만나게 됩니다
> 그분들에게
> 나는 이런 생각을 하며 살고 있다고
> 내미는 **부끄러움**입니다(강조 표시-필자, 이하 마찬가지)

라는 고백은, 소박하나마 시인이 평소 생각하고 있던 자신의 시에 대한 인식을 보여준다. 자신의 시가 '열등(劣等)의 노래'이고 세상 사람들에게 내미는 '부끄러움'이라고 말한다. 사람이라면 누구나 우등(優等)을 지향하는 것은 당연할 터인데, 이처럼 자신의 열등을 노골적으로 공표하고 나선 것은 무슨 연유인가? 요즘같이 요란한 자기 광고의 시대에 던지는 이 말은, 자기 성찰을 통해 세상을 진실하게 살아가고자 하는 속 깊은 마음이다. 이 점을 초점화하여 시집의 내부를 들여다보려 한다.

자신의 우등을 힘주어 강조하는 이들의 뒷모습을 자세히 들여다 보라. 거기에 얼마나 많은 콤플렉스의 그늘이 드리워져 있는가? 그럼에도 불구하고 이 시대에 그것을 고백하거나 드러내는 일은 금물로 되어 있다. 이 시대에, 타인의 콤플렉스는, 마치 육식동물에게 풍기는 사냥감의 피냄새와 같아서, 치열한 경쟁 사회에서 자신의 성공을 위해 희생되어

야 하는 사람의 아킬레스건이다. 세상 사람들에게 이 급소를 내보이는 것은 경쟁 사회의 일원임을 포기한 자살 행위와 다름없다. 그러니까 자신의 콤플렉스를 깊숙이 은폐하고 타인의 그것을 파헤치는 일은 속사(俗事)의 성공을 보장받는 생존 전략이다. 그럼에도 불구하고 서문에서부터 자신의 시를 단도직입적으로 '열등의 노래'이고 '부끄러움'이라고 말한 것은, 세상과 인간, 그리고 시에 대한 진실한 마음의 표현으로 보지 않을 수 없게 한다. 이같은 내용은 다른 시작품에서도 자주 드러난다. 가령,

> 무너져 내리는 돌더미
> 억만 사량의 잡목 숲으로 눈이 내린다
> 바람의 소나무 갈피를 붙들고 흐느끼는
> 벼랑 소나무 가지 위로
> 눈이 내린다
> 아내의 해묵은 위궤양 위로
> **나를 데리고 다니는 열등의 갈대숲** 위로
> 눈이 내린다
>
> ──「눈」부분

라는 부분에도 자신이 간직한 콤플렉스를 말하고 있다. 눈 내리는 풍경을 배경으로 자신의 삶을 조용히 관조하며, 시인은 '열등의 갈대숲'을 말하고 있다. 다분히 심리적인 내면 세계를 '갈대숲'으로 구체화하고 있는데, 그 '열등의 갈대숲'이 '나를 데리고 다니는 것'이라는 부분으로 보아, 시인은 콤플렉스에서 자유롭지 못한 삶을 살고 있음을 알 수 있다. 여기서 '눈'내리는 곳이 '잡목 숲→소나무가지→아내의 해묵은 위궤양→나(의 내면)'로 집중되어 있다는 사실은 주목을 요한다. 눈 내리는 공간이 외부적 현실에서 내부 세계로 이동하는 것은, 시인의 궁극적 관

심이 '나'의 내면에 있음을 드러낸다고 볼 수 있으며, 그 내부를 가득 채우고 있는 것이 '열등'이기 때문이다. 시의 제목을 「눈」이라 했지만, '눈'은 '열등'을 더욱 시리게 인식하게 해 주는 매개체에 지나지 않는다. 그런데 '나' 내부에 도사리고 앉은 '열등'은 '나'와 분리될 수 없는 '또 다른 나'이다. 시인은 이 '나'를,

> 나는 **그의** 방을 모른다
> 늙지도 않는 젊은이
> 나는 절망한다
>
> ——「내 안의 그대」 부분

라고 하여 '그'로 객체화시키기도 한다. 이것은 주체 안에 깃들여진 타자의 모습이다. 여기서 자기 안의 또 다른 '나'를 3인칭 '그'로 전이시킨 것은 '나'의 '또 다른 나'인 콤플렉스가 '나'의 삶에 얼마나 중요한 역할을 담당하는 것인가를 시사해 준다. '그'는 '나'에게 '절망'을 줌으로써 속된 삶의 본질을 인식하게 해 주는 '나를 항상 따라 다닌다는 사나이'(「사주」 부분)이기 때문이다. 누군가가 자신에게 전해주는 절망만큼 세상을 바로 보게 해 주는 것이 어디 있을 것인가? 또한 시인에게 절망처럼 중요한 시 창작의 원동력이 어디 있을까? 따라서 '나'안의 '그'는 '나'안의 '황홀한 절망'(「물방울의 혼을 찾아서」 부분)을 가져다 주는 열등이 분명하고, 그것이 자신의 삶을 아우르는 지배소의 역할을 하고 있다는 고백이다. 어디 이 시인뿐이랴, 세상 사람들이 모두 그러하다. 이 시인이,

> 막연한 슬픔 같은 수증기 사이
> **열등의 푸른 문신을 감추며**
> 등을 돌리고 앉은 몸뚱이들

> 너덜거리는 상처의 둔덕을 헤집고
> 돋아 나오는 새 살의
> 묵은 시간을 문지르며 추억을 들여다본다
>
> ——「대중탕에서」 부분

고 했을 때, 자기 안의 '열등'이 세상 사람들도 모두 간직한 본질적 생리임을 말한 것이다. 시의 공간 배경인 '대중탕'은 벌거벗는 곳이다. 물론 이 벌거벗음은 외피로서의 옷가지를 벗는 일에 그치지 않는다. 이 전라(全裸)의 공간은, 무수한 타인들 앞에서 자신의 내부를 훤히 드러내야 하는 곳이다. 이러한 공간인 대중 목욕탕에서, '막연한 슬픔 같은 수증기' 사이로 보이는 나신(裸身)들이 저마다 감추고 있는 '열등의 푸른 문신'이 인간의 본질이라는 점을 시인은 놓치지 않는다. 목욕탕에 가서 인간의 본래적 모습, 그것은 모든 사람들이 갖고 있는 '내 안의 또 다른 나'로서의 콤플렉스의 실체에 대한 관심이다. 이 관심은 당연히 시인이 가지고 있는 인간관과 관련된다. 그러면 시인이 스스로의 삶과 시를 규정짓는 이같은 콤플렉스의 원인은 어디에 있는가? 그것은, 이 시집에 의하면 사랑, 역사, 허무, 언어 등에 있는 것으로 보인다. 먼저 사랑에 대해,

> **우리 사랑** 이렇게
> 산과 돌을 곱게 불태울 수 있다면
> 앙상한 나뭇가지로 남아
> 쪽빛 하늘 아래 고뇌하는
> 아픔 잊겠네
>
> ——「낙엽」 부분

라고 읊조릴 때, '우리 사랑'은 아직 한번도 불태워 본 적이 없는 미완의 그것일 것이다. '불태울 수 있다면'이라는 가정법이 그러한 사실을 말해 주는데, 실상 세상의 모든 사랑은 이처럼 '오월 바람에 지워지'(「제주 2-산방굴사」 부분)는 미완의 사랑이다. 이 사랑이 현세적인 에로티시즘이라면 미완일 까닭이 없겠으나, 그러한 영역에서는 벗어나 있는 탈속적인 경지의 것이라면 사정이 달라진다. 사랑의 완성은 상상 속에서나 가능하다. 한 사람을 만나 연애하고 결혼하고 애를 낳는 등등의 일상적 사랑이 아니라, 모두 타버린 후 재가 될지라도 인간의 속내를 훤히 밝혀 줄 수 있는 그런 최선의 사랑은 불가능하다. 그러나 인간에게 주어진, 그것도 속세를 살아가는 중생에게 그런 사랑은 '끝내 만날 수 없는/ 부르디푸른'(「상사초」 부분) 꿈의 세계일 뿐이다. 그것은 당연히 인간에게 주어진 영원한 결핍이기 때문에, 그것을 이루지 못한 자는 사랑의 콤플렉스를 갖지 않을 수 없다. 또한,

> 눈이 퉁퉁 부은 낙타 푸르르 울음 우는
> **동해 최북단 언덕**에서
> 우리의 소원은 통일을 끝까지 부르지 못하고
> 아내와 아이들은 손잡고 돌아서면서
> 다시는 이 곳에 서지 않으리라 입술 깨물었네
> ——「낙타가 바다로 가고 있었네」 부분

처럼 비극으로 얼룩진 역사적 상황이 시인으로 하여금 또 한 웅어리의 콤플렉스를 갖게 한다. 여기서 '동해 최북단 언덕'은 한반도의 역사적 비극과 안타까움을 상징하는 공간이다. 이 시의 지배적 정황은 시인이 가족들과 함께 그곳에 서서 통일의 노래를 끝까지 부르지 못하고 돌아서고 있는 것으로 설정되었다. 기나긴 분단의 상흔으로 인해 저마다의 가슴에 깊은 상처를 안고 사는 이산 가족의 심사를, 역사의 비극일 뿐

아니라, 시인 자신의 아픔으로까지 수용한 시집이다. 때로는 '국립묘지, 낙화암, 박달재, 제주'등으로 표상되기도 하는, 이같은 공간은 역사적 콤플렉스를 동반한다. 이것은 '양같은 누이들이/ 남양열도의 밀림으로 끌려가는 것'(「3.1절에」 부분)과 '토벌대에 쫓겨간 사나이들의/ 헐떡임'(「제주 4-용두암」 부분)을 잊지 못하는 것과 맥락을 같이 한다. 이러한 시에서 나는, 손종호가 이 시인의 첫 시집 해설에서 '역사적 상상력'이라 이름 붙였던 것이 지속되고 있음을 발견하는데, 이것은 현실과의 대화를 꿈꾸는 시인이라면 당연히 확보해야 할 시적 자양이라는 점에서, 이 시인이 갖는 콤플렉스의 출처가 단지 개인적 삶에 머물고 있지 않음을 알 수 있다.

이처럼, 사랑의 미완과 역사의 비극에서 파생된 것들 외에, 인간의 삶에 드리워진 운명적 자각이 시인으로 하여금 콤플렉스를 갖게 한다. 전자가 밖에서부터 안으로 다져진 내부 세계라면, 후자는 안에서 안으로 응혈진 복잡한 내부 세계이다. 후자는 달리 실존적 허무 의식이라고도 할 수 있을 터인데, 이에 대한 인식은,

> 중세 유럽의 수도원의 뜨락처럼 무성한
> 장미 가시를 가꾸었습니다
> 대로는 몰래 성문을 빠져나와 들판의 꽃을 꺽거나
> 강물의 숭어떼와 허리를 담그기도 하였습니다
> 봄이 오면 얼음이 그녀의 헝클어진 머리를 풀 듯이
> 그렇게 되기를 기다리며 갇혀 있었습니다
> 마디그늘이 이윽고 긴 그림자를 성벽에 걸치고 넘어섰을 때
> 십년을 채우려는 형기는 마침내
> 아지랑이같은 가시덤불을 지우고 사라져 갔습니다
> 아홉수로 불리우는 그해는
> 정말 이상한 바람에 뒤엉키는 잠이 가시덤불 속이었습니다
> 향기로운 가시에 찔려

> 피를 흘리고 있는 이곳은
> 내가 만든 장미의 감옥은 아닌 지요
> ——「장미의 감옥」 부분

라는 시구에 잘 드러난다. 이 시는 전체적으로 '애증의 깊은 그림자'(같은시)에서 빠져 나오지 못하고 있는 '나'의 내면 세계를 형상화한 것인데, 운명의 편견과 그늘을 스스로 만들어 그곳에 갇혀 사는 인간의 모습을 드러낸다. 이 시를 읽으면서 아홉 수에는 혼인도 하지 말라는 속설을 떠올려 보자. 이 시는 '중세 유럽 수도원'으로 형상화된 운명과 편견의 공간에 갇혀 사는, 그리하여 '성문을 빠져 나와' 인식의 자유 공간인 '늘판'에 이르고자 하는, '나'로 표상된 인간의 내성(內城)을 읊고 있다. 이것은 인간이 운명적으로 편견의 성에 갇혀 사는 존재라는 점을 드러낸다. '마디그늘이 이윽고 긴 그림자를 성벽에 걸치고 넘어설 때'에 '형기'와도 같은 아홉 수가 사라져 간다고는 하고 있지만, 시간이 지나 아홉수가 다시 오면 '나'는 또 '성'안에 갇히고 말 것이기 때문이다.

　이런 점에서 이 시는, 이탈리아 소설가 움베르토 에코가 『장미의 이름』에서 보여준 바 있는, 아집에 사로잡힌 인간의 지독한 편견과 유사하다. 이 편견의 감옥은, 아리스토텔레스의 『시학』 제2권 희극 부분에 독약을 발라놓고 그것을 읽는 수도사들을 죽음으로 몰아간, 근엄한 권위를 중시하는, 베네틱트파 수도원의 도서관장 호르헤 노인이 갇혀 있는, 밀폐된 인식의 그늘이다. 나아가 수도자인 아드소가 '장미'라는 짚시 여인과 편견의 벽을 허물고 사랑을 이루어 내게 함으로써, 그러한 편견으로부터 해방되고자 하는 인간의 의지도 함께 반영되어 있다. 위 시는 결국 이와 유사한 인식의 벽에 갇혀 사는 '나'의 실존에 대한 아픈 자각을 주요 테마로 삼고 있다. 이것이 시인이, '나는 누구지?'(「고추잠자리」 부분)라고 부단히 자문하면서,

> 나 이전에 불던 바람과
> 내 무덤 위의 웃자란 풀잎들은
> 어떤 합창을 부를 것인가
>
> ──「독백」 부분

라고 다시 묻는 것과 연관된다. 여기서 '나 이전'과 '내 무덤'은 현실(또는 현재)의 '나'를 포괄하는 '나'의 실존적 총체이다. '나'를 화두로 삼아 자신의 존재에 대한 물음. 이를 달리 실존적 허무감이라 할 수 있는 바, 위의 시구는 이런 점에서 일상을 넘어서는 시적 인식을 보여준다. 일상적 인간은 허무라는 실존의 형해(形骸)를 알아차리지 못하고, 그저 현실의 '나'만을 고집하며 부초처럼 살아가지 않는가? 시인은 이런 사실을 자각하고, 그것을 넘어서려 할 때 울음을 운다. 이 울음은 슬픔, 서글픔 등과 함께 자주 등장하는 시어인데, 문제는,

> 역광에 붉은 속살 환하게 떨고 있는
> 단풍잎 얼굴에 취해서
> 나도 그냥 울고 넘었습니다
>
> ─「울고 넘는 박달재」 부분

> 밀려드는 그리움 앞에
> 마냥 울고 싶어 뿐이어니
>
> ──「제주 5-서귀포」 부분

에서처럼, '그냥 울'거나 '마냥 울고' 있다는 사실이다. 분명한 외부적 인과 관계 없이, 이처럼 '그냥, 마냥' 울고 싶다는 것은, 그 울음이 인간의 실존적 허무 의식에 뿌리를 대고 있다고 볼 수 있다. 인간의 내성인

콤플렉스를 기억할 때, 인간은 실상 평생을 울어도 모자란 존재이다. 그래서 시인은 시를 통해 빈번히 울고 서글퍼 하는지도 모른다. 시인은 바다를 보고도 '한때 비겁함으로 평생을 뒤척이는/ 사나이 울음'(「밤바다—남당리에서」 부분)으로 인식하고, '개구리 울음'을 보고도 '저승의 논바닥에 잦아드는'(「耳鳴」 부분) 것으로 인식한다. 그리하여 가을 햇살마저도 '마침내 황홀한 슬픔으로 눕는다'(「가을 햇살」 부분)고 말한다. 이들 외에도 「융프라우 오르는 길에」, 「별」, 「방학」, 「순대」 등의 많은 시에도 울음의 계열체로서 아픔, 슬픔, 서글픔 등이 주요 에피세트로 등장하고 있다.

그러면 이같은 울음을 통해 시인이 지향하는 바는 무엇인가? 그것은 인간이 운명적으로 떠안고 사는 콤플렉스에 대한 카타르시스이다. 울음은 일상적 인간을 넘어서기 위한 고행의 과정이자 어두운 콤플렉스로 가득 찬 내면의 터널에서 빠져나오는 방식인 것이다. 그러나 그 터널을 빠져나온다고 울음의 흔적이 사라지는 것은 아니다. 특히 시인은 언어로써 울어야 하기에 언어 앞에 다시 절망한다. 시를 쓰는 사람으로서 언어에 대한 절망의 기억이 없는 사람은 아마 없을 것이다. 시인의 컴플렉스는 그만큼 깊디 깊다. 시인이,

> 봄눈 녹아 산길 열리자
> 백제적 산수유
> 노란 액즙으로 터져 오르는
> 오솔길 따라 산사에 오른다.
>
> 겨우내 찾아 헤매던 **언어**들이
> 가랑잎으로 뒹굴며
> **미망의 숲**을 이루고 있었다.

> 말로써 말을 구원할 수 없다
> ——「심우정사 1」 부분

라고 읊는 것은, 자신 느껴왔던 콤플렉스가 또한 언어에 대한 절망에 있음을 말해 준다. 이 시에서 고적한 '산사'에 오르는 화자는 언어의 연금술을 꿈꾸어 왔던 자로 간주할 수 있다. 그가 거기서 발견한 것은 '겨우내 찾아 헤매던 언어들'이다. 속세에서 그토록 찾아 헤매던, 기어이 찾을 수 없었던 언어들이, 탈속의 공간인 산사 오르는 길에 '가랑잎' 처럼 널부러져 있다. 그런데 그 언어들이 이루어 놓은 것이 '미망의 숲' 이다. 미망이란 사리에 어두움, 혹은 심적인 헤매임을 일컫는 말이다. 오랫동안 자신이 찾던 언어가 미망일 뿐이라니! 이것은 하나의 깨달음의 경지에서 멀리 떨어져 있지 않음을 말해 준다. 그가 그토록 찾아 헤맨 것이 기실 거짓 언어였던 것임을 깊은 산사의 고요가 시인에게 전해준 것이다. '말로써 말을 구원할 수 없다'는 것은 바로 그러한 사실에 대한 단언인데, 이 때 수단으로서의 '말(로써)'은 목적으로서의 '말(을)' 을 지배하지 못한다는 인식과 닿는다. 그러니까 시의 화자로 상정된 세상 사람들은, 어리석게도 '말' 자체가 목적이 되어야 하는 고도의 경지에 이르지 못하고 있고, 시인은 이런 점에 대한 통찰을 이 시구로 드러내고자 한 것이다.

그렇지만, 신성한 '말'에 대한 열정이 있는 사람들(혹은 시인들)은 이러한 미망의 숲을 헤매고 절망을 하는 데 머물지 않는다. 시인은 언어에 대한 영원한 도전자이기 때문이다. 그 언어로 이루어진 '미망의 숲' 에 대한 헤매임 끝에 마침내 인생에 대한 발견과 자각이 있을 것임을 인식하는 것은 그 때문이다. 위에 인용한 것과 같은 시에서,

> 관음 잎술만한 쪽마루 위엔

지난여름 가장 싱싱한
낱말들만 따 모아 다려낸
산 두충차 한 잔 받아들고
귀 열린 이들은
그 향기를 듣고 있었다

라는 자각은, 언어에 대한 절망을 통해 고아한 삶의 궁극을 인식한 모습을 드러낸다. 문제는 다시 언어이다. 여기서 언어란, '산 두충차' 잎사귀를 '가장 싱싱한 낱말'이라고 한 것으로 보아, 현실적이거나 인공적인 언어가 아닌 초현실적이고 순수한 자연어임에 틀림없다. 달리 불립문자(不立文字)라고도 말할 수 있는 이 언어는, 그것을 열망하는 '귀 열린 이들'만이 그 향기를 들을 수 있다. 향기를 듣는다? 이것은 아주 재미있는 표현이다. 이 공감각적 표현 속에는 일종의 구도적 자세마저 엿보인다. 눈을 지긋이 감고 한 잔의 차를 마시는 노스님의 청량한 표정처럼, 신성한 '말'의 색깔을 감별할 수 있는 사람은 '말'을 들을 뿐만 아니라 맛보고 감촉할 수 있다. '향기를 듣'는다는 것은, 따라서 물리적 지각을 초월하는 선적(禪的)인식 작용으로서, 오랜 수련 끝이 아니면 도달하기 어려운 삶의 경지를 말한 것이다. 이같은 인식의 형상화를 이루어 낸 이 시인 역시 그 '귀 열린 이들' 가까이에 가 있을 것임은 분명하다. 이 시인이,

슬픔의 꼭대기에 서면
그 환희
시퍼런 장막으로 서 있고나

──「제주 5-서귀포」부분

라는 인식에 다다르지 않았는가? 이제 시인은 '푸른 꿈의 높이를' 마침

내 '그윽한 눈빛으로 말'(「충주행」 부분)할 수 있게 되었다. 시인은 언어로 꿈을 꾸는 사람. 아니 현실의 문법을 초탈한 꿈의 문법으로 말할 줄 아는 사람이다. '슬픔의 꼭대기'를 '환희'의 송가로 들을 수 있는 자, 그가 시인 아니고 무엇이랴.

③ 시를 쓴다는 것은 자신의 내부 세계에 대한 정직한 인식 행위와 다르지 않다. 자기 안에 꿈틀거리는 욕망과 사랑, 콤플렉스 등에 대한 진실한 표출에 있어서 시만큼 잘 어울리는 예술 양식도 없다. 시가 다른 문화 양식보다 주관적인 자기 성찰의 방식이 될 수밖에 없는 것은 이 때문이다. 그런데 자기 성찰을 위해서는 거울이 있어야 한다. 그 거울은 물론 지고한 형이상학이 될 수도 있고, 신성한 자연의 이법이 될 수도 있고, 또한 이전 투구하는 현실의 논리일 수도 있다. 그런데 더욱 중요한 것은, 그것들이 내면을 향하는 통로를 거쳐 자신의 마음 깊은 곳에 자리를 트는 불투명한 자아가 아닐 수 없다. 이것을 프로이트는 에고라고 불렀고, 그 깊은 곳에 콤플렉스가 있음을 말했다. 다른 말로는 타자 의식이라 할 수 있는데, 최종원의 시에는 물론 이같은 타자 의식이 명징하게 드러나 있지는 않지만, 그가 스스로 '열등'이라고 말한 이 콤플렉스의 문제에 많은 관심을 보이고 있다. 이 글은 심리 분석적 태도와는 거리가 있지만, 많은 시에서 콤플렉스가 시 창작의 동기 구실을 하고 있다는 점을 살펴보았다.

깊고 검푸른 바다와도 같이 넘실대는 콤플렉스, 그 무형의 심해(深海)가 최종원으로 하여금 탈일상적 경지를 추구하는 시 세계를 형성케 했다. 나는 그것이 어두운 우울증의 데카당스가 아니라, 진실한 삶을 향한 내면의 고통스런 울림이라는 점에 주목하고자 한다. 이 콤플렉스의 노래가 온순한 시형식에 의해 무난하게 걸러진 율어(律語)로 발산되는 것도 그러한 특징과 관련된다. 콤플렉스의 시학이 보여주기 쉬운 초논리적 언어나 기이한 형식에 의지하지 않는다는 것이다. 이 점은 그의 시가 갖는 장점인 동시에 한계이다. 즉 시적 소통의 과정에서 안정된 느낌을 주기는 하나, 한편으로는 시 자체의 내용과 표현이 어울리지 못하고 혼선을 겪는 경우가 종종 있다. 때에 따라서는 과감한 형식 실험이나 크리스테바가 말한 코라(chora)의 언어를 발굴해 보는 것도 필요하지 않을까?

이러한 경지의 더욱 성숙한 도달점을 향해 시인은 더욱 깊은 미망의 숲으로 걸어 들어가야 하리라. 언젠가 '나' 안의 자연이 들려주는, 시원적 음률로서의 '처음 들어보는 소리'(「득음」 부분)를 발견하여 '푸른 꿈은 바늘처럼 돋이 오르'(「소나무」 부분)기 위해, 더 우거진 미망의 숲을 다시 힘차게 헤쳐 나가야 하리라. 그 미망의 숲 끝자락에는 이제껏 추구해 왔던 콤플렉스의 더더욱 넓고 깊은, 그리하여 인간과 삶의 한 자락 깊은 성찰을 할 수 있는, 시원의 바다가 펼쳐져 있지 않을까?

씨디롬(CD-Rom) 시집 읽기

⑴ 시의 소통 방식이 달라지고 있다. 하얀 종이 위에 검은 잉크로 전달되던 시가 PC의 멀티 미디어 시스템을 통해 이루어지는 일련의 퍼포먼스로 다가온다. 과거 종이책으로 획일화되었던 시의 출간과 판매, 구입 등의 소통 방식이 이제 영상 매체로 서서히 옮아가고 있다. 이것은 광의로 보면 첨단 과학의 발달과 함께 전개된 포스트모더니즘 문화의 대두와 깊이 관련된다. TV, 비디오, 영화, CD, PC 등 영상 미디어를 중심으로 하여 이루어지고 있는 오늘날 문화 형식이, 가장 고전적인 문학 양식인 시 장르의 소통에도 영향을 끼친 결과이다. 월간 ≪현대시≫(1998년 10월호)에서 이번에 기획한 CD-Rom 시집은 시의 소통 구조에 있어서 일대 변혁을 예고한다. 『현대시 씨디롬 시집 1998』이라고 이름 붙인 이 시집에는 총 96권의 일반 시집과 동영상 멀티포엠을 포함하여 100권 가까운 분량의 시를 한 장의 CD에 담고, 해당 시인들의 프로필과 자서, 시집 해설 등은 CD와 종이책(월간지)에 동시에 소개하고 있다. 물론 CD 형태를 띤 시의 소통 방식으로서 이번이 최초는 아니지만,

그 당대적 창작 현장을 직접 독자에게 연계해 주는 대규모 기획이었다
는 점이나, 문자, 동영상, 음향 등을 복합적으로 활용한 멀티포엠을 본
격적으로 시도했다는 점 등은 현대시사상 중요한 의의를 지닌다.

또한 시를 매우 경제적으로 공급할 수 있다는 점에서 오늘날 어려운
출판 환경을 극복하는 하나의 방편이 된다는 점도 기억할 만하다. 시의
소통에 참여하는 사람들, 즉 시인, 출판업자, 독자 모두에게 긍정적 영
향을 준 것으로 판단된다. 시인의 입장에서는 출판사에서 출판 비용을
담당해 주는 일부 시인을 제외하고는 직간접으로 지출해야 하는 수백
만 원의 출판비를 크게 절약했고, 또한 출판업자의 입장에서는 종이값
등 각종 인쇄비용을 현저하게 줄일 수 있었다. 특히 독자의 입장에서
는, 약 100권의 분량의 시집을 문예지 한 권과 함께 단돈 만 원에 구입
할 수 있다는 점에서, 가히 획기적인 일이 아닐 수 없었다. 요즈음 시집
한 권에 대략 오천 원이라는 점을 감안하면 거의 무상으로 시를 공급
받는 것이나 다름없다.

문제는 이러한 작업이 더욱 빛을 발휘하기 위해서는 극복해야 할 몇
가지 과제가 있다는 점이다. 그중 가장 중요한 것은 고품질의 작품성을
지닌 시인과 작품을 적극적으로 확보해야 하는 문제이다. 이번 작업에
서 대량의 작품집을 일시에 묶어내다 보니, 일부 자기 검열을 철저히
하지 않은 시집이 끼어 있다는 인상이 든다. 이같은 필자의 느낌이 사
실이라면, 이것은 옥의 티로 남을 수밖에 없다. CD-Rom 시집이 소통
구조상의 효과적인 방식으로의 변화를 추구하는 것이어야지, 작품의 완
성도를 이완시켜 버리는 쪽으로 진행되어서는 곤란하다는 점을, 향후
기획에 참여하는 사람들은 염두에 두어야 할 것이다.

그러나, 그렇다고 하여 이번 작업의 의의가 상쇄되는 것은 아니다.
이번 기획을 성공적으로 수행한 《현대시》에서는 이러한 작업을 계속
이어나갈 것이라고 한다. '우리 문화의 최전선이며 새로운 담론의 생산

자'임을 자부하는 시 전문지로서 문화적 환경의 변화에 능동적으로 대처하는 민첩한 행보가 아닐 수 없다. 향후 전개될 후속 작업들이 기다려진다. 다음의 글은 이번 작업에서 필자에게 주어진 나태주, 김완하, 이은옥 등의 시집에 대한 간략한 논평들이다. 참고로 아래의 촌평은 CD-Rom 시집이 출간되기 전에 필자에게 주어진 종이 원고를 보고 쓴 것이고, 지금 적고 있는 이 서두는 CD-Rom 시집이 나온 후에 첨가한 내용임을 밝혀 둔다.

2 나태주의 『검정 염소와 더불어』는 시선집으로서 그 동안 시인이 추구해온 시적 이력이 순차적으로 정리되어 있다. 나는 이 시집을 읽으며 우리 시단에 참으로 아름답고 순수한 세계가 있음을 새삼 확인한다.

세상에는 많은 종류의 보석이 있다. 금강석, 비취, 에메랄드, 유리, 호박…. 그러나 이들보다 더 값진 보석이 하나 있다. 한 시인이 자연으로부터 채굴해 낸 서정의 세계가 그것이다. 나는 그것에 '맑고 깊은 서정'이라는 이름을 붙이고 싶다. 이 보석은 얼마전 세간의 화제가 되었던 '물방울 다이아몬드'와 달리 현대 사회의 지배소인 자본이나 권력의 자리에서 멀리 벗어나 있다. 오히려 그들로부터의 충분한 거리감을 유지함으로써 가치를 부여받는다. 그의 보석은 물질적 욕망의 대상이 아니라, "바람은 구름을 몰고/ 구름은 생각을 몰고/ 다시 생각은 대숲을 몰고"(「대숲아래서」 부분) 오는 사유의 대상이거나, "풀벌레와 물고기들에게/ 무엇보다도 씨앗과 열매를 남기고 죽어 가는/ 나무들에게 풀들에게"(「경배의 시간」 부분) 보내는 경배의 언어이기 때문이다.

자연의 경배자인 나태주 시인의 시는 우선 희귀하다. 특히 오늘날과 같은 첨단화된 문명 사회에서 그의 시는 분명 희귀한 전경(前景)이다. 첨단의 기계음들이 세상을 어지럽히고, 많은 시인들 또한 그러한 불협화음에 기대고 있는 최근 시단상황에서 그가 불러내는 자연의 소리는 흔히 볼 수 없는 아름다움을 발산한다. 그 아름다움의 원천은 그가 스스로의 삶의 향방을 규정하여 "유채꽃 노오란 꽃핀 것만 봐도 눈물고"(「막동리 소묘」 부분)이는 순정과 "나도 순하게 한 세상/ 살다가고 싶을 뿐"(「검정 염소와 더불어」 부분)이라는 순수의 서정에서 출발한다. 또한 그런 순한 마음으로 자연을 보니 본심이 순한 자연도 스스로 그 아름다움의 본질로 시인에게 화답한다. 자연은 "강물 뒤에서 童貞의 속치마를/ 슬쩍슬쩍 들어올"(「눈 먼 사람을 위하여」에서)려 주거나, "사람인 내가 모르는/ 잔잔한 기쁨의/ 강물이 흐른다"(「기쁨」 부분)는 것을 보여 준다. 이때 시인은 시를 쓴다.

나태주의 시는 또한 불변성을 하나의 특징으로 한다. 그의 시는 삭막한 시대의 변화와 기계적 문명의 진보를 거부한 채 우주적 생명의 영원성을 간직한다. 이 포용의 원리는 물론 그가 인위적으로 의미를 부여한 것도, 부여할 수도 없는 본질적 생명력에 대한 외경심과 함께 한다. 이런 점에서 그의 시는 무위의 영원상인 자연 그 자체를 수원(水源)으로 삼아 끌어올린 투명한 물줄기이다. 따라서 그가 청년기의 삶 혹은 시인으로서의 출발기에 "가슴에 피어서 좀쑤시게 하는/ 분홍, 분홍. 연분홍의 안개들을/ 곱게 다스려/ 말간 이슬 한 종재기로라도/ 걸러내는 일이다"(「夏日吟」 부분)라고 했을 때나, 오늘날 중견 시인으로 자리 잡은 뒤 "세상에 그 흔한 눈물/ 세상에 그 많은 이별들을/ 내 모두 졸업하게 되는 날/ 산으로 다시 와/ 정정한 소나무 아래 터를 잡고/ 둥그런 무덤으로 누워/ 억새풀이나 기르며/ 바람소리나 들으며 앉아 있으리"(「다시 산에서 와서」 부분)라고 했을 때의 시는 동일 문맥에서 파악이 가능하다. 시인은 변치 않는 시심으로 시를 쓴 것이다. 그러나 그의 시가 자연이라는 지속적이고 일관된 세계를 특징으로 한다고 하여 서정의 다양한 울림이 결핍되어 있는 것은 아니다. 그의 시는 자연뿐 아니라 인간의 삶이 분광(分光)하는 그 다양한 파노라마를 놓치지 않는데, 이 점

은 진정 아름다운 보석이란 보는 방향에 따라 다양한 광채를 발휘한다
는 속성과 닮았다. 더 깊은 감동을 전하기 위해 그의 시는 자연의 단조
음과 어우러지는 비릿한 삶의 내음과 아픔을 노래하기도 한다. 즉「추
부를 지나며」,「독꽃」,「메꽃」,「路上에서」,「기도」,「국민학교 선생님」,
「아버지를 찾습니다」,「외할머니」 등에 나타나는, 순한 자연이 겪는 반
생명적 변화와 소외감을 더욱 고통스럽게 사유하는 모습은, 자연을 더
욱 심미의 신비한 영역으로만 보아 온 다른 시편들과 상이한 자연관을
드러내고 있어 주목된다.

나태주의 시는 이처럼 희귀성과 불변성을 기초로 삼아 생명, 사랑,
평화 등 자연의 다양한 속성을 드러내고자 한다. 그렇지만 그의 시가
유리 상자 속의 금강석처럼 단순하고 정적인 풍경만을 보여주려는 것
은 아니다. 시인에게 자연을 노래함으로서써 세상을 더욱 아름답게 하고
자 하는 내적 신념이 꿈틀거린다는 점은 중요하다. 이같은 사실은 시를
사랑함으로써 "지구 한 모퉁이가 더욱 깨끗해지고/ 아름다워졌습니다"
(「시」 부분)라고 분명히 말하는 데서 확인할 수 있다. 그러므로 그가 자
연이라는 토양에 틔운 시의 싹은 심미적 목적성을 분명히 간직하고 있
는 것으로 읽힌다. 이것은 물론 공리주의적 목적성이라기보다는 세속사
의 번잡스러움을 "오로지 물소리로 새소리로 물벌레 울음소리로 밝혀"
(「산」 부분) 낼 수 있는 아름다운 세계에 대한 강렬한 소망의 표현이다.

이번 시집은 시인의 말대로 시 인생의 전반부, 즉 데뷔 이후 27년의
시작 생활을 결산하는 의미를 갖는다. 이 시집에 드러나는 자연에 대한
경외와 그곳에 묻혀 사는 이들에 대한 인간적 애정은 한국 서정시의
전통 정서를 계승한 것으로서의 고전적 가치를 지닌다. 이같은 세계는
시류에 휩쓸려 가볍고 순간적인 변화와 파격만을 미덕으로 삼는 탈서
정적 시인들에게 많은 시사점을 던져준다. 인공 정원의 삭막한 메커니
즘과 세기말적 죽음 충동의 퇴폐적 정서가 삶을 억압하는 이 시대에

우리가 잃어버리기 쉬운 고전적 가치를 환기해 주는 것이기 때문이다. 그가 채굴한 '맑고 깊은 서정'이 많은 독자를 확보하며 지속적으로 그들의 심금을 울려주는 까닭이 여기 있다.

이제 우리는 나태주 시의 후반부를 기다려 본다. 그의 시는 자타가 공인하듯 미당, 목월, 신석정, 박재삼, 이형기 등의 서정적 맥락에 잇닿아 있다. 이제 그에게는 이러한 호평을 다시 극복하는 일이 남았는데, 이를 위해 시인은 어떤 새로운 시도를 할 지 기다려진다. 구체적으로는 시적 사유의 매개나 표현 방식에 있어서의 변화도 기다려 봄직하다. 시인의 "숲속에는 우리가 마저 다 부르지 못한 노래의 새싹들이 자라고 있"(「숲」 부분)으니, "하늘과 땅이 진저리칠"(「하늘의 서쪽」 부분) 만큼 도저한 아름다움의 세계에 대한 나의 기다림은 결코 헛되지 않으리라. 이 시인은,

> 무엇이 아직도 그리 아깝고
> 무엇이 아직도 그리 부끄러웠으랴
> 헐어 버려라 헐어 버려
> 혼자서 중얼거리며
> 봄 여름 내내 땀흘려 쌓아 올린
> 바람의 깃발을 내리고
> 잠들 채비를 서두는
> 저 나무를 좀 보세나
>
> 가렸던 하늘을 비워
> 구름에게 새들에게 길을 내주고
> 더러는 오락가락 눈발에게도
> 놀이마당을 깔아주는
> 저 늦가을의 나무 좀 보시게나

뿐이랴
떨군 나뭇잎으로 너무 오래 붙박이로 있어서
퉁퉁 부어오른 스스로의
발등을 덮고 난 뒤에
제 이파리며 줄기 갉아먹던 벌레들의 애벌레에게까지
따뜻한 잠자리를 내어주는
더러는 제 열매 훔쳐가는 얄미운 작은 몸집의 포유류에게도
눈보라와 추위를 피할 수 있는
편안한 보금자리를 마련해 줄 줄 아는
이 가을산의 크신 어른
오직 어지신 어른을 보시게나
———「가을 산길의 명상」 전문

와 같이 깊고 아름다운 서정을 간직하고 있으니.

③ 김완하의 『어둠만이 빛을 지킨다』도 시선집의 성격을 띠고 있다. 이 첫 시선집을 통해 이제까지의 시적 성과를 성찰하여 더 큰 시인으로 나아가는 좋은 계기가 되리라 믿어 의심치 않는다. 나는 이 시집에 '식물성 영혼의 울림'이라는 별칭을 하나 붙이고자 한다. 그러면 왜 '식물성 영혼'인가?

인간의 문명은 동물을 닮았다. 그것도 육식성 동물의 잔혹성을 빼 닮았다. 자신의 허기를 달래기 위해 약육강식의 비정한 이치에 철저히 기대 사는 동물처럼, 문명은 온갖 자연적인 것들을 자신의 식탁 위에 마구잡이로 올려놓는 것이다. 따라서 인간이 일구어 온 문명이란 파괴의 역사와 다르지 않으며, 문명이 발달할수록 인간은 생명의 따뜻함을 잃고 반생명의 물질성 속으로 빠져들게 된다. 그래서 나는 가끔 상상을 해본다. 만일 인간이 식물이었다면? 물론 인간이 식물일 수는 없을 뿐 아니라, 식물 자체가 된다는 것은 큰 의미가 없을 것이다. 내가 말하고

자 하는 것은 식물이 아니라 은은한 생명과 조용한 평화, 그리고 따뜻한 사랑을 담지하는 식물'성'의 존재이다. 인간의 가슴을 이런 식물성으로 가득 채울 때 세상은 첨단의 물질 문명으로 삭막해진 지금의 모습과는 사뭇 다른 모습이 될 것이기 때문이다.

김완하 시인은 나의 이런 상상을 구체화시켜 준다. 그의 시에는 식물의 이름들이 유난히 많이 등장하여 시에 따사로운 생명의 숨결을 불어넣는다. 동백꽃, 콩밭, 봉숭아, 솔방울, 미루나무, 씀바귀 잎, 칡덩굴, 나팔꽃, 패랭이, 질경이, 철쭉, 포도나무, 참꽃, 사시나무, 떡깔나무, 호박, 찔레꽃, 나리꽃, 씀바귀, 은행나무, 진달래, 상수리나무, 소나무, 갈참나무, 감나무, 참나무, 감자, 오리나무, 느티나무 등이 그것이다. 그런데 이들의 이름을 살펴보면 외래종이 아닌 우리의 토속적인 식물뿐이라는 특징이 있다. 이들 외에도 보통 명사로서의 숲, 꽃, 풀, 나무 등은 더욱 빈번하게 그의 시에 등장하여 중요한 상상의 모티브 역할을 한다. 내가 주목하고자 하는 것은 이들은 단지 식물로서의 소재적 차원에 머물지 않는다는 점이다. 다시말해 이들 대부분은 오늘날의 동물적이기와 타락으로 얼룩진 이 세상과 어울릴 수 없는 것들로서, 자연의 넉넉한 품과 영성(靈性), 그리고 인간의 삶과 세상사를 읽어내는 데 매개 역할을 하는 식물'성'의 존재로 등장한다. 가령,

> 미동 없이 차 오르는 떡갈나무 곁에서
> 내 영혼엔 맑은 샘물이 고인다.
> ——「겨울 숲의 고요가 나를 깨운다」 부분

라고 했을 때, '떡갈나무'는 그러한 식물성의 중심에 서 있다. '나무'가 있음으로 '영혼'을 청정하게 할 수 있다는 것인데, 이것은 또한 그가 시에 식물성을 끌어들여 시화(詩化)하고자 하는 주된 이유인 것이다. 그

는 '나무' 혹은 식물성으로 인하여 세상을 보는 눈을 가진 것이며, '떡갈나무' 잎사귀 사이로 들어오는 반짝이는 햇살 같은 시를 쓸 수 있었던 것이다. 나무는 "뿌리깊은 땅 속 흐르는 강물에 발을 적시고, 머리로는 둥그런 하늘을 인 채 마을 전체를 가슴에 품고 있었"(「우리마을 나무」 부분)으니까.

그러나 그의 시에 동물이 등장하지 않는 것은 아니다. 뻐꾹새, 왕개미, 매미, 집게벌레, 학, 왕개미, 개구리, 참새, 게떼, 새들 등 주위에서 쉽게 찾아볼 수 있는 것들이 나온다. 그런데 이들의 면면을 보면 식물성과 전혀 배치되는, 즉 인간을 해롭게 한다거나 자연을 파괴하는 속성을 지닌 동물'성'과는 거리가 멀다. 그리하여 이들은 아름다운 식물성과 조화를 이루어 시적 서정을 뒷받침해 주는 구실을 한다. 「나무와 매미」는 이러한 특징을 가장 잘 보여주는 예인데, '나무'는 '매미'로 인하여 하늘로 불타오르는 영혼의 존재가 된다. 가령 "스스로 깨어난 나무들은/ 바위 속 빈 고독의 알을 깬/ 매미 하나씩 불러와 제 가슴에 품고/ 뜨거운 살을 부비며 운다"고 했을 때, '나무'는 이미 자신의 의미를 자각한 영적인 존재이다. 같은 시를 시인은 "저 수풀 속 미루나무들의 떼울음 소리/ 나무 이파리 일제히 불타오르며/ 둥글게 둥그렇게 감기는 나이테"라고 마무리지었는데, 이때 '나무'는 매미의 열정적 울음에 의해 타오르는 불꽃이 된다. 나무가 땅에서 솟아 하늘을 향하니 엘리아데가 말한 세계축으로서의 나무인 것이다.

나는 말하고 싶다. 김완하 시에는 시에 대한 열정이 두드러지는데, 그것이 동물적 욕망은 아니고 시가 인간의 정신적이고 정서적인 결핍을 메꾸려는 노력의 일환이라면, 이 시인의 경우 문제삼고자 하는 것은 그 동물성의 현현인 욕망이 아니라 식물적 상상에 토대를 둔 희망이다. 파란 녹음이 우거지, 혹은 앙상한 가지로 남은 나무를 타고 오르는 저 하늘을 향한 희망은, 그리하여 도시의 현란한 네온사인이 아니라 빛 중에 가장 식물적인 빛인 별빛(「별」 부분)이다.

이러한 식물성 영혼은 시인의 고향에 뿌리를 담그고 있다. 이 시인의 고향은 그의 시에서 '마을' 이미지로서 자주 등장하는데, 그곳은 아직 공동체적 삶의 따사로움이 남아 있는 곳이다. "마을 언덕에는 큰 느티나무 한 그루 서 있"고, "뿌리깊은 땅속 흐르는 강물에 발 적시고, 머리에는 둥그런 하늘을 인 채 마을 전체를 제 가슴에 품고 있"(「우리 마을 나무」 부분)는, "모내기가 다 끝난 다음날" 시골의 작은 시내 '한천'에서는 '대동천렵' (「대동천렵」 부분)이 있는 곳이다. 이곳이 바로 시인의 상상력이 발원하는 원체험의 공간이다. 그곳에 사는 사람들은 동물적 욕망은 멀리한 채 식물성의 순수함으로 살아간다. 시인도 한때 그들 중의 한 사람이었다. 그러나 지금은 도시적 일상의 세속에 휩쓸려 욕망을 살고 있으니 그곳이 그립지 않을 수 없다. 이것이 고향에 대한 그리움의 형식으로 시를 쓰는 이유다.

김완하의 시는 이처럼 고향 마을의 자연에 둥지를 틀고 있다. 그 자연의 숲에는 정교하진 않으나 불러도 불러도 끝이 없는 기나긴 노래가 있다. 그러므로 시인 고은이 "부쩍 큰 산이 버티고 서 있는 광경은 대장부적"이라 하여 김완하를 "오래 갈 시인"으로 규정한 것은 아직 유효하다. 무릇 대장부는 속세, 그것도 경박과 타락으로 얼룩진 속세에 결코 연연하지 않는다. "쓰러진 산자락 비탈 한 켠을 떠 받쳐/ 이 땅의 중심으로 우뚝 선다."(「감나무」 부분)고 한 것처럼, 시인은 이제 욕심 내지 않는 적당한 보폭과 단아한 걸음걸이로 우리 시의 무거운 중심을 향해 갈 것이다. 그러나 중심은, 그 시적 울림은 추상이 아니라 구상이어야 한다. '마을'이나 '나무'가 아니라 '마정리'와 '느티나무'처럼 더 구체적인 감각화가 이루어져야 할 것이다. 그러면, 그의 길에는 수줍은 풀잎들과 만발한 꽃들이 어우러지고, 저 하늘을 향해 치솟는 나무들도 반기리라. 그 나무 위에서는,

별들이 아름다운 것은
서로가 서로의 거리를
빛으로 이끌어 주기 때문이다
하루의 일을 마치고
허리가 휘어 언덕을 오르는
사람들 발 아래로 구르는 별빛,
어둠의 순간 제 빛을 남김없이 뿌려
사람들은 고개를
꺾어 올려 하늘을 살핀다
같이 걷는 이웃에게 손을 내민다

별들이 아름다운 것은
서로의 빛 속으로
스스로를 파묻기 때문이다
한밤의 잠이 고단해
문득, 깨어난 사람들이
새벽을 질러가는 별을 본다
창밖으로 환하게 피어 있는
별꽃을 꺾어
부서지는 별빛에 누워
들판을 건너간다

별들이 아름다운 것은
새벽이면 모두 제 빛을 거두어
지상의 가장 낮은 골목으로
눕기 때문이다

──「별 1」 부분

에서처럼 '별빛'이 반짝이고, 그것이 '지상의 가장 낮은 골목'에까지 내려앉는 아름다움을 시인은 알고 있으므로.

　④ 이은옥의 『이른 아침 사과는 발작을 일으킨다』는 처녀 시집이다. 시인으로서 첫 시집의 출간은 남다른 감회를 불러일으키게 마련이다. 아마도 시인은 마치 첫 아이를 낳은 것처럼, 설레이고 뿌듯한 마음에 한동안 즐거웠으리라. 나는 이 시집에 '아픈 기억의 속살 파고들기'라는 이름을 붙여 축하의 뜻을 전하고 싶다.

　인간은 기억과 망각의 적절한 조화 속에서 살아간다. 그런데 이 기억과 망각의 생리학은 인간의 의지와는 사뭇 다른 방향으로 전개될 수 있다. 잊고 싶은데 기억되는 것이 있는가 하면, 기억하고 싶은데 망각되는 것도 있다. 시는 이러한 생리적 삶을 넘어서는 형식이므로 시인은 기억과 망각을 자신의 의지에 따라 조절하고자 한다. 그런데 삶의 과거가 아픈 생채기로 남은 사람일수록 기억이 삶에서 차지하는 비중은 커진다. 기억의 미궁에서 방황하다가 과거의 쇠사슬에 묶이기도 하고, 기억에서 흘러나오는 신물에 처절하게 망가지기도 하고, 기억을 딛고 일어서서 새 삶을 꿈꾸기도 한다.

　여기 아픈 기억의 속살을 파고드는 시인이 있다. 젊은 날의 생생한 기억들을 시의 문맥으로 끌어들이는 그녀의 시는 기억의 만화경이다. 시로 옮겨오는 그녀의 기억은 그리 오래되지 않은 것들로서 아직 아물지 않은 상처의 모습으로 남아 있다. 상처의 한쪽은 이미 응고되어 피딱지를 만들었으나, 다른 한쪽은 아직 발그레한 점액질로 터져 있다. 그 상처를 들여다 보는 일은 시인에게나 내게나 고통스런 일이다. 랭보의 유명한 시구처럼 "상처 없는 영혼이 어디 있으랴"만, 아픈 "기억을 한다는 것은 불치의 병을 앓는 것"(「기억이라는 것」 부분)이니까. 그러나 시는 고통을 먹이로 삼는 반추 동물이다. 그녀는 굳이,

한 무리의 과거떼가 사위를 휘감고
차단된 내 기억 위로 스쳐 지나간다
　　　　　　──「나는 과거를 사냥하러 간다」 부분

는 순간을 포착해서 시를 쓰지 않는가? 과거형을 많이 쓰고 있는 이 시
인이 어법에서 '지나간다'는 현재형의 채택은, 그녀의 기억과 그것을
매개로 삼고 있는 시가 단순한 과거의 회상이나 낭만적 향수를 넘어서
고 있음을 눈치챌 수 있게 한다. 그녀는 시의 안으로 깊숙이 밀어 넣고
자 한다. 그 '과거떼'들이 지나가는 '기억 위'는 시의 무대이며, 그 숫한
과거를 하나하나 그 무대에 올려 고백하는 형식으로 시를 이룬다.

　그 기억에 관한 고백은 "어둡고 칙칙한 세월"(「이른 아침 사과는 발
작을 일으킨다」 부분)로 얼룩져 있다. 그 고통스런 세월이 시인으로 하
여금 시를 쓰게 하므로, 그녀가 읊조리는 기억의 노래는 어둡고 처절할
수밖에 없다. 그 구체적 이유는 "사람들이 깎고 간 머리카락은 아버지
의/ 절망과 상처"(「동양이발관」 부분)뿐이라는 가족사적 콤플렉스, "살
아서 치욕스럽기 보다는 죽어서 아름답겠다는 것"(「죽지 않고 사는 법」
부분)을 보여준 주변사의 비극, 그리고 "제기랄, 나는 왜 서울을 비집고
들어갈 수 없는가"(「서울비가」 부분)라는 세속적 욕망 때문이다. 그러
나 그 원인은 무엇보다 시인 내부에 있다. 그곳은 "불행이 나를 낳았"
(「관념, 소나기같은」 부분)고, "나를 키운 건 슬픔같은 거"(「너에게 준
모자」 부분)라서 "스무살을 기억하는 것은 전과기록을 들춰보는 것"
(「천안에서의 하룻밤」 부분)과 같다는 자의식, 그리고 "너무 정신적인
것은 위력 때문에 소화를 거부"(「이른 아침 사과는 발작을 일으킨다」
부분)하는 정신적 열망의 그늘 등이 가득하다. 이처럼 과거는 고통으로
가득 차 있고, 그것을 반추하는 일은 더욱 고통스럽고, 그것으로 시를
쓰는 일은 더더욱 고통스럽다. 그 고통은 "내 시를 잡을 힘도 없어 울

지도 못하고 보낼 수밖에 없었"(「근신」 부분)을 정도이다.

그러나 고통스런 과거가 기억의 수면 위로 떠오를 때 그것은 동시에 현재의 고통마저 다스리는 묘약이 되기도 한다. "너무 어둡고 어설픈 탓에 빛나지 못한 과거가/ 그것이 가장 빛나는 내 고통의 달콤한 과즙 같은 한때였다고/ 패배는 상처로 남은 뒤에 잠시 푸른색으로 반짝"(「이른 아침 사과는 발작을 일으킨다」 부분)이며, "과거에 붙어 있던 딱지가 이미 오래 전에 굳어 광채가 나며/ 내 생의 길을 밝혀 주고 있"(「나는 과거를 사냥하러 간다」 부분)다고 하지 않는가? 이러한 인식은 「열아홉에 빼냈던 심장을 서른에 메워 맞춘다」, 「내 사랑 변기」, 「꽃잎」, 「6월 지나 7월에 생각한다」, 「꿈속의 방」, 「집은 집이 없다」, 「손톱을 깎으면서」, 「내가 가벼워지는 이유」, 「밤나무가 있는 숲」, 「겨울 벌판에서」, 「백야」 등에서도 형상화되고 있다.

낯선 시인 이은옥. 나는 그녀의 시에서 아주 낯익은 기억의 파편들을 흥미롭게 읽었다. 이런 기억들이 정도의 차이는 있을 망정 모든 인간의 가슴에 박혀 있을 터인데, 그것을 캐내어 햇빛에 비추어 보는 일은 그녀만 할 수 있다. 그녀는 기억을 다스릴 줄 아는 시인이니까. 나는 이런 기억의 무늬 중에 특히 「동양이발관」에서 보여준 삶에 대한 사유와 이미지의 도저한 조화를 오래도록 내 기억에도 밀어 넣고 싶다. 다만, 간혹 다른 시편들에서 기억의 아픔이 관념의 형해로 남아 있어 시적 진술로 보기에는 저항감이 느껴지는 경우가 있었다는 점도 내 기억의 한편에 자리잡을 것이다.

시인이 고통을 다스리는 일은 고통을 사는 일이다. 또한 고통을 산다는 것은 시를 쓴다는 말과 다르지 않다. 나는 이 시인이 일상인이 아닌 시인으로서 더욱 고통스럽기를 바란다. 시를 쓰는 일로 만들어진 고통은 먼 훗날 다시 기억의 저편에서 시인에게 비옥한 정신의 카니발을 열어 줄 것임을 믿기에. 그럴 수 있고 그래야 한다. 시인의 내부에 존재하는 "너의 몸 속 구석구석에 파고 들어가 너의 시에 여자가 되고 싶었"(「너 2」 부분)던 타자화된 시에의 소망이, 궁극적으로는 "너를 지배하리라"(「사랑의 묘약」 부분)는 뜨거운 열망으로 꿈틀대고 있으니, 이제 시인은 그저 아픈 기억의 더 깊은 속살을 파고들어 더 구체적인 맛을 느끼며 오래오래 씹어야 하리라. 그리고 시인에게는 언젠가 다시 기억되고야 말, 지금 자신의 삶을 더 간절하게 사는 일만 남았다. 시인이 결코 레테의 강을 건널 수 없는 존재라면, 오늘의 삶은 분명 내일의 또 다른 기억(시)일 테니까. 그녀는,

방안의 불빛이 꺼졌다 켜졌다 하곤 했다
조금씩 생의 바같으로 빠져나가려고 할 때
불빛은 나를 밀어내기도 하고
끌어들이기도 했지만 자꾸 깜박깜박거렸다
그때의 절벽과 같은 어둠과
어둠 속에서 소멸해가던 모습은 차라리 정전이었을까
푹푹 썩어가며 절은 절망을 말리고 있으면
황폐해져 가는 내 몸 어디에서 누룩꽃이 필까
가물가물한 불빛은 좀처럼 나를 비춰주지 않았다
서서히 망가져 가고 있을 때
나는 자주 가슴을 치는 망치질 소리를 들었다
세상 밖으로 내던지고 팽개쳤을 때에도 그 소리는 계속되었다
어둠의 못이 되어 박히는
그러나 그 어떤 벽도 튼튼하게 받쳐주지 못했던
나를 망가뜨리는 패배의 그림자처럼 따라 다녔다
나는 그 방을 꿈속에서 보곤 한다
꿈을 꾼다는 것은 여전히 절규한다는 몸부림
어떠한 절망도 결코 무너뜨리지 못한다고 가르쳐 주었지만
불빛은 내 안에서 어둠을 지우고

가슴의 울림을 지우며 아프게 파고들고 있었다
——「꿈 속의 방」 전문

던 아픈 기억이 있으니, 그녀에게 앞으로 더더욱 아픈 기억의 속살을 '파고들' 기를 바라는 것은 무모하지 않으리라.

제4부 시의 숨과 비평의 꿈

노동시의 힘과 아름다움
—임화의 「우리 오빠와 화로」론

[1] 임화는 이데올로기로 파생된 한국 근대사에서 그 비극의 한가운데를 살다 간 인물이다. 긴박감 넘치는 한 편의 드라마와도 같았던 그의 삶은 한국근대문학사에 하나의 슬픈 아이러니를 보여준다. 그의 삶은 1908년 자본주의의 체제의 중심부 서울에서 시작하여, 1940년대 후반 자진 월북, 1953년 40대 중반의 나이에 그가 바라던 사회주의 체제에서 미제 스파이 혐의로 처형당하며 끝을 맺는다. 이 비극의 주인공은 1920년대 후반부터 1950년대 초반까지 시인, 문학평론가, 영화배우, 문학사가, 문학운동가 등으로서 왕성한 활동을 했는데, 그의 문학은 전위적이고 과격했으나 문학 본연의 균형 감각을 잃지는 않았다. 다시 말해 그는 이념이라는 난해하고 까다로운 화두를 시적 서정이라는 화답으로 적절히 풀어 나갈 줄 알았다. 예컨대 「우리 오빠와 화로」로 대표되는 단편서사시 양식의 창출, 『문학의 논리』에 집약된 이론적 문학 비평의 구축, 일제 치하 최대의 문학 단체였던 'KAPF' 서기장으로서의 왕성한 활동 등은 모두 한국 근대 문학사에 지울 수 없는 에포크를 형성했다.

임화는 알려진 대로 한국의 대표적인 프롤레타리아 시인 중의 한 사람이다. 새로운 프로시의 면모를 선명하게 보여준 「우리 오빠와 화로」
는 근대적 의미의 노동자 문제, 즉 자본가 계급의 억압과 그에 대한 투
쟁 의식을 형상화하고 있다. 이 작품이 발표된 1920년대 말은 개화기
이후 본격적으로 전개해 온 자본주의적 근대화의 문제점들이 노동 현
장과 사회 현실에서 불거지기 시작한 시기였다. 1930년대 대공황을 앞
두고 일본 제국주의자들과 친일 세력으로 대표되는 거대 부르주아 계
급은 사회경제적 모순을 프롤레타리아에게 전적으로 전가시키고 있었
다. 이러한 상황에서 노동자들은 그들의 생존권을 수호하기 위한 파업1)
을 꾸준히 전개해 나갔다. 노동 운동이 본격적, 조직적으로 전개되던
시기였던 것이다.

　이같은 상황에서 펼쳐진 임화의 삶과 문학은 한국 근대 문학이 떠
안을 수밖에 없었던 역사적 특수성에 대한 적극적인 응전이었다. 따라
서 그 동안 이데올로기와 역사적 측면에서 다양하게 접근해 온 임화
연구는 그 당위성과 타당성을 확보할 수 있었다. 이 글은 그러한 기왕
의 연구들을 바탕으로 단편서사시 「우리 오빠와 화로」를 대상으로 미
학적 측면－미적 거리(aesthetic distance)－을 초점화하여 다시 읽어보고
자 한다.

　② 우선 작품을 살펴보자.

　　(1) 사랑하는 우리 오빠 어저께 그렇게 위하시던 거북무늬 질화로
가 깨어졌어요/ 언제나 오빠가 우리들의 '피오닐' 조그만 기수(旗手)
라고 부르는 영남이가/ 지구에 해가 비친 하루의 모－든 시간을 담배

---

1) 이 시기의 노동 운동 중에 대표적인 것으로는 1926년 방직공장노동자파업, 목
　포제유공장노동자업, 1927년 한강연안노동자파업, 연흥흑연광산노동자파업,
　1928년 원산노동자총파업, 문평석유노동자파업 등이 있었다(고려대학교민족문
　화연구소, 『한국현대문화사대계 6 정치, 경제사』, 1982, p236).

의 독기(毒氣) 속에다/ 어린 몸을 잠그고 사온 그 거북무늬 화로가 깨어졌어요// (2) 그리하여 지금은 화젓가락만이 불쌍한 영남이하고 저하고처럼/ 똑 우리 사랑하는 오빠를 잃은 남매와 같이 외롭게 벽에가 나란히 걸렸어요// (3) 오빠-/ 저는요 저는요 잘 알았어요/ 왜 그날 오빠가 우리 두 동생을 떠나 그리로 들어가실 그날 밤에/ 연거퍼 마른 권련을 세 개씩이나 피우시고 계셨는지/ 저는요 잘 알았어요 오빠// (4) 언제나 철없는 제가 오빠가 공장에서 돌어와서 고단한 저녁을 잡수실 때 오빠 몸에서 신문지 냄새가 난다고 하면/ 오빠는 파란 얼굴에 피곤한 웃음을 웃으시며/ ……네 몸에선 누에 똥내가 나지 않니-하시던 세상에 위대하고 용감한 우리 오빠가 왜 그날만/ 말 한마디 없이 담배 연기로 방 속을 메워버리시는 우리 우리 용감한 오빠의 마음을 저는 잘 알았어요/ 천정을 향하여 기올라가던 외줄기 담배 연기 속에서-오빠의 강철 가슴 속에 박힌 위대한 결정(決定)과 성스러운 각오를 저는 분명히 보았어요/ 그리하여 제가 영남이의 버선 하나도 채 못 기웠을 동안에/ 문지방을 때리는 쉿소리 바루루 밟는 거치른 구두 소리와 함께-가 버리지 않으셨어요// (5) 그러면서도 사랑하는 우리 위대한 오빠는 불쌍한 저의 남매의 근심을 담배 연기에 싸두고 가지 않으셨어요/ 오빠-그래서 저도 영남이도/ 오빠와 또 가장 위대한 용감한 오빠 친구들의 이야기가 세상을 뒤집을 때/ 저는 제사기(製絲機)를 떠나서 백 장의 일전짜리 봉통에 손톱을 뿌러뜨리고/ 영남이도 담배 냄새 구렁을 내쫓겨 봉통 꽁무니를 뭅니다/ 지금-만국지도같은 누더기 밑에서 코를 고을고 있습니다// (6) 오빠-그러나 염려는 마세요/ 저는 용감한 이 나라 청년인 우리 오빠와 핏줄을 같이 한 계집애이고/ 영남이도 오빠도 늘 칭찬하던 쇠같은 거북무늬 화로를 사온 오빠의 동생이 아니어요/ 그리고 참 오빠 아까 그 젊은 나머지 오빠의 친구들이 왔다 갔습니다/ 눈물나는 우리 오빠 동무의 소식을 전해주고 갔어요/ 사랑스런 용감한 청년들이었습니다/ 세상에 가장 위대한 청년들이었습니다/ 화로는 깨어져도 화젓가락은 깃대처럼 남지 않았어요/ 우리 오빠는 가셨어도 귀여운 '피오닐' 영남이가 있고/ 그러고 모-든 어린 '피오닐'의 따뜻한 누이 품 제 가슴이 아직 더웁습니다// (7) 그리고 오빠……/ 저뿐이 사랑하는 오빠를 잃고 영남이뿐이 굳세인 형님을 보낸 것이겠습니까/ 슬프지도 않고 외롭지도 않습니다/ 세상에 고마운 청년 오빠의 무수한 위대한 친구가 있고 오빠와 형님을 잃은 수없는 계집 아이와 동생/ 저희들의 귀한 동무가 있습니다// (8) 그리하여 이 다음 일은 지금 섭섭한 분한 사건을 안고 있는 우리 동무 손에서 싸워질 것입니다// (9) 오빠 오늘 밤을 새어 이만 장을 붙이면 사흘 뒤엔 새 솜옷이 오빠의 떨리는 몸에 입혀질 것입니다.// (10) 이렇게 세상의 누이동생과 아우는 건강히 오늘 날마다를 싸움에서 보냅니다// (11) 영남이는 여태 잡니다 밤이 늦었어요/ —누이동생.(「우리 오빠와 화로」 전문, 단 현행 맞춤법으로 교정. 연번호는 필자에 의한 것임. 또한 /는 행, //는 연을 각각 표시함)

이 작품은 1929년 2월호 ≪조선지광≫에 발표된 것이다. 발표 당시 김팔봉에 의해 '단편 서사시'로 명명되었고, 프로시의 새로운 영역을 개척한 것으로 평가2)받았던 작품이다. 팔봉은 시에 수용된 사건의 소설적 현실성과 감정의 구체성을 높이 평가했는데, 이는 당시의 프로 문학의 대중화론과도 관련된 것이어서 그 의미하는 바가 적지 않다. 시가 지녀야 할 말씨의 탄력감이라든가 가락을 자아내는 일에는 아주 비기능적3)이지만, 관념적 서술을 일삼고 있었던 당시의 프로시에 비하면 그 문학성이 월등하다고 아니할 수 없다. 그러면 팔봉이 지적한 바 있는 소설적 현실성과 감정의 구체성은 미적 거리와 어떤 관련이 있는가?

---

2) 김팔봉은 「단편서사시의 길로-우리시의 양식 문제에 대하여」(≪조선문예≫, 1929년 5월호)라는 글에서 다음과 같이 언급한 바 있다. "그 골격으로서 있는 사건이 현실적이요 실재적이요 오빠를 부르는 누이동생의 감정이 조금도 공상적·과장적이 아니며 전체로 현실·분위기·감정 파악이 객관적 구체적으로 되었고 그리고 그것은 한개의 통일된 정서를 전파하는 동시에 감격으로 가득찬 한개의 소설적 사건을 안전에 전개하고 있다."
3) 김용직, 『임화문학연구』, 세계사, 1990, p.39.

이 작품의 미적 거리는 서사성의 도입과 불가분의 관계에 놓인다. 1920년대 노동 현장의 목소리를 문학적으로 담아 내려는 카프 문학의 선봉에 임화가 있었고, 그 방법론으로 구체적 현실을 담아내기 위한 장치로서의 고안된 것이 서사성의 도입이었다. 임화는 서정시에 서사성을 도입함으로서 일정한 효과를 이끌어 낼 수 있었는데, 먼저 창작 과정에서 구체적인 리얼리티를 확보할 수 있었다는 점이다. 즉 서정시의 개인적 감정의 세계에 객관적인 사건이나 이야기를 끌어들임으로써 시의 내용에 더욱 핍진한 현실감이나 현장성을 부여하려는 것이었다. 여기서 서사성이란 진술 방식으로서의 서술 구조4)나 장르 종의 개념으로서의 서사 지향성5)이라고 볼 수 있다. 이는 흔히 서정성과는 배치되는 것으로 간주되어 왔으나, 리얼리즘 시학에서는 리얼리티 구현의 중요한 요소로 취급된다. 반영론적 리얼리스트 루카치의 표현을 빌린다면, 현실 반영의 내포적 총체성6)을 더욱 효과적으로 전형화하기 위해서는 그 디테일로서의 서정성뿐 아니라 서사성도 요구된다.

임화 시에서 서사성의 도입의 구체적 양상은 두 가지의 양태로 드러난다. 하나는 등장인물과 일련의 사건을 직접 도입하여 제3자가 발화하는 이야기의 형태를 보여주는 경우이고, 다른 하나는 단편적인 사건의 발생이나 그 의미를 시인의 발화 속에 간접적으로 도입하는 경우7)이다. 「우리 오빠와 화로」는 전자에 해당하는 것으로 시인과는 전혀 다른 제3의 인물이 화자로 등장하여 발화 행위를 주도한다. 그렇기 때문에 시인의 목소리가 직접적으로 반영되기 어려우며, 시인의 목소리와 화자의 목소리는 분리 현상이 나타나 그 미적 거리8)가 지나친 상태

---

4) 윤여탁, 『리얼리즘시의 이론과 실제』, 태학사, 1994, p.138
5) 고형진, 『한국현대시의 서사지향성 연구』, 시와시학사, 1991, p.11
6) G.Lukacs/이춘길 편역, 『리얼리즘미학의 기초이론』, 한길사, 1985, p.55
7) 자세한 논의는 졸저 『한국 현대시의 이념과 서정』(보고사, 1988, pp.111-132)을 참조 바람.

(overdistancing)를 유지한다. 이는 엘리어트가 말한 시의 세 가지 음성9) 중 극중 인물을 통해서 말하려는 시인의 음성과 다르지 않다.

위 작품의 이야기는 불완전하지만 서사시의 플롯에 가까운 구성을 보여주고 있다. 시인 임화는 멀리 떨어진 상태에서 누이동생이란 제3의 인물을 등장시켜 그녀가 감옥에 간 오빠에게 보내는 편지글 형식으로 된 이 작품의 연별 내용을 분석해 보면 다음과 같다.

(1) 어제 우리들의 피오닐(pioneer, 기수)인 어린 동생 영남이가 사온 화로가 깨어졌다. 이 부분은 시의 정황으로 미루어 볼 때 이것은 부모 없는 3남매의 어려운 생활과 오빠의 투옥으로 벌어진 가족 구성원의 결핍을 상징적으로 제시한 것으로 읽힌다.

(2) 오빠를 잃은 나와 영남이는 외롭게 살고 있는데, 벽에 걸린 깨어진 화로의 화젓가락을 보니 꼭 우리 남매의 모습 같다. 이 부분은 화로와 조화를 이루고 있지 못한 화젓가락의 모습을 남매의 처지와 연관시키고 있다는 점에서 관념적 프로시가 갖추지 못한 내포적 의미 층위를 확보케 해 준다.

(3) 오빠가 감옥으로 붙들려 가던 그날이 생각나는데, 권련(담배)를 세 개나 피울 정도로 그날 오빠의 마음은 근심으로 차 있었다. 이 부분은 노동 운동에 대한 탄압과 거기서 파생되는 프롤레타리아의 고통스

---

8) 시에 나타나는 거리는 시적 대상에 대한 시인이나 화자의 태도에 따라 부족한 거리(underdistansing)와 적절한 거리(the proper distance), 그리고 지나친 거리(overdistancing)로 유형화할 수 있다.(볼프강 카이저/김윤섭 역, 『언어예술작품론』, 대방출판사, 1982, pp.524-531.)

9) T.S.Eliot, The Three Voice of Poetry ; *On Poetry and Poetics*, McGraw-Hill Ryerson, Ltd., 1976, p.96. "첫 음성은-다른 누구도 아닌-자기 자신에게 말하는 시인의 음성이다. 둘째는, 크나 적으나 한 청중에게 말하는 시인의 음성이다. 세째는 시인이 만들어 낸 한 극중 인물로 하여금 시로서 말을 하게 하려고 할 때의 시인의 음성이다. 그런데 이 경우에 시인은 자기 자신이 말하려는 것을 말하는 것이 아니고, 한 상상적 인물이 다른 한 상상적 인물에게 말을 한다는 한계 내에서 시인은 말을 하고 있는 것이다."

런 심정을 담배 피우기라는 구체적 행위를 통해 암시하고 있다.

(4) 평소 우리들에게 자상하고 위대하기만 했던 오빠가 그날 보여준 근심스런 표정은 단순한 두려움의 표현이 아니라 남아 고생할 우리를 위한 배려이자 더 열성적인 노동 운동(혹은 계급 운동)을 위한 것이었다. 이 부분은 어려움 속에서도 굽히지 않는 오빠의 강인한 투시적 기질과 거친 구두로 마루를 밟으며 몰아닥친 탄압자들의 무례한 행동을 병치시킴으로써, 오빠로 표상된 노동 운동가들에 대한 독자의 공감을 유도하고 있다는 점에서 주목된다.

(5) 오빠가 감옥에 간 후 나는 방직 공장에서 해고를 당했고, 영남이도 일터를 빼앗겨 봉통(봉투)을 붙이는 일로 연명하고 있다. 그렇지만 우리는 이러한 어려움을 극복해 내고 있으며, 오빠의 남은 친구들이 노동 운동을 열심히 하고 있다. 이 부분은 노동 운동에 대한 지독한 탄압에도 불구하고 투쟁 의욕은 전혀 변함없다는 점을 보여주고 있다.

(6) 우리가 오빠의 같은 핏줄인 것처럼, 오빠를 본받아 의지가 꺽이지 않고 열심히 살고 있으니 우리 걱정은 하지 말라. 더구나 오늘 오빠의 위대한 친구들이 다녀가면서 오빠의 안부를 전해 주었고, 남은 화젓가락이 우리들의 투쟁의 깃발처럼 보인다. 이 부분 역시 화젓가락을 깃대하고 하는 투쟁을 고무하는 상징적 의미로 사용하고 있을 뿐 아니라 투쟁의 가족적인 동지애를 드러내고 있다.

(7) 나와 영남이가 오빠와 이별한 것과 같은 고난은 우리 가족만의 이야기가 아니다. 이런 처지의 사람들이 우리 주위에 많이 있으니 서럽지도 외롭지도 않다. 이 부분은 노동 운동의 대중적 확산이 이루어지고 있다는 사실을 제시함으로써 프롤레타리아 투쟁의 보편성과 시대성을 제시하고 있다.

(8) 부르주아의 탄압으로 맞게 된 분한 사건(오빠의 투옥)에 굴하지 않고 우리 남매와 많은 동무들이 계속 투쟁해 나갈 것이다. 이 부분은

노동 운동에서 무엇보다 중요한 프롤레타리아의 계급적 연대감과 투쟁의 계속성을 드러내고 있어 투쟁 의식의 고취라는 이 시의 테마와 직접 관련되는 대목이다.

(9) 우리 남매는 감옥에서 추위에 떨고 있을 오빠에게 넣어줄 솜옷을 준비하고 있다. 이 부분은 가족애를 바탕으로 한 따뜻한 정서가 다시 드러난 곳인데, 이런 점은 이 시로 하여금 강력한 투쟁 의지만을 거칠게 드러내는 데 그치는 관념적 프로시보다 오히려 시적 설득력을 증가시킨다고 볼 수 있다. 정서적 일체감 이상으로 단합된 힘을 발휘하는 요소는 없겠기 때문이다.

(10) 남은 우리는 투쟁을 그치지 않고 건강하게 잘 지내고 있다. 이 부분은 투쟁의 선봉에 선 오빠를 위한 배려가 잘 드러난다. 사사로운 가족에 대한 걱정을 하지 않도록 해 주려는 배려인 것이다.

(11) 안녕히 계시라. 이 부분에서는 잠이 든 영남이의 피곤한 모습, 마지막 인사말, 발신자 등을 통해 편지글을 마무리하고 있다. 이 시가 고백체의 편지글임을 단적으로 드러내 주는 부분이다.

이같은 서사의 원형을 재구(再構)해 보면,

N1-나와 오빠와 어린 동생 영남이는 노동을 하며 행복하게 살았다.
N2-오빠가 부르주아의 착취에 투쟁하는 노동 운동을 했다.
N3-오빠는 무자비한 탄압자들에게 체포되어 영어(囹圄)의 몸이 되었다.
N4-거북무늬 화로가 깨진 것처럼, 우리에게 고난이 찾아왔다.
N5-우리 남매는 화젓가락처럼 외롭게 남았지만, 동지들과 함께 고난을 이겨내고 오빠를 따르겠다.

와 같다. 이들 화소(話素)를 통해 우리는 한 가족의 가열찬 삶의 이야기, 즉 시대적 질곡과 부조리와 대결했던 투쟁담과 그 극복을 다짐하는 목소리를 만나게 된다. 이야기를 제시하는 임화의 시는 '이야기'의 대부분은, 이같이 계급 의식에 기초한 대 부르주아 투쟁에 실패하여 고난 속에 있지만, 그것을 극복하려는 꿋꿋한 의지와 각오가 있기 때문에 희망적이라는, 미래에의 전망을 담지한다. 중요한 것은 서사의 화자나 시의 등장인물이 단지 한 가정의 구성원일 뿐 아니라, 어려운 노동 환경을 살아가는 동시대 노동자 혹은 프롤레타리아 전체를 제유한다는 점이다. 이런 점에서 화자인 '우리'는 역사적 상황의 파악에 있어 개인적인 '나'에 비해 집단적이고 공동체적이다. 특히 7연의 "세상에 고마운 청년 오빠의 무수한 위대한 친구가 있고 오빠와 형님을 잃은 수 없는 계집 아이와 동생/ 저희들의 귀한 동무가 있"다는 대목에 이르면, 프롤레타리아의 계급적 연대감으로까지 진전하여 프로시의 당파적 목적성에도 부합되는 양상을 보여준다.

서사를 전해주는 시의 서술 방식을 보면, 이 작품은 화자를 시적 인물인 '누이동생'으로 설정하여 그의 가족과 동지들의 이야기를 하고 있는 일종의 배역시[10]이다. 여기서 화자인 '나'(누이동생)의 목소리는 두 가지 음색를 내고 있는데, 여성 특유의 섬세한 목소리(1~5연, 11연)와 그와는 다른 강인하고 결의에 찬 투사적 목소리(6~10연)가 그것이다. 이들 중 전자는 자신이 처한 고난으로 요약되는 시의 내용을, 후자는 비분에 찬 투쟁 의지를 표현하는 데 각각 효과를 발휘하고 있으며, 이들은 서로 상호간의 목소리를 강조해 주는 역할을 수행한다. 또한 부분적으로 등장하는 '오빠'의 목소리(4연)가 이들 화자의 두 가지 목소리와 다시 어울려 이 시의 어조를 다성적 목소리로 만들어 주고 있다. '순이'의 개인적 정서가 '오빠'의 이야기를 통하여 집단적이고 객관화된 정서로 바뀌어 시대적 인식에 이르고 있는 정황인데, 이는 서정시에 객관적 요소로서의 이야기가 개입되었기 때문에 가능한 일이다.

이같은 특성들이 일반 서정시에서 즐겨 이용되는 '나'와 '너' 사이의

---

10) 김윤식, 『임화연구』, 문학사상사, 1989, p.278.

단순한 소통 구조를 벗어나게 해주고 있으며, 나아가 바흐찐적 의미의 대화성[11]을 구현하게 해 준다. 이 대화성은 화자와 청자가 이데올로기적 지평 속에 자신들을 객관화하는 데서 이루어지는 것이기 때문에, 이처럼 이야기를 도입한 시의 시인과 시적 대상간의 미적거리는 멀어지는 것[12]이며, 임화 시 중 가장 복잡한 소통 구조를 보여준다고 할 수 있다. 이는 카이저의 서정적 태도와 관련지을 때, 서정시에 서사적인 것이 내재한 서정적 거시(Lyrisches Nennen)[13]의 경우와 유사하다. 즉 화자는 시인과 일치될 수 없는 제3의 인물(누이)이며, 시적 대상으로서의 이야기도 또한 화자의 것이 아닌 다른 사람(오빠)의 것이다. 그렇기 때문에 시인과 화자-이야기는 일정한 거리가 있으며, 시인은 시적 대상을 객관적으로 관찰하여 독자에게 보여주고 있을 따름이다. 이것은 본격 서사시나 극 장르 수준의 객관화에는 이르지는 못하지만, 시인과 화자-시적 대상 사이에 상당한 거리를 유지하게 해 준다. 따라서 시인은 특정한 대상을 구체적·객관적으로 묘사하는 임무를 맡아 간접적인 개입[14]을 하는 데 그친다.

그러나 「우리 오빠와 화로」에서 또 주목해야 할 것은 이같은 서사성

---

11) T.Todorov(최현무 옮김), 『바흐찐 : 문학사회학과 대화 이론』, 까치, 1988 (1987)

12) 남기혁은 '단편 서사시에서 화자는 과거-현재-미래의 시간 단위들을 복합적으로 거시하고 있다.'고 하여 이같은 거리 양상이 시간성과도 관련됨을 밝히고 있다. ;「임화시의 담론구조와 장르적 성격 연구」, 서울대대학원, 1992, p.35

13) 시인 임화는 실상 서사성을 도입한 시의 사건이나 이야기에 등장하는 인물들, 즉 민중이나 프롤레타리아와는 거리가 먼 사람이다. 서사성을 도입한 임화 시의 대부분은 그들의 목소리를 빌려서 시를 지은 셈이니까, 시의 주체로서의 시인과 화자, 그리고 시적 대상 사이에는 거리가 생길 수밖에 없다. 노동시에 있어서 시인-화자가 하나의 목소리로 일치되는 것은 1920년대 박노해의 시에 와서 본격화된다. 박기평이라는 노동자와 시인 박노해, 그리고 시에 등장하는 화가가 온전한 일치를 보여주고 있는 바, 이러한 점에 대한 문학사적 논의는 다소 복잡한 논의가 뒤따라야 할 것이다.

14) 윤여탁, op.cit., 태학사, 1994, p.139

으로 파생되는 특징들 외에, 이 시가 서정시의 본질적인 면을 지켜 내고 있다는 점이다. 즉 계급적 선동성과 상징적 의미의 결합, 편지체를 도입한 선동의 탈구호적 내면화, 부모 없는 3남매라는 가족 공동체의 틀을 이용한 계급적 연대감을 표명[15]하고 있다. 이들 중 특히 '화로'와 '화젓가락'의 상징적 기능은 이야기의 전개 과정과도 밀접한 관련을 맺는다는 점에서 이 시의 핵심적 표현 장치가 된다. 즉 화로의 깨짐은 가족공동체의 깨짐을 의미하고, 화젓가락의 남음은 그 극복 의지의 존속을 뜻하면서, 전체 이야기를 암시하고 있기 때문이다.

③ 지금까지 살펴본 대로, 「우리 오빠와 화로」는 1920년대 우리나라 프로시의 전형을 보여주는 작품으로서 한국 근대시사상 중요한 몇가지 의의를 지닌다. 그것은 (1) 1920년대의 시대 상황을 현실감 있게 반영했다는 점, (2) (1)을 위해 서정시에 서사성을 도입, 단편서사시라는 독특한 시 양식을 창출해 냈다는 점, (3) (2)로 인해 소통 구조상 시인과 화자-시적 대상(서사) 사이에 지나친 거리의 양상이 드러나고, 시(행, 연)의 장형화를 초래했다는 점 등이다. 이 글에서는 (3)에 초점을 두었지만, (3)도 결국 (1)(2)와 불가분의 관계에서 파생된 특성이라 하겠다. 또한 (4) 당시 프로시의 문제점인 지나친 관념성을 벗어나기 위한 시적 장치로서 편지체를 도입, 내밀한 고백을 통해 독자의 공감을 유도하고 있다는 점, (5) 사건의 인물 설정을 가족으로 하여 혈연적 동지애를 자연스럽게 형성시키고 있다는 점, (6) 서술시임에도 불구하고 화로, 화젓가락 등의 상징어들을 통해 내포적 의미 층위를 만들어 내고 있다는 점 등도 주목된다. 여기서 (1)(2)(3)이 단편서사시라는 새로운 양식으로서의 파격적인 면이었다면, (4)(5)(6)은 서정시로서 갖추어야 할 기본적인 요소들에 대한 관심의 결과라 하겠는데, 이들 사이에 길항과 긴장으

---

15) 이숭원, 『한국현대시 감상론』, 집문당, 1996, pp.69-70.

로 인하여 이 시는 성공적으로 시적 감흥을 이루어 내고 있는 것이다.

요컨대 이 글의 중심 내용인 (3)과 관련하여 시인과 화자—시적 대상 (서사) 사이의 충분한 미적 거리를 유지하고 있는 양상은, 1920년대 후반의 일반 서정시나 프로시에 고착되어 있었던 모자란 거리의 양태를 벗어나게 해 주었다는 시사적 의의를 갖는다. 이것은 일반 서정시의 다양화, 혹은 장르 확산에 기여했다고 하는 의미를 부여할 수 있으며, 프로시 자체의 핍진한 리얼리티를 확보, 대중화하려는 노력의 결실이었다는 점에서도 관심을 끄는 부분이다. 이같은 유형의 단편서사시는 「우리 오빠와 화로」 외에도 「젊은 순라의 편지」, 「어머니」, 「봄이 오는구나」, 「다 없어졌는가」, 「우산받은 요꼬하마의 부두」, 「오늘밤 아버지는 퍼렁 이불을 쓰고」, 「네 거리의 순이」 등이 있다. 이들은 이후 다른 프로 시인들의 작품 방향에도 많은 영향을 끼쳤을 뿐 아니라, 해방 이후 이 땅의 리얼리즘 시학의 방향에도 하나의 참조틀을 제공한 것으로 평가된다.

현대시에 나타난 '달'의 표상성

1 파스칼은 「팡세」의 37번째 단상에서 즐거움과 아름다움에는 하나의 본(型)이 있는데, 그것은 약하든 강하든 있는 그대로의 우리의 성질과 우리의 마음에 드는 사물 사이의 어떤 관련 속에 존재한다고 하였다. 이 말을 변용할 기회를 필자에게 허락해 준다면, 그 의미 맥락을 다음과 같이 재구해 보고자 한다. 시는 어디까지나 감동적 차원의 즐거움과 아름다움을 그 기반으로 한다고 볼 때, 시인은 그 즐거움과 아름다움의 본(型)을 발견해 내서 자신의 예술적 본성(本性)과 연관시켜야 한다. 그 본(型)은, 모든 예술의 속성이 그러하듯이, 관념적이거나 추상적인 것이 아니라 구체적으로 형상화된 것이라야 한다. 이를 엘리어트(T.S.Eliot)에 의하면 특정한 예술적 정서를 환기시켜 주는 외부 사실인 객관적 상관물이 될 것이며, 그 본(型)과 시의 내포적 의미 사이의 당돌한 긴장감은 테이트(A.Tate)의 텐션(tension)과 다르지 않다.

최원규 시인의 작품에 있어서 이 본(型)은 나무, 비, 꽃, 바다, 새, 어

머니, 달 등 매우 다양하게 제시되고 있다. 이들 중 '달'은 그의 작품
세계를 해명하는 데 중요할 뿐만 아니라, 그가 견지하고 있는 시에 대
한 기본적 인식을 밝히는 데도 열쇠어 구실을 담당한다. 또한 이 '달'이
만해와 미당의 시에 나타나는 '달'의 의미 맥락과 연계된다는 점에서
주목을 요한다. 이런 점에 착안하여 이 글은 만해의 「달을 보며」, 미당
의 「추천사」, 최원규의 「달」에 등장하는 '달'의 의미 맥락을 비교, 분석
해 그 표상성을 살펴보려 한다.

2 먼저 만해시에 나타난 '달'을 살펴보자. 만해시의 '달'은 그의 시
에 자주 등장하는 '님'의 존재론적 의미망 속에서 구현된다. 즉 「님의
침묵」을 비롯한 다수의 작품에서 '님'은 시의 화자가 끊임없이 추구하
는 절대적 존재 혹은 그러한 가치의 표상으로 등장하는데, 그 자연물로
서의 본(型)이 다름 아닌 '달'이다. 다음 작품을 보자.

> 달은 밝고 당신이 하도 그리웠습니다.
> 자던 옷을 고쳐 입고 뜰에 나와 퍼지르고 앉아서 달을 한참 보았
> 습니다.
>
> 달은 차차로 당신의 얼굴이 되더니 넓은 이마, 둥근 코, 아름다운
> 수염이 역력히 보입니다.
> 간 해에는 당신의 얼굴이 달로 보이더니 오늘 밤에는 달이 당신의
> 얼굴이 됩니다.
>
> 당신의 얼굴이 달이기에 나의 얼굴도 달이 되었습니다.
> 나의 얼굴은 그믐달이 된 줄을 당신이 아십니까.
> 아아, 당신의 얼굴이 달이기에 나의 얼굴도 달이 되었습니다.
> ——「달을 보며」 전문

이 시의 모티브는 '당신'이 그리워서 '달'을 응시하는 데서 출발한다. 그런데, 두 번째 연에서는 '달'이 '당신의 얼굴'이 되고, 세 번째 연에서는 '나' 또한 '달'이 된다. '당신=달=나'가 된 셈이다. 다만, '당신'이 '달'을 매개로 하여 '당신'과의 합일을 지향하지만, '당신'과 동일한 존재가 될 수 없다는 일종의 한계 의식이 나타난다. '당신'은 밝음의 극치이자 완성된 형체로서 보름달의 모습이지만, '나'는 어두움에 가까운 미완성의 형상인 '그믐달'이 될 수밖에 없다는 뜻으로 해석된다. 이는 '당신'이 단순한 세속적 의미를 벗어난 초월적 존재라는 점을 암시해 주는 것이다. 이때 '달'은 세속적 존재인 '나'가 끊임없이 염원하고 동경해 마지않는 절대적 존재가 된다. 만일 '나'가 곧 만해 자신이라면, '달'은 곧 부처가 되기도 하며, 조국이 되기도 하며, 시(詩)가 되기도 하는 것이다.

다음으로 미당시에 있어서의 '달'을 살펴보자. 그의 시에서 '달'은 절대적 세계의 표상이라는 점에서 만해시와 유사하지만, 그 세계에 대한 추구가 다소 소극적이라는 점에서 차별성을 지닌다. 다시 말해 절대적 존재인 '달'을 소원한 동경의 대상으로만 보고, 그것에 도달할 수 없는 서정적 자아는 그것과의 합일 가능성을 처음부터 포기해 버리거나 자신의 한계를 뚜렷하게 인식한다. 다음 시에서 '달'이 핵심어의 역할을 하는 것은 아니지만, 그러한 '달'의 의미를 충실히 구현한다.

> 산호도 섬도 없는 저 하늘로
> 나를 밀어 올려다오.
> 채색한 구름같이 나를 밀어 올려다오.
> 이 울렁이는 가슴을 밀어 올려다오!
>
> 西으로 가는 달 같이는
> 나는 아무래도 갈 수가 없다.

바람이 파도를 밀어 올리듯이
그렇게 나를 밀어 올려다오.
향단아.

——「추천사」 부분

이 시의 서정적 자아는 고전소설 『춘향전』의 '춘향이'로 설정되었다. 그렇다고 이 작품의 내용을 고전소설의 의미망 속에서 파악할 필요는 없다. '나'는 고전소설 중 '춘향이'의 목소리를 빌려 왔지만, 시의 내포적 의미로는 단지 '춘향이'만을 지시하지 않는다. 이상향 동경이라는 시 전체의 함축적 의미 구조를 염두에 두고 읽을 때, 오히려 '나'는 '춘향이'를 포함한 모든 유한적 인간 존재를 의미하는 것으로 보는 것이 합리적이다. '나'가 유한적 세계인 이 지상에서 벗어나 '산호도 섬도 없는 저 하늘'을 동경하고 있는 것이다. 그러나, 이 동경은 주체적고 의지적이기보다는 '향단'이의 '밀어 올리'는 행위만을 염원하고 있다는 점에서 피동적이고 소극적이다. 더구나, '西으로 가는 달 같이는/ 나는 아무래도 갈 수가 없다'라는 진술에 이르면, '나'는 '하늘'에 대한 염원마저도 포기해 버린 듯이 보인다. 여기서 물론 '달'이 곧 '하늘'의 의미와 일맥 상통하지는 않지만, 시의 문맥으로 볼 때, '달'은 절대적 세계인 '서쪽 하늘'에 거침없이 다다를 수 있다는 점이 전제되어 있으므로, '나'와 같은 지상적이고 유한한 존재가 아니라는 점은 분명하다. 이런 점에서 '달'은 일종의 절대적 존재이지만, 그것에 대한 화자의 추구는 만해시에서 '나'가 곧 '달'이 되는 것과 같은 인식론적 적극성을 띠지 못하고 있다.

③ 한국 현대시의 또 하나의 '달'의 모습을 최원규의 작품을 통해 발견할 수 있다. 엘리아데(M.Eliade)는 『종교 형태론』에서, '달'은 인류 보

편의 재생 신화와 관련을 맺으면서 인간 구제의 기능을 상징하는 것으로 보고 있다. 즉, '달'은 생명을 상징하는 물과 밀접한 관련—예를 들면, 달의 인력으로 인한 밀물과 썰물의 작용—을 맺음으로써, 일종의 에네르기 혹은 재생의 근원이 된다. 또한 인간의 눈에 비치는 '달'의 모습이 초생달로부터 상현달, 보름달, 하현달, 그믐달을 거쳐 다시 초생달로 되돌아오는 주기적 반복성을 띤다는 사실은, 인간으로 하여금 '달'을 유기적 생명 작용의 표상으로 인식케 한다. 이것은 종교적으로 기독교의 부활이나 불교의 윤회와 상통하는 원리로서, 이러한 의미망 속에 다음의 시가 자리 잡는다.

> 그대 보이지 않는 것은
> 없어진 것이 아니라
> 수미산이 가려져 있기 때문이리.
>
> 그대 미소가 보이지 않는 것은
> 없어진 것이 아니라
> 잎새에 가려있기 때문이리.
>
> 그대 목소리가 들리지 않는 것은
> 없어진 것이 아니라
> 바람 속에 묻혀있기 때문이리.
>
> 아 두고온 얼굴을 찾아
> 하늘로 솟구치는 몸부림
> 그대 가슴에 뚫린 빈 항아리에
> 담고 담는 반복이리.

——「달」 전문

이 시에서 우선 염두에 두어야 할 것은 서정적 자아가 찾는 '그대'가 '두고온 얼굴(4연)'과 동격이라는 점이다. 즉, 시의 문맥상 '그대'가 달을 뜻한다고 보면, '두고온 얼굴'은 어떤 다른 대상이 아니라, '그대'의 내부에 있는 자신의 온전하고 본질적인 모습이다. 또한 그것을 향한 '몸부림'의 '반복'은 불교에서 말하는 일체유심(一切唯心)의 깨달음을 지향하는 행위가 된다. 초생달로부터 시작하여 매일 저녁마다 부단히 떠오르는 '반복'을 하는 달의 현상적 속성을 생각해 보아도, 그것은 결국 온전한 자신의 모습으로서의 보름달에 도달하고자 하는 노력이라고 볼 수 있기 때문이다. 이 노력을 인간에 비유한다면 일종의 절대 가치인 도(道)의 터득을 위해 부단한 수행의 길을 걷는 구도자의 행보가 될 것이다. 문제는 서정적 자아가 추구하고자 하는 대상으로서 도(道)가 과연 무엇일까 하는 데 있다. 종교적인 열반의 경지인가, 예술적인 심미의 세계인가, 철학적인 관념의 세계인가, 또는 일상적인 물욕의 세계인가? 그러나 이들 중 어느 한 가지로만 파악할 수 있는 단선적 의미를 담고 있다고 보기는 어렵다. 따라서 '달'은 이 작품에서 다의적 속성을 지닌 일련의 상징체로 작용한다고 볼 수 있다.

이렇게 볼 때, 이 시에서의 '그대(달)'는 의미의 복합체로서, 본래적인 자신의 모습을 상실하고 그것을 되찾고자 하는 의욕에 가득 찬 존재임에 주목할 필요가 있다. 따라서 '그대'의 상징적 다의성은 만해시에 등장하는 님의 다양한 시적 변용과도 유사함을 찾아볼 수 있는 바, 일차적으로는 최원규 시인이 그 동안 많은 관심을 가지고 일관성 있게 추구해 온 불교 세계의 절대적 존재로 파악된다. 더구나 '그대'가 수미산(須彌山, Sumeru)—불교 세계설에서 금, 은, 유리, 파리의 네 가지 보석으로 되어 있다는 세계 한가운데의 높은 산—의 저 너머에 존재하는 것으로 보아 현실적, 지상적 존재가 아님이 분명하다.

또한, '그대(달)'는 이 시인이 추구하는 시적 이데아의 본(型)으로 해

독할 수도 있다. 이 시인은 기질적으로 로맨티스트이며 이상주의자이다. 시인으로서의 그가 추구하는 이상은 다름 아닌 아름답고 즐거운 시의 세계이며, 지금까지 30여 년 동안 그것을 실현하기 위해 끊임없는 '반복'적인 시도로서 시 창작을 해 왔다. 이런 점에서 「달」은 시로 쓴 시론으로 읽어도 무방하다. 사실 완벽하고 완전한 시란 존재할 수 없으며 존재해서도 안 된다. '그대 가슴에 뚫린 빈 항아리에/ 담고 담는 반복'처럼, 그러한 시를 향한 끊임없는 추구가 있을 따름이다.

요컨대 이 시에서 '달'은 종교적이고 시적인 이데아를 탐구하는 존재이다. 부단히 변화하면서 어딘가를 향하는 '달'의 물리적 속성에 빗대어 형이상학적 이상 세계를 향한 인간의 근원적 열망을 형상화한 것이다. 이러한 시의 의미 맥락은 다음 (박명용의『한국 현대시 해석과 감상』, 523면과 유사함)과 같다.

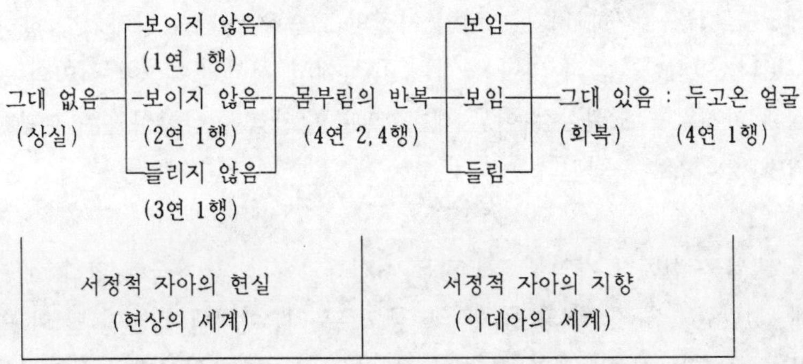

이처럼 서정적 자아는 현상적 세계에서 마음의 '그대(달)'를 상실했기 때문에 '그대'를 감각할 수가 없다. 그러나 그대가 '보이지 않는 것', '들리지 않는 것'은 '그대'의 본질적인 모습까지도 '없어진 것이 아니라'고 한다. 즉 그대의 모습이나 '미소, 목소리'가 '수미산, 잎새', '바람'

때문에 순간적으로 느껴지지는 않지만, 영원히 사라져버리지는 않았다고 본다. '그대'가 유한적 현실 세계에 보이지 않는 것은 초월적 이상 세계에 존재함을 뜻하며, 그렇기 때문에 화자는 매일밤 하늘로 솟아오르는 달처럼, 이데아의 세계를 향한 '몸부림'의 '반복'을 수행하는 것이다. 이는 종교적 구도자나 고뇌하는 시인으로 볼 수 있는 서정적 자아가, 상실한 '그대'를 찾아 나서는 경건하고 준열한 탐구 작업이다.

이 시인은 다른 시에서도 다소간의 변별적 의미를 유지한 채 '달'을 수용하고 있다. '달은 어머니의 인자한 눈을 통하여/ 노란빛을 내 살 속에 뼈 속에 넣어주고 있었다'(「불타는 달」 부분)는 시구에서는 순수한 생명의 원천을, '그대의 손/ 그대의 눈/ 그 속에 담긴 달빛으로 하여 / 아, 나는 얼마나 눈부신 나날을 지낼 것인가?'(「원앙생가」 부분)에서는 삶의 희망과 보람을, 그리고 '사월의 달은/ 수줍어하는 별들에 싸여/ 열이 식어간다'(「사월의 달」 부분)라는 시구에서는 허무한 삶에 시달리면서도 그것을 극복해 나가는 시인 자신의 모습을 각각 표상하기도 한다. 그러나, 이러한 '달'의 의미 체계는, 「달」에서 제시된 바, 이 시인의 동경해 마지않는 초현실적 이상 세계, 혹은 낭만적 이상향이라는 포괄적 의미 영역으로 수렴된다.

④ 달은 신비한 자연물로서 많은 시인들의 시심을 자극해 왔다. 예컨대 '쟁반같이 둥근 달'의 동요적 발상으로부터 '이태백이 놀던 달'의 달타령 식 풍류, '달아 높이 좀 돋아라'의 정읍사 식 염원, '명월이 만공산하니 쉬어간들 어떠리'의 황진이 식 여유 등에서 보이듯, '달'은 실로 다양하게 변용되어 왔다. 이들은 공통적으로 음풍농월(吟風弄月)이나 행운유수(行雲流水)식의 소극적 인생관과 깊이 관련된다는 특징이 있다. 우리 현대시에서 '구름에 달 가듯이/ 가는 나그네'의 박목월 식 비유도 마찬가지다.

　그런데 만해와 미당, 최원규에 이르러 '달'은 보다 적극적인 인생관이나 심오한 종교적 탐구심과 관련을 맺게 된다. 이들은 지난날 잔치집의 병풍에 걸려 있던, 풍류 생활의 배경으로만 존재하던 '달'을, 인간이 부단히 추구하는 절대적 경지, 또는 그것에 대한 추구심으로까지 끌어올렸다. 이들 세 시인의 '달'에 대한 시적 인식의 유사성은 그들이 모두 기질적으로 낭만주의자이고 이상주의자였다는 점, 종교적으로 불교에 귀의했거나 깊이 몰입했었다는 점 등과 관련된다. 다만, 이들의 '달'이 어떤 절대적 경지나 그러한 존재를 뜻한다고 할 때, 만해시에서의 그것에 대한 추구심이 상당한 적극성을 띠고 있는데 비해, 미당시에서는 그 적극성이 다소 떨어지고, 최원규의 작품에서는 만해시보다 미당시의 그것과 유사하지만, 지속적인 반복을 통한 끈질김을 동반한다는 점에서 미세한 차이가 존재한다.

　오늘밤에도 어김없이 '달'은 떠올랐다. 이와 같은 '달'을 최원규 시인은 열두 번씩 예순 한 번째 맞이하고 있다. 이토록 많은 '반복' 속에서 이 시인은 그의 가슴에, 또는 한국 현대 시단에 어떠한 시의 '달'을 띄워 놓았는가? 이것은 그의 시에 대한 보다 종합적인 검토와 자리매김이 이루어진 이후에나 가능할 것이다. 다만, 잠정적인 결론을 내린다면, 이 시인은 '달'을 예술적 즐거움과 아름다움을 대신하는 파스칼적 사유의 본(型)으로 삼고, 로맨티스트이자 이상주의자로서 꾸준히 추구해 왔던 시적 이데아의 표상으로 수용했다고 말할 수 있다.

적멸위락(寂滅爲樂)의 시

어서 내 몸뚱어리를
연옥(煉獄)의 혓바닥이 날름대는
저 뜨거운 불구덩이 속으로 던져다오
솟구치는 불길 내 살과 뼈에 닿을 적마다
정화(淨化)의 쾌감으로 내 몸은 떨며, 기름져서 이글거리고
이승에서 지은 죄(罪)들 타닥타닥 튀어올라
큰 소리로 울릴지니.
그 장엄한 소멸의 향연에 나를 풀어놓고 싶다.
마침내 불길은 사그라들고 흰 뼈 몇 개 어둠 속에
생애의 유품(遺品)으로 남겨질 때까지—
그러나 산 가족(家族)이며 친구, 친지들은 그토록 오래 울지말고
내 주검을 지키는 야밤의 장등(長燈)일랑 철수하라.
내 본디 깜깜한 어둠 속에서 왔으므로, 이제 다시
무명(無明)의 적멸을 향하여 떠나리라.
　　　　──이수익, 「죽은 자(者)의 노래」, ≪현대문학≫ 1999년 1월호

　이수익의 시는 단아하다. 이 말은 그의 시가 허례허식에 물들지 않은 순수한 형식과 속화를 거부하는 깨끗한 정서를 유지하고 있다는 말과 다르지 않다. 그 동안 부분적으로 미세한 변화가 없었던 것은 아니지

만, 전체적으로는 시력 20여 년을 한결같이 이러한 자세를 유지하고 있다. 이것은 적어도 그가 시 쓰기를 일련의 구도 과정으로 생각하지 않았다면 불가능한 일이다. 그는 잡스런 수식이나 속된 관심사에 대해 별반 흥미를 보이지 않는다. 그 정점에 놓일 수 있는 작품의 하나로서, 죽음을 노래하는 이 시에서조차 순수하고 단아한 형상화의 방식을 버리지 않고 있다.

『장자』 외편 지락(至樂)조에 보면 이런 얘기가 나온다. 지리숙이 골계숙과 함께 옛 유적을 관람하는데, 느닷없이 혹이 골계숙의 왼쪽 팔꿈치에서 솟아 나왔다. 그는 찔끔하면서 꺼림칙해 하는 것 같아 지리숙이 "자네는 꺼림칙한가?"라고 물었다. 골계숙은 "그렇지 않다. 내가 어찌 꺼림칙하겠는가? 살아 있다는 것은 잠시 빌려온 것이라, 빌려다가 살고 있는 것이니, 생명이란 먼지와 티끌이나 다름없다. 삶과 죽음은 낮과 밤이 교대하는 것과 매일반이니, 나 또한 자네와 더불어 변화를 구경하다가, 그 변화의 하나가 나에게 미치고 있는 데 지나지 않는 것이니, 내가 왜 싫어하겠는가!"라고 대답했다. 여기서 장자는 골계숙을 통해 그 특유의 무위적(無爲的) 인생관을 넌지시 전해주고 있다. 이것은 인생이란 자연의 이법에 순응하면서 사는 가운데 지락(至樂)을 얻을 수 있다는 전언이다. 특히 '살아 있다는 것은 잠시 빌려온 것(生者 假借也)'이라는 부분에 그러한 생각이 도드라진다.

이 이야기에서처럼 삶이 빌려온 것이라면, 그것은 온전한 내 것이 아니므로, 그 누군가에게 언젠가 되돌려주어야 할 것이다. 사소한 물건을 빌려와도 반드시 돌려주는 것이 지혜로운 자의 덕목일 터인데, 하물며 인생이란 진귀한 것을 빌려왔음에랴. 지혜로운 자에게, 내 것이 아닌 것을 기약 없이 사용하거나 소유한다는 것은 결코 즐거운 일이 아니다. 무욕의 인생론을 간직한 사람일수록 그것을 더 빨리 돌려주고 싶어 할 터인데, 이 시에서는 그러한 마음이 죽음에 대한 기꺼운 수용 자세로 나타난다. 그러므로 죽음은 결코 슬프거나 고통스런 파멸이 아니라, 빌려온 것으로서의 '나'를 원래의 '나'의 자리에 되돌려 놓는 능동적 회귀이다.

요즈음의 시인들은 빈번하게 죽음을 말한다. 그런데 이 시에서 말하고 있는 죽음의 문제는, 최근 우리 시단에서 한동안 유행했던 죽음의 담론과는 구별된다. 80년대의 저 사회적 죽음이나 90년대의 시류적 세기말 의식과 관련된 내면적 죽음과는 거리가 있다는 말이다. 이수익의 경우 속된 삶의 인연을 훌훌 털어 버리고 무위의 자연 원리에 회귀하려는 죽음이라는 점에서 색다르다. 죽음에의 욕망이 아니라, 죽음을 향한 의지다. 이같은 죽음에 대한 생각은 시 전체에서 '던져다오'(3행), '풀어놓고 싶다'(8행), '떠나리라'(14행) 등과 같은 소망형과 의지형의 어사들에 의해 강조되고 있다.

죽음에의 의지. 그것은 전체적으로 네 단계를 거쳐 형상화되는데, 죽음의 소망(1-3행), 죽음의 과정(4-10행), 세속적 인연의 초월(11-12행), 본향 회귀의 의지(13-14행) 등이 그것이다. 먼저 죽음의 소망은 "어서 내 몸뚱어리를/ 연옥(煉獄)의 혓바닥에 날름대는/ 저 뜨거운 불구덩이 속으로 던져다오"(1-3행)라는 시구로 구체화된다. 여기서 '연옥'은 죽음을 승화시켜 주는 매개 공간으로서 세속에서의 때묻은 영혼을 불로써 단련시켜 주는 곳이다. 그곳은 이승을 거쳐 천국으로 가기 위해서는 반드시 통과해야 하는 문이다. '나'의 죽음에 대한 생각이 드러나는 대목이다.

시인은 이같은 죽음의 과정에는 쾌감이 있다고 말한다. 몸을 불태우는 데 쾌감이라니? 물론 영혼의 쾌감이다. '내 몸은 떨며, 기름져서 이글거리고/ 이승에서 지은 죄(罪)들 타닥타닥 튀어오'르게 하면서 영혼으로 느끼는 '정화의 쾌감'이다. 이 쾌감은 '몸뚱어리'가 사라짐으로써 정갈한 영혼을 얻을 수 있는 일이기에, 경건하고 즐거운 '소멸의 향연'이 된다. 이것은 구도자적 발상이다. 인간은 결국 욕망과 소유의 '몸뚱어

리'를 버리고, 그저 '흰 뼈 몇 개'만을 '생애의 유품(遺品)으로 남길 뿐
이라는 삶에 대한 깨달음이다. 이 정갈한 유품에 이승에의 '죄'를 짓게
했던 욕망과 소유의 현란한 색깔은 그 흔적조차 찾을 수 없다. 완전히
버린 것이다. 소멸의 유일한 증거인 '뼈'의 흔적만이 무의의 색깔인 백
색으로 반짝인다.

　　그런데 '나'가 마침내 소멸시킨 것은 '몸뚱어리'는 달리 말해 '이승에
서 지은 죄'(6행)에 해당한다. 아마도 이 '죄'는 속세의 인간이 숙명적
으로 안고 살아가는 원죄와 그것에 덧보태진 후천적 죄의 총체이리라.
이승에서의 삶이란 예로부터 고행길이라 했듯이, 인간이 숙명적으로 안
고 사는 죄와 악은 현세를 살아가는 동안 헤어날 수 없다. 세속에 묻혀
살다보면, 특히 오늘날과 같이 병들고 타락한 자본의 사회에서 산다는
것은, 그 자체가 악의 실행이나 다름없다. 이것이 소유와 욕망이 미끈
거리는 촉수를 잘라버리지 못하고, 그로 인한 온갖 스트레스와 소외감
에 짓눌려 살 수 밖에 없는 현대인의 업보이다. 이 업보로부터의 궁극
적 자유를 획득하는 길은 피안을 향하는 수밖에 없다. 속세의 미망에서
벗어나 인위가 사라진 무위의 공간으로 기꺼이 돌아가야 한다. 이때 삶
과 죽음은 둘이 아니라 하나이다. 삶에 대한 무욕은 곧 죽음이고, 죽음
에 대한 열망은 곧 더 정갈한 새로운 삶을 향한 염원이 된다.

　　이런 과정을 거쳐 궁극적 소멸에 이르기 위해 마지막으로 버릴 것이
남아 있다. 생전의 '나'를 둘러싸고 있던 사람들이다. 완전한 소멸을 위
해서는 이들과의 세속적 관계마저 초월해야 한다. 그러므로 자신의 죽
음을 두고 오래 울지 말 것이며, 야밤의 장등마저 철수하라(11-12행)고
가족, 친구, 친지들에게 말하는 '나'는 죽음을 사회적(그러므로 속된) 장
례로 치장하기를 원치 않는 자이다. 무위의 탈속한 자가 속세의 의식을
거절하는 것은 당연한 일. 더구나 오늘날 한 개인의 죽음을 두고 죽은
자를 위해서보다 오히려 산 자를 위한 사회적 의식으로 진행되는 상가

집의 부자연스런 풍경들을 상기해 보면, 화려한 장례마저 이승에서의 마지막 죄가 될 수 있으니, 남은 자들에게 의례적인 절차를 삼가 달라는 '나'의 요구는 당연하다. '나'는 세속적 모든 인연과 업보를 초탈하고자 한 것이다. '나'는 이미 현실를 버리고 탈속의 세계로 되돌아가려는데, 남아있는 자들의 사회적 의례와 욕망을 위해 장례가 치루어지는 것 또한 '나'가 남기는 이승의 죄일 따름이다.

이렇게 하여 마침내 모든 것을 소멸시켜 버린 '나'는 이제 정갈하게 단련된 영혼만을 이끌고 꿋꿋하게 어둠을 향한다. 열매가 나무로부터 버려져 씨앗 하나만을 가지고 흙으로 돌아가듯이, '나'는 기꺼이 단단한 영혼만으로 희로애락과 생로병사마저 소멸한 캄캄한 카오스의 적멸 공간으로 돌아가려는 것이다.

> 내 본디 깜깜한 어둠 속에서 왔으므로, 이제 다시
> 무명(無明)의 적멸을 향하여 떠나리라.

그러니, 죽음은 고통스런 일도 애도할 일도 아니다. 이제 남은 것은 '무명(無明)의 적멸'을 향해 가는 '나'를 즐거이 떠나보내는 일이다. 남은 자들은 굳이 죽음의 의례를 하려거든 오히려 즐거운 축제를 벌려야 한다. 얼마 전 장례식을 소재로 한 이청준의 소설을 각색하여 만들었던 영화 「축제」에서처럼. 죽음은 한 인간이 자연의 이법에 자신의 몸을 던지는 마지막 축제 의식이어야 한다. 그리하여 함께 가지 못하고 이승에 남아 있는 자들은 그 어둠을 향한 발걸음을 가볍게 만들어 주어야 한다. 그래야만 '나'도 '깜깜한 어둠 속'의 적멸위락(寂滅爲樂)의 경지에 도달할 수 있는 것이고, '나'처럼 언젠가 빌려온 삶을 돌려주어야 할 사람들 또한 이같은 경지에 초대받을 수 있을 것이기에.

가출, 시원 탐색의 도정

내 어느 날 가출하리
새벽은 숨죽여 소신공양하는 늙은 비구처럼 고요하고
여든 살 치매 앓던 내 아버지같이 마른 통북어같이
아무도 모르게 집 나가리 잠적하리
흉가처럼
먼 옛날부터 오래 비워둔 기억세포에 가서 놀리
때 이른 황사바람을 헌 목도리처럼 두른 개자리꽃이
삭발한 맨머리로 숨어서 떨던
동학사 오르는 초봄의 추운 눈길이나
말없이 서로 마음 바꾸어 앉은 채
나머지 취기마저 깨기를 기다리던
국립묘지 앞 텅빈 주차장에서
내 한나절 놀리 다시 넋 빼 놓고 그대 설움과 정신없이 놀리
아니다, 색깔 몇 벌씩 누렇게 벗은
열한 칸 흑백사진 속 생가에 들러
길로 자란 그리움을 베어서 엮은
망각이 바삭바삭하는 그대의 묵은 편지들 다시 펴서 읽으리
죽음 위에 걸터앉아 애를 낳는

협착한 자궁에서 난산으로 늑장부리는 흐린 희망들을 낳는
산통(産痛)중인 별들을 산국 끓이는 홀아비처럼 바라보리
그 무렵 그대와 나 목숨의 왕겨더미 속에서 속으로 끊임없이 타드
는 뜨거운 겻불이었으니
그 불 속에 묻어둔
식을 대로 식은 운명의 태반 되찾아 태우리
문 닫힌
다시는 영영 문 열고 나오지 못하는
십여 개 중대 시간들이 원천봉쇄한
현재 쪽, 소란스런 정문 앞에는
단벌의 뒷모습만 걸어두리
내 몸만 수척한 등롱처럼 부재중임을 밝혀 걸어두리
그리고는
정신은 어느 날 가출하여 흉가처럼 텅 빈 그 옛날 기억세포에 가
서 놀리

　　　　　——홍신선, 「치매의 노래」, 《작가세계》 1998년 겨울호

　시인은 가출아이다. 시인의 가출적 성향이란 속화된 현실에서 일탈
하고자 하는 욕망에서 비롯된다. 그의 속화되지 않은 세계에 대한 열망
은 현실적 삶의 허위와 미망이 깊을수록 강렬해진다. 그의 탈출은, 그
러므로 기존의 해묵은 질서를 던져 버리고 새로운 세계를 갈구하려 했
던 디오니소스의 열정과 맥락이 닿는다. 가출은 이런 점에서 탕자의 외
출이라기보다는 차라리 종교적 출가 행위와 다르지 않다. 따라서 시인
의 가출은 불온한 뛰쳐나감이 아니라 새로운 집을 찾아 자기 구원을
이루려는 현실 탈출이다.
　이 시는 현실(혹은 현재)로부터의 탈출 욕구가 '치매'라고 하는 일종
의 정신병을 매개로 한다는 점에서 특이하다. 치매란 흔히 노망이라고
하여 사회 생활을 위한 정신적인 능력이 상실된 상태를 뜻한다. 이 치

매에 관한 홍신선 시인의 관심은 남다르다. 몇 년전에도 「치매」(≪현대시학≫1994년 12월호)라는 작품을 발표한 바 있는데, 이 작품을 염두에 둘 때, 치매는 이 시인의 체험적 삶에서 채택한 중요한 소재로 보인다. 그의 시에는 '나이 쉰 줄이 지나서/ 태연히 잊는 일이 잦다'는 자신의 삶과, '끝내 出口를 못찾는/ 알콜성 痴呆'로 인한 '아버지 속의 생판 다른 아버지'의 삶이 깊이 자리잡고 있다.

그러면 그는 왜 치매를 시의 문맥 속에서 반복적으로 문제삼고 있는가? 이번 「치매의 노래」의 경우 시인은 치매에 걸린 사람들이 기억의 혼란 속에서 가출을 하고는, 다시 집으로 돌아오는 일을 까마득히 잊는다는 점에 주목한다. 그런데 이 가출-망각 증세에 대해 시인은 의학적 염려나 사회학적 문제 의식을 가지고 심각해 하기보다는 오히려 긍정적 차원에서 적극적 의미 부여를 하고 있다는 점은 주목을 요한다. 아마도, 가출-망각이란 기미(羈縻)처럼 자신의 삶을 구속하는 속악한 기억들로부터 멀리 달아날 수 있으니, 시원(始原)적 순수 공간으로의 진입을 가능케 하는 동인이라고 생각한 모양이다. 치매를 병적인 증세를 뛰어넘는 의지적 정신 작용이라는 역설적 의미로 수용하고 있는 셈이다.

여기서 떠남의 대상인 집이란 물론 단지 생활 공간으로서의 집이라기보다는 지금까지 인간의 삶을 불안스럽게 규정해 왔던 온갖 부정적인 것들-예컨대 육체, 현실, 기억, 이성 등-을 함축한 것이고, 가출은 그곳으로부터의 일탈을 의미한다. 자신을 에두르고 있는 고통스런 삶의 조건들에서 벗어나 시원적 순수 공간으로서의 새로운 '집'을 마련하고자 하는 것이다. 그런데 5, 6행의 '흉가처럼/ 먼 옛날부터 오래 비워둔 기억세포에 가서 놀리'에 드러나듯이, 화자가 놀고 싶어하는 곳이 이 '오래 비워둔 기억세포'라는 점은 의외의 발언이다. '기억세포'라는 미세한 것에 대한 확장된 공간적 지각도 그러하려니와, 그곳이 새로운 장소가 아니라 오래 버려 두었던 '흉가'와 같은 곳이기에, 언뜻 생각하면

불길한 일들이 벌어지는 공간처럼 느껴지기 때문이다. 그러나, 시 전체
를 통해 그곳에서 '놀리'라는 의지적 표현의 잦은 반복과 '희망들'(19
행)에 대한 기대감의 표명 등은, '기억세포'가 그처럼 불길한 곳이기보
다는 탈현실적 순수성을 담지한 즐거운 놀이 공간으로 볼 수 있게 한
다. 인간이란 본래 호모루덴스. 이것이 이 시를 그 동안 버려두었던 빈
(그러므로 순수한) 공간에서 멋모르게 뛰어 놀고 싶어하는, 현실 저편
의 세계를 향한 인간의 본래적인 욕망을 노래한 것으로 볼 수 있는 근
거이다.

  이 가출의 도정은 시의 전체 맥락에서 네 부분(1-4행, 5-12행, 13-23
행, 24-31행)으로 나뉘어 전개되고 있는데, 비연시이긴 하나 기승전결의
한시적 구성 방식에 의해 구조적 역동성을 유지하고 있다. 첫 번째 부
분은 '집 나가리'라는 가출 욕망을 간절히 드러내는 것으로 시작한다.
그것이 두 번째 부분에 이르러 가출이 '그대 설움'과의 놀이를 위한 것
임을 말하고 있다. 가출 욕망의 구체화인 것이다. 가출의 동행자인 '그
대'란 물론 '나' 안에 자리잡은 또 하나의 '나'이니까 가출은 현실로부
터 얻은 스스로의 '설움'을 달래기 위한 행위이다. 그런데 이 부분에서
가출의 욕망은 절망의 골짜기에 머무는 것에 불과하며, 그럴 경우 치매
환자의 가출은 육체상의 병적인 증세와 다르지 않게 된다. 여기서 시상
이 머물 경우, 이 시는 그러한 증세를 드러내는 데 목적을 둔 소박한
사회고발시에 해당될 것이다. 그러나, 그렇지 않다. 세 번째 부분에 이
르러, '아니다'라는 돌연한 부정을 통해 앞부분에서 '넋' 놓고 함께 놀
던 '설움'을, '흐린 희망들을 낳는/ 산통(産痛)중인 별들'을 바라보고자
하는 의지, '속에서 속으로 끊임없이 타드는' 내연(內燃)의 열정, '운명
의 태반 되찾아 태우리'라는 운명 극복의 다짐 등으로 변전시킨다. 가
출에 대해 정신적, 인식론적으로 새로운 의미가 부여되는 순간이다. 이
때 '나'의 가출은 무념의 도피적 쾌락을 지향한 것이 아니라, 묵은 운명

을 벗어 던지고 새로운 희망을 찾아 나서는 적극적인 행위가 된다. 마지막 부분은 그러한 인식을 토대로 삼아 가출이 현실의 기억들과 무관한 순수하고 '정신'적인 놀이를 위한 것임을 다시 분명하게 강조하고 있다.

그렇다면 가출을 통해 궁극적으로 다다르고자 하는 곳은 어디인가? 그곳은 탈현실화(혹은 탈사회화)의 공간이라 할 수 있는데, 구체적으로는 두 가지 지향처을 갖는다. 하나는 그 동안 인간의 집으로 맹신해 온 '육체'(29행에서 '몸'으로 표현)와 대비되는 새로운 집으로서의 '정신'(31행) 세계이다. 여기서 '정신'이란 오늘날 현실을 지배하고 있는 합리적 이성이라기보다는 현실에서 멀리 떨어진 순수한 마음의 상태를 의미한다. 다른 하나는 시간적으로 '현재'와 대비되는 '과거'라는 시간의 세계이다. 이 경우 '현재'란 현실적 삶의 굴레를 뒤집어쓰고 있는 시간이며, '과거'는 그런 것에서 일탈할 수 있는 순수하고 자유로운 시간이다(치매 환자처럼 '육체'와 '현재'에서 자유로울 수 있는 사람이 어디 있을까?). 이런 사정은 마지막 세 행에,

> 내 몸만 수척한 등롱처럼 부재중임을 밝혀 걸어두리
> 그리고는
> 정신은 어느 날 가출하여 흉가처럼 텅 빈 그 옛날 기억세포에 가
> 서 놀리

라고 요약되어 있다. '내' 스스로 치매 환자가 되어 외피로서의 '몸'은 '걸어두'고, 본질로서의 '정신'만을 데리고 가출을 하여 그것도 '옛날 기억세포'에 가서 놀고자 하는 것이다. 이 '옛날'의 시원적 순수 공간인 '기억세포'에서 노래하고 춤을 추며 '놀'다가, 마침내 엑스타시에 접어들 때가 곧 가출이 완성되는 시점일 것이다. 그때 비로소 지난날의 모든 기억들을 지우고, 그 동안 버려졌던 '기억세포'에 희망에 찬 맑은 기

억들을 다시 새겨 넣어 새로운 '집'을 만들 수 있으므로.

　나는 지금까지 홍신선의 「치매의 노래」를 '치매→가출→망각→시원회귀'의 의미 맥락으로 재구하여 읽었다. 이를 통해 인간의 '치매'와 같은 운명과 그로 인해 끝없이 '가출'하려는 기저 욕망을 발견했다. 이 노래는, '몸'과 '현재'만을 살기에 급급해 시원적 순수 공간인 '정신'과 '옛날'이 있는 '기억세포'라는 '집'을 망각한, 오늘날 수많은 '나'들에게 맑은 영혼의 울림으로 다가들 것으로 믿는다. 그리하여 아프고 허튼 기억들에 발목을 잡혀 고통받는 '나'들은 이제 즐거운 망각의 길을 안내받을 것이다. '나'를 구원할 시원적 삶의 공간으로 가는 길을.

봄길 위의 서사와 풍경

긴 봄 지나간다. 차양을 늘어뜨린 커다란
모자를 덮어씌운 호텔 창 밖으로
해마다 되피었을 개벚 몇 그루 추하게 널브러져 있다
휴지처럼 뜯어내면 무료한 서사가 되는
바닥뿐인 이 한 해 또 봄!
빚 보증에 맨몸으로 쫓겨온 사내의 구차한
도피가 끝없는 이야기로 엮어지고 그 사이
졸리운 묘원, 한 구석으로 하필
채소를 입에 문 염소들이 지나간다
염소를 끌고가는
자전거 탄 저 여자 좀 봐
답답하게 끌려가는 낡은 차들이 매연으로
흐려지는 차선 밖,
늦된 봄 며칠 사이가 어느새
매캐한 공기로 뎁혀져 있기는 하다
그대가 앉아서 바라보는 일그러진 풍경은
다시 실낱처럼 이어질
희망의 엉킨 실꾸러미쯤이라도 되는 건가?

> 사는 것, 더러더러 스스로를 속이는 일이어서
> 접질린 가지에서 멈칫거리는
> 한 꽃무더기 근처에는 아예 이파리가 없다
> 그러고 보니 우리는 한세기 전에 흘러들어와
> 저 자전거들 바퀴살 윤회에
> 지금 막 섞이는 걸까
> 나른한 봄 심해, 그 바닥으로 가라앉던
> 또 다른 봄 끄트머리가 광장의 아지랑이로 피어오른다
> 장춘, 나는 차양이 모자처럼 덧씌워진 호텔 지붕 너머로
> 낯선 듯 흐늘거리는 긴 봄을 바라본다
> ── 김명인, 「장춘(長春)」, 《문학동네》 1999년 봄호

봄이다. 김명인 시인은 아직 길 위에 있다. 그는 길 위의 서성거림으로 시를 쓴다. 그의 시는 '길 위의 시학'으로 정의되어 왔고, 이 말은 아직 유효하다. 다만 그 길을 계속 연장하고 있다는 사실만 덧붙이면 된다. 그의 길은 울진에서 동두천, 베트남, 후포, 영동, 연해주를 거쳐 유타 등지로 이어져 왔는데, 거기서 만난 사람들은 대부분 세상에서 소외되어 삶을 힘겹게 살아가는 자들이다. 고아, 혼혈아, 문제아, 술꾼, 가난한 자 등 세상의 중심부에서 밀려난 변두리 인간들이다. 그들의 힘겹고 고달픈 삶, 그 아픔과 고통을 시인은 자신의 일로 감싸 안으며 묵묵히 길을 걸어 왔다. 그런 사람들은 시인의 이웃이고, 가족이고, 친구이고, 자기 자신일 수 있다는, 따뜻한 마음씨로 길을 걷는다. 때로 그런 따뜻함이 그들을 내던진 현실이나 운명에 다다르면 분노나 비애감과 자리바꿈을 하기도 한다. 이때 펼쳐지는 내면 풍경은 우울의 안개가 자욱한 깊은 비애의 협곡을 이룬다.

시인은 지금 장춘에 머물고 있다. 장춘은 한인들이 많이 모여 사는 중국 연해주의 한 도시. 그곳은 수십 년 전 우리의 생활 수준과 비슷할 정도로 낙후되었으며, 한국의 여행객이나 도피자들이 즐겨 찾는 곳이

다. 그런데 '긴 봄'의 뜻을 가진 '장춘'이란 도시에서 만난 봄은 그 지명이 뜻하듯 예사롭지 않다. 그곳의 봄은 풀 내음 상큼하고 날씨마저 화창한 계절이 아니라, 삶의 비애와 우울로 얼룩져 있는 무료하고 답답한 현실의 시간이다. 이런 정황을 엘리어트가 보았다면 '봄은 잔인한 계절'이라 읊었겠지만, 김명인은 '봄은 무료한 계절'라고 노래한다.

이 시에서 봄의 무료함은 '서사'와 '풍경'을 배경으로 삼는다. 화자가 들은 서사에서 주인공은 '빚 보증에 맨몸으로 쫓겨온 사내'(6행)이다. 아마도 그 줄거리는, 친지나 친구를 믿고 빚 보증을 섰다가, 큰 손해를 보고는 빚쟁이들에 쫓겨, 먼 이국 땅 장춘까지 밀려와 큰 고생을 하고 있다는 내용일 것이다. 쫓기는 몸에 이국 땅이니 '사내'는 딱히 호구시책을 마련하기도 어려울 터이고, 그저 우두커니 거리의 풍경이나 바라보며 소일하는 고통스런 생활을 하고 있을 것이다. 그에 관한 이야기마저 '무료한 서사'가 되어버려 사람들도 이제 그에게 관심을 가져주지 않는 봄이다. '무료한 서사'(4행)가 봄빛을 압도하는 '바닥뿐인 이 한 해 또 봄!'(5행)일 뿐이다. 그에게 봄은 잔인하고 무료한 계절일 수밖에 없다.

또한 그 '사내'(16행에서의 '그대')가 바라보는 풍경도 무료하긴 마찬가지다. 그 풍경은, '졸리운 묘원'을 배경으로 '염소를 끌고 가는 자전거를 탄 여자'와, '답답하게 끌려가는 낡은 차들'과, '매연'으로 휩싸인 거리의 누추한 모습이다. 장춘에 모여 사는 사람들의 삶이 우리의 '한 세기 전'(22행) 그것처럼, 아직 가난과 비루함을 벗어나지 못한 상태임을 말하는 것도 그와 관련된다. 그러니 인생에 실패한 '사내'나 가난한 생활의 때가 켜켜이 앉은 '여자'가 전경화된 풍경은 '일그러진 풍경'(16행)일 수밖에 없다. 이 풍경은, 화자인 '나'를 관찰자의 입장에 묶어두는, 첫 행의 '봄은 지나간다'에서 마지막 행의 '봄을 바라본다'로 이어지는 시선에 의해 강조된다.

이처럼 이 시는 남루한 삶을 떠받치고 있는 무료한 봄의 노래이다. 그러나 그 무료함은 삶의 의미를 반추해 보는 계기가 된다는 점에서 가치가 있다. 이유는 다를지라도 '그대'와 '나'는 급박하게 돌아가는 현실을 벗어나 이곳 장춘에 왔고, 그곳에서의 긴 봄의 무료함 속에 인생의 의미를 생각해 보게 되었기 때문이다. 시의 뒷부분에서, '무료한 서사'와 '일그러진 풍경'의 주인공들을 '우리'로 감싸 안으며, '사는 것, 더러더러 스스로를 속이는 일'(19행)이라고 말하는 부분에 그러한 사정이 드러난다. 힘겨운 인생살이란 누구에겐가 속은 것 같지만, 결국은 자신이 스스로를 속인 것일 뿐이라는 것이다. 시인은 봄의 무료한 정경을 매개로 깊이 있는 인생론을 담아 내고 있다. 그것은 "그러고 보니 우리는 한세기 전에 흘러 들어와/ 저 자전거들 바퀴살 윤회에/ 지금 막 섞이는 걸까"(22-24행)라는 부분에서 거듭 확인된다. 삶이란 '바퀴살'처럼 돌고 도는 '윤회'일 뿐이라는 것. 무료한 봄도 결국은 화창한 봄과 돌고 도는 것이고, 인생 또한 마찬가지라는 것. 그러므로 길 위에서 끝없이 돌고 도는 방랑이 인생이 아닐까 하는 생각. 이것이 곧 이 시가 넌지시 전하는 삶에 대한 근원적 성찰이다. 이 때문에, '사내'가 바라보는 '일그러진 풍경'이 '실낱처럼 이어질/ 희망의 엉킨 실꾸러미라도 되는 건가?'(17-18행)라는 독백적 물음이 그렇게 절망적이지 않다.

문제는 마음의 봄. 이것이 '서사'와 '풍경'의 '긴 봄'보다 소중하다. 인간은 풍경으로 사는 것이 아니라, 마음으로 풍경을 만들며 사는 존재이다. 마음이 가난한 자는 아무리 화창한 봄날이 다가와도 진정한 봄으로 맞아들이지 못한다. 그저 한 계절의 시간 토막이 다가오고 흘러갈 뿐이다. 그러므로 앞서 제시된 '서사'와 '풍경'들이 결코 봄의 지배소일 수 없는 것. 이유는 그 너머에는 희망의 봄으로서 마음 속의 사시장춘(四時長春)이 있기 때문이다. 이런 점에서 '장춘'이라는 지명은 역설적 의미 맥락을 지닌다. 즉 시의 공간 배경으로서의 지루한 '장춘'이 곧 화창한 사시장춘과 동의어가 될 수 있다. 남루한 삶과 현실에 겹쳐진 지루함 속에서도 시인은, "나른한 봄 심해, 그 바닥으로 가라앉던/ 또 다른 봄 트끄머리가 광장의 아지랑이로 피어오른다"(25-26행)고 말하지 않는가? 새로운 봄으로서의 (사시)장춘에 대한 은밀한 욕구이다. 지금의 이 길고 지루하고 '심해'처럼 답답한 긴 봄을 일탈하여, '아지랑이'처럼 경쾌한 '또 다른 봄'을 화자는 기다리고 있는 것이다. 따라서 '호텔 지붕 너머로/ 낯선 듯 흐늘거리는 긴 봄을 바라본다'(27-28행)는 결구는 희망의 봄을 향한 염원으로 읽어도 무방하다.

　봄의 환희를 말한 시는 많아도, 그 지루함을 말한 시는 찾기 어렵다. 삶의 화려함을 추구하는 자는 많아도, 삶의 무료함을 깨닫고 그것이 더욱 밝은 봄을 향한 기다림, 혹은 삶 자체의 본질이라고 말하는 사람은 드물다. 이 시는 그런 어렵고 드문 것을 말해준다. 나는 이 시를, 지금 누구나 겪고 있는 무료한 삶을 돌아보게 하고, 화창한 봄빛으로 가는 길을 안내해 주는, 그런 봄맞이 노래로 부른다. 이런 감동을 전해 줄 더 깊은 울림의 노래를 위해, 시인이 '또 다른 봄'을 향한 더 험한 길 위에서 계속 서성이길 나는 염원한다. 시인의 길엔,

> 길은 제 길을 지우며 저물어도
> 어느 길 하나 온전히 그 끝을 알 수 없고
> 바라보면 저녁 햇살 한 줄기 금빛으로 반짝일 뿐
> 다만 수면 위엔 흔들리는 빈집뿐
>
> ──김명인, 「길」 부분

이므로, 나의 염원은 헛되지 않으리라.

몸의 탄트리즘, 물의 에로티시즘

그녀의 살갗은 닿는 순간 비닐막처럼 버팅기지만
쉽게 열리는 문이다
약한 흡반처럼 빨아들이기도 한다
그녀의 살갗은 휘발한다
공기중에 흩어져 사라진다

*

그녀의 머리칼 빛깔, 울렁울렁 바람을 타는
그녀의 머리칼 빛깔,
부들과 수련의 머리핀으로 장식된
그녀의 머리카락, 물새들의 갈퀴가 가끔 흐트려 버리는
그녀의 머리카락,
햇빛 받아 반짝이는 은빛 유리 조각으로 파열하는
그녀의 머리칼 빛깔, 보라색 붓꽃들을 프린팅하여 더 짙어진
그녀의 머리칼 빛깔

*

그녀의 젖가슴에 조약돌
　　　물그림자 비치는 조약돌
그녀의 젖을 빠는 물고기
　　　어린애처럼 오므린 눈 감은 물고기
그녀의 젖을 빠는 물풀
　　　흰 젖에 짙푸른 정맥처럼 너울대는 물풀
그녀의 젖을 만지는 흰 손
　　　자기의 손이 간지러운 수련의 흰 손

　　　　　*

그녀의 눈 속에 비치는 능수버들
　　　술에 취한 능수버들
그녀의 빈 잔에 흘러 넘치는
　　　푸른 하늘색 흰 구름
그녀의 몸에 상영되는 느린
　　　　인생의
　　　　　하루
　　　——채호기, 「물」, ≪내일을 여는 작가≫ 1999년 봄호

　　몸의 시인이 여전히 몸을 말하고 있다. 몸이란 대체 무엇인가? 몸은
정신과 대비되는 감각기관이다. 인간의 삶은 몸을 떠나서는 영위될 수
없다. 아무리 고고한 정신의 소유자라 할지라도 몸 없는 삶은 불가능하
다. 그런데 인간은 그 동안 만물의 영장이니, 생각하는 동물이니 하며
몸을 부정적으로 취급해 왔다. 몸은 정신의 껍질에 불과하니 천대받아
마땅하다고 여겼다. 몸은 특히 근대적 가치관에 의해 모멸 받아 왔다.
근대란 이성의 시대였고, 몸을 근엄한 정신의 그늘 속에 가두어 버렸
다. 몸은 늘 부정적인 욕망의 표상으로 취급당해 왔으며, 이성으로 대
표되는 정신만이 삶의 무게중심을 차지하고 있었다.

　그러나, 근대란 인류가 저지른 가장 큰 혼란의 시대였다는 것이 탈근대적 담론의 기본 테마이다. 근대적 가치관의 늪을 넘어서려 할 때, 그 동안 인간적 가치의 변두리에서만 맴돌았던 몸을 다시 돌아보지 않을 수 없다. 이때 몸은 물리적인 신체라기보다는 가치로서의 '육체성'이다. 육체성이란 근대적 담론 체계에서 강조되었던 논리, 질서, 남성성 등을 강조하는 이성중심주의를 거부하고, 그 동안 소외 받았던 감정, 무질서, 여성성 등을 포괄하는, 다양성의 가치 체계와 연계된다. 이 육체성의 담론에서는 우주의 원리나 삶의 본질에 대한 인식도 정신성보다는 오히려 육체성의 감각을 통하는 것이 효과적이라고 본다. 이같은 몸에 대한 최상의 가치 부여는 탄트리즘에서 찾을 수 있다. 탄트리즘에서는 인간의 몸을 우주의 축소판으로 보고, 우주의 본질적 원리를 파악하기 위해서는 몸을 통한 감각적 인식이 중요함을 역설한다. 또한 그러한 감각적 인식에 있어서 가장 효과적인 방식은 에로티시즘이라고 한다. 남녀의 성적인 결합 이미지나 감각적 이미지는 우주적 조화와 생명의 원리를 함축한다는 것이다.

　무릇 시인에게는 시가 삶의 몸이다. 시인의 온갖 사유와 정서와 지각은 모두 시를 통해서만 이루어지기 때문이다. 시인은 몸(시)을 버리고는 아무 것(시 쓰기)도 할 수가 없다. 시인에게 시는, 세상과의 교감 통로이자, 혼의 그릇이고, 삶의 몸이다. 채호기의 몸은 이런 몸이다. 그는 플라톤의 후예가 될 수 없으니, 민감한 몸의 축제에 자신을 맡김은 당연한 일. 그는 때로 관음증 환자가 되어, 때로 게이가 되어, 때로 에이즈 바이러스가 되어 몸의 안으로 깊숙이 뚫고 들어간다. 들어가, 그 부드러운 몸 깊은 곳에서 시인은 더 진솔한 정신을 만난다. 몸이 정신을 거부하는 것이 아니라, 몸이 몸과 함께 정신을 감싸 안는 것이다.

　시 전체의 의미 맥락은 '물'을 '그녀의 몸'으로 비유하는 데서 출발한다. 이 비유는, '몸'으로 인해 삶에 대한 감각적 인식을 겨냥하고 있는 시의 목적과 부합되며, '그녀'로 인해 남성 화자를 등장시켜 이루어 내는 에로티시즘적 형상화 방식을 자연스럽게 한다. 무릇 여성성, 혹은 여성의 몸은 그 부드러움과 촉촉함으로 인해 흔히 물과 친연적 관계에 놓인다. 현대정신분석학에서도 물은, 무의식처럼, 일정한 형태를 갖지 않는 것으로서, 유동적인 여성성을 의미한다. 그런데 물은 그것을 담을 그릇을 필요로 한다. 이 시에서 그것은 연못, 혹은 호수로 추정된다. 이런 점에서 이 시는 같은 지면에 함께 발표한 「연못」과 함께 읽어도 좋다. 이 살아있는 연못의 이미지는, 거기 담긴 물의 이미지와 함께 여성성을 드러내는 데 중요한 역할을 하고 있다. 시인이 스스로 밝힌 적이 있는 '구멍' 이미지의 연장이자 확대이다. 입, 항문, 성기 등 몸의 작은 '구멍'들을 더 큰 공간인 '연못'으로 확대해 나간 것이다. 이것은 단지 오무렸던 '구멍'의 넓힘이 아니라 더 큰 '구멍'으로의 진입이다. 이때 인생은 큰 '구멍'으로써 존재하고, 우주 또한 더 큰 '구멍'으로 존재한다. 중요한 것은 이 '구멍'이 그녀의 몸이고, 그 몸에는 물이 넘쳐, 구멍과 몸과 물이 동일한 의미맥락에 들어서게 된다는 점이다.

이런 점에서 이 시는 채호기가 이제껏 추구해 왔던 몸 시학의 더욱 성숙한 경지를 보여주고 있어 주목할 만하다. 즉 몸을 작은 몸으로 말하지 않고, 더 크고 부드러운 몸을 빌려 다시 몸을 말하는, 중층적 메타포를 구축하고 있다. 더욱 시적인 몸을 얻은 셈이다. 따라서 시를 이끌고 있는 '삶=물=몸'이라는 비유는 의미 깊다.

구체적으로 1연에서 '그녀의 살갗'이라 명명된 수면(水面)은, 물의 '쉽게 열리는 문'이자 '공기 중에 흩어져 사라지'는 것으로서, 삶의 안과 밖, 내면과 현실의 교접 통로를 의미한다. 수면의 안쪽에 깊고 푸른 수중 세계가 있고, 그 밖으로 넓고 가벼운 물 밖의 세계가 있으니, 수면은 이들을 교통하는 매개 역할을 수행하는 것이다. 마치 들숨과 날숨으로 호흡을 이루어 한 생명을 지탱하듯이, 이 입(入)과 출(出)의 이미지가 삶을 표상한다. 수면이라는 몸을 통해 삶의 내면과 외부를 함께 감각하는 모습을 이미지화한 것이다. 그리고 연못의 물결을 대상으로 하고 있는 2연은, 그녀의 몸인 '머리칼'이 감각적 장식에 의해 아름다운 자태를 만들어 내는 것처럼, 삶이란 그런 사소한 것들(정신성과 대비되는 육체성라고 해도 좋을)에 의해서도 영위된다는 사실을 드러낸다. 이런 인식은, 바람이 불어 미세하게 율동하는 물결을 '그녀의 머리카락'으로 빗대면서, 그 물 위의 '부들과 수련'이나 '보라색 붓꽃들'을 '머리핀'이나 '프린팅(머리염색)'으로 전이시켜, 물(몸)을 더욱 감각화함으로써 이루어진다. 이렇게 장식한 몸(물)이야말로 삶의 아름다운 빛깔이 아닐 수 없다는 것이다.

또한 3연에서는 수중(水中) 생명력을 형상화하고 있다. '그녀의 젖가슴'으로 표현된 물속에는 '조약돌, 물고기, 물풀' 들이 있고, 그것으로써 물은 생동감 넘치는 세계가 된다. 이것은 물론 몸으로써 삶의 생동감을 얻을 수 있다는 점, 몸이 곧 '흰 젖에 푸른 정맥처럼' 아름다운 생명감이라는 점을 말하고자 한 것이다. 마지막 4연에서 연못의 수심(水深)을 '그녀의 눈 속'으로 표현하면서, 다시 몸의 중요성을 강조한다. 몸이 '술에 취한 능수버들'이나 '푸른 하늘색 흰 구름'과 같은 현실적 삶의 모습들을 반영한다는 것이다. 결국 "그녀의 몸에 상영되는 느린/ 인생의/ 하루"처럼, 몸(물)은 '인생'의 각별한 영상(혹은 감각)을 담아낸다. 즉 인생이란 관념의 덩어리가 아니라 '그녀의 몸'으로 표상된 육체성의 스크린에 비춰지는 구체적 현상이라는 것. 그러나 그 영상의 몸인 물 스크린은 물리적인 '수면'처럼 단지 빛의 반사하는 표층만이 아니라, 수중처럼 그 혼의 깊이를 끌어올리는 장치가 되기도 한다는 것. 이것이 수면(水面)과 수중(水中)을 넘나드는 비유적 장치를 통해 이루어낸 독특한 몸시의 테마이다.

요컨대, 이 시는 1차적으로 몸과 물이, 2차적으로 몸과 삶이, 각각 본

의(Tenor)와 취의(Vehicle)의 관계를 형성함으로써, 결국 '물-몸-삶(인생)'
이라는 메타포상의 중층적 연쇄고리를 구축하여, 삶은 곧 몸임을 역설
하고 있다. 그리하여 이 시는,

* 본의 : 수면 – 물 결 – 수중 – 수심 = (연못의) 물
           ‖   ‖   ‖   ‖   ‖
* 취의 : 살갗 – 머리칼 – 가슴 – 눈   = (그녀의) 몸

와 같이 비유의 1차적 얼개가 성립된다. 여기에 '인생'이라는 또 하나
의 취의가 덧보태져 또 하나의 얼개를 만듦으로써 시를 풍요롭게 한다.
이러한 얼개들의 기본적인 바탕에는 탄트리즘과 에로티시즘의 가치관
이 잇닿아 있으므로, 나는 이것을 '몸의 탄트리즘, 물의 에로티시즘'이
라 부르고자 한다.

세기말 내면 세계의 두 풍경

이 글은 1990년대의 세기말적 시대 의식에 직, 간접적으로 뿌리를 대고 있는 두 시인인 김언희와 박형준이 보여준 시적 성과에 대한 간략한 논평이다. 이들 시인을 포함하여 우리는 지금 세기말이라는 특수한 시간대를 살고 있다. 이 시간대는 인간이 어느 세기나 한 번씩 겪어내야 하는 홍역과도 같은 것인데 인류의 삶과 관련하여 두 가지 의미를 상정할 수 있을 것이다. 하나는 물리적인 시간대으로서 세기말이고, 다른 하나는 일종의 문화적 상징 혹은 인간의 내면 의식으로서의 세기말이 그것이다. 문학에 있어서의 세기말이란 물론 후자가 문제일 것이다.

사실 물리적인 측면에서 보면 세기말의 시간이나 다른 시간대의 시간이나 아무런 차이가 없다. 하루 24시간, 한 달 30일, 한 해 12개월이라는 시간과 그 흐름은 어느 시간대나 마찬가지 아닌가? 그런데 세기말이 되면 유독 사람들은 위기 의식과 불안감을 느끼고 허무감에 시달린다. 이것은 물론 인간 자체가 시간을 극복할 수 없는 유한자이기 때문에 나타나는 현상이다. 20세기가 마무리되는 1990년대 들어서면서 사람들이 자신에게 주어진 삶도 시대와 함께 저물어 간다는 인식과 함께, 불안과 허무의 늪에 빠져드는 것도 그와 관련된다. 문제는 유독 지금 우리가 겪고 있는 세기말이 더욱 큰 문제가 되고 있다는 점인데, 그 이유 중 가장 큰 부분은 다른 세기말과는 달리 인류의 문명이 급속도로 첨단화의 길을 걸었다는 사실에 있을 것이다. 첨단과학으로 인해 인류는 고유한 우성 자질의 많은 부분들을 기계나 과학에 빼앗기고야 말았고, 심지어는 인간 복제라는 전대미문의 반인륜적인 행위가 실현 가능한 시대를 맞이하고 있다. 신도 인간도 자신의 가슴에서 추방해 버린 현대인은, 이제 스스로의 궁극적 존재 의미나 고유한 아이덴터티 자체가 무너지고 말 것만 같은 심각한 위기 의식을 느끼는 것이다.

시인들은 시대적 흐름에 민감한 존재이다. 아니, 민감해야 할 의무를 지닌 사람이다. 이 말은 그러나 시류에 영합하는 시를 써야 한다는 뜻이 아니다. 시대를 노둣돌로 삼아 그것을 적극적으로 파헤치고 그것을 넘어설 수 있는 시적인 통찰과 인식을 확보해야 한다는 뜻이다. 박형준과 김언희의 시는 이런 의미에서 오늘날 시대의 흐름과 깊이 관계한다. 다시 말해 위기감과 허무 의식으로 점철된 현대인의 황폐한 내면 풍경과 그것으로부터의 일탈 욕구를 특이한 방식으로 드러내고 있다.

김언희는 세기말의 황량한 현실로부터 내화된 인간의 황폐한 기지 욕망을 그로테스크한 이미지로 변주해 내는 묘한 재주가 있다. 김언희 시의 문법에 의하면 세기말이란 한마디로 아버지가 상실된 시대이다. 아버지로 상징되는 모든 규범과 윤리 등의 가치관의 해체를 통해 새로운 질서를 지향하는 시기이다. 그녀가 「아버지, 아버지」라는 시에서 '모든 애비는/ 의붓애비'라고 아프게 말했을 때, 그것은 라캉적 의미에서의 '아버지' 질서가 와해된 세계에 대한 정직한 인식의 결과였다. 중요한 것은 그 정직함이 처창(悽愴)한 현실을 바로 보기 위한 집요한 들추어내기 작업이란 점이다. 부조리한 세상에 대한 적극적인 까발리기. 바로 그것이다. 특히 「트렁크」에서는 '트렁크'라는 상징물을 통해 우리 시대의 '엽기적인' 상황을 제시해 주고 있어 주목된다.

이 가죽 트렁크

이렇게 질겨빠진, 이렇게 팅팅 불은, 이렇게 무거운

지퍼를 열면
몸뚱어리 전체가 아가리가 되어 벌어지는

수취거부로
반송되어져 온

토막난 추억이 비닐에 싸인 채 쑤셔박혀 있는, 이렇게

코를 찌르는, 이렇게
엽기적인

——「트렁크」 전문

이 '트렁크'가 보여주는 이미지를 처음 대했을 때 나는 개인적으로 전율감 비슷한 것을 느꼈던 기억이 있다. 여행을 할 때나 이사를 할 때, 혹은 일상 생활에서마저도 필수 불가결한 현대인의 소품인 '트렁크'를, 현대인의 황량한 내면 의식과 절묘하게 결합시킨 예를 일찍이 본 적이 없었기 때문이었다. 삭막한 현실에 의해 '토막난 추억이 비닐에 쌓인 채 쑤셔박혀 있는' 트렁크는, 아마도 이 시대를 정서적 방황 속에서 살아가는 현대인의 가슴에 저마다 하나씩 자리잡고 있을 것이다. 이 시의 기저 의미는 그 '질겨 빠지'고 '팅팅 불'기조차 한 트렁크를 완성된 문장 하나 없이 냉소적으로 제시한 사실로부터 읽어낼 수 있다. 이 시대란 '트렁크'와 같은 인간의 황량한 내면을 열어 젖혀 햇빛에 말려 보드라운 삶의 동행자로 만드는 일이 요구된다는 뜻을 반어적으로 제시한 것은 아닐까?

한편 박형준은 김언희와는 사뭇 다른 측면에서 세기말의 황폐한 현실을 전경화시키고자 한다. 김언희가 그 내면적 황폐함을 눈앞에 세워 놓고 직시하려 한다면, 그는 오히려 현실적 황폐함을 애써 외면하고 기억의 세계로 되돌아가 그것을 통해 현실을 되비추려 한다. 이런 의미에서 그는 일상적 기억의 파편들을 시의 수면 위로 부상시켜 이 시대의 거울로 삼을 줄 아는 비상한 능력이 있다.

그는 풍요로운 기억의 저장소를 갖고 있는데, 그곳은 세기말적 가치관으로 볼 때 결코 쓸모 있거나 아름다운 물건들로 채워져 있지는 않다. 껌종이, 웅덩이, 방죽, 달, 나무, 중국집, 아이들, 포장마차 등 그의 시에 등장하는 기억 소자들은, 오늘날의 가치관으로 볼 때 큰 소용이 닿지 않는 것들이나 현실의 주변으로 물러나 있는 것들이다. 그러나 이것이 단지 세기말적 현실에 대한 무관심을 말하는 것은 아니다. 그는 단지 사사로운 기억을 통해서 그런 것들의 소중함을 망각해 버린 현대인의 황량한 내면 의식을 보여주고자 한다. 그의 시에 무덤이나 죽음의 이미지들이 자주 등장하는 것도 그러한 내면 세계를 표상하기 위한 전략으로 읽힌다. 예컨대 「유성들」에서 '무덤을 파는 남자의 사랑'이 '亡國을 향해 걷는 해와 달'이 되어 '후광으로 남아 있'는 것은 이 때문이다. 문제는 이 후광을 배경으로 전경화될 새로운 세상의 모습이다. 「방주」는 바로 이런 측면에서 읽을 수 있을 것으로 보인다.

> 그것은 다라에 붙어 있었다
> 그것이 자랄수록 다라는 하늘로 떠올랐다
> 인생이란 때로 붉은 다라에서 본

> 물빛 세로줄무늬가 연속된 비닐 천막의
> 천장인지도 모른다, 포장마차 속
> 아이는 다라에 눕혀져 키워졌다.
> 흰실로 몸을 친친 감은 누에고치처럼.
> 뜨네기 손님들이 남긴 생의 얼룩이 카바이트 불빛 아래 고여가는
> 雨期의 밤,
> 포장을 대리는 쉼없는 빗소리에
> 아이는 한 겹식 고치를 벗고 있다.
> 나비로 탈바꿈할 때까지, 비가 내린다.
> 우동을 파는 어미의 고단한 잠에 떠밀려
> 새벽을 건디는 시장의 포장마차 속
> 아무도 눈여겨본 적 없는 한 척의 배가,
> 조심스레 아이를 품고 물거품 이는
> 해변의 풍요로운 기슭으로 간다.
> 세로줄무늬의 천장 위로
> 비가, 그치고 있다.
> 파리 떼가 푸른 등을 반짝이며
> 점점이 박혀 있다.
>
> ──「방주」 전문

　　이 시는 세기말의 황량한 현실에서의 일탈 욕구를 함의한다. 시의 제목처럼 '방주'를 통해 거듭 나고자 하는데, 이를 위해 제시된 현실적 정황은 아주 흥미롭다. 시의 공간적 배경이 포장마차이다. 포장마차는 석쇠 위에 올려진 곰장어의 뒤틀림처럼, 그 희미한 등피 아래의 왁작지껄처럼, 그 쾌쾌한 연기처럼, 잘 가꾸어지지 않은 변두리적인 삶의 애환이 요동치는 눈물겨운 공간이다. 그것도 시장에서 우동을 파는 포장마차집이다. 한 '아이'는 '우동을 파는 어미'를 둔 탓에 침대가 아닌 '다라'에 넣어 길러지고 있고, 그 '어미'의 '고단'함 탓에 역설적이게도 아이가 자란 '다라'는 '해변의 풍요로운 기슭'을 향해 가는 '한 척의 배'

가 되고 있다. 일종의 환타지로 제시된 이 역설의 메카니즘은, 시장 바닥의 어수선함과 같은 시대의 혼돈을 넘어서기 위해, 또는 오늘날의 말세적 세태를 정화하는 '방주'에서 살아남기 위해, 생명의 배에 동승하고 싶은 현대인의 심사를 드러낸 것이다. 그렇다면 이 시인은 세기말의 혼돈된 가치관을 모두 수장시킬 수 있는 진정한 의미의 '방주'에 대한 기다림으로 이 시를 쓴 것이 아닐까?

그러나 이들의 시가 개인적 내면 세계나 기억, 또는 변두리의 세계에 지나치게 집착하고 있다는 점은 부분적인 한계로 지적될 수 있다. 세기말의 시라는 것도 결국 문화사적 콘텍스트를 초월하여 존재할 수 없으므로, 당대에 대한 더욱 적극적인 인식을 통한 시적 리얼리티와 전망을 확보해야 할 것이다. 특히 김언희의 경우 에고이스트적인 인식의 협곡으로부터 한 발 빠져나와야 되지 않을까? 에고는 수렁이다. 너무 깊이 빠져들면 그 안에 발목을 잡혀 버린다는 사실. 이 점을 시인은 기억해야 하리라.

상징, 혹은 배후에 대한 열망

面鏡, 내게는
뒷면에 유황칠이 돼 있는
그런 오래된 말이 있다
뒤에서 불이 뿜어져나와
얼굴을 비추는
상상 속의 거울.
나는 밤마다 미열에 시달리며
손톱끝으로 불을 벗겨내는 환영에 빠졌다.
유황칠이 面鏡의 뜨거운 상징이었으므로.

가시달린 나무에 매달려 사는 짐승이 있다.
그 짐승은 상처 하나 없다.
가시 속에서 피는 꽃은 상처를 입지 않듯.
어느날 홍수에 나무가 강 한가운데로 떠밀려 갔다.
짐승은 악어떼가 우글거리는 물을 건너갔다.
삶에 깃들기 위해 죽음을 택하듯.
헌데, 짐승은 밤이 되어
젖은 몸으로 나무에 매달릴 수 있었다.

그에게 가시가 나무의 뜨거운 상징이었으므로.
──박형준, 「열망」, ≪현대시≫ 1999년 1월호

세상에 존재하는 것들은 모두 배후가 있다. 의식의 배후가 무의식이
고, 현상의 배후가 본질이듯이, 시의 배후는 상징이다. 가시적 세계의
사물이나 생명은 본질로서의 배후에 의한 동기 부여를 받음으로써 존
재한다. 박형준에게 그 배후는 상징적 힘을 발휘하는 기억들이다. 그가
변주해 내는 기억들은 단편적 이미지의 재현을 넘어 하나의 풍경을 이
룬다. 원경으로는 아주 오래된 시골 마을과 그곳에 뛰노는 아이들이 보
이고, 근경으로는 소슬한 초가집이 한 채 있어 장독대와 외양간과 툇마
루 등이 보인다. '오래된 말'의 세계다.

압축된 흑백 영화와도 같은 그 기억의 풍경들을 통해 시인이 말하고
자 하는 것은 세상의 급속한 타락에 대한 정신적 가치의 발견이다. 그
것은 단지 과거의 회상이 아니라 과거가 담고 있는 고전적 가치(기억)
를 현재의 정신으로 환치(상징)하고자 하는 행위가 된다. 따라서 그의
시에서 '기억'의 풍경들은 단순한 사물이나 현상이 아니라, 자신의 내
면을 표상하는 정신적 가치를 상징한다. 세상과 나, 과거와 현재, 기억
과 상상, 현실과 시는 이 상징을 통해 만난다. 이 시는 그러한 상징의
가치를 상징적 표현법으로 형상화하고 있다.

이 시에서 상징 체계의 구축은 '말'과 '짐승'에서 출발한다. 먼저 1연
에서 '오래된 말이 있다'고 말할 때, '말'은 인간의 내면을 세상 밖으로
드러내 주고 세상을 '나'의 안으로 끌어들여 주는 매개체의 상징이다.
이것은 문자 문화 이전 구술 문화 속의 말처럼, 세상의 사물에 고유한
이름을 붙여 주며, 인간의 사고를 지배하는 정령적 특성을 지닌다. 이
'나'와 세상을 교통해 주는 '말'에는 안으로 열고 들어갈수록 넓고 깊은
상징의 세계가 있다. 말로 인하여 인간의 정신과 세상은 살아 숨쉰다.

이런 사정은 '말'을 '상상 속의 거울'인 '면경'으로 상징하고 있는 데서 잘 드러난다. '면경'이란 일상에 있어서 얼굴을 비추어 보는 거울이지만, '말'이 그러한 것처럼 생활의 도구가 아니다. 거울은 그 속으로 들어간 현실의 풍경들이 정신의 풍경으로 굴절되어 깊이 자리잡고 있는 신성한 공간이다.

　이 점은 일찍이 이상(李箱)이 내적 자기 인식의 세계인 '거울때문에나는거울속의나를만져보지못하는' 경우와 변별된다. 거울을 말하되, 이상이 에고로서의 내면에 깊이 침잠하여 세상과의 단절을 꾀했다면, 박형준은 그것을 세상의 질펀한 형상들을 비춰 보이기도 한다. 이것은 「빵 냄새를 풍기는 거울」(『빵냄새를 풍기는 거울』, 창작과비평사, 1997)에서 '꽃들은 밑에 거울을 하나씩 감추고/ 꽃잎을 대지에 이어 붙이고 있다'고 진술한 것과 연계된다. 그 안에 반사되는 풍경은, 손톱으로 아무리 긁어도 긁히지 않는 밋밋한 거울의 표면처럼, 거친 세상의 후밤에도 상처받지 않는 견고한 세계를 구축하고 있다.

　또한 '면경'이 다시 '유황칠'로 다시 상징됨으로써 시는 그 깊이를 더한다. 다시 말해 '말'로 상징된 세계가 '면경'이라는 상징 세계로, 다시 '면경'이라는 상징 세계가 '유황칠'로서의 상징 세계에 의해 구축되는 놓는 겹 상징의 체계가 탄생한다. 그러므로 '말―면경―유황'으로 이어지는 상징의 고리는 '말'이 더 깊은 궁극적 세계를 간직하고 있다는 사실의 표현이다. 그리하여 시인이 '밤마다 미열에 시달리며/. 손톱 끝으로 불을 벗겨내는' 일은, '뜨거운 상징'으로서의 '유황칠', 즉 '말'의 세계를 탐구하게 하는 것이다. 유리는 내부가 없지만, 거울은 내부가 깊다. 유리가 상징의 깊은 속을 지닌 '면경'일 수 있는 이유는, 그 뒷면의 근원적 배후인 '유황칠'이 있기 때문인 것처럼, '말'의 배후에는 그것의 이데아로서의 궁극적 상징의 세계가 있다. 시인이 본 '말'의 깊이를 표현한 것이다.

2연에서 ‘가시달린 나무에 매달려 사는 짐승이 있다’고 말할 때, ‘짐승’ 원시적이고 본원적 생명의 상징이다. 인간의 삶이란 것도 따지고 보면 ‘짐승’이 가지고 있는 생명에 대한 본능적 애착이 없이는 불가능하다. 이 생명은 ‘나무’로 다시 상징된 삶의 동기를 부여해 주는 대상에 의해 지속된다. 자신을 죽음으로 이끄는 ‘악어떼가 우글거리는 물’에서 ‘짐승’이 살아난 것은 ‘나무에 매달릴 수 있었’기에 가능했다. 나아가 그 생명 욕구는 ‘삶에 깃들기 위해 죽음을 택하듯’ 하는 절대절명의 인식에 의해 배가된다는 점을 말하고 있다. 뜨거운 삶의 배후에는 죽음이 있어야 하는 것이다.

그런데 그 ‘나무’가 ‘가시달린 나무’라고 하여 다시한번 상징의 고리가 형성된다. ‘가시가 나무의 뜨거운 상징’이다. 이것은 마치 활어 운반 트럭에 그 천적 물고기를 함께 넣어두어야 긴장감을 유지해 오랜 여로에도 죽지 않는다는 속설처럼, 진정성의 담보한 건강한 생명은 인공적 온실보다는 세찬 비바람이 단단히 붙들어 준다. 가장 편안하고 게으른 사람들이 쉽사리 삶을 포기하는 법. 끈질긴 생명의 건강성은 ‘가시’와 같은 시련을 떠 안고서야 온전한 형태를 획득할 수 있다. ‘짐승’으로 표상된 생명의 심오한 이치를 말한 것이다.

요컨대 이 시는 ‘말’과 ‘짐승’은 그 배후에 그것의 존재 가치를 부여해 주는 근원적인 어떤 것을 가지고 있다는 관념 지향의 시이다. 만개한 꽃의 근원이 차가운 흙 속의 뿌리이듯이, 세상에 드러나는 온갖 현상 배후에는 그것을 존재케 하는 근원이 있다는 관념을 드러낸 시이다. 이 관념은 ‘말’과 ‘짐승’은 ‘면경’과 ‘나무’로 인해, ‘면경’과 ‘나무’는 다시 ‘유황칠’과 ‘가시’로 인해 의미의 내부를 갖는다는 사실로 요약된다. 존재와 생명의 근원. 박형준은 자신의 시와 독자를 위해 이러한 ‘유황칠’과 ‘가시’의 상징적 의미를 기억의 광산에서 채굴해 냈다.

이 시를 읽으며 나는 현대는 상징이 사라진 시대라는 말을 떠올린다.

인간은 상징적 동물이라는 카시러의 말이 갈수록 힘을 잃어가고 있다. 상징의 몰락은 인간의 삶을 이끌어 주는 보편적 가치인 신화적 인식의 상실을 의미한다. 문명화될수록 인간은 상징적 세계에서는 멀어지며 현실을 살아가기에 급급한 나머지 그 배후에 꿈틀거리는 생명의 깊이에 대한 인식이 없다. 이 말은 현대시에도 그대로 적용될 수 있다. 현대시는 상징을 잃어버린 지 오래 되었으며, 표피로서만 급박하게 돌아가는 현실을 배회할 뿐이다. 시인들은 더 넓고 깊은 상징의 삶, 그것을 까마득히 잊고 현실의 껍질만을 말하고 있다. 노드롭 프라이의 지적처럼, 정신적 가치로서 물질을 보려 하지 않는다. 무엇을 비추어도 항상 그 모습을 간직케 해 주는 '면경'과 같은 '오래된 말'과 '가시 달린 나무'로 인하여 사는 '짐승'을 잃은 것이다.

그러나 조셉 캠벨의, 신화란 영적 잠재력에 이르는 실마리이며, 신화를 읽으면 상징의 메시지를 해독하기 시작한다는 말에 주목할 필요가 있다. 현재의 삶에 대한 깊은 성찰은, 그러므로 먼 기억의 신화와 상징에서부터 다시 시작해야 한다. 상징은 인간으로 하여금 단순한 존재태로서의 현상성을 극복하여 깊은 정신적 가치를 간직하고 살게 하는 힘이다. 상징은 현실 자체로 직접 환치될 수는 없지만, 그것을 열망하며 곁에 두고 살아가는 마음 자체가 소중하다. 이 시의 '나'처럼 존재와 생명에게 근원적 동기를 부여해 주는 '뜨거운 상징'인 '유황칠'과 '가시'에 다가가려는 자체만으로도 세상을 견결하게 버틸 수 있을 것이므로.

상징으로부터 도피한 시인들은 말한다. 오늘날과 같은 급박한 현실 속에서 상징은 답답하다고. 그러니까 지시나 환유면 족하다고. 그러나 그것이 현실의 리얼리티를 구축하는 작업이 될지언정 '말'처럼 깊은 의미를 발산하고 '짐승'처럼 끈질긴 생명력을 바탕으로 하는 시의 리얼리티를 형성하지는 못한다. 시의 리얼리티는 근본적으로 상징을 떨쳐 버리고는 구축될 수 없다. 이 점에서 박형준의 이 시가 우리 현실과 시단

에 던지는 울림은 조용히 귀 기울일 만하다. 사람들, 아니 시인들은 이
제 상징의 숲으로 돌아가야 한다. 나는 이것이 이 시에 담긴 뜨거운
'열망'이라고 읽는다.

시, 쓸모 없는 것의 쓸모를 찾는 일

속푸리 칼국수 집 재떨이 위에 난초 화분이 놓여 있다. 쓰임새를
벗어나 새로운 자리를 틀고 앉은 재떨이의 입에 푸른 기운이 가득하
다. 파리 덕지덕지 쉬고 있는 난잎을 바라보고 있자니, 재떨이만도
못한 내 입에도 난 한 뿌리쯤 키웠으면 싶다.

할 수만 있다면 힘없는 파리들이 겨울을 날 수 있는 이파리 넓은
새우란을 머금고 싶다. 보잘것없는 내 본래의 쓰임새에서 나를 내동
댕이칠 수만 있다면 저 정도는 되어야겠다고 속을 푼다. 난뿌리 같은
국수 가닥을 삼키며 훅훅 난잎을 피워 본다. 짐짓 눈을 감고 꽃대도
밀어 올린다.

불 달은 꽁초가 배꼽에 박히고, 나는 지지직 퇴촉이 된다.
　　　　　　——이정록, 「새우란」, ≪시와시학≫ 1998년 겨울호

어떤 사물이나 인간의 쓸모를 규정한다는 것은 간단치 않은 일이다.
어떤 존재의 쓸모란 물리적이고 실용적인 차원뿐 아니라 정서적이고
정의적인 차원을 함께 포괄한다는 점에서 더욱 그러하다. 더구나 이미
쓸모를 다한 것들의 새로운 쓸모를 발견하고 규정하는 일은 그것에 대

한 인식과 거시적 통찰력이 없이는 불가능하다. 시인은 이처럼 쓸모 없는 것들에 다시 새로운 쓸모를 불어넣는, 힘겹지만 의미 깊은 코스모스를 구축하는, 하이데거의 말대로 언어로써 존재를 명명하는, 그런 자이기 때문이다. 시인은 일상에서는 이미 제 역할을 다 했거나, 일상보다 중요한 다른 의미가 있는데도 남들이 돌아보지 않는 것들에 따뜻한 시선을 던져 새로이 탄생케 하는 신성한 임무를 수행한다. 한 편의 시 창작이 생명의 창조나 의미의 재발견과 동격을 이루게 되는 경우이다.

이정록은 「새우란」을 통해 아무도 관심을 두지 않는, 쓸모를 다한 존재들의 새로운 쓸모를 위한 변신에 주목하고 있다. 이 시의 시적 정황은 음주 다음날 일상적으로 다니는 칼국수집에 속을 풀러 간 것으로 되어 있다. 전날의 음주는, 아마도 쓸모 없는 인간들이 진정한 쓸모를 갖춘 인간들을 멸시하며 자신의 쓸모를 과시하는 세태를 안주 삼아, 세상에서 쓸모를 인정받지 못한 사람들이지만 아름다운 세상을 위해서는 반드시 필요한 사람들과 함께 하는 자위 행위였을 것이다. 시인이 바로 그러한 존재이니까, 번화한 거리에서 갈수록 왜소해져 가는 자신의 운명을 저 혼자 고통스럽게 반추했는지 모를 일이다. 그러니 시인의 속은 쓰릴 수밖에 없다. 시인의 속쓰림은 음주로 인한 것이라기보다는, 시라고 해도 좋고 진실이라 해도 좋을 진정한 가치를 상실해 가는 세상 때문이었을 것이다. 이 속쓰림을 달래 주는 것은 사실 칼국수가 아니다. 그것은 쓸모를 잃어버린 듯한 자신의 쓸모를 재발견하는 일이다.

이 시에서 자신의 쓸모에 대한 재발견은, 우선 일상적 쓰임새를 잃은 '재떨이'가 난초의 '화분받침'으로 새로운 쓸모를 이루고 있는 정황에 대한 섬세한 관찰에서 출발한다. 1연의 내용이 그것인데, 재떨이는 이미 낡아서 재떨이로서의 기능을 다한 것일 터이고, 칼국수집 주인은 그것을 버리지 않고 화분 받침으로 이용, 난초 화분에 공기를 공급하는 역할을 하게 했다. 맑은 공기를 쉼 없이 들여 마셔야 하는 난초의 까다

로운 생리에 화분 받침은 필수적인 것이므로, 허름한 칼국수집에 나뒹
구는, 쓸모를 잃어버린 재떨이가 자신의 '새로운 자리'를 찾고 있는 모
습이다. 중요한 것은 그런 모습을 매개로 시인 스스로가 '재떨이만도
못한' 자신의 모습을 성찰하고 있다는 점이다. 하찮게 버려진 물건마저
자신의 새로운 쓸모를 찾았는데, 자신의 삶은 아마도 세상에 아무런 쓸
모가 없을지도 모른다는 허무감에 마음이 미친 것이다.

그리하여 시인은 2연에 이르러, 자신의 입에 물린 '국수가닥'을 '난뿌
리'로 연상한다. 재미있는 비유이자 일종의 환타지이다. 자신의 입에 가
득 칼국수 가닥을 물고 그것을 난뿌리로 인식한 그는 이미 '새로운 쓰
임새'로서 화분의 역할을 하고 있는 셈이다. 그러니 '난뿌리같은 국수
가닥을 삼키며 훅훅 난잎을 피워' 보려는 욕망은 당연하고, 마음속의
'꽃대를 밀어 올리'고자 하는 행위 또한 자연스럽다. 칼국수라는 그리
고급스럽지 못한 일상적인 메뉴로써 그것을 훨씬 뛰어넘어 정신적 성
찬(盛饌)을 마련하고 있는 대목이다. 문제는 다시 '나'이다. 이 성찬을
준비하는 데 '나'의 역할이 무엇인가 하는 점이다.

이에 대해 시인은 아주 명료한 대답을 한다. 3연에서 '나'는 '퇴촉'이
된다고 한다. 일상적 문맥으로 보면 식후 끽연과 관련된 모습이지만,
시의 문맥으로 다시 읽으면 그러한 의미를 훨씬 벗어나 있다. '배꼽에
박'힌 '불달은 꽁초'는 입에 담배를 문 모습이겠으나, 이미 그러한 모습
의 '나'를 '꽃대'를 솟아오르게 하는 난잎(혹은 화분)과 동격으로 설정
하여, 결국 '나'로 하여금 '꽃대'를 위해 쓸모 있는 하나의 '퇴촉'이 될
수 있게 했다. '나'의 쓸모에 대한 재인식이다. 그러면 왜 '퇴촉'인가?
'퇴촉'은 꽃대를 밀어 올리고 자신은 시들어 버린 난잎사귀일 터이지
만, 달리 퇴촉(退鏃)이어도 좋고 퇴촉(退燭)이어도 좋다. 퇴촉(退鏃)이라
면 온몸으로 달려가 과녁에 맞아떨어지는 화살촉과 같은 삶의 열성이

고, 퇴촉(退燭)이라면 인공의 불을 끔으로써 오히려 꽃대의 자연스런 아름다움을 환히 밝히는 일이기 때문이다. 새 생명의 '꽃대'를 세우는 데 일조할 수 있는 '나'의 새로운 쓸모를 표현하기 위한 이 독특한 비유에 의해 느슨했던 앞부분의 시적 진술들이 갑자기 팽팽한 긴장감을 형성한다.

이 시의 중심 메타포인 칼국수를 먹는 '나'와 난초의 결합은 외형적 이미지로는 자연스럽지만, 그 내밀한 의미 맥락으로는 폭력적이고 돌연하다. 난초의 이미지는 정신적인 고결함의 몫이고, 칼국수는 지극히 범상한 일상의 몫이다. 일상으로서의 '칼국수'는 시가 될 수 없으며, 역으로 난초는 어느 시조 시인의 노래처럼 '우로(雨露)받아' 사는 고고한 자태의 그것이기에 일상화될 수 없는 것이다. 그러나 이 시에서 난초는 사군자의 하나로서 고결함이라는 고정된 메타포를 벗어남으로써 '칼국수'와 자연스럽게 조우한다. 이런 점에서, 칼국수의 푸근한 맛처럼 '힘 없는 파리들마저 겨울을 날 수 있는 이파리 넓은 새우란'이 되고자 한다는 대목은 관심을 끈다. 난초가 더 이상 고고한 품격이나 엘리트적 속성의 비유가 아니라 미물의 생명마저 감싸안는 포근한 존재의 상징으로 변신한 것이다.

이들의 결합은 한편으로 무모하고 촌스러운 것처럼 보이지만, 그렇기 때문에 오히려 신선하고 깊은 시적 울림으로 다가든다. 이 세련되지 못한 촌스러운 의미 전이의 파격 속에 이 시의 특징이 있다. 요컨대 이 시는 쓸모 없는 것들(재떨이, 국수 가닥, 나)을 기어이 쓸모 있는 것(화분받침, 난뿌리, 퇴촉)으로 만들어 내며, 세상에 존재하는 많은 쓸모 없는 것들이 실은 얼마나 쓸모 있는 것이었던가를 재발견하게 한다. 시를 쓴다는 것, 시인으로 살아간다는 것도 이와 다르지 않다. 속된 영광이나 자본에서는 일찌감치 멀어져 있지만, 다시 말해 그런 세계에서는 쓸모가 없다고 여겨지지만, 시(인)처럼 '퇴촉'이 되어 삭막한 현실을 따뜻한 온기로 감싸며 인간에게 난초 '꽃대'와 같은 신생의 희망을 불어넣어 주는 쓸모 있는 자는 더 없다.

그랬다. 이정록은 언제나 촌티 나는 것들을 대상으로 사물들의 '좁은 내부로 들어가, 그들이 사실은 생명의 활기찬 운동을 쉬지 않고 하고 있음'(김주연)을 보여주는 데 몰두해 왔다. 이 시에서도 그의 특성은 어김없이 발휘되고 말았다. 쓸모 없고 촌스러운 것들이 이토록 아름답고 푸근한 한 편의 시로 승화될 수 있으니, 그의 시적인 촌스러움은 아주 값지게 쓸모 있다. 실상 시란 촌놈의 것이다. 두리번거림 없이 자기만의 목소리에 대한 고집과 집착이 좋은 시를 만들어 내는 원동력이라면, 시인은 마땅히 촌놈이어야 한다. 도시적 일상성과 시류에 몰려다니는 수다한 에피고넨들의 유혹을 물리치고, 촌티를 거름 삼아 기어이 피워 낸 새 쓸모의 '꽃대' 하나가 소중한 까닭이 여기 있다.

나는 이 시를 읽으며 오늘날 시(인)의 위기에 대한 담론들이, 실은 시(인)의 진정한 쓸모를 발견하지 못한 자들의 엄살이 아닐까 하는 의문에 마침표를 찍는다. 이제 남은 일은 시의 새로운 쓸모를 더욱 적극적으로 찾아 나서는 일. 이 일은 위해 나의 입으로도, 훅훅 시의 꽃대를 하나쯤 밀어 올리고 싶다.

찾아보기

조향 81
존슨, M. 138
쥬네트, G. 138, 139, 144

〈ㅊ〉

채호기 357
천상병 221
천양희 124, 130
최동호 39, 41, 111
최승호 115, 117, 124, 130
최원규 157, 229-246, 331, 332
최원식 23, 37
최종원 285-299
최현무 328

〈ㅋ〉

카아, E.H. 275
카이저, V. 324
캠벨, J 372
코너, S. 74, 77
크리스테바, J. 299
클라크, S.H. 138

〈ㅌ〉

테이트, A. 331

토도로프, T. 182, 328
투르게네프 210, 217

〈ㅍ〉

파스칼 331, 339
퍼트리샤 워 176, 178, 200
페퍼, D. 109, 118
푸코, M. 84
프로이트 286
프롬, E. 251
플레밍거, A. 171

〈ㅎ〉

하이데거, M. 152, 175
하재봉 65, 75, 88, 90, 98, 106
하정일 22
한용운(만해) 23, 27, 34, 36
함민복 65
함성호 65
허수경 65
허천, L. 184, 192, 195, 197, 206
헤켈 109
현승춘 139
호이징하, J. 178